ro
ro
ro

Snorri Kristjánsson, 1974 in Island geboren, verbrachte seine Jugend in Norwegen. Später kehrte er in sein Heimatland zurück, wo er Englisch studierte, in einer 80er-Coverband spielte, Zement abpackte und dem britischen Botschafter Isländisch beibrachte. Inzwischen lebt Kristjánsson in Edinburgh. Dort gibt er Englisch- und Schauspielunterricht, wenn er nicht gerade neue Kriminalromane um Helga Finnsdottir verfasst.

«Mein eigenes Fleisch und Blut hat es auf mich abgesehen, Helga», sagte Unnthor leise.

«Was meinst du damit, Vater?»

Der alte Mann wandte ihr sein Gesicht zu. Im Halbdunkel wirkte er äußerst müde. «Mein eigenes Fleisch und Blut», sagte er, «mit Finsternis im Herzen. Ich habe es im Traum gesehen.»

Sie öffnete den Mund, um etwas zu sagen, aber Metallscheppern kündigte Einars Rückkehr an. Unnthor straffte den Rücken, und von einem Augenblick zum anderen wurde aus dem müden alten Mann wieder der furchteinflößende Häuptling.

Trotz der Hitze bekam Helga eine Gänsehaut.

SNORRI KRISTJÁNSSON

BLUT
UND
GOLD

HISTORISCHER ROMAN

Aus dem Englischen
von Jan Möller

Rowohlt Taschenbuch Verlag

Die Originalausgabe erschien 2018 unter dem Titel «Kin»
bei Jo Fletcher Books/Quercus, London.

Veröffentlicht im Rowohlt Taschenbuch Verlag,
Hamburg, September 2019

Redaktion Nadia Al Kureischi
Covergestaltung HAUPTMANN & KOMPANIE Werbeagentur, Zürich
Coverabbildung Christophe Dessaigne/Trevillion Images;
Bihrmann/Shutterstock
Satz aus der Whitman bei Dörlemann Satz, Lemförde
Druck und Bindung GGP Media GmbH, Pößneck
ISBN 978-3-499-27431-2

Für Morag, die mich rätselhafte
Morde schätzen lehrte

KAPITEL 1

KARL

Sie tauchte ihre Hand in das Fass mit eiskaltem Wasser. Eine Weile hielt sie still, während sie beobachtete, wie sich die Härchen an ihrem Unterarm aufstellten. Zuerst prickelten ihre Fingerspitzen, dann wich alles Gefühl aus der Hand, bis sich diese nur noch wie ein Stück Fleisch anfühlte, das von unbarmherziger Kälte umschlossen pulsierte – doch sie zog die Hand nicht heraus, zwang sich dazu, die Finger so langsam wie möglich zu einer Schale zu krümmen. Sie nahm einen tiefen Atemzug und betrachtete ihr gebrochenes Spiegelbild auf der Wasseroberfläche. Eine junge Frau starrte zurück, entschlossen sah sie aus, mit zusammengekniffenen Augen, hohen Wangenknochen und einem verbissenen Gesichtsausdruck. Das verlieh ihr Ähnlichkeit mit einem herabstürzenden Greifvogel.

«Helga!»

Sie atmete aus und spritzte sich das kalte Wasser ins Gesicht. «Ich komme!»

Als sie um die Ecke der Scheune bog, tat sich das weite Land vor ihr auf. Durch die Baumspitzen und darüber hinweg konnte sie bis hinunter zum Langhaus am Fluss blicken. Die alte Scheune war gerade noch zu sehen, die anderen Gebäude wurden von den Bäumen verdeckt. Ihr Blick folgte dem Flusslauf und schweifte über das Ren-Tal, wo die dunkelbraunen und sattgrünen Waldflächen in Flecken von gründlich gerodetem Land übergingen. Eines späten Abends, als das Ale allmählich seine Wirkung zeigte, hatte ihr Vater gesagt, er sei der Herrscher über alles, was er sehen könne. Manche hätten wohl behaupten mögen, er habe keinerlei Anspruch auf das Tal, aber Helga kannte niemanden, der mit Unnthor Reginsson darüber diskutiert hätte, wenn er ihn mit der Axt in Reichweite auf seinem hohen Lehnstuhl sitzen sah.

«Bist du fertig?» Einars Stimme schallte zu ihr herauf. Sie konnte sich genau vorstellen, wie er dort unten am Fuß des Hügels beim Seitentor stand. Selbst mit seinen fünfundzwanzig Wintern hatte er noch immer das Gesicht eines Jungen. Natürlich musste er sich verändert haben, seit jenem Tag vor elf Wintern, als sie zu Unnthor und Hildigunnur auf den Hof gekommen war, um mit ihnen zu leben, aber es kam ihr nicht so vor. Sie erinnerte sich noch daran, wie er damals an ihr vorbeirannte, weil er hinter Unnthors Tochter Jorunn her war und versuchte, sie mit Wasser nass zu spritzen. Seit Jorunn fortgezogen war, um zu heiraten, hatte Helga ihn zwar nicht mehr hinter Mädchen herlaufen sehen, aber für sie würde er immer der Junge von damals bleiben. Sie lächelte still vor sich hin.

«Ja», rief sie zurück. Das Heu war dort aufgeschichtet, wo es hingehörte, und für die Schafe war ein Pfad frei geräumt worden. Sie würden erst etwas später zusammengetrieben werden, aber je länger sie diese Aufgabe vor sich herschoben, desto wilder wucherte das Gestrüpp. *Erledige alles schnell und zweckmäßig.* Das hatte ihre Mutter ihr beigebracht.

Sie hüpfte den Weg von der neuen Scheune hinab und sog die Luft ein, solange sie noch ein wenig von der nächtlichen Frische hatte. Über Helga ragten die dicken Baumstämme auf. Im Winter boten sie Schutz vor den Winden, die von Nordosten ins Tal heraufwehten; jetzt war das bisschen Schatten, das sie vor der Morgensonne spendeten, recht angenehm. Als der Boden flacher wurde, konnte sie unten ihren Ziehbruder sehen. Er ging gerade auf das Tor zu.

«Wag es ja nicht, meine Arbeit zu überprüfen, Einar Jakason», murmelte sie vor sich hin. Er musste sie gehört haben, denn er hielt an, sah ihr bloß entgegen und wartete geduldig, überlegte sich vermutlich irgendeine witzige Bemerkung. Helga lächelte. Er versuchte regelmäßig, bei ihren Wortgefechten die Oberhand zu gewinnen, bislang ohne Erfolg. Sie war zwar nicht Hildigunnurs leibliche Tochter, aber sie lernte schnell, und die Spitzzüngigkeit ihrer Ziehmutter hatte genug auf sie abgefärbt.

Als sie aus dem Wald trat, wartete Einar noch immer auf sie. Über der Schulter trug er eine Rolle Seil. «Was brauchst du denn so lange? Hast du noch vom Heu genascht?»

«Mädchen fressen kein Heu, Einar», schoss sie zurück. «Und das bedeutet, wer immer sich dieser Tage als dein Mädchen ausgibt, ist in Wahrheit wohl ein Pferd.»

Sobald sie in seine Reichweite kam, schlug er mit dem Seil nach ihr. «Du bist eine Hexe.»

«Gar nicht», erwiderte Helga. «Wenn ich eine wäre, hätte ich dich doch schon längst in etwas halbwegs Gutaussehendes verwandelt.»

«Pff.» Einar grinste.

Sein Vater Jaki, ein breitschultriger Mann mit silbernem Haar, kam aus dem Langhaus und rief: «Beeilt euch, ihr zwei – sie kommen alle heute an!»

Einar verdrehte die Augen. «Ja, Vater», rief er zurück, dann wandte er sich erneut Helga zu. «Komm, wir müssen den alten Kuhstall herrichten.»

«Warum?» Helga rührte sich nicht.

«Anscheinend werden Bjorn und seine Familie dort schlafen.»

«Damit die Brüder voneinander getrennt sind?»

Einar nickte. «Warum sonst ist der Hüne wohl nach Osten gezogen, während Karl nach Süden gegangen ist? Sie sollen sich früher jeden Tag gestritten haben – Karl hat seine Brüder ständig verdroschen, bis Bjorn stark genug war und sich endlich wehrte. In jener Zeit ist Hildigunnur noch besser darin geworden, Wunden zu behandeln.»

«Da können wir uns ja auf etwas gefasst machen, was?» Sie seufzte.

Einar zuckte mit den Schultern und stieß sich vom Zaun ab. «Das wird schon», sagte er, während er voranging. «Ich bin mir sicher, die Alten werden sie im Zaum halten.»

Im alten Kuhstall roch es ein wenig nach Tieren und modrigem Heu. Sonnenschein sickerte durch Ritzen in der Wand, wo das Holz sich verformt hatte, aber der Großteil des Raums war in ein blasses Zwielicht zwischen Halbdunkel und Schatten getaucht. Nur ein heller Lichtkegel drang durch die offene Tür herein und zeigte das Skelett eines ehemals zweckmäßigen Gebäudes, das nun mit einem Sammelsurium aus Werkzeugen, Bauholz und Gerümpel vollgestellt war. In einer Ecke befand sich ein mannshoher Bretterstapel, daneben lagen einige zerbrochene Stangen und unfertige Tierhäute, die auf krumme alte Rahmen gespannt waren. Eine massive, von Runen bedeckte Steinsäule stand in einer anderen Ecke, halb versteckt im Dunkeln.

«Ganz schön klein», sagte Helga.

«Damals hatten sie nur vier Kühe... Hildigunnur liegt Unnthor schon lange in den Ohren, dass er aus dem Stall etwas machen soll. Aber ständig gibt es Wichtigeres für ihn», sagte Einar. «Sie können sich nicht entscheiden, den Stall abzureißen oder ihn irgendwie anders zu nutzen.»

«Ich weiß gar nicht, ob ich jemals hier drin gewesen bin», sagte Helga und sah sich neugierig um. «Die Schmiede ist der Bereich deines Vaters, und das hier schien immer Unnthors Reich zu sein.» Sie trat gegen ein Stückchen Holz, und es flog in eine Ecke. «Was müssen wir jetzt machen?»

«Als Erstes sollten wir all das hier rausschaffen, denke ich – wir brauchen Platz, damit wir Schlaflager für Bjorn und seine Familie herrichten können ...»

«*Was?* Warum denn das ...?» Helga war alles andere als begeistert.

«Na, die Geschichten sind größtenteils wahr. Seit seinem zwölften Winter ist Bjorn zu groß fürs normale Lager. Und Volund kommt ganz nach seinem Vater.» Einar dachte einen Moment nach. «Ach, stimmt ja – du hast sie noch nie gesehen, oder?»

«Nein», sagte Helga, «ich kenne weder Bjorn noch Karl. Ich glaube, vor fünf Sommern wurden sie hier erwartet ...»

«... aber Karl war auf Reisen, und Bjorns Familie war krank. Ich erinnere mich. Aslak kennst du aber schon.»

«Wie könnte ich ihn vergessen? Er hatte zwei kleine Kinder und einen Drachen von einer Frau dabei. Kommt sie diesmal auch?»

«Fürchte schon», sagte Einar.

Helga schauderte. «Da wär mir ein wütender Bär lieber.»

«Ich weiß, was du meinst.»

«Und dann sind da noch Jorunn und Sigmar. An Jorunn erinnere ich mich einigermaßen, aber Sigmar kenne ich noch nicht.»

«Nein», sagte Einar und machte sich an einem kaputten Balken zu schaffen. Er schien an dem Gespräch auf einmal nicht mehr sonderlich interessiert.

Helga griff nach einem Spaten mit gebrochenem Stiel. «Kann mich nicht erinnern, den hier schon mal gesehen zu haben.»

«Das ist alles altes Zeug.» Einar räumte einen Pflug aus dem Weg, an dem sich nur ein einziger Sterz befand. «Unnthor will das schon eine ganze Weile reparieren, aber weißt du, was ich denke?»

«Du *denkst*?» Helga tat überrascht.

«Ach, halt doch die Klappe», sagte Einar über die Schulter hinweg und schaffte den alten Pflug zur Stalltür. Als er zurückkam, machte er ein verschmitztes Gesicht. «Ich denke, der alte Mann ist so zufrieden damit, wie der Hof läuft, dass er es sich schlicht *leistet*, kaputtes Werkzeug zu besitzen – wenn es kaputtgeht, lässt er es einfach liegen, und Vater bringt es dann hierher.» Er sah sich in dem Gerümpel um. «Das ist die Schatzkammer eines tapferen Kriegers.»

«Ha», sagte Helga, «schwer zu glauben.» Sie dachte an Unnthor, ihren Ziehvater. Er hatte sie vor elf Wintern auf Drängen seiner Frau aufgenommen, als die anderen Kinder bereits nach und nach den Hof verließen. Sie konnte sich kaum vorstellen, dass er mit seinen hart erarbeiteten Besitztümern so sorglos umging. Damals hatte es Gerüchte gegeben, dass er von seinen Raubzügen im Westen mit einem Schatz zurückkehrt war, der seinesgleichen suchte. Der alte Bär hatte das immer abgestritten. Mit Hilfe des treuen Jaki hatte er die meisten der angereisten Abenteurer wieder nach Hause geschickt. Die übrigen wurden gleich hinter dem Zaun im Westen vergraben, und das hatte sich herumgesprochen. Die Leute aus der Gegend, die sahen, wie hart Unnthor arbeitete, hatten den Schluss gezogen, dass die Gerüchte um seinen Schatz nichts weiter als Geschichten waren, die man sich am Lagerfeuer erzählte. Und diejenigen, die auf schnelle und leichte Beute aus gewesen waren, fanden schon bald andere Orte, an denen sie danach suchen konnten.

«Das ist wirklich schwer zu glauben», wiederholte Helga und fügte mit einem Grinsen hinzu: «Hildigunnur würde ihm das nicht durchgehen lassen!»

«Kann sein», sagte Einar, «aber sie lebt schon so lange mit dem alten Bären zusammen ... Ich schätze, sie wird wissen, wann es sich lohnt, mit ihm zu streiten und wann sie besser ein Auge zudrückt. Sie sind beide stur, einer wie die andere.»

«Wahrscheinlich sind sie gerade deshalb immer noch miteinander verheiratet», sagte Helga und räumte ein paar beschädigte Vorschlaghämmer beiseite. «Irgendwann wird die

Geschichte meiner Mutter noch ‹Die Legende von der Zähmung Unnthors› einschließen.»

«Aber es wird eine gute Geschichte sein. So wie Unnthors Geschichte ‹Die Eroberung von Hildigunnur›. Die gefällt mir immer noch, auch wenn ich sie schon mindestens so oft hören musste, wie ich Sommer erlebt habe.»

«Das wäre dann also – was, zwölfmal?»

Einar schaute sie an, schnitt eine Grimasse und bückte sich, um einen großen, rauen Schleifstein hochzuhieven. «Unnthor Reginsson ist losgezogen, um sich eine Frau zu suchen. Er wollte Hildigunnur, aber ihr Vater, der alte Heidrek, war ein Halbtroll ...»

Helga mühte sich damit ab, einen Bretterstapel aus dem Weg zu räumen. «Nur ein halber? Die Alten hatten wohl noch nicht allzu viel getrunken, als sie dir die Geschichte das letzte Mal erzählt haben. Ich dachte, er wäre ...»

«Fast zwei Mann groß. Und der Bastard hat sich die Zähne gefeilt», ertönte eine schroffe Stimme von der Stalltür: Unnthor von Flussfeste, der Häuptling vom Ren-Tal und Herrscher über alles, was er sehen konnte, warf seinen gewaltigen Schatten in den Raum. Seine Schultern füllten den Türrahmen fast vollständig, sein graues Haar war noch so voll, dass er es flechten konnte, und ihm wuchs ein dichter und ordentlich gestutzter Bart. Mit seinen zweiundsechzig Sommern machte er noch immer einen ehrfurchtgebietenden Eindruck. «Der hat regelmäßig Bären getötet, nur so zum Spaß.»

«Und du bist auf ihn zugegangen», sagte Helga.

«Und hast ihm den Schenkelknochen eines Ochsen gegen den Schädel gehauen», sagte Einar.

«Nicht ganz», erwiderte der alte Mann. «Ich habe den Mund geöffnet, um etwas zu sagen, und da hat *er* mich geschlagen – hat mich vier Stufen zurückgeworfen und mir ordentlich den Kiefer zertrümmert. Und *dann* habe ich ihn mit dem Knochen geschlagen, und er ist umgekippt. Als er wieder zu sich kam, habe ich ihn gefragt, ob er mir die Erlaubnis gibt, seine Tochter zu heiraten.» Er half ihnen dabei, das Gerümpel zur Tür zu schaffen.

Einar grinste. «Und da hat er gesagt ...»

«Da hat der mürrische alte Troll gelacht und gemeint: ‹Nur zu. Sie schlägt noch fester zu als ich.› Und das war nicht gelogen», sagte Unnthor. «Nein», unterbrach er sich an Einar gewandt, «die nicht.»

Einar hielt inne. Er war kurz davor gewesen, die Steinsäule aufzuheben. «Warum?»

«Sie zu verrücken würde Unglück bringen. Das würde den Göttern missfallen. Sie steht dort seit dem Tag, als wir uns hier niedergelassen haben», antwortete Unnthor. «Lass sie einfach stehen.» Einar zuckte mit den Schultern und ging stattdessen auf das Bauholz zu. «Stapelt die Bretter dort drüben in der Ecke. Ihr müsst jetzt die Plätze für Bjorn und Thyri herrichten.»

«Der kleine Volund ist inzwischen zwölf Winter», sagte Helga, «und er ist schon eine ganze Weile nicht mehr klein, sagt Mutter.»

Unnthor schnaubte und machte eine wegwerfende Handbewegung. «Wenn ich sage, er ist klein, dann ist er das auch», sagte er. «Einar, geh und hol das Werkzeug deines Vaters.»

Einar nickte, legte die Bretter auf den Boden und verschwand. Das restliche Gerümpel aus dem alten Kuhstall hatten sie ordentlich draußen am Zaun gestapelt, der leere Raum war nun ganz von Stille erfüllt.

«Mein eigenes Fleisch und Blut hat es auf mich abgesehen, Helga», sagte Unnthor leise.

«Was meinst du damit, Vater?»

Der alte Mann wandte ihr sein Gesicht zu. Im Halbdunkel wirkte er äußerst müde. «Mein eigenes Fleisch und Blut», sagte er, «mit Finsternis im Herzen. Ich habe es im Traum gesehen.»

Sie öffnete den Mund, um etwas zu sagen, aber Metallscheppern kündigte Einars Rückkehr an. Unnthor straffte den Rücken; und von einem Augenblick zum anderen wurde aus dem müden alten Mann wieder der furchteinflößende Häuptling.

Trotz der Hitze bekam Helga eine Gänsehaut.

Am Mittag dröhnte Jakis Stimme über den Hof: «Reiter!»

Helgas Anspannung wuchs. Unnthors seltsames Verhalten im Stall ließ sie nicht mehr los, obwohl sie sich Mühe gab, nicht daran zu denken. *Irgendetwas wird passieren.* Auch wenn ihr Alltag beruhigend sicher war, übte dies eine gewisse Anziehungskraft auf sie aus: Die Welt kam auf sie zu.

Sie rannte ans Haupttor, von dem man bis hinunter ins Tal blicken konnte. Jaki und Einar waren schon dort.

«Sie schonen die Pferde nicht», stellte Jaki fest.

«Wann hat Karl jemals etwas geschont?», fragte Einar.

Der stämmige Mann packte seinen Sohn unsanft am Arm. «Du wirst dich mit solchen Kommentaren gefälligst zurückhalten», knurrte er. «Hast du verstanden?»

«Ja, Vater.» Einar versuchte, sich trotz des festen Griffs keinen Schmerz anmerken zu lassen.

Jaki ließ ihn los. «Wenn's geht, dann sag einfach gar nichts, klar?» Er warf einen Blick zu Helga. «Das gilt auch für dich, Mädchen.»

Helga nickte. «Natürlich.» Sie starrte zu den Reitern hinunter. Sie konnte gerade eben ihre Umrisse ausmachen: «Sind sie zu dritt?»

«Kann ich auf diese Entfernung nicht erkennen», murmelte der alte Mann.

«Schon möglich ...» Einar wirkte verwundert. «Aber wen haben sie dann zurückgelassen?»

Hildigunnurs Stimme hallte zu ihnen hinüber. «Helga? Ich brauche deine Hilfe ...»

Sie warf noch einen letzten Blick auf die Reiter, dann wandte Helga sich um und rannte auf das Langhaus zu, ein eindrucksvolles Gebäude, dessen Wände knapp zweimal so hoch waren wie ein ausgewachsener Mann. Die Frau, die in der Hintertür stand, wirkte vor dieser Kulisse fast wie ein dünner, kleiner Zweig, aber Helga hatte schnell gelernt, sie nicht nach ihrer Statur zu beurteilen. Hildigunnur, die Helga inzwischen als ihre Mutter betrachtete, war zäher als die meisten Männer. Sie mochte weder groß noch breit sein, aber sie bewegte sich mit einer Leichtigkeit, die über ihre fünfundfünfzig Sommer hinwegtäuschte, und sie konnte noch immer einen halben Tag lang rennen, ohne anzuhalten. So unglaublich das auch schien, sie war Unnthor in jeder Hinsicht gewachsen. Die letzten dreißig Sommer waren sie der Mittelpunkt dieses Tals gewesen und auch des nächsten und übernächsten. Frauen nahmen tagelange Reisen auf sich, nur um Hildigunnurs Rat zu suchen; die meisten hielten sie für hart, aber gerecht – und diejenigen, die das anders sahen, hatten zumindest genug Verstand, um zu schweigen und erst dann Gerüchte über Hexerei zu verbreiten, wenn sie *weit* außerhalb Hildigunnurs Hörweite waren. Ob man sie mochte oder nicht, alle waren sich einig, dass Hildigunnur eine äußerst weise Frau war.

«Nun mach schon, Mädchen», rief sie. «Mir wächst sonst noch ein Bart.»

«Würde dir sicher gut stehen, Mutter.»

«Schmeicheleien bringen dir bloß Ärger ein.» Hildigunnur lächelte. «Die Töpfe warten. Die Reisenden müssen etwas essen. Ihr habt also die Lager hergerichtet – ist das alles erledigt?»

«Schon lange», sagte Helga. «Einar war ziemlich schnell.»

«Ach, das ist schon ein Guter», sagte Hildigunnur. Ihre Augen funkelten. «Und sieht auch recht hübsch aus.»

«Mutter!», sagte Helga. «Bäh! Das ist nicht dein Ernst?»

«Für dich ist er vielleicht wie ein Bruder», sagte Hildigunnur und führte Helga ins Langhaus, «aber jeder sieht die Dinge auf seine Weise.» Sie warf einen Blick über ihre Schulter, bevor sie die Tür schloss. Unnthor hatte sich zu Jaki und Einar ans Tor gesellt.

Als die Reiter nah genug waren, dass die drei Männer die Pferde erkennen konnten, breitete sich tiefe Stille zwischen ihnen aus.

Schließlich ergriff Jaki das Wort. «Wie ich sehe, hat Karl sich ganz gut gemacht.»

Unnthor brummte.

Die Pferde rannten in vollem Galopp, ihre Muskeln traten hervor, und im Rausch der Geschwindigkeit reckten sie ihre Hälse. Die Reiter saßen vorgebeugt auf den Tieren, feuerten sie an und trieben sie weiter voran. Einer der Reiter schob sich ein Stück vor die anderen, übernahm die Führung und vergrößerte den Abstand zu ihnen.

Allmählich waren die Gestalten zu erkennen. Eine Dogge sprang mit heraushängender Zunge neben dem wetteifernden Reitertrio. «Allerdings ist es nicht Karl, der dieses Rennen gewinnt», sagte Unnthor mit Genugtuung in der Stimme.

Der Reiter, der in Führung lag, erhob sich im Sattel und boxte mit der zur Faust geballten Hand triumphierend in die Luft, dann zügelte er sein Pferd und ließ es langsamer laufen, bis die anderen Reiter es ihm gleich taten. Als die Kapuze des ersten Reiters zurückfiel, kamen langes blondes Haar und vor Aufregung gerötete Wangen zum Vorschein.

«Großvater!», rief das Mädchen. Neben ihm stieß der Hund ein kräftiges, kehliges Bellen aus, wie um den Gruß zu unterstreichen.

«Gytha!», antwortete Unnthor. «Du reitest, wie ich's dir beigebracht habe!»

«Besser, will ich doch meinen», brummte der größere der zwei nachkommenden Reiter. Karl Unnthorsson war kräftig gebaut: Sein Brustkorb war breit und muskulös, und er war so geformt, dass Karls Figur an einen Baumstamm erinnerte. Ein ungleichmäßiger schwarzer Bart stand von seinem Kinn ab wie eine schlecht gebundene Bürste, und seine linke Wange wies Kampfnarben auf. Dichte dunkle Augenbrauen verliehen seinem Gesicht einen mürrischen Ausdruck. Um den Hals trug er einen Lederriemen, ein silberner Thorshammer war daran angebracht und ruhte auf seinem Schlüsselbein. «Sie hält sich nicht zurück.» Als er von seinem Pferd stieg, kam der Hund zu ihm herübergetappt und stupste seine Hand an.

«Karl», sagte Unnthor. «Willkommen daheim.»

«Und ich bin wohl unsichtbar, was?» Flink glitt der dritte Reiter vom Pferd. Mit einer schnellen Handbewegung schlug eine große, schlanke Frau ihre Kapuze zurück. Über ihrer rechten Schulter lag ein blonder Zopf, der reichlich mit Silberfäden durchflochten war. Sie war ganz unverkennbar die Mutter ihrer Tochter.

«Willkommen, Agla», sagte Unnthor. «Du bist als Gast immer gern gesehen in meinem Haus.»

«Du lügst, wie du tanzt, alter Bär», sagte die Frau, «äußerst unbeholfen. Aber es ist schön, dich zu sehen.»

Jaki ließ das Tor aufschwingen, und die drei Reiter führten ihre Pferde auf den Hof.

«Prächtige Tiere», sagte Unnthor.

«Sie sind recht gut», stimmte Karl ihm zu, «aber ich brauche ein kräftigeres für mich. Sie kommen alle vom selben Züchter und tragen in etwa das gleiche Gewicht. Gytha hat bloß gewonnen, weil sie leichter ist.»

«Gar nicht», schoss Gytha zurück. «Ich bin einfach besser als du.»

«Der Übermut der Jugend», schnaubte Karl. «Dir werd ich schon noch eine Lektion erteilen.»

«Dazu müsstest du mich erst mal fangen.» Gytha tänzelte außer Reichweite ihres Vaters.

«Nimm besser die Beine in die Hand, denn wenn ich dich

kriege, werde ich dir dein hübsches Genick brechen», grollte Karl.

«Dann würde ich dich umbringen, während du schläfst», sagte Agla.

Karl lachte kurz und schrill auf.

«Einar, übernimm du die Pferde», sagte Unnthor. «Ich werde unsere Reisenden zu einer kleinen Stärkung ins Haus bringen.»

Karl sah sich um. «Das ist neu», sagte er und wies mit einem Nicken auf die Stallungen.

«Haben wir vor sechs Sommern gebaut.» Unnthor sah Jaki fragend an. «Sechs?»

«Sieben», berichtigte Jaki ihn.

«Ist ja schon eine Weile her», sagte Karl.

«Lasst die Pferde hier. Deine Mutter hat etwas zu essen auf dem Feuer.» Unnthor führte die zänkische Familie auf das Langhaus zu.

Sobald sie außer Hörweite waren, sah Jaki Einar an. Neben ihm schnaubte Karls Stute und stampfte mit dem Huf auf. «Ich hab's dir ja gesagt», murmelte der alte Mann, «wenn du all deine Gliedmaßen behalten willst, sag besser nichts.»

Helga beobachtete, wie sich ein Lächeln auf dem Gesicht ihrer Mutter ausbreitete. Die Stimmen wurden lauter. Und einen Augenblick später öffnete sich die Tür. Die grauhaarige Frau warf einen Blick zum Topf hinüber, und Helga verstand den Wink. Sie konzentrierte sich darauf, mit dem Holzlöffel gleichmäßig den Eintopf umzurühren.

«Weib», grölte Unnthor, «uns sind Gäste beschert!»

«Agla! Gytha!» Hildigunnur durchquerte eilig die Halle des Langhauses und riss die zwei Frauen in einer Umarmung an sich. «Seid willkommen, meine Lieben.»

«Danke, Großmutter», sagte Gytha, während ihre Mutter sich aus Hildigunnurs Armen befreite. «Du siehst so jung aus wie eh und je.»

«Ach, Unsinn», sagte Hildigunnur, «ich bin alt und schwach, und meine Knochen sind es auch.»

«So hat sich das gerade aber nicht angefühlt», sagte Agla und rieb sich die Schulter. «Wenn du deinen Ehemann auch so in den Arm nimmst, ist es ja kein Wunder, dass er berüchtigt dafür ist, schlechte Laune zu haben.»

«Und Karl ist wohl ein sanftes Lämmchen», sagte Hildigunnur mit funkelnden Augen.

Gytha lachte. «Ha! Die alte Hündin kann immer noch beißen!»

«Gytha!» Karls Stimme zerteilte die Luft wie ein Peitschenhieb. «Komm hierher, *sofort* ...»

Das Mädchen presste die Lippen aufeinander und verkniff sich eine Bemerkung, die ihr schon auf der Zunge zu liegen schien. «Ja, Vater», brachte sie schließlich mürrisch heraus. Sie ging zu Karl hinüber, der bei Unnthor stand.

Tiefe Furchen durchzogen das von Zorn verdunkelte Gesicht des Mannes. «Du wirst meinem Namen Ehre machen, wenn du als Gast in einem anderen Hause bist.»

«Aber ...»

«*Nichts* aber», knurrte Karl.

«Ich fand es lustig», sagte Hildigunnur.

«Mutter», zischte Karl durch seine zusammengepressten Zähne, «halt dich da raus.» Zu Gytha gewandt sagte er: «Geh und sieh nach den Pferden.» Das Mädchen wollte schon loslaufen, aber Karls grimmiger Blick hielt sie zurück. «Und *benimm* dich gefälligst.» Am anderen Ende des Raums gab sich Helga alle Mühe, keine Aufmerksamkeit auf sich zu ziehen. Kurz darauf knallte die Tür, als Gytha hinausstürmte.

Einen Moment lang sagte niemand etwas.

«Nun.» Hildigunnur brach das Schweigen. «Wenigstens wissen wir jetzt, dass dir das Kind nicht untergeschoben wurde.»

Karls finstere Miene verwandelte sich beinahe in ein Grinsen. «Das hat sie alles von ihrer Mutter.»

«Von wegen! Sie ist stur wie ein Esel. Ich nicht. Ich bin sehr vernünftig», sagte Agla.

Helga sah, wie Unnthor hinter Karl ein Lachen unterdrückte.

«Nein, bist du nicht», sagte Karl. «Du musst immer deine Meinung durchsetzen.»

«Stimmt ja gar nicht!»

«Doch, so ist es.»

«Halt bloß den Mund – ich bin *äußerst* vernünftig!»

«Karl, hör auf, sie zu ärgern», sagte Hildigunnur.

Helgas Mut sank, als ihre Mutter sich zu ihr umdrehte und Karls und Aglas starre Blicke sich auf sie richteten. Es war kein angenehmes Gefühl.

«So, ich muss euch noch unser Mädchen Helga vorstellen – sie ist, etwa zwei Winter nachdem du ausgezogen bist, zu uns gekommen. Sie könnte deine Schwester sein, nur dass sie schlauer ist und auch besser aussieht. Wir möchten sie so lange wie möglich hier bei uns behalten.»

Karl neigte seinen Kopf zum Gruß.

Agla musterte sie flüchtig, als wäre sie ein Pferd, und schien sie für uninteressant zu halten.

Im nächsten Augenblick war Helga wieder unsichtbar.

«Möchtet ihr zwei eine Schüssel Eintopf essen, oder wollt ihr lieber weiterstreiten?»

Trotz Hildigunnurs humorvollem Ton starrte Agla ihren Mann finster an. Helga suchte in ihrem Gesicht nach einem verräterischen Zwinkern, einem Lächeln oder einem Anzeichen von Zuneigung, fand jedoch nichts.

«Ja, bitte», sagte Agla.

Hildigunnur sah eindringlich zu Helga hinüber, als würde sie ihr einen harschen Befehl erteilen. Und Helga gehorchte sofort. Ihre Hände bewegten sich wie von selbst, während sie die Holzschüsselchen unter den Bänken an der Seite hervorholte und sie mit Eintopf füllte. Der Dampf umspielte ihre Hände und erhitzte ihre Haut. Sie änderte den Griff um die Schüsseln und eilte zum Tisch hinüber, an dem Agla sich neben Unnthor niedergelassen hatte. Hildigunnur war verschwunden, und Helga wusste, dass sie sich irgendwo dort eine Tätigkeit gesucht hatte, wo sie ihrer Enkelin begegnen musste. Sie würde sie für ein kurzes Gespräch anhalten, den Kopf schieflegen, eine Augenbraue hochziehen – und ihr mit diesem verschwörerischen Blick versichern, dass nur sie beide den Witz verstanden –, und kurz darauf würde Gytha ein Kichern unterdrücken, und ihre Augen würden vor Entzücken über den Scharfsinn ihrer Großmutter strahlen. Helga konnte im Geiste förmlich hören, wie ihre Mutter beiläufig weise Ratschläge erteilte. *Ein passendes Wort zur rechten Zeit kann dir eine Menge Ärger ersparen.*

Fast ohne es zu merken, stand Helga schon neben Karl, der schweigend am Tisch saß. «Bitte schön», stieß sie hervor und verhaspelte sich auch noch dabei.

Er hob den Kopf und starrte sie an. Seine braunen Augen funkelten, Lachfalten bildeten sich auf seinem Gesicht. *Er muss sich stark zurückhalten, um sich nicht die Lippen zu lecken,* dachte sie. *Wie ein Wolf.* «Danke schön. Vielen lieben Dank», sagte er und grinste sie an.

«Bedank dich bei Mutter», sagte Helga, spitzer, als sie es beabsichtigt hatte. «Es ist ihr Eintopf.»

Doch Karl hörte nicht auf zu grinsen, im Gegenteil, sein Lächeln wurde noch breiter. «Sieht auf jeden Fall ... recht schmackhaft aus.»

Selbst nachdem sie sich wieder an ihren Platz in den Schatten zurückgezogen hatte, spürte sie seinen Blick noch lange auf sich.

Einar führte die Pferde der Neuankömmlinge zum hinteren Ende der Stallungen. Er hatte einen Moment lang darüber nachgedacht, die Boxen neben Unnthors und Hildigunnurs eigenen Stuten zu nehmen, aber die zurückgelegten Ohren der Tiere und ihr Schnauben überzeugten ihn schnell davon, dass das keine gute Idee war. So sollten sie eben im hinteren Teil stehen. Er widmete sich zuerst Karls Pferd, bürstete dessen Flanken mit sanften, gleichmäßigen Zügen. Dabei stellte er bald fest, dass die große schwarze Stute ein wildes Temperament hatte und er aufpassen musste, nicht gebissen zu werden.

«Schhhh, Mädchen», murmelte er, «du wirst dich besser fühlen, wenn ich fertig bin.» Die Stute warf den Kopf ungehalten herum und schnaubte, schnappte aber nicht noch einmal nach ihm. «So ist's gut», flüsterte er, «gleich bist du mich wieder los.»

«Wie kommst du darauf, dass sie dich loswerden will?» Einar sprang erschrocken zurück, nur einen Moment, bevor die gelben Pferdezähne nach seiner Hand schnappten. Er wich den stampfenden Hufen der Stute aus und drehte sich um. Gytha stand an der Stalltür.

«Es geht ihr gut», sagte sie und kam näher. Die Stute reagierte auf die vertraute Anwesenheit Gythas mit einem Schnauben und legte den Kopf an. «Schau. Gib mal her», sagte Gytha und streckte ihre Hand nach der Bürste aus.

Einar reichte sie ihr wortlos.

Gytha begann, das Pferd zu striegeln, und verfiel dabei in einen gleichmäßigen Rhythmus. «Du hast deine Sache gut gemacht», bemerkte sie.

«Warum sagst du das?»

«Weil du noch alle deine Finger hast.» Gytha lächelte ihn an. «Das heißt, dass sie dich mag.» Als Einar nichts darauf erwiderte, runzelte sie die Stirn. «Soll ich mich um unsere Pferde kümmern?», fragte sie.

«Ich … ähm … wenn du willst.»

Gytha musterte Einar. «Du willst dich nicht mit mir unterhalten, oder?»

«Ich bin draußen, falls du mich brauchst», antwortete

Einar, schlüpfte aus der Box, zur Stalltür hinaus und schloss sie hinter sich.

Die Stute schnaubte.

«Hör bloß auf», sagte Gytha. «Du hättest dich auch nicht besser geschlagen.» Sie zog die Bürste mit kräftigen Bewegungen über den Rücken des Tieres. «Aber ich glaube, man kann Spaß mit ihm haben, und ich hab noch drei Tage.» Während sie sanft den Kopf der Stute streichelte, flüsterte sie dem Pferd ins Ohr: «Wir werden ja sehen, wer eher aufgibt.»

KAPITEL 2

BJORN

Unnthor saß reglos und still am Flussufer, die Ellbogen auf die Knie gestützt. Der Fluss plätscherte leise vor sich hin, und im Buschwerk auf der anderen Seite sangen Vögel. Zu Unnthors Füßen glitzerte die Oberfläche des träge dahinfließenden Wassers im Sonnenlicht, als wäre sie aus Gold. Der alte Mann sah auf, als sich vom Langhaus her eine Gestalt mit gleichmäßigen, unbeirrbaren Schritten näherte.

«Jetzt geht's los», murmelte Unnthor.

Als Karl nah genug war, hob er die Hand zum Gruß. «Mutter meinte, ich würde dich hier finden.»

«Stromaufwärts hat sich im letzten Sommer irgendetwas verändert. Und nun ist das hier ein richtig guter Platz geworden», sagte Unnthor. Er griff nach der Angelrute und zog die Leine ein, bis der Haken aus dem Wasser auftauchte. «Ich dachte, ich schau mal, ob ich nicht noch ein bisschen was für den Kochtopf ergattern kann.»

«Sie werden schon noch anbeißen», sagte Karl.

«Das tun sie meistens.»

«Dir geht es offenbar gut», sagte Karl.

«Ich komme zurecht.»

«Wie läuft es so in Glomma?»

Unnthor drehte den Kopf und blickte nach Westen, zu den

Bergen, die das Glomma-Tal von ihnen trennten. «Wie üblich», sagte er. «Der eine oder andere Streit unter Nachbarn. Sie kommen immer noch zu mir, um ihn beizulegen oder wenn sie erfahren wollen, was die Götter über dieses und jenes denken. Was *ich* denke, sage ich ihnen nie.»

«Und das wäre?»

«Dass die Götter mit großer Wahrscheinlichkeit etwas Wichtigeres zu tun haben, als sich darum zu kümmern, wer nun wessen Tochter besteigt.»

Karl schmunzelte.

«Vor zwei Sommern hatten wir mal einen Viehdieb.»

«Ach ja?»

«Ein Reisender unten aus dem Süden. Dachte, er würde hier einfaches Bauernvolk vorfinden, leichte Beute machen.» Unnthor lächelte. «Das war kein weiser Mann.» Über Karls Gesicht huschte ebenfalls ein Lächeln, und einen Moment lang waren sich die beiden Männer bemerkenswert ähnlich. «Wie steht's mit euch? Ich höre immer wieder Geschichten aus dem Süden, aber ich weiß nie, was ich davon glauben soll.»

«Wir haben uns ganz gut geschlagen», sagte Karl. «Ich bin mit einem Haufen harter Hunde zur See gefahren, die von einem Mann namens Sigurd Aegisson angeführt wurden.»

Unnthor pfiff anerkennend durch die Zähne. «Selbst hier oben haben wir schon von ihm gehört», sagte er. «Einer aus Skargrims alter Mannschaft? Hart wie Stein, der Kerl.»

Karl lächelte. «So hart, wie er sein musste. Wir haben uns im Land der Sachsen alles genommen, was möglich war, und das war eine ganze Menge – genug jedenfalls, dass ich mir dort unten im Süden einen Hof kaufen konnte.»

«Davon habe ich gehört, aber ...»

«Zwölf Paar Vieh», unterbrach ihn Karl.

Unnthor verstummte. «Zwölf Paar», wiederholte er. «Das ist ... das ist beeindruckend.»

«Und zwanzig Paar Schafe. Vier Arbeiter, zwei davon mit Eheweib.»

«Dann hast du es zu mehr gebracht als ich.»

«Weil ich meinen Schatz nicht vergraben habe.»

«Ich bin der Überzeugung, dass ein Mann sich verdienen sollte, was er im Leben besitzt», blaffte Unnthor. «Und erzähl mir nicht, dass du immer noch an dieses Ammenmärchen glaubst.» Er starrte seinen Sohn an. «Es gibt keinen Schatz», sagte er gedehnt.

Karl starrte zurück. Dann wandte er den Blick ab und sah stromabwärts. «Das habe ich mir schon gedacht», murmelte er. «Ist ja bloß eine Geschichte.»

«So ist es», sagte Unnthor. Zu seinen Füßen trieb die Angelschnur in der Strömung, schlaff und reglos.

Das Messer schnitt kräftig und präzise ins Fleisch. Hildigunnur führte die Klinge langsam, bedächtig und geschickt durch das Lamm und durchtrennte die Sehnen, die Muskeln und Knochen zusammenhielten. Eine Armlänge von ihr entfernt schälte Helga Rüben und versuchte erneut, nicht aufzufallen.

Hinter ihnen stieß Agla einen Seufzer aus und setzte ihre Klagen fort. «Ich weiß einfach nicht, was ich mit ihr machen soll. Sie verhält sich ...»

«Genau wie du, als du jung warst?» Hildigunnur klang nicht unfreundlich.

«Ja», sagte Agla und ließ sich auf einen Stapel Felle sinken. «Und ich mache mir Sorgen, dass sie dieselben Fehler machen wird.»

«Fehler sind gar nicht so schlimm», sagte Hildigunnur und riss dem Schlachtkörper mit einer Drehung ein Bein aus. «Durch sie wird man weise.» Sie wandte sich um und zwinkerte Agla zu. «Wie wir.»

Agla seufzte. «Ja. Vielleicht. Ich wünschte bloß, sie wäre … ich weiß auch nicht …»

«Leichter zu handhaben? Sanfter. Netter.»

«Ja.»

Und von wem sollte sie diese Eigenschaften haben?, dachte Helga.

«So ist das eben manchmal mit jungen Frauen», sagte Hildigunnur. «Sie sind fürchterliche, männerverschlingende Monster. Wie Helga», fügte sie hinzu.

«Was? Bin ich gar nicht!», rief Helga aus.

«Oh, ich wette, das bist du», lachte die blonde Frau. «Bei dir stehen sie doch bestimmt alle Schlange, mit dem Schwert in der Hand.»

«Reihenweise», fügte Hildigunnur hinzu, «für den Kampf um die Ehre.» Mit einem Hüftschwung deutete sie an, wie Helgas imaginäre Freier um sie kämpften. Hinter ihnen kicherte Agla.

«Sehr witzig», sagte Helga, «aber ein bisschen zu geübt. Ich denke eher, du sprichst da aus eigener Erfahrung, Mutter.»

«Oho», rief Agla, «da hast du dir aber ein ganz schlaues Kind großgezogen, sie kommt ganz nach dir.»

«Ich weiß», sagte die ältere Frau und lächelte Helga an.

«Sie ist wirklich ein schlaues Kind. Mir sind schon die Rätsel ausgegangen, die ich ihr stellen könnte, und auch über die Götter kann ich ihr nichts mehr beibringen, weil sie schon alles weiß. Zudem hat sie einen guten Riecher für Heilkräuter. Aber jetzt sollten wir wohl aufhören, über stramme Burschen zu reden, sonst kann sie heute Nacht nicht schlafen vor lauter Aufregung, während sie sich die Schwertkämpfe ausmalt – in allen Formen und Maßen. Erzähl uns Neuigkeiten aus der Welt, Agla: Was geht im Süden vor sich?»

Während Karls Frau von Politik und Krieg erzählte, schaute Helga verstohlen ihre Mutter an und dachte an all die Momente, in denen sie Einar dabei beobachtet hatte, wie er so lange mit besonders sturen Stuten rang, bis sie sich ihm fügten. Auf Mutters Gesicht lag jetzt ein ganz ähnlicher Ausdruck: zufriedener Triumph.

«Mach weiter», ermahnte Hildigunnur sie leise, während Agla hinter ihnen schwatzte. «Das Essen bereitet sich nicht von allein zu.» Das Messer der älteren Frau durchtrennte zügig den Hals des Lamms.

Es war Jaki, der ihn zuerst entdeckte. «Das muss Bjorn sein.»

«Wo?» Einar lehnte sich gegen das Tor und wischte sich den Schweiß von der Stirn.

«Da – unten an der Wegbiegung.» Jaki zeigte mit dem Finger zur Straße, und tatsächlich, etwa zehn Pfeilschüsse den Weg hinunter führten zwei Reiter ihre Pferde am Zügel, während ein dritter, weiter hinter ihnen, zusammengesackt auf dem letzten Tier im Sattel saß.

«Meinst du, der ist überhaupt geritten?», fragte Einar.

«Hoffentlich nicht, um des armen Tieres willen!»

Die Gestalt auf der linken Seite, von durchschnittlicher Größe und Statur, bewegte sich mit ruhigem, gleichmäßigem Schritt vorwärts. Der Mann auf der rechten war gut anderthalb Köpfe größer und um vieles massiger und breiter, sodass das Pferd neben ihm eher wie ein Fohlen wirkte. Ein Hund trottete an seiner Seite.

«Er ist nicht in Eile», sagte Einar.

Jaki seufzte. «Das ist er selten, unser Bjorn.»

«Hast du sie vermisst?», fragte Einar nach einer Weile.

Jaki dachte ein paar Atemzüge darüber nach, bevor er antwortete. «Zumindest ist es hier ruhiger ohne ihr Geschrei, so viel steht fest.»

«Aber haben Bjorn und Karl sich nicht …?»

«Ach.» Jaki machte eine wegwerfende Handbewegung. «Sie waren zwar nie die besten Freunde – aber sie sind Brüder. Ein bisschen Reife und Abstand mildern solchen Unsinn. Aber alle vier Geschwister sind auf ihre eigene Weise gefährlich, und in letzter Zeit spüre ich eine Kälte in den Knochen.»

«Was meinst du damit?»

«Dass sich Ärger zusammenbraut», murmelte Jaki.

«Ach, nun komm aber, alter Bock! Muss ich etwa feststellen, dass mein Vater auf seine alten Tage zu einem abergläubischen Waschweib geworden ist? Was kommt als Nächstes – geträumte Vorzeichen?»

Jaki drehte sich zu Einar. Er sagte nichts, aber sein Gesicht wirkte starr, ein Ausdruck wie aus Stein gemeißelt.

Nach einer Weile wandte der junge Mann den Blick ab und sah Helga auf sie zukommen.

«Warum hängt ihr zwei faulen Kerle hier beim Tor herum?», rief sie.

«Bjorn ist im Anmarsch.» Einar schob sie zur Straße hin.

«Zum ersten Mal wieder hier», sagte Helga. Neben ihr hob Jaki eine Augenbraue. «Er war gerade abgereist, als ich angekommen bin.»

«Hm», sagte Jaki, «das könnte hinkommen. Dann wären das ...»

«Elf Winter», sagte Helga. «Glaube ich.»

Der alte Mann wirkte erschüttert. «Was? Elf? Wo ist nur die Zeit geblieben?»

«Grüßt euch!», donnerte eine tiefe Stimme; die Reisenden waren jetzt nah genug, sodass ihre Gesichter zu erkennen waren. Der große Mann winkte und rief: «Jaki – bist du das?»

«Wer sonst?», rief Jaki zurück und lächelte.

Auch ohne sie zu sehen, konnte Helga spüren, dass ihre Mutter sich näherte.

«Grüß dich, Sohn!», rief Hildigunnur. «Der Eintopf steht schon auf der Feuerstelle bereit!» Agla und Gytha kamen aus dem Langhaus und stellten sich hinter die alte Frau. Sie kennen bereits ihren Platz, dachte Helga.

«Gute Nachrichten für müde Reisende», sagte Bjorn.

Als er näher kam, konnte Helga nicht anders – sie musste ihn einfach anstarren. Denn alles an Bjorn Unnthorsson war gewaltig: grobe Gesichtszüge, Hände wie Schaufelblätter. Mit seinem blonden Haar und dem Bart sah er aus wie eine Art Hügelriese; selbst der Wolfshund an seiner Seite, ein riesiges Tier, wirkte neben ihm wie ein Welpe. *Fast zwei Mann groß und hat sich die Zähne gefeilt*, dachte Helga. Wenn Karl in seinen besten Momenten wie Unnthor in seinen schlechtesten aussah, dann ging Bjorns Aussehen eindeutig auf Hildigunnurs Familie zurück. Bjorns Frau Thyri verschwand fast vollständig im Schatten des großen Mannes, als sie das Tor erreichten. Sie war von durchschnittlicher Größe, trug zweckmäßige Kleidung und schien in Bjorns Kielwasser einfach hinterherzutreiben. Ihr hellbraunes Haar war zu einem Knoten zusammengerafft und mit einem Lederband gebunden. Helga warf einen Blick auf die elfenhafte Agla neben ihr. *Wie unterschiedlich sie doch sind*, dachte sie – dann wurde ihre Aufmerksamkeit auf den Jungen gelenkt, der äußerst ungeschickt von seinem Pferd abstieg. Obwohl er fast so groß wie ein ausgewachsener Mann war – und ein beleibter noch dazu –, hatte er das zarte Gesicht eines Kindes und all die Anmut eines neugeborenen Rehkitzes. Während Bjorn und Thyri die anderen Frauen begrüßten, konnte Helga nur den Jungen anstarren. Unbeachtet von allen anderen stand er bloß da und wusste offensichtlich nicht recht, wohin er gehen oder was er tun sollte. Sie sah in ihm den Schatten ihres jüngeren Selbst, verloren und unsichtbar, und ihre Füße setzten sich schon in Bewegung, bevor ihr Verstand zu ihnen aufschließen konnte.

Sie schlüpfte zwischen den Pferden hindurch. «Hast du Hunger?», fragte sie leise. Sie ging ihm nur bis zur Schulter, und der Junge sah mit wässrigen blauen Augen zu ihr herunter. Er spitzte die Lippen, als ob er etwas sagen wollte, zögerte einen Augenblick, als müsse er ihre Worte erst verarbeiten, und nickte dann. Helga lächelte. «Komm mit.» Sie zwinkerte ihm verschwörerisch zu. Er zögerte erneut, dann führte er sein Pferd hinter ihr her.

«Volund!», blaffte Bjorn, und Helga spürte, wie der Junge sich anspannte.

«Keine Sorge», sagte Hildigunnur. «Helga wird sich um ihn kümmern.»

«Der Junge ist ein Schwachkopf. Er braucht eher ein paar hinter die Ohren als jemanden, der sich um ihn kümmert», murrte Bjorn.

Helga warf einen Blick zurück zu den Neuankömmlingen. Bjorn nahm so viel Raum ein, dass sie Thyri nicht mal mehr sehen konnte. «Führ das Pferd dort hinein», sagte sie zu Volund und zeigte auf die Stallungen. «Einar wird es versorgen. Hattet ihr eine lange Reise?» Der Junge nickte mit gesenktem Blick, dann spähte er vorsichtig zu ihr, das Kinn noch immer auf der Brust. Helga lächelte. «Magst du Lammeintopf?» Der Junge nickte noch einmal, jetzt mit größerer Begeisterung, und Helgas Lächeln wurde breiter. «Dann lass uns mal die Töpfe plündern!» Sie marschierte davon, und als sie hörte, dass der Junge ihr folgte, war sie außerordentlich zufrieden – ein ungewohntes Gefühl. Volund schlurfte ein wenig, doch er lief ihr hinterher. Als sie das Langhaus betraten, empfing sie der Duft von kochendem Fleisch. Helga ging zum großen Topf hinüber, griff nach der Kelle und tischte eine großzügige Portion auf. Der Junge setzte sich sogleich nieder, kauerte sich über die Schüssel und machte sich daran, dass Essen in seinen Mund zu schaufeln. «Du solltest vielleicht etwas … äh – vorsichtig …», begann Helga, allerdings zu spät: Volund spuckte den Eintopf bereits zurück in die Schüssel.

Er sah überrascht zu ihr auf, als fühlte er sich verraten. «Das ist *heiß*!»

Helga konnte nicht anders, sie musste grinsen. «Ja, ist es. Du musst pusten, guck, so.» Sie nahm seine Schüssel und blies sanft hinein. Volund starrte sie voller Misstrauen an, aber er ließ sich die Schüssel zurückgeben, nahm einen kleinen Löffel voll und schob ihn vorsichtig zwischen seine Lippen. Gleich darauf hellte sich seine Miene auf, und er zeigte ein strahlendes Lächeln. Dann runzelte er die Stirn, als versuche er, sich etwas ins Gedächtnis zu rufen, tauchte seinen Löffel ein, führte ihn zum Mund und blies darauf, so sorgfältig, als hätte er nie etwas anderes gemacht.

«Richtig», sagte Helga. «Genau so.»

Volund strahlte und aß, während seine Eltern eintraten und sich weiter mit Agla und Hildigunnur unterhielten.

«... ein gnädiger Winter gewesen», sagte Agla und reckte ihren Hals, um Bjorn ins Gesicht zu sehen. «Wir haben uns dort unten im Süden in eine ganz gute Lage gebracht. Wie laufen die Dinge bei euch?» Die Tür fiel hinter ihnen zu.

«Oh, die Täler sind zweifellos harte Arbeit», polterte Bjorn, «aber die Svear bleiben unter sich, und wir halten uns auf unserer Seite.» Der gewaltige Mann ließ sich auf einer Bank nieder, die unheilvoll knarrte. «Manchmal handeln wir mit ihnen. Einmal habe ich es geschafft, drei Wagenladungen von ...»

«Bjorn!» Draußen auf dem Hof war plötzlich ein fürchterliches Knurren und Bellen ausgebrochen, in dem Einars Schrei beinahe unterging. Einen Augenblick lang waren alle irritiert, doch dann sprang Bjorn auf und lief trotz seiner Körpermasse überraschend schnell zur Tür. Helga wurde aus ihren Gedanken über Volund aufgeschreckt, ließ sich von der Aufregung mitreißen und folgte der Familie nach draußen.

Als sie durch die Seitentür des Langhauses trat, hatte Bjorn bereits die Hälfte des Hofs überquert. Der große graue Wolfshund stand mit gefletschten Zähnen angriffslustig über Karls Dogge. An der Schnauze des unterlegenen weißen Hundes strömte Blut aus einer Wunde. Mit seinem Kopf kauerte er am Boden, aber seine kräftigen Beine waren angespannt, bereit, sich auf seinen dürren grauen Gegner zu stürzen. «Breki», rief Bjorn, *«hierher!»* Der Wolfshund zögerte einen Augenblick, und in diesem Moment schoss die Dogge mit weit aufgerissenem Maul auf ihn zu und verbiss sich in seinem Hals.

«Nein!» Bjorn ging dazwischen und versetzte der Dogge einen brutalen Tritt.

«Was zum Teufel machst du da?», brüllte Karl und rannte über den Hof auf die kämpfenden Tiere zu. Bjorn schenkte ihm keine Beachtung, trat noch einmal nach der Dogge, direkt in die Rippen. Sie jaulte auf und ließ den Wolfshund los, der sich daraufhin mit gesenktem Kopf zurückzog. Immer noch bereit zum Angriff, ließ er jedoch die Dogge nicht aus den Augen.

Mit beiden Händen packte Karl seinen Bruder von hinten und drückte eine Ferse in dessen Kniekehle. Bjorn stürzte schreiend zu Boden.

«Bleib von meinem Hund weg!», grollte Karl, sprang über den großen Mann hinweg und griff der Dogge in den Nacken. Der Hund knurrte ihn an. «Beruhig dich, Erla», sagte Karl. Die Dogge antwortete mit einem Winseln.

Karl drehte sich zu Bjorn um, der sich inzwischen wieder hochgestemmt hatte und jetzt kniete. «Warum hast du deinen verfluchten Hund auf sie losgelassen, du Mistkerl?», blaffte er. «Bist du noch ganz bei Trost?»

«Ich habe überhaupt niemanden auf irgendwen losgelassen, schon gar nicht auf deinen Köter», knurrte Bjorn. «Einar hat gerufen, und ich bin rausgelaufen.»

«Und das soll ich dir glauben? Das hast du doch mit Absicht gemacht!»

«Hab ich nicht!», schrie Bjorn. «Nichts dergleichen – und wenn ich es getan hätte, dann weißt du ganz genau, dass ich es dir ins Gesicht gesagt hätte. Jedenfalls hätte ich dich nicht von hinten angegriffen wie ein jämmerlicher Feigling.»

Karl ballte die Fäuste, verlagerte sein Gewicht auf den vorderen Fuß, da krachte Unnthors Stimme wie eine Peitsche über ihre Köpfe hinweg. «Wenn ihr zwei Welpen nicht *sofort* damit aufhört, bekommt ihr beide von mir das, was ihr verdient habt», schnauzte er. Er ging mit großen Schritten auf die beiden Männer zu, die sich voreinander aufgebaut hatten. *«Auseinander.»*

«Aber er hat angefangen ...», begann Bjorn.

«Sofort.»

Helga sah von der Tür des Langhauses zu, als der Riese und der Krieger in sich zusammenzuschrumpfen schienen und wie kleine Kinder wirkten, während ihr Vater sie ausschimpfte. Karl spuckte auf den Boden und schaute sich nach der Dogge um, die unter einen Karren gekrochen war.

«Warum sind die Hunde überhaupt frei herumgelaufen?», brummte Bjorn. Er kniete sich neben den blutigen Wolfshund, beruhigte ihn mit sanftem Streicheln und schaute sich die Wunden an.

«Sie müssen sich von der Leine losgerissen haben», sagte Unnthor, der über ihm stand. «Nur darauf aus, Ärger zu machen, ganz wie ihre Besitzer. Muss ich euch zwei jetzt den ganzen Tag lang im Auge behalten, oder werdet ihr euch wie erwachsene Männer benehmen?»

«Ich werde nichts anstellen», sagte Bjorn und fügte kaum hörbar hinzu: «Wie immer.»

Unnthor schnaubte. «Zumindest hast du noch immer nicht gelernt, wie man überzeugend lügt. Sei kein Narr.» Mit diesen Worten wandte er sich ab und ging über den Hof zu Karl, der die Dogge durch gutes Zureden unter dem Karren hervorgelockt hatte.

Die große Hündin schützte ihre Flanke und wimmerte, als Karl den Brustkorb berührte.

«Irgendwas gebrochen?»

«Nein, aber das haben wir sicher nicht ihm zu verdanken», knurrte Karl.

«*Schluss jetzt.* Du hättest selbst dafür sorgen müssen, dass dein Hund richtig angebunden ist», sagte Unnthor. «Das Gleiche gilt auch für Bjorn», fügte er hinzu, als Karl protestieren wollte. «Ich muss mich darauf verlassen, dass ihr zwei erwachsen geworden seid und diese idiotische Rivalität aufgegeben habt – zumindest für die nächsten drei Tage. Dann könnt ihr eurer Wege gehen und tun, was immer ihr wollt. Aber solange ihr euch auf meinem Land befindet, werdet ihr mir Respekt zollen. Ich kann jedem von euch noch immer eine Tracht Prügel verpassen.»

Karl drehte den Kopf und blickte zu seinem Vater auf. «Hast du uns hierhergebeten, um uns anzuschreien?»

«Nein.» Unnthor warf Hildigunnur einen Blick zu. «Wir haben euch eingeladen, um euch wiederzusehen – unsere *Familie.* Wir sind lange nicht mehr zusammengekommen, und ich dachte, das sollten wir ändern. Ständig hat mir eure Mutter Heldengeschichten über eure Erfolge erzählt. Ich wollte sie lieber mal von euch selbst hören.»

Karl sah sich rasch um. Die Frauen gingen zurück ins Langhaus, und Bjorn war mit seinem Hund beschäftigt. Jetzt sprudelten die Worte nur so aus ihm heraus. «Vater, ich brauche Hilfe – ich habe mir Geld geliehen, um den Hof zu vergrößern, und jetzt sind acht Paar aus meiner Herde vom Klauengeschwür befallen – und ich kann … ich kann das Geld nicht zurückzahlen.»

Unnthor runzelte die Stirn. «Verkauf einen Teil deines Viehs. Schick die Arbeiter weg. So schwierig ist das doch nicht.»

«Das wird nicht ausreichen.»

«Wie viel hast du dir denn geliehen?»

«Zu viel», sagte Karl. «Ich dachte …»

«Tja, das hättest du eben nicht tun sollen. Leih dir nie etwas», blaffte Unnthor. «Arbeite. Verkauf den Hof, wenn es sein muss. Bau dir einen neuen auf.»

«Warum nur willst du deinem eigenen Fleisch und Blut nicht helfen?»

Unnthor musterte Karl von oben bis unten und wählte seine Worte mit Bedacht. «Weil ich denke, dass meine Nachkommen stets in der Lage sein sollten, sich selbst zu helfen. Dass sie nicht danach streben sollten, sich mehr aufzuhalsen, als sie tragen können.» Damit drehte er sich um und ging davon.

«Kehr mir nicht den Rücken zu, Vater», murmelte Karl. «Du wirst nicht ewig leben.»

Neben ihm stand die Dogge und winselte.

Einar schloss die Tür zur Schmiede hinter sich und sah sich um. Die Werkstatt seines Vaters war schlicht, aber zweckmäßig: An einer der Wände stand eine Werkbank, darüber hing eine Reihe abgenutzter Werkzeuge. Er griff nach dem Hammer und legte die verbogenen Haken auf den Tisch. Der erste Schlag übertönte das Geräusch der Tür, die sich leise öffnete.

«Solltest du nicht eigentlich nach den Hunden sehen?»

Einar fuhr herum. «Gytha! Du hast eine Begabung dafür, dich anzuschleichen.»

«Tut mir leid. Das war nicht meine Absicht.»

«Schon gut», murmelte Einar.

«Was machst du?» Gytha kam näher.

«Ich biege bloß ein paar Haken zurecht», sagte Einar.

«Kann ich helfen?»

Einar runzelte die Stirn. «Helfen? Äh, nein. Das ist keine Arbeit, die man sich teilen kann.»

Gytha beugte sich zu ihm hinüber, ihre Schultern berührten sich. «Kann ich zusehen?»

Einar drehte sich um und schaute ihr jetzt das erste Mal in die Augen. Sie hielt gespannt den Atem an, und ihre Augen funkelten erwartungsvoll.

Er hob den Arm und packte sie fest an der Schulter. Dann drängte er sie zur Tür, öffnete sie und schob Gytha hinaus. «Nein», sagte er.

Gytha stolperte rückwärts. Nach drei Schritten fing sie sich.

An der Ecke der Schmiede war Bjorn noch immer mit seinem verwundeten Hund beschäftigt. Er sah zu ihr auf. «Na, was ist los? Hat die kleine Prinzessin nicht bekommen, was sie wollte?»

«Halt den Mund, Onkel!», schimpfte sie. «Er ist ein … ein blöder Esel, das ist er!» Gytha stampfte davon.

Als Einar die Tür zur Schmiede mit Nachdruck schloss, musste der Riese grinsen. Doch das Lächeln verging ihm sofort wieder, als er Karl vom Langhaus auf sich zukommen sah. Knapp einen halben Steinwurf entfernt blieb sein Bruder stehen.

«Ich habe Breki nicht auf deinen Hund losgelassen», sagte Bjorn.

Karl blickte zum Horizont, dann zu den Bäumen. «Tut mir leid, dass ich dich getreten habe», sagte er.

Bjorn zuckte mit den Schultern. «Schon vergessen. Hast mich ziemlich schnell zu Fall gebracht. Guter Trick.»

«Musste da draußen im Westen gegen ein paar richtig große Bastarde kämpfen», sagte Karl. «Mit meiner Statur ist das Knie der sicherste Weg.»

Bjorn lächelte. «Ich werd's mir merken – und es dir beim nächsten Mal ins Gesicht rammen.»

Karl erwiderte das Lächeln. «Du bist ein Arsch.»

«Ein größerer, besserer und haarigerer Arsch als du, Bruder», sagte Bjorn. Unnthor trat aus dem Langhaus und starrte böse zu ihnen herüber, aber Bjorn winkte ihm zu. «Keine Sorge, Vater. Karl hat mir nur gerade erklärt, dass er in jeder Hinsicht im Unrecht war und dass er mir den Hof überlassen wird, wenn du im brennenden Boot davongesegelt bist.»

«Wer sagt denn, dass er ihn überhaupt bekommt?», erwiderte Unnthor. Karl, der zwischen ihnen stand, versteifte sich für einen Augenblick, dann lachte er. Auf Unnthors Gesicht schlich sich ein Lächeln, als er an seinen Söhnen vorbeiging. «Ich sollte euch wohl so behandeln, wie es euch Hunden gebührt, und euch ein bisschen Auslauf bieten.»

«Was soll das heißen?», fragte Karl.

Der alte Mann verschwand in der Schmiede. Die Brüder wechselten wortlos einen Blick.

Als Unnthor wieder herauskam, hielt er drei Speere in den Händen. An seiner Schulter schwang ein Bogen, an der Hüfte hing ein Köcher. Er warf jedem der Brüder einen Speer zu. «Wir gehen auf die Jagd.»

«… hat ganz schön für Wirbel gesorgt!», sagte Agla. Die Strahlen der Mittagssonne fielen durch die offenen Rauchabzüge ins Langhaus und tauchten die Frauen in gelben Lichtschein.

«Das kann ich mir vorstellen», sagte Hildigunnur, die an einem kleinen Stück Holz schnitzte. Irgendwann würde daraus ein sitzender Hund, ein Pferd oder ein Bulle werden oder was auch immer sie damit vorhatte. Die Klinge bewegte sich ruhig und sicher, selbst der kleinste Schnitt erfüllte seine Aufgabe. Durch die Art, wie Hildigunnurs Finger sich um den polierten Griff aus Rentierhorn schlossen, schien es fast, als ob die schmale Klinge zu ihr gehörte wie ein Körperteil.

Wie eine Klaue, dachte Helga, die sie beobachtete, während sie selbst sich mit Näharbeit zu beschäftigen versuchte. Aber die verdammte Nadel tat einfach nicht, was sie sollte. Was sie sich wie eine üppige Ranke ausgemalt hatte, die vom Saum ihres Rocks an der Längsseite hinaufkletterte, sah eher aus wie der Trampelpfad einer betrunkenen Kuh. Sie runzelte die Stirn, zog den Faden zum vierten Mal heraus und begann von Neuem.

«Aber alles, was wir wissen, ist, dass sie beim Stehlen erwischt wurde, nachdem ihnen die Vorräte ausgegangen waren. Ich weiß nicht, was oder von wem, aber wochenlang hat keiner mit ihr gesprochen.»

«Schlimm», murmelte Hildigunnur.

«Nicht wahr? Was lernen solche Frauen überhaupt – und wie kommen sie bloß zu ihren Ehemännern?»

«Oh, da kann ich mir schon ein paar Wege vorstellen», sagte Hildigunnur.

Agla kicherte. «Es tut so gut, mal jemanden zum Plaudern zu haben», sagte sie.

«Das stimmt», sagte Hildigunnur. «Was ist mit dir, Gytha? Was denkst du über diese Frau?»

Gytha saß missmutig neben ihrer Mutter; sie hatte schon seit einer Ewigkeit kein Wort gesprochen. Einen Moment lang schien sie zu überlegen, dann fauchte sie: «Sie ist eine blöde Kuh – war eine blöde Kuh, wird immer eine blöde Kuh bleiben.»

Agla fuhr hoch, aber Hildigunnur schnitt ihr das Wort ab. «Wenn all das wahr ist, was deine Mutter erzählt hat, dann klingt das für mich nach einer angemessenen Beurteilung.»

Gytha schnaubte und hüllte sich wieder in Schweigen, aber Helga konnte nicht umhin zu bemerken, dass die Haltung der jungen Frau sich ein bisschen entkrampfte, wenn auch nur ein kleines bisschen. Hildigunnur schenkte dem Mädchen ein Lächeln und hörte Agla weiter zu.

Gytha holte tief Luft und seufzte – laut genug, dass alle es hören konnten. Noch bevor jemand die Gelegenheit hatte, darauf zu reagieren, flog die Tür auf, und Bjorns Frau stolperte herein.

«Grüß dich, Thyri», sagte Hildigunnur. Agla bemühte sich vergeblich, ihre Verärgerung zu verbergen.

Thyri schüttelte den Kopf, sie wirkte durcheinander. «Verzeih mir, Hildigunnur. Ich … äh, ich … danke euch dafür, dass ihr uns eingeladen habt. Ich komme schließlich als Gast … also … nun … ich kann Volund nicht finden», sagte sie mit zittriger Stimme. «Er ist noch nie … Ich weiß nicht …»

Hildigunnur war schon auf den Beinen und halb durch den Raum gelaufen, bevor Helga überhaupt verstand, was geschehen war. Hildigunnur lächelte nicht mehr, als sie fragte: «Wann hast du ihn das letzte Mal gesehen?»

«Ähm … vor einer Weile?»

«Agla und Gytha – Fluss. Helga – Stallungen.» Hildigunnur legte Thyri eine Hand auf die Schulter. «Wir übernehmen die Straße.» Sie klatschte zweimal fest in die Hände. «Bewegt euch.» Der Befehlston ließ die Frauen vom Tisch aufspringen.

Als sie ins Freie traten, überraschte Helga die grelle Sonne. Im schattigen Langhaus hatte sie den Sommer kurz vergessen, aber nun war die morgendliche Wärme von drückender Mittagshitze abgelöst worden. Sie dachte an Volund, als sie über den Hof ging und den älteren Frauen dabei zuschaute, wie sie sich entfernten. In den Stallungen nachzuschauen fühlte sich irgendwie falsch an. Was würde der Junge tun? *Ich bin an einem Ort, mit dem ich nicht vertraut bin*, dachte sie. *Mir ist heiß, und ich fühle mich nicht wohl. Ich gehe zum Fluss ... nein – denn trotz des Körpers, in dem ich stecke, bin ich immer noch ein kleiner Welpe, und mir ist langweilig. Hier gibt es doch noch mehr, mit dem man spielen könnte ...* Als Hildigunnur Thyri zum Haupttor führte und Agla mit Gytha Richtung Fluss verschwand, blickte Helga kurz zu den Stallungen, fasste einen Entschluss und wandte sich nach links, zum Seitentor.

«Volund!» Laut hallte das Echo der Frauenstimmen hinter ihr, während Helga sich auf den Weg zur neuen Scheune machte. Durch den Schatten, den die Bäume warfen, war die Hitze viel erträglicher.

«Schlauer Junge», murmelte sie, atmete den Duft der Kiefern ein, sah sich um, suchte nach – aha! Hier verriet ein dunkler Kreis, dass ein Felsen umgedreht worden war; und eine Linie deutete an, dass jemand die Käfer unter dem Stein mit einem Stock angestupst hatte. Ihr Herz schlug schneller, während sie weitereilte. Ein zerbrochener Ast, abgerissenes Moos – es waren keine großen Zeichen, es waren nicht viele, aber sie waren stimmig, und es fanden sich immer wieder welche auf dem Weg: Jemand war diesen Pfad hinaufgekommen und hatte in allem herumgestochert, was ihn angesprochen hatte. Sie hielt Ausschau nach zertrampeltem Gras und Fußspuren abseits des Weges, konnte aber nichts entdecken.

Der Pfad machte eine Biegung, und da ragte die neue Scheune auch schon vor ihr auf. Die Ostseite war in Sonnenlicht getaucht, und als Helga um die Ecke spähte, lag Volund dort reglos ausgestreckt im Schatten und schlief tief und fest.

Ein Kichern entfuhr ihr, der Junge bewegte sich, aber er wachte erst auf, als sie ihn mit ihrem Fuß anstieß. «Komm schon, du Schlafmütze.» Sie lächelte ihn an. «Deine Mutter macht sich Sorgen.» Volund öffnete die Augen und sah Helga verschlafen an. «Los, steh auf!»

Der Junge rollte sich auf die Seite und hievte sich schwerfällig hoch. «Ich … ich bin eingeschlafen.»

«Das passiert uns allen mal. Aber jetzt gehen wir hinunter zum Hof, und dann wird Einar – der nette Junge, der sich um die Pferde kümmert – eine Beschäftigung für dich finden.»

Volund nickte mit ernster Miene. «Das klingt gut.»

Helga unterdrückte ein Grinsen. «Dann los.» Sie ging voraus. Zuerst hinkte Volund etwas hinterher, aber dann holte er auf und lief fröhlich an ihrer Seite.

«Volund!» Im selben Moment, als sie aus dem Schatten der Bäume traten, schallte auch schon Thyris Stimme zu ihnen herüber, und Helga sah die Frau auf das Seitentor zulaufen, bevor sie innehielt, als versuche sie, die Fassung zu bewahren. Ihr folgte Hildigunnur mit schnellem Schritt.

Der Junge wurde langsamer. «Nun komm schon», sagte Helga und legte so viel Fröhlichkeit in ihre Stimme, wie sie konnte. «Wir wollen doch eine Beschäftigung für dich finden, weißt du noch?»

Doch Volund hatte den Kopf auf die Brust gesenkt, sein Gang war schleppend. «Ich krieg Schelte», murmelte er.

«Kann sein», sagte Helga und versuchte, ihr breites Lächeln aufrechtzuerhalten, obwohl ihre Wangen schon schmerzten, «aber der Ärger ist bald vorüber, und danach kannst du wieder Spaß haben. Vielleicht können wir ja am Fluss fischen gehen.»

Der Junge warf ihr einen schnellen Blick zu. «Am Fluss? Versprochen?»

Diesmal musste sie ihr Lächeln nicht erzwingen. «Versprochen.»

Volund zog das Tempo etwas an.

Thyri wartete am Tor, als wollte sie die Sicherheit des Hofes nicht verlassen. «Warum bist du weggelaufen, du dummer Junge?», schrie sie. «Ich hatte solche Angst!»

«Ich wollte mich bloß umsehen», murmelte Volund.

«So etwas darfst du *niemals* tun, ohne mir vorher Bescheid zu sagen!» Sobald Volund in ihrer Reichweite war, griff sie nach ihm und zerrte ihn gewaltsam durchs Tor. «Du kommst jetzt mit mir und setzt dich dorthin, wo ich dich sehen kann.»

Während er von seiner Mutter davongeschleift wurde, drehte Volund den Kopf und schaute Helga über seine Schulter an. Er sah äußerst unglücklich aus.

Versprochen. Sie formte das Wort mit dem Mund und erntete ein schwaches Lächeln.

Als Mutter und Sohn gegangen waren, erzählte Helga Hildigunnur, wo sie Volund gefunden hatte.

Hildigunnur lächelte. «Das ist aber nicht der Ort, an dem du suchen solltest, oder?»

Helga schüttelte den Kopf.

«Gut. So sollte es sein.» Die alte Frau klang sehr zufrieden. «Du hast ein gutes Gespür, Mädchen. Verlass dich darauf. Und jetzt gehe ich zurück an meinen Tisch und versuche dafür zu sorgen, dass Volund nicht zu stark bemuttert wird.»

Helga blickte Hildigunnur nach, die Thyri und dem Jungen ins Langhaus folgte. Im Stillen war Helga dankbar dafür, wie gut sie es mit ihrer eigenen Mutter getroffen hatte.

Der Wald war still und in grünes Licht getaucht, das durch die Blätter drang. Karl schlich mit dem Speer in der Hand voran, die Beute im Blick: einen kapitalen Bock mit großem Geweih, der einige hundert Schritte weiter zufrieden graste.

Plötzlich hob der Hirsch den Kopf, jeder Muskel in seinem Körper schien angespannt. Seine Nüstern bebten.

Karl knurrte und sprintete Hals über Kopf durch das Unterholz auf ihn zu – doch der Hirsch sprang auf seinen kräftigen Beinen schnell davon. Der Speer pfiff durch die Luft und bohrte sich tief in einen Baumstamm, wenige Fingerbreit am Hals des Tieres vorbei.

«Gut gemacht, Bruder», sagte Bjorn hinter ihm. «Vielleicht schmeckt er ja besser, wenn du ihn zu Tode erschreckst.»

«Halt den Mund», zischte Karl. «Er hat dich wahrscheinlich gerochen.»

«Hat er nicht. Sonst wäre er auf mich zugekommen, um mit mir zu kuscheln.»

Karl stapfte weiter, griff nach dem Speer und riss ihn aus dem Stamm heraus. «Wo ist Vater? Er muss wissen, dass der Hirsch entkommen ist.»

Bjorn drehte sich um. «Er war gerade noch hinter mir. Er hatte den Bogen, oder nicht?»

Ein Pfeil schlug dumpf in einen Baumstamm einige Schritte zu ihrer Linken. «Den hatte er.» Unnthors Stimme ertönte ein Stück weit hinter ihnen. «Und da es nur gerecht ist, die Arbeit zu teilen, und ich den Hirsch erlegt habe» – der alte Mann tauchte grinsend zwischen den Bäumen auf, hinter denen der Hirsch verschwunden war –, «dürft ihr ihn jetzt ausweiden und tragen.»

Wortlos warf Karl dem alten Mann seinen Speer zu. «Na schön. Wo ist er?»

Unnthor zeigte hinter sich. Die Blutspur war unverkennbar. Karl schob Zweige eines Gebüschs beiseite und verschwand.

«Wann hast du dich zurückfallen lassen und einen Bogen um uns gemacht?», fragte Bjorn seinen Vater.

«Das muss um die zehn Pfeilschusslängen von hier gewesen sein.»

«Woher wusstest du denn, wo er ist – oder wohin er läuft?»

«Das waren vielleicht auch einmal eure Wälder, aber meine waren es zuerst.» Unnthor lächelte und bahnte sich einen Weg durch das Unterholz zu Karl, der neben dem toten Hirsch stand. Im Hals des Tieres steckten zwei Pfeile, davon hatte ihn einer komplett durchbohrt, wie die Austrittsstelle bewies.

«Nicht schlecht, alter Mann», sagte Bjorn. «Er muss direkt an dir vorbeigekommen sein.»

«Nah genug», sagte Unnthor. «Manchmal muss man den Schuss riskieren, auch wenn die Entfernung zu kurz ist.»

«Und du hast es noch nicht für angebracht gehalten anzufangen, Bruder?», grinste Bjorn.

«Mit dem Messer warst du immer geschickter – jedenfalls wenn sich das Ziel nicht bewegt hat», sagte Karl.

«Das liegt daran, dass er aufgepasst hat, als ich es ihm beigebracht habe», brummte Unnthor. «Und wenn ihr noch länger wartet, wird der Wald ihn für euch häuten.»

Der Geruch von Blut und Tod hatte bereits die ersten Fliegen angezogen. Sie schwirrten um den Körper. «Gut», sagte Bjorn, «dann lass es uns hinter uns bringen. Ullr, hör unser Gebet. Wir danken dir für die Beute, die du uns beschert hast. Dein ist das Blut des Tieres. Der Jäger bezeigt dir Ehre.» Er kniete sich neben den Hirsch, zog mit präzisen, geübten Handgriffen dessen Hals zurück und schlitzte die Kehle auf. Dick strömte das schwarze Blut hinaus und sickerte in den Waldboden.

Die Hunde rochen die Jäger zuerst und stimmten ein lautes Gebell gegen die sinkende Sonne an. Der Lärm drang ins Langhaus wie aus einer anderen Welt. Nun war auch Jakis Stimme zu hören. «Sie sind zurück», kündigte er unnötigerweise an.

«Wurde auch Zeit», sagte Hildigunnur, legte ihr Schnitzmesser weg und steckte das Holzstückchen, an dem sie gesessen hatte, in einen kleinen Stoffbeutel.

Agla war bereits aufgestanden, dehnte ihre Beine und ließ die Schultern kreisen. Als sie auf die Tür zuging, machte Thyri mit einem Räuspern auf sich aufmerksam. «Äh, meint ihr wohl … ähm … könnten wir es vielleicht vermeiden, Bjorn davon zu erzählen, dass Volund verschwunden war?»

Helga sah zu ihrer Mutter. Deren Miene zeigte sorgfältig gespielten Gleichmut. Sanfte Falten zeichneten sich auf ihrer Stirn ab. «Volund? Verschwunden?» Sie lächelte. «Mein Enkelsohn war die ganze Zeit bei mir.»

Bjorns Frau atmete erleichtert aus und strahlte Hildigunnur an. «Danke», sagte sie leise.

«Ach was. Nicht der Rede wert. Jetzt wartet einfach ab. Sie werden gleich hier sein. Meine alten Knochen sagen mir, dass wir heute Abend gutes Fleisch bekommen.»

Thyri wurde ruhiger, und Helga versuchte, sich vorzustellen, wie es für sie war, mit dem großen, lärmenden Bjorn zusammenzuleben. Es wollte ihr nicht gelingen. Seit Volund zurück war, hatte die Frau kaum mehr ein Wort gesprochen. In einer Ehe musste es ein bestimmtes Gleichgewicht geben, das wusste Helga, aber ein Ehepaar wie dieses war ihr bis jetzt noch nie begegnet. Unnthor und Hildigunnur waren wohl auch etwas unterschiedlich, was die Größenverhältnisse betraf, aber Bjorn und Thyri? Wie konnte diese Frau sich gegen einen Mann behaupten, der so groß wie ein Bär war und zweimal so laut? Helga wandte sich wieder ihrer Näherei zu und versuchte, jenen angenehmen Zustand geistiger Entspannung zu erreichen, in dem die Finger ihre Arbeit wie von allein verrichteten. Sosehr sie sich auch bemühte, es gelang ihr nicht, dieses unbehagliche Gefühl abzuschütteln, das sie früher am Tag unter Karls Blicken erfasst hatte. Sie hatte die Ratschläge ihrer Mutter an junge Frauen gehört, darüber, wie sie solche Situationen meiden konnten. In manchen Fällen umfassten die Ratschläge auch genaue Angaben, wohin sie mit Ellbogen oder Knie zielen sollten, um sich zu wehren. Aber das hier mit Karl war etwas anderes: Die Männer, über die sich die Frauen bei ihrer Mutter beschwerten, waren nicht Hildigunnurs eigene Söhne.

Stimmen drangen ins Langhaus, auch wenn sie vom wilden Bellen der Hunde nahezu verschluckt wurden.

«Die sind ganz schön laut, was?», sagte Helga.

«Sie sind einfach gestrickte Kreaturen, und Blut liegt in der Luft», sagte Hildigunnur.

Mein eigenes Fleisch und Blut. Mit Finsternis im Herzen. Sie haben es …

Ein kurzer, stechender Schmerz riss Helga aus ihren Gedanken. Sie sah auf die Nadel: Durch den Stoff war sie geradewegs in ihren Finger gefahren. Hellrot setzte sich der Blutstropfen vor ihrer Haut ab.

KAPITEL 3

ASLAK

Helga wurde schwindlig, als sie sich im Raum umblickte. Ihr neuer Platz am anderen Ende der Tafel war ihr unbehaglich und fremd, genau wie all die unbekannten Gesichter um sie herum. Obwohl sicher drei- oder sogar viermal so viele Gäste in die Halle gepasst hätten, hatte sie den Eindruck, dass im Langhaus schon jetzt kein Platz mehr war. Gytha saß neben Agla gegenüber von Jaki, der rechten Hand ihres Vaters. Er schien gut aufgelegt, im Gegensatz zu seinem Sohn; Einar neben ihm wirkte, als ob er sich gar nicht wohlfühlte. Karl saß neben Agla an der Ecke zur Rechten ihres Vaters. Der alte Unnthor und Hildigunnur hatten den Platz am Kopfende eingenommen und blickten über die Tafel auf Bjorn und seine Familie. Als Helga mit ihrem Teller an Bjorn vorbeiging, bekam sie die volle Wucht seiner Erzählkunst zu spüren und konnte nur knapp seinem ausgestreckten Arm ausweichen.

«... aber die Wölfe wussten ja nichts davon, dass sie sich töten lassen sollten, stimmt's? Mein Freund Arnthor stapft also durch den Schnee, um sich den einen zu holen, von dem er glaubt, ihn verwundet zu haben – und da tauchen zehn andere aus dem Unterholz auf!» Bjorn schlug sich kräftig auf den Schenkel. «Das Gesicht, das er gemacht hat, als er schrie und sich umdrehte, um zu fliehen» – jetzt ahmte er aufgeblasene Wangen nach und keuchte – *«Helft mir! Hilfe!»*

«Und was ist dann passiert?», fragte Gytha gebannt.

«Sie haben ihn erwischt, was sonst», antwortete Bjorn. Helga entging nicht, wie Thyri seufzte, als wollte sie damit sagen: Jetzt kommt das schon wieder! «Haben ihn dort im Schnee angefallen. Zum Glück war ich nah genug, also habe ich meine Hosen heruntergerissen und sie angepisst!» Fast gingen Bjorns Worte in seinem rauen Gelächter unter. «Die hassen den Geruch», erklärte er, als er sich beruhigt hatte und Gythas verwirrten Gesichtsausdruck bemerkte. Dann fügte er hinzu: «Arnthor allerdings auch!»

Agla lächelte ihm zu, dann sah sie zu Thyri. «Erzähl uns, was im Osten vor sich geht. Ist es wahr, dass Harald Blauzahn gedroht hat, dort einzufallen?»

«Pff», sagte Bjorn, «das würde diese alte Memme nicht wagen. Er müsste zu Fuß dorthin marschieren. Das würde ihn die Hälfte seiner Männer kosten.»

Helga fand, dass Bjorn auf einmal gar nicht mehr so freundlich aussah.

«Hört auf, über Krieg zu reden», sagte Hildigunnur bestimmt. «Seid still und esst euer Fleisch.»

«Das wird wohl kaum möglich sein, mit diesem Trollkind am Kopfende», sagte Karl.

«Halt den Mund, du Wicht», erwiderte Bjorn. «Ich sage, was ich will und wann immer es mir passt.»

«Das scheint ja gerade das Problem zu sein», sagte Gytha.

Einen Moment war es totenstill. Schnelle Blicke wurden über den Tisch hinweg gewechselt – dann lachte Bjorn schallend. «Ha! Die einzige Person an diesem Tisch, die Eier in der Hose hat, ist ein Mädchen!» Als Gytha grinste, nickte er zu Einar hinüber und fügte hinzu: «Und so, wie sie rangeht, bekommt sie noch vor Ende der Nacht auch die von unsrem Bauernjungen hier …»

Augenblicklich wich das Grinsen wieder aus Gythas Gesicht. Sie warf ihren Löffel hin, stand auf und stürmte zur Tür.

«Gytha!» Karl brüllte ihr vergeblich hinterher.

Agla atmete tief ein. «Ärger sie nicht so, Bjorn. Sie ist doch noch so jung …»

«Jung?», unterbrach Bjorn sie. «Sie ist dem Hengst hier den ganzen Tag nachgelaufen – was sie von ihm will, hat sicher nichts mehr mit Jungsein zu tun.»

Einar wurde knallrot, während er mit gesenktem Kopf auf seinen Teller starrte.

«Bjorn!», schimpfte Thyri.

«Was?», fragte der große Mann. «Das ist doch offensichtlich.»

Als Helga Hildigunnur anschaute, warf diese einen schnellen Blick zur Tür und wieder zurück zu Helga. Die Anweisung war deutlich: Finde sie.

Draußen war die Luft kühler, die langen Schatten gingen in Dämmerlicht über. Die Hunde bellten nicht, sie kannten Helgas Geruch inzwischen. Helga sah schnell in den Gebäuden nach, obwohl sie überzeugt war, dass sie Gytha hier nicht finden würde. Sie ging im Geist alle Wege durch, die Gytha genommen haben konnte. Dann wandte sie sich nach rechts, dem Fluss zu.

Das Mädchen saß im Gras und hatte den Kopf zwischen den Knien vergraben. Das Wasser berührte fast ihre Schuhspitzen. «Er ist ein Schuft», sagte Helga, als sie sich näherte.

«Wer?», fragte Gytha mit gebrochener Stimme, ohne den Kopf zu heben.

Was würde ihre Mutter antworten? Helga rief sich die Gespräche ins Gedächtnis, denen sie im Langhaus gelauscht hatte. «Müssen wir uns auf einen festlegen? Alle, schätze ich.»

Das brachte ihr immerhin ein kurzes, schrilles Lachen von Gytha ein. «Damit liegst du gar nicht so falsch.» Gytha hob den Kopf und blickte im Licht der Dämmerung listig zu ihr auf. «Hast du ihn gehabt? Einar?»

«Was?»

Gytha schaute etwas gereizt. «Ob du ihn *gehabt* hast? Mit ihm geritten bist ...?»

«Oh – oh!» Als sie verstand, kicherte Helga und setzte sich. «Nein. Nein, habe ich nicht. Das würde ich nie – ich kenne ihn schon so lange, er ist wie ein Bruder.»

«Er gefällt mir», sagte Gytha. «Oder, na ja, du weißt schon. Ich denke, ich könnte Spaß mit ihm haben.»

Jeder sieht die Dinge auf seine eigene Weise, flüsterte Hildigunnur in ihrem Kopf, und Helga verdrängte ihren ersten Impuls. Jetzt war Verständnis gefragt. «Wer weiß», sagte sie. «Ich hab ihn schon lange nicht mehr mit einem Mädchen gesehen. Ich denke nicht, dass er jemandem versprochen ist.»

Gythas Gesicht hellte sich auf. «Wirklich nicht? Das ist gut ...»

In der Ferne hörten sie einen der Hunde bellen, dann leise Stimmen.

Die Mädchen wechselten einen Blick. Gytha drehte sich um und kroch auf dem Bauch bis zum Rand der Uferböschung hinauf. Sie sah zu Helga hinunter. «Das sind zwei, mit zwei kleinen Kindern. Zwei Pferde. Ein Hund. Sehen unbewaffnet aus.»

«Das ist Aslak», sagte Helga.

Und da waren es drei, dachte sie.

Das erste Klopfen wurde durch Bjorns kraftvollen Vortrag von ‹Die Bauerstochter und der stattliche Bulle› übertönt. Das zweite war lauter und bestimmter. Stille setzte ein, als die Tür langsam aufgeschoben wurde und ein junger Mann eintrat, dessen schmächtige Gestalt in einen abgenutzten Mantel gehüllt war. «Vier müde Reisende erbitten das Gastrecht», sagte er, «und vielleicht ein bisschen Eintopf?»

«Aslak!», grölte Bjorn. «Du kleiner Scheißer!» Selbst Karl hob seinen Bierkrug und prostete ihm lächelnd zu. Der junge Mann sah zu ihnen auf und wollte gerade etwas sagen, als sich in Hüfthöhe zwei blonde Schemen an ihm vorbeidrängten, einer auf jeder Seite.

«Großpapa! Großmama!» Bragi und Sigrun stürzten auf ihre Großeltern zu und umarmten sie so fest, wie es Sechsjährigen eben möglich war. Eine Frau kam herein und stellte sich neben Aslak. Sie mochte einen Kopf kürzer sein als er, aber sie stand erhobenen Hauptes da und schaute aus schmalen, funkelnden Augen in die Runde. Bjorns Grinsen wurde noch breiter. «Und Runa! Will ...»

«Willkommen in meinem Haus!», sagte Unnthor laut und deutlich genug, um sich über den großen Mann hinweg Gehör zu verschaffen.

«Wir haben etwas zu essen für euch», sagte Hildigunnur und schob sich um den Tisch herum, während Bragi sich weiter an ihr Bein klammerte. «Komm, kleiner Bär», sagte sie und zerzauste sein Haar. «Lass Großmama los, sonst musst du noch verhungern.» Sie warf einen Blick auf den knochendürren Körper des Kindes, aber sagte nichts weiter.

Bragis Schwester hatte ihren Großvater schon in den hohen Lehnstuhl zurückgeschoben und sich auf seinen Schoß gesetzt. «Weißt du, was ein Fuchs ist?», begann sie.

«Ja», sagte Unnthor, aber dann zögerte der alte Krieger unter ihrem strengen Blick. «Ähm, glaube ich jedenfalls.»

«Also», sagte Sigrun besserwisserisch, «ein Fuchs ist ein Tier mit einem großen Schwanz. Aber es ist kein Wolf, Wölfe sind nämlich größer.»

«Ach, wirklich?», sagte Unnthor. «Da bin ich ja froh, dass jetzt jemand hier ist, der mir das erklärt.»

«Ja. Jetzt sei mal still, dann kannst du etwas lernen», sagte Sigrun und verschränkte ihre Arme so, wie es Mütter immer tun. Der alte Mann nickte feierlich und musste nicht als Einziger an sich halten, um seine Erheiterung zu verbergen.

«Nun, Aslak – warum so spät?», unterbrach Karl die Lehrstunde seiner Nichte über den Unterschied zwischen Wölfen und Füchsen. «Ihr lebt doch nur einen halben Tagesritt entfernt, oder?»

Aslak verzog das Gesicht. «Wir sind recht spät aufgebrochen, schätze ich. Ich …»

«Wir hatten noch andere Dinge zu tun», sagte seine Frau.

«Muss ganz schön schwierig sein, euren Hof zu betreiben», sagte Karl mit einem spöttischen Grinsen.

«Ja, das ist es auch», erwiderte Runa, und ihre Augen funkelten, «aber wir kommen zurecht.»

«Freut mich zu hören ...»

Doch Runa war schon auf dem Weg zu den Töpfen, wo Hildigunnur mit dem Schöpflöffel bereitstand.

«Vater – Suppe!» Bragi reichte vorsichtig eine Schüssel weiter.

«Danke, Sohn», sagte Aslak.

«Großmama sagt, wenn ich groß bin, kann ich ein Wikinger sein», verkündete Bragi.

«So, sagt sie das?»

«Ja, und dann kann ich Wikinger-Karotten anbauen und Tiere jagen. Dann hab ich Wikinger-Felle und kann damit auf einem Schiff segeln und sie jemandem verkaufen, wie die Wikinger das machen», sagte Bragi.

«Erzähl deinem Vater nichts von Wikingern, Junge – davon versteht er nichts. Komm und setz dich zu deinem Onkel.» Karl klopfte auf den Platz neben sich, und im Nu war Bragi bei ihm. «Mein Sohn Ormar, dein Vetter, ist jetzt gerade als Wikinger unterwegs», sagte Karl. «Siebzehn Winter alt, kann nach Herzenslust umhersegeln, nur er und die See.»

«Erzähl dem Jungen nicht einen solchen Unsinn», schimpfte Agla. «Ormar ist wahrscheinlich ausgehungert, klatschnass und friert – und ich hoffe sehr, dass er sich, so gut es geht, vor Speeren und Äxten in Acht nimmt.»

«Wikinger haben auch Speere und Äxte?» Bragis Augen waren vor Ehrfurcht weit aufgerissen.

«Aber sicher», sagte Karl grinsend. «Morgen bringe ich dir bei, wie man kämpft. Aber wir fangen erst mal mit Stöcken an.»

Im Nu war der Junge von der Bank aufgesprungen. «Mama! Onkel Karl wird mir das Kämpfen beibringen! Mit – mit – mit Stöckern!»

«Ach ja, wird er das?» Runas Ton war eisig.

«Ja! Darf ich, Mama? Darf ich? *Darf* ich?»

Mit aufeinandergepressten Lippen ging Runa zu Karl hinüber. Sie beugte sich zu ihm hinunter und flüsterte ihm etwas ins Ohr.

«Aber der Junge muss doch ...», begann Karl.

Mit einem blitzschnellen Griff packte sie Karls Handgelenk, schlug es auf den Tisch und stützte sich mit ihrem ganzen Gewicht darauf, während sie weiter auf ihn einflüsterte. Kurz darauf zog sie sich lächelnd wieder zurück. Sie hatte ihren Standpunkt verdeutlicht. Karl blickte ihr nach und rieb sich das wunde Handgelenk unter dem Tisch.

«Selbstverständlich darfst du», antwortete sie Bragi. «Ich hab Onkel Karl nur eben ein paar Dinge über kleine Jungen und Geschichten erklärt und dass ich weiß, wo er schläft.»

«Hurra!», rief Bragi, bevor er sich von dem Löffel voller Suppe ablenken ließ, den sie ihm entgegenhielt.

Sie wurden durch lautes Gelächter vom anderen Tischende unterbrochen. Der alte Mann saß dort und grinste über das ganze Gesicht, während Sigrun auf seinem Schoß eine finstere Miene machte.

«Das ist nicht lustig!», sagte das Mädchen noch einmal.

«Nein – nein, du hast ja recht – genau so macht der Fuchs. Nun geh und hol dir etwas von Großmamas gutem Eintopf, ja?» Große Hände griffen unter Sigruns Arme, und Unnthor stand rasch auf, hob Sigrun hoch und schwang sie in die

Luft, sodass sie entzückt aufkreischte. Als er sie sanft wieder absetzte, lief das kleine Mädchen zu ihrer Großmutter und streckte die Hände nach einem Schüsselchen aus.

Als Gytha und Helga ins Haus traten, winkte Hildigunnur sie zu sich und füllte ihnen den herzhaften Eintopf auf. Ein Stapel schmutziger Schüsseln verriet, dass das Essen geschmeckt hatte. «Hat dir die frische Luft gutgetan?», fragte Hildigunnur und blickte forschend in Gythas Gesicht.

Das Mädchen nickte. Für einen kurzen Moment zitterte ihre Unterlippe, aber dann versteckte Gytha ihre Gefühle wieder hinter einer Maske.

«Gut», sagte Hildigunnur.

Helga beugte sich zu ihr und flüsterte: «Ich glaube, ich habe noch mehr Leute kommen sehen.» Ihre Mutter ließ den Blick durch das Langhaus schweifen. Bragi und Sigrun hatten den Rest ihres Essens stehen lassen, um mit dem Sack alter Knochen zu spielen, den Hildigunnur für ihren Besuch schon beiseitegelegt hatte; sie machten es sich in einer Ecke bequem und vertieften sich in ein kompliziertes Spiel, in dem es um die Bewirtschaftung eines Bauernhofs ging. Volund war in ihre Richtung geschlendert und sah ihnen nun aus einigem Abstand sehnsüchtig zu. Die drei Brüder standen beieinander, und Bjorn war gerade dabei, eine weitere lange und verworrene Geschichte zu erzählen; die Frauen saßen noch immer am Tisch, schenkten den ausgelassenen Männern keine Beachtung und tauschten ihre eigenen, weniger wilden und prahlerischen Geschichten aus. Einar und Jaki waren nirgendwo zu sehen, vermutlich schauten sie nach den Tieren.

Hildigunnur seufzte. «Noch jemand im Anmarsch? Das wird dann wohl Jorunn sein.» Sie schüttelte sich, wie um ihre schlechte Stimmung zu vertreiben, und zwinkerte Helga zu. «Tja, meine Tochter. Ich hoffe ja, du hast eines Tages deine eigene Familie. Es wäre doch schade, wenn du dir all diese Freuden entgehen lassen würdest.»

Sie drehte sich um und rief laut: «Los, alle mal herhören! Wir haben Gäste vor den Toren, und dieses Mal werden sie uns nicht überraschen. Wir werden sie draußen empfangen. Und zwar wir *alle*.»

KAPITEL 4

JORUNN

Als sie das Langhaus verließen, wurde Helgas Blick von der Flamme angezogen, die hoch über dem Tor gierig in den rasch dunkler werdenden Himmel hinaufzüngelte. Unter der befestigten Fackel stand Jaki; der flackernde Feuerschein fiel auf sein Gesicht und hob dessen Konturen hervor.

Schatten eines anderen Mannes. Der Gedanke tanzte vor Helgas Augen, aber sobald sie sich darauf konzentrieren wollte, änderte sich das Licht, und da war er wieder: der freundliche alte Jaki, wie eh und je. Unnthor kam mit seiner stolzen kleinen Enkelin auf den Schultern auf ihn zu und nahm seinen Platz am Tor neben Jaki ein. Nebeneinander wirkten Unnthor und Jaki wie Brüder. Helga schnappte ein wenig von Sigruns Redefluss auf, die den beiden gerade zu erklären versuchte, warum Vögel lieber flogen als zu Fuß zu gehen.

Die Familien bezogen neben Unnthor und Jaki Stellung – wie Krieger. Im Dämmerlicht konnten sie die Umrisse zweier Reiter ausmachen, die langsam auf den Hof zukamen.

«Beeil dich mal, Mädchen», rief Bjorn. «Aslak wächst noch ein Bart, während wir auf dich warten!»

«Gib schon Ruhe, du schwerfälliger Fleischsack», antwortete eine Frauenstimme von der Straße her. «Das wird so schnell garantiert nicht passieren.»

Karl grinste. «Sieht nicht so aus, als ob unsere geliebte Schwester durch die Ehe sanfter geworden wäre.»

«Sie hatte schon immer eine große Klappe», stimmte Bjorn ihm zu.

Neben Helga murmelte Einar etwas vor sich hin. Es war zu leise, als dass sie es verstehen konnte. «Was hast du gesagt?», flüsterte sie.

«Nichts», antwortete Einar und ließ seine Schultern kreisen, um seine Verspannungen zu lösen. «Gar nichts», wiederholte er noch einmal.

Die Reiter hatten es offensichtlich nicht eilig, denn sie lenkten ihre Pferde im Schritt auf den Hof zu. Aufrecht und schlank saß Jorunn auf dem Pferd. Ein langer rotbrauner Zopf hing über ihre Brust herab. Helga hatte sie trotz der Entfernung sofort erkannt: Sie hatte nahezu den gleichen Körperbau wie Hildigunnur. Der Mann, der neben ihr ritt, war von durchschnittlicher Größe und Statur. Der Fackelschein fiel auf scharf blickende Augen, die die versammelte Menge musterten. Doch er sprach kein Wort, während er und seine Frau vom Pferd abstiegen.

«Willkommen, Tochter», sagte Unnthor. «Es erfüllt mein altes Herz mit Stolz, dich zu sehen.» Er blickte zu Sigmar. «Auch du bist uns willkommen, Sigmar: Du bist ebenso unser Sohn wie diese.» Er deutete mit einer Handbewegung auf Karl, Bjorn und Aslak.

«Danke, Unnthor», sagte Sigmar. «Ich hätte euch schon früher besuchen sollen.»

«Das ist wahr.» Unnthor nickte. «Dann kommt mal mit. Es gibt noch Essen.»

Als die Familien auf das Langhaus zugingen, fiel Helga auf, dass Einar etwas zurückblieb.

«Was ist los?», fragte sie, sobald die anderen außer Hörweite waren. Aber Einar schüttelte nur den Kopf.

«Nichts», murmelte er und vermied es, ihr in die Augen zu sehen.

«Na dann», sagte sie und griff ihn am Ellbogen, «komm schon. Du willst doch nicht allein hier draußen rumstehen wie eine Eiterbeule am Pferdehintern.» Sie spürte einen Anflug von Gegenwehr, aber dann gab Einar nach und ließ sich von Helga auf das Licht zuführen, das durch die geöffnete Tür des Langhauses strahlte.

Als sie ins Haus traten, hatte Jorunn es sich bereits an der Seite ihres Vaters bequem gemacht und plauderte fröhlich.

«... und danach geht es südwärts. Aber wir brauchen eine ordentliche Pause, ein bisschen Ruhe, bevor Sigmar uns weitertreibt», fügte sie mit einem Grinsen hinzu.

«Verständlich», brummte Unnthor. «Wie wär's denn mit etwas zu essen, der Eintopf deiner Mutter ist reichhaltig und wärmt. Oder habt ihr schon gegessen?»

«Wir haben unterwegs gegessen», gestand sie und warf ihrer Mutter einen entschuldigenden Blick zu.

«Dann ruht euch ein bisschen aus. Wir wollten gerade die Kinder schlafen legen – so wie wir es früher mit euch gemacht haben, erinnerst du dich?»

Die Familien bildeten einen großen Halbkreis. Karl, Agla und Gytha saßen zusammen bei ihren Lagern; Agla unterhielt sich leise mit Karl, während sie Gythas helles Haar neu flocht. Aslak saß neben Runa, allerdings hatte sie ihm den Rücken zugekehrt und beugte sich über ihre Kinder. Bjorn saß alleine auf der anderen Seite des langen Raums.

Hildigunnur hatte sich einen Stuhl herangezogen und sich in die Mitte des Halbkreises gesetzt. Neben ihr saß Unnthor bequem und entspannt auf seinem großen, mit Schnitzereien verzierten Sitz.

«Ich will aber die Geschichte hören», protestierte Bragi, der bereits in seine Decke eingehüllt war, schläfrig.

«Dann sei ruhig und hör zu», sagte Runa.

Helga führte Einar in die Ecke, wo der Küchentisch stand, und sie setzten sich auf zwei Schemel. Helga merkte, dass Gytha, wenn auch nur für einen kurzen Augenblick, zu ihnen herüberblickte. Sie reagierte nicht darauf. *Jeder sieht die Dinge auf seine eigene Weise.*

«Also gut», sagte Hildigunnur. «Ihr alle nehmt jetzt viel mehr Platz ein als früher», fügte sie grinsend hinzu.

Hinter ihr kam Thyri mit Volund im Schlepptau hereingeschlichen und ging zu Bjorn hinüber. Sie beugte sich zu ihm und flüsterte etwas. Er nickte.

«Aber einer guten Geschichte habt ihr immer gerne gelauscht. Diese hier handelt von Brüdern und Ehre.»

«Geschichte», meldete sich eine hohe Stimme hinter Aslak. Er drehte sich mit einem Lächeln zu seiner Tochter. «Psst.»

Schließlich wurde es still im Langhaus.

Hildigunnur räusperte sich. «In der Zeit der größten Helden übertraf einst ein Mann mit seiner Tapferkeit und seinem Geschick alle anderen. Sein Name war Starkadr, und keiner war ihm gewachsen. Er hatte einen Eidbruder, Vikar Haraldsson, der von dem Mörder seines Vaters aufgezogen wurde. Vikar schwor Rache, und Starkadr half ihm, König von Agder und den westlichen Fjorden zu werden. Er und Starkadr kämpften in vielen Schlachten, und niemand beherrschte die Kriegskunst besser als Starkadr. Dann, eines Tages …»

«… kam ein Ungeheuer!», rief Bragi dazwischen.

«Psst», sagte Runa, «das ist eine andere Geschichte. Pass gut auf, das musst du hören.»

«… waren sie unterwegs auf See», fuhr Hildigunnur unbeirrt fort, «als der Wind aus Vikars Segeln wich. Ihr Seher war ein alter Mann namens Himli. Er las aus den Knochen, warf sie wieder und wieder, aber die verdammten Dinger sagten stets, der König müsse geopfert werden. Als die Mannschaft rebellierte, stellte sich Starkadr zwischen seinen König und all die Krieger auf dem Schiff und verkündete, sie müssten zunächst ihn umbringen, wenn sie den König opfern wollten. Als das jedoch niemand wagte, befahl Vikar ihnen, das Schiff ans Ufer zu rudern und zu Hause über den Willen der Götter zu urteilen.

In der Nacht bevor sie Vikars Schicksal entschieden, nahm Starkadrs Ziehvater, ein Mann namens Grani Pferdehaar, ihn mit auf einen langen Spaziergang. Er führte Starkadr über eine Brücke, die im Mondlicht grau schimmerte, und sie gelangten zu einem geheimen Rat. Dort nahm Grani seine Kapuze ab und offenbarte sich als Odin in Menschengestalt.» Hildigunnur zwinkerte Helga zu. «Der Allsehende lobte Starkadr für seine Treue und beschenkte ihn reichlich – Odin verfügte, dass Starkadr drei Menschenleben alt werden und sein Vermögen jeweils um das Dreifache wachsen sollte. Der Krieger erhielt unvorstellbare Reichtümer und die besten Waffen, siegte fortan in jeder Schlacht, die mächtigsten Herrscher zollten ihm Respekt – und zu alldem wurde ihm noch die Gabe der skaldischen Dichtung zuteil.»

Helga hörte zustimmendes Gemurmel durch das Langhaus hallen; es war nur gerecht, dass die Götter die Guten und Treuen belohnten.

Aber Hildigunnur war noch nicht fertig. «Als Thor jedoch hörte, dass Odin Starkadr so sehr erhöht hatte, dass er fast auf einer Stufe mit den Göttern stand, wurde er fürchterlich eifersüchtig», fuhr sie fort; ihre Stimme hatte jetzt einen ernsten Tonfall angenommen. «Er verfluchte Starkadr, der nun beinahe zu seinem Bruder geworden war: Thor verdammte ihn dazu, für jedes seiner drei Menschenleben ein schreckliches Verbrechen zu begehen, nahm ihm die Aussicht auf Vaterschaft und belegte ihn mit dem Bann, dass jedes Haus, jeder Hof oder jedes Stück Land, das Starkadr in Besitz nehmen würde, binnen einer Woche ruiniert und zerstört sein sollte.

Aber das war noch nicht alles: Starkadr sollte mit seinen Reichtümern nie glücklich werden und keinen Kampf überstehen, ohne schlimmste Wunden davonzutragen, die einfachen Leute würden ihn hassen, und er würde jedes seiner Gedichte sofort wieder vergessen.

Von den Göttern gleichermaßen gesegnet und verflucht, weilte Starkadr danach dreimal sechzig Winter auf der Erde, als der am meisten begünstigte und doch glückloseste Wikinger, der je gelebt hatte. Er konnte nie lange an einem Ort bleiben. Er verlor all seine Freunde an den Tod – und er musste erdulden, dass weniger talentierte Skalden seine Werke als ihre eigenen ausgaben. Er hätte wohl bis zum heutigen Tag weitergelebt, wenn Thor ihm nicht ein Angebot gemacht hätte: Er trug ihm auf, den Enkel seines besten Freundes mit einem magischen Speer zu töten. Und sobald der Sohn von Vikars Sohn sterben würde, sollte der Wikinger endlich seinen Frieden finden dürfen. Am Ende war Starkadr der Mächtige nur noch ein Spielball der Götter, und er verlor, was er einmal gewesen war.»

Hildigunnur sah jedem ihrer Kinder in die Augen, bevor sie zum Ende ihrer Geschichte kam. «Also denkt daran», sagte sie und unterstrich ihre Worte mit der ganzen Kraft ihres Blickes, «Thor war von Eifersucht zerfressen, und es lag keine Ehre in dem, was er Starkadr angetan hat. Wer ihr seid, lässt sich nicht an eurem Wohlstand bemessen oder daran, wie sehr man euch fürchtet, sondern nur am Stellenwert eures Namens. Ihr seid die Kinder von Unnthor Reginsson, und ich verlange von euch, dass ihr seinen Namen durch eure Taten ehrt.»

Das heruntergebrannte Feuer warf einen roten Schein auf den Boden des Langhauses; die Zuhörer waren nur noch als schattige Umrisse zu erkennen. Helga sah, wie der größte von ihnen sich regte.

«Zeit, schlafen zu gehen», grollte Bjorn, als er sich erhob. Thyri stand ebenfalls auf und zog den schläfrigen Volund auf die Beine. Gemurmelte Gutenachtwünsche begleiteten sie zur Tür hinaus. Karls Familie ließ sich auf ihre Lager nieder, und bald hörte Helga nur noch gleichmäßiges, langsames Atmen, durchsetzt von sanftem Schnarchen.

Trotz der Stille hatte sie noch immer die Stimme ihrer Mutter im Ohr: *Er war ein Spielball der Götter, und er verlor, was er einmal gewesen war.*

Schlaf wollte sich so bald nicht bei ihr einstellen.

KAPITEL 5

VORBEREITUNG

Die ersten Strahlen der Morgensonne krochen über den Hügel und füllten das Halbdunkel mit Farbe und Leben. Sie tauchten die grauen Bäume rund um die Wiese in grünes Licht. Helga ging rückwärts und zog ihre schadhafte Pflugschar durch das Gras, während sie auf die Markierung hinabsah, die sie hinterließ.

«Uuund – stopp!», kommandierte Einar.

Sie folgte seiner Anweisung. «Das ist schwer», sagte sie und rieb sich ihre schmerzenden Arme. «Warum machst du das eigentlich nicht?»

«Einer muss schließlich auf die Linie achten. Jetzt dreh dich nach rechts.» Er wies äußerst hilfreich in die entsprechende Richtung und ignorierte Helgas mürrisches Gesicht.

Sie blickte auf ihre Füße und dann auf die gerade Linie zwischen sich und Einar, brummte und drehte die Pflugschar. «So?»

«Gut – jetzt zieh sie so lange dort entlang, bis ich Bescheid sage.» Er zeigte auf seine linke Seite.

«Du genießt das richtig, oder?», murrte Helga, als die Erde endlich nachgab und zwischen ihren rückwärtsgewandten Fußstapfen eine Linie auftauchte.

«Halt an und dreh dich!»

Sie gehorchte und zog die Linie zu Einar zurück. Als sie bei ihm ankam und die dritte Linie mit der ersten verband, schwitzte sie heftig. Sie holte Atem. «Wofür soll das überhaupt gut sein?»

«Erinnerst du dich nicht mehr an das letzte Mal?»

«Gehen wir mal davon aus, dass ich mich nicht erinnere», erwiderte sie schärfer, als sie beabsichtigt hatte.

«Oh», sagte Einar, «stimmt ja. Das war vor elf Sommern. Entschuldige. Jedenfalls ist das fürs Steinwerfen.» Er deutete auf die lange Dreiecksform, die Helga in den Boden gezogen hatte. «Wer am weitesten wirft, gewinnt, aber sie müssen innerhalb der Linien bleiben. Dann geht es zur folgenden Station da drüben.» Er zeigte auf drei Zielscheiben, vor denen jeweils eine kniehohe Barriere errichtet war. Die nächste war über zwanzig Schritte entfernt, die weiteste mehr als fünfmal so viel. «Da werden Äxte und Speere geworfen, und danach wird mit Pfeil und Bogen geschossen.»

«Alles an einem Tag?» Helga war beeindruckt.

«Und dann gibt es noch einen Wettlauf.» Einar war jetzt richtig in Fahrt. «Sie laufen bis dahinten» – er zeigte auf den nördlichen Rand der Wiese, wo ein Pfahl in den Boden getrieben worden war –, «um den Pfahl herum und dann zum nächsten» – ein weiterer Pfahl war in den Boden gerammt, diesmal am östlichen Wiesenrand – «und dann am dritten vorbei wieder zum Startpunkt zurück.»

«Und dann sind sie fertig?»

«Oh nein.» Einar grinste. «Der alte Bär besteht darauf, dass es auch noch eine Partie Tafl geben soll, aber mehr hat er nicht gesagt.»

Helga runzelte die Stirn. «Warum?»

«Er wird schon seine Gründe haben», sagte Einar. «Hat er meistens.» In der Ferne war das Rollen und Rattern eines Karrens zu hören. «Ach, Mist! Das habe ich ja ganz vergessen! Die Steine …»

«Welche Steine?»

Weiter den Pfad hinunter erschien Jaki, der im Schritttempo ein Pferd vor einem Karren führte. Einar sah sich hastig um. «Wo ist die Axt?»

Helga hielt inne und dachte über ihre letzten Schritte nach. «Da drüben», sagte sie, «wo unser Essen steht.» Die Axt lehnte an einem langen Holzstamm, der perfekt dafür geeignet schien, dort ein kleines Mittagsmahl abzuhalten. *Es ist doch gut zu wissen, was im Leben wirklich wichtig ist*, dachte sie im Stillen und lächelte.

Einar ging zur großen Axt hinüber und hievte sie hoch. «Also gut», sagte er. Dann ließ er die Klinge mit einem schwungvollen Hieb auf den Stamm hinabsausen, und ein kleines Stückchen davon splitterte ab, als sich die Axt in das Holz bohrte. Mit seinen starken Armen riss er sie sogleich wieder heraus und ließ sie wieder und wieder durch die Luft sausen. Die Axt grub sich immer tiefer durch den Stamm. Helga beobachtete, wie Einar seine Rückenmuskeln anspannte und entspannte, an- und entspannte, während er die Axt wieder und wieder schwang. Es war ein stummes Lied von Kraft und Rhythmus. Bald fiel ein Block von mehr als drei Fuß vom Stamm ab, an einem Ende spitz, am anderen flach. Einar beförderte ihn mit einem kräftigen Tritt zur Seite. Dann rückte er ein Stück auf und begann von Neuem, den Stamm zu bearbeiten.

Während sie dem rhythmischen Geräusch der Axtschläge lauschte, drehte Helga sich nach Jaki um. Der alte Mann war schon ein ganzes Stück näher gekommen, aber er ließ sich Zeit und führte das Pferd gemächlich auf die Wiese zu. Als er Helga erblickte, winkte er. Der Karren rumpelte weiter und hielt just in dem Moment bei ihnen, als Einar den letzten Hieb ausführte.

«Bist du jetzt erst damit fertig, Junge?», fragte Jaki.

«Hab's vergessen, Vater. Tut mir leid. Ich habe die meiste Zeit damit verbracht, Helga zum Arbeiten zu bewegen.»

«Was?», protestierte Helga. «Hast du gar nicht, du dummer Hammel!»

Einar grinste. «Sie kann manchmal ziemlich schwierig sein.»

«Erzähl's doch dem, der sich für deine Geschichten interessiert», erwiderte Helga. Dann hielt sie nachdenklich inne. «Ach nein, warte. So jemanden gibt es ja gar nicht.»

«Keine Sorge», sagte Jaki. «Ich weiß schon, wer von euch beiden der Trägere ist.»

Einar hob den letzten der Holzblöcke auf. Er konnte so gerade eben seine Arme um ihn schlingen. «Wohin willst du sie haben?»

Jaki sah sich um. «Gute Arbeit, ihr zwei», sagte er. «Alles ist an seinem Platz. Die Steine legen wir dort drüben ab.» Er zeigte auf die Mitte der Wiese.

Einar schleppte seinen Holzblock, wie von Jaki angewiesen, mitten auf die Wiese. Helga folgte ihm. Während sein Vater das Pferd mit dem Karren zu ihnen führte, drehte Einar den Klotz in seinen Händen und trieb ihn tief in den Boden, bis der

Stumpf ein standfestes kreisrundes Podest bildete. Mit seiner Hüfte maß er es ab und stützte sich mit seinem ganzen Gewicht darauf.

«Für mich sieht das stabil aus», sagte er zu Jaki.

Der alte Mann schlurfte zu ihm herüber und stupste den Block an, dann drückte er ein paarmal dagegen, bevor er sich zufriedengab. «Wird schon reichen. Hol die anderen beiden.»

«Du darfst mir auch gerne helfen», sagte Einar zu Helga, als er den nächsten Holzklotz aufhob.

Verärgert starrte sie ihn an, dann bückte sie sich und hievte den letzten Klotz hoch, wobei sie versuchte, sich die Anstrengung nicht anmerken zu lassen. Stattdessen neigte sie den Kopf und sagte grinsend: «Dann geh mal voran, fauler Sack.» Sie bemühte sich, keine Miene zu verziehen, als sie das Holz wieder absetzte, aber dann musste sie doch eine Grimasse schneiden, als sie sah, mit welcher Leichtigkeit der alte Mann sich das Stück schnappte und es in den Boden rammte. Einar kümmerte sich um den andere Klotz, und bald steckten beide Blöcke fest in der Erde und bildeten in gleichmäßigem Abstand eine gemeinsame Linie mit dem dritten.

«War's das?», fragte Einar.

«Nicht ganz», sagte Jaki. «Da wären noch die verfluchten Steine.» Er ging zum Karren hinüber und schob die Rückwand beiseite. Drei große Steine lagen auf der Ladefläche. *Die kann kein Mensch von der Stelle bewegen!*, war Helgas erster Gedanke: Der kleinste von ihnen war ein Felsbrocken von ähnlicher Größe und Form wie ein Schäferhund, während der größte eher wie ein riesiger Ball aussah – einer, der bis zu Helgas Knien reichen würde.

Einar stieß einen leisen Pfiff aus. «Ist das …? Schaffen wir das überhaupt?»

«Der alte Mann wollte es so», sagte Jaki. «Ausdrücklich diese drei.» Er deutete ein Lächeln an. «Keine Ahnung, warum. Er meinte, sie lägen ja bereits im Karren, da könnten wir sie eigentlich auch gleich nehmen.»

«Na gut», sagte Einar und seufzte. «Dann lass es uns mal anpacken.» Er sprang auf den Karren, ging in die Knie und drückte ächzend gegen den kleinsten Stein, bis dieser sich mit viel Widerstand in Bewegung setzen und sich mit schabendem Geräusch über die Ladefläche schieben ließ.

«Vorsichtig …» Jaki stand an der Kante der Ladefläche, bereit, den Stein mit seinen schwieligen Händen aufzufangen. «Lass uns versuchen, es gleich beim ersten Mal hinzukriegen.»

«Klingt … nach einer … guten … Idee», stieß Einar zwischen zusammengepressten Zähnen hervor.

Sobald der Stein die Kante erreichte, versuchte Jaki ihn in seinen Griff zu bekommen, dann zog er ihn zu sich. «So», brummte Jaki, «jetzt komm runter …»

Im Nu war Einar vom Karren gesprungen und hatte sich neben seinen Vater gestellt. Schulter an Schulter ließen sie den großen Stein vorsichtig hinunter und legten ihn neben die erste Säule.

«Der hier ist wohl gerade noch zu schaffen, schätze ich», sagte Einar, nachdem sie Atem geholt hatten.

«So gerade eben, ja», sagte Jaki.

«Was ist mit diesem Biest?», sagte Einar. Der zweite Stein sah aus wie das Dach eines Langhauses: Er war ebenso dreieckig, aber lang und breit an den falschen Stellen.

«Bei dem muss man aufpassen, wo man ihn anfasst», sagte Jaki. «Wenn man es falsch angeht, ist der Stein fünfmal so schwer.»

Helga sorgte dafür, dass sie nicht im Weg stand, während Einar mit anpackte. Unter Ächzen und Fluchen gelang es ihnen, den gewaltigen Stein Stück für Stück bis zur Kante der Ladefläche vorzuschieben, vom Karren zu springen und das Gewicht mit ihren Armen zu stemmen. Keuchend schwankten sie zur zweiten Säule hinüber. Mit gebeugten Knien ließen sie den Stein langsam hinunter, doch als er noch ein paar Handbreit vom Boden entfernt war, verzog Jaki plötzlich das Gesicht.

«Lass ihn fallen …», zischte er mit hochrotem Kopf.

Einar kam seiner Anweisung nur zu gerne nach. Der Stein fiel zu Boden.

«… aber pass auf deine Zehen auf», sagte der alte Mann.

«Das kommt etwas spät», sagte Einar. «Vielen Dank auch, Vater. Wirklich sehr fürsorglich.» Die zwei Männer standen nebeneinander, die Hände in die Hüften gestemmt, die Brustkörbe hoben und senkten sich, während sie auf den Stein hinabstarrten.

«Das war ein richtiger Bastard», sagte Einar schließlich.

«Da hast du nicht ganz unrecht», stimmte sein Vater ihm zu.

Helga beobachtete, wie sich Einars Schultern anspannten. «Gut», sagte er, «dann lass uns mal den dritten vom Karren holen, damit wir es hinter uns bringen.»

«Das Ding fassen wir nicht an», sagte Jaki und ging langsam auf das Pferd zu.

Helga spürte ein Prickeln auf der Haut. Das Tier stellte die

Ohren auf, als Jaki ein merkwürdiges Gemurmel anstimmte, mit dem er ihm gut zuredete. Helga konnte nur einige Wortfetzen aufschnappen, aber das Pferd schnaubte und warf den Kopf herum, und als Jaki nach dem Zaumzeug griff, wich es nicht zurück.

«Was ist der Plan?», fragte Einar.

«Alter und Weisheit», sagte Jaki, «das ist der Plan.» Er zog sanft an den Zügeln, trieb das Pferd zum Schritt an, und der Karren dahinter setzte sich in Bewegung. Jaki murmelte dem Pferd abermals zu, und es blieb stehen. Der alte Mann ging an den Vorderbeinen des Tieres vorbei und legte eine ledrige Hand auf ein Hinterbein. Dann griff er nach den Zügeln und zog sie sanft zu sich, während er gegen den angespannten Muskel drückte. Das Pferd protestierte wiehernd, tat aber dennoch, was von ihm verlangt wurde, und drehte sich langsam dem alten Mann zu. Das Geschirr verschob sich ein Stück, aber schließlich rollte der Karren nach links.

Einar schien jetzt zu begreifen. Er bezog hinter dem Karren Stellung und riss an ihm, um ihn aus der Spur zu bringen. Das hintere Ende schwang auf die dritte Säule zu. «Das reicht!», rief er.

Jaki ging auf den Kopf des Pferdes zu und ließ die Zügel los. «Braves Mädchen», murmelte er, «braves Mädchen.» Er holte einen großen runden Apfel aus seiner Tasche. Das Pferd stupste Jaki an und zog in Erwartung des Leckerbissens die Lippen zurück.

Einar stand bereits neben dem Pferd und lockerte die Gurte, mit denen es an der Deichsel des Karrens festgebunden war. «Bereit», sagte er.

«Bereit», sagte Jaki und griff nach den Gurten.

Das sanfte Geräusch, mit dem das Holz der Deichsel aus seiner ledernen Befestigung glitt, wurde begleitet vom Schaben, den der Stein auf der Ladefläche verursachte. Ein Felsbrocken von der Größe zweier ausgewachsener Schafsböcke fiel vom Karren herunter und schlug mit einem dumpfen Krachen auf dem Boden auf, wo er sich zwei Finger tief in die Erde grub.

Von seiner Last befreit, schaukelte der Karren hin und her und fiel dann zurück auf seine Räder.

Einar starrte auf den Stein. «*Den* wollte er dabeihaben?»

«So ist es», sagte Jaki.

Einar schien darüber nachzugrübeln, doch dann schüttelte er den Kopf, wie um eine lästige Fliege loszuwerden. «Ist das jetzt alles?», fragte er.

Jaki schüttelte den Kopf. «Nein. Er will auch noch zwei Sitzplätze und einen Tisch. Helga, du kannst dich so lange ausruhen, wenn du willst, und dann gehen wir gemeinsam zurück.»

«Danke», sagte Helga erleichtert, und als Jaki und Einar begannen, Größe und Platzierung zu besprechen, ging sie dorthin zurück, wo sie ihren Proviant abgestellt hatten. Hildigunnur hatte darauf bestanden, ihr ein großes Stück gepökeltes Wildfleisch mitzugeben, und jetzt war ihr Magen äußerst dankbar dafür. Da der Holzstamm zerlegt worden war, sah sie sich nach einer anderen Sitzgelegenheit um, und schon bald fand sie einen perfekten Baumstumpf, der ihr gerade genug Schatten bot. Sie ließ sich nieder und lächelte über Einar und Jaki. Sie hatten dieselbe Schulterhaltung, den gleichen breitbeinigen Gang – Einar war es vielleicht noch nicht aufgefallen, aber er wurde immer mehr wie sein Vater.

Helga musste an ihre richtigen Eltern denken – und dass sie eines Tages einfach verschwunden waren. In der ersten Zeit hatte sie Hildigunnur immer wieder danach gefragt, was geschehen war, aber ihre Ziehmutter war dann wortkarg geworden, hatte gesagt, sie seien in eine üble Lage geraten und hätten fortgemusst. Alles, was Helga von ihr erfahren hatte, war der Name ihres Vaters. Er hieß Finn. Sie hatte sich noch eine Weile an ihre Gesichter erinnert, inzwischen hatte sie jedoch Schwierigkeiten, sich jemand anderen als Unnthor vorzustellen, wenn sie an ihren Vater dachte.

So ist das mit der Zeit. Sie griff in ihren Beutel. Trübsal zu blasen würde nicht helfen, essen dagegen schon. Der salzige, rauchige Fleischgeruch – «Lohn für die Hilfe mit den Gästen», hatte ihre Mutter gesagt – ließ ihr schon das Wasser im Mund zusammenlaufen. Über ihr erstreckte sich ein weiter Himmel, ein unendliches Blau; die Sonne wärmte angenehm, und einen Moment lang erlaubte sie es sich, die Augen zu schließen und das Leben einfach zu genießen.

Als sie die Augen wieder öffnete, war der Alte auf einmal da. Er lehnte am Pfosten des Weidentors. Augenblicklich kamen ihr all die Ratschläge in den Kopf, die Hildigunnur jemals ausgegeben hatte: Macht Lärm, rennt – und wenn nötig, zielt in den Schritt und auf die Kehle. Doch aus irgendeinem Grund war Helga jetzt ganz ruhig.

«Hallo da drüben!», rief der Alte.

«Hallo auch!», rief Helga zurück. «Wohin des Weges, Graubart?» Ihr Blick suchte Jaki und Einar, nur für alle Fälle, aber die beiden mussten im Wald verschwunden sein. Sie waren nirgendwo zu sehen.

«Oh, ich laufe bloß ein bisschen umher.» Ein Lächeln lag in seiner Stimme. «Aber ich habe einen Bärenhunger.»

«Hättest mal vorausplanen und dir Proviant mitnehmen sollen», rief Helga.

«Hatte nicht gedacht, so weit zu laufen.»

Etwas stimmte sie milder. «Dann komm. Ich kann einen Bissen mit dir teilen.»

Der Alte senkte respektvoll den Kopf. Und als er auf sie zuschlurfte, konnte Helga ihn genauer betrachten. Er stützte sich auf einen dicken Gehstock. Über seinen Kopf hatte er ein Stück Stoff drapiert, zweifellos um sich vor der Sonne zu schützen. Seine Kleider waren grau und verblichen, und seine dicke Wolljacke schleifte über das Gras.

«Kein Wunder, dass du hungrig bist, Großvater – du bist ja angezogen wie im Winter. Mit all diesen Kleidern am Leib schwitzt du dich doch tot.» Sie lachte, als er näher kam.

«Da hast du nicht unrecht», sagte er. Trotz seiner gebrechlichen Erscheinung war seine Stimme überraschend kräftig. «Ich komme mitunter an kalte Orte, und manchmal vergesse ich einfach, mich sommerlich zu kleiden.»

Helga lächelte. «Also, was verkaufst du?»

Der Alte blinzelte ihr zu. «Ach, dieses und jenes. Vor allem an gelangweilte Bauersfrauen, und du siehst nicht aus, als ob du eine von ihnen wärst.»

«Noch nicht», erwiderte Helga.

«Niemals.» Du magst in der Zukunft eine Bauersfrau sein, aber ich bezweifle, dass du je gelangweilt sein wirst.»

Ohne nachzudenken, stand Helga auf und bot dem Alten ihren bequemen Platz an. «Wie kommst du darauf?», fragte sie.

«Oh, es ist dein entschlossener Gesichtsausdruck, schätze ich», sagte der Alte und stützte sich auf seinen Stock, um sich langsam auf den Baumstumpf niederzulassen. «Du hast ein besonderes Funkeln in den Augen.» Er musterte sie noch einmal von oben bis unten. «Oder irre ich mich etwa?»

Helga spürte das plötzliche Bedürfnis, ihre Schuhe zu mustern. «Ich weiß nicht», murmelte sie. Dann überkam sie ein Anflug von Verärgerung, und sie sah dem Alten direkt in die Augen. «Woher sollte ich auch, wenn ich noch nicht in der Zukunft gewesen bin?»

Der Alte grinste breit, und seine schiefen Zähne kamen zum Vorschein. «Gute Antwort!», sagte er. «Gnade dem stiernackigen Bauernjungen, der jemals versuchen sollte, dich zu zähmen.»

Helga schnaubte. «Das soll mal einer versuchen.» Sie riss ein Stück von ihrem Fleisch ab. «Nimm das für deine Prophezeiungen», sagte sie.

Die knochigen Finger des Alten schlossen sich vorsichtig um das Fleischstück. Behutsam hob er die Hand zum Mund und biss ab, kaute langsam und genoss den Geschmack. «Es ist vorzüglich», sagte er schließlich. «Ein königliches Mahl. Du bist eine großzügige Gastgeberin, Helga Finnsdottir.»

Das war seltsam. Hatte sie ihm ihren Namen verraten? «Was hast du gerade gesagt?»

«Ich sagte, du bist eine großzügige Gastgeberin.»

Ein vager Gedanke ging ihr durch den Kopf, aber sobald sie versuchte, ihn zu fassen, entzog er sich ihr. Die Sonne schien jetzt wärmer, und sie stellte fest, dass sie auch gern ein Stück Stoff als Sonnenschutz gehabt hätte, wie der Alte.

«Das ist … wohl nicht der Rede wert», sagte sie. «Gern geschehen. Ich wohne unten auf …»

«Flussfeste», sagte der Alte, «ich weiß. Und ich würde liebend gern bleiben und plaudern, aber ich muss weiter. Nimm dies als Zeichen meiner Anerkennung.» Er stand flink vom Baumstumpf auf. Helga blinzelte. Für einen Moment wirkte er lebhaft und beweglich. Doch im nächsten Augenblick stand wieder der alte und gebrechliche Mann vor ihr, der über die Wiese auf sie zugekommen war. Nur eines war anders: In seiner knochigen Hand lag ein kleiner schwarzer Stein, der im Sonnenlicht schimmerte. Er hing an einem dünnen Lederband.

«Was ist das?», fragte sie.

«Wer weiß?», antwortete der Alte. «Vielleicht ist es deine Zukunft.» Mit feinen Fingerbewegungen ließ er den Stein am Band in seiner Handfläche tanzen. Dunkle Linien kamen zum Vorschein und verschwanden wieder.

«Ist das eine Rune?», fragte Helga.

Der Alte lächelte. «In der Tat. Du weißt noch nicht, wie man sie liest, oder?»

Helga runzelte die Stirn, sie fühlte sich gleichermaßen schläfrig und dumm. «Nein», gab sie zu.

Der Alte beugte sich näher zu ihr. Seine Hand auf ihrem Arm sah knochig aus, fühlte sich jedoch seltsam warm und fest an. Dann griff er um sie herum und knotete das Band der Kette in ihrem Nacken zusammen. Sie spürte den Anhänger auf ihrer Haut, er kam ihr äußerst leicht vor, doch es blieb ihr kaum Zeit, darüber nachzudenken, denn plötzlich flüsterte eine Stimme in ihrem Ohr:

Die Rune Nauth.

Verlangen, Wünsche und Bedürfnisse.

Zur gleichen Zeit schien der Alte vor ihr und hinter ihr zu stehen. Sie blinzelte, schüttelte den Kopf, um wieder klare Gedanken zu fassen – doch da war nichts, was sie greifen konnte.

Der Alte winkte ihr vom Weidentor aus der Ferne zu. «Lebwohl! Und danke für die Mahlzeit!», rief er.

Helga starrte ihm nach, während er davonschlurfte. Ihr war mit einem Mal schwindlig, und sie ließ sich auf dem Baumstumpf nieder. Es gelang ihr jedoch nicht, das Gefühl von Unbehagen abzuschütteln. Sie drückte ihre Augen fest zu, öffnete sie wieder, aber das Tor war nichts weiter als ein Tor. Der Alte war hinter der Biegung verschwunden, und Einar und Jaki waren zurück, standen über einem Baumstamm und diskutierten über die richtigen Maße …

Sie hatte ihre Augen bloß für einen Moment geschlossen.

Sie hatte ihn nicht kommen sehen.

Sie hatte ihn nicht gehen sehen.

Sie hatte wohl geträumt.

«Einfältiges Mädchen», brummte sie, «einfach auf der Wiese einzuschlafen. Gut, dass Mutter dich nicht gefunden hat.» Sie griff nach dem Beutel, aber als sie ihr Mittagessen herausholte, erstarrte sie. Jemand hatte bereits ein Stück davon gegessen.

«Verdammte Mäuse», brummte sie. «Mäuse.» Mit unruhigen Fingern riss sie flink ein Stückchen Fleisch ab und stopfte es sich in den Mund. «Es ist vorzüglich», sagte sie. «Ein königliches Mahl.» Irgendetwas störte sie ungemein an diesen

Worten. «Geh wieder an die Arbeit», schalt sie sich. «Geh verdammt noch mal an die Arbeit.»

Sie stand auf und stapfte zu den Männern hinüber, aber Helgas Worte wurden von dem Krach übertönt, mit dem Einars Axt sich in das Holz grub. Sie blickten kurz zu ihr auf und widmeten sich dann wieder ihrer Arbeit. Keiner der beiden schien ihren Besucher bemerkt zu haben, und wenn doch, dann hatten sie ganz offensichtlich kein Interesse daran, über ihn zu reden. Es fühlte sich jetzt ohnehin nicht mehr so wichtig an. Sie berührte ihren Runenstein, um sich selbst zu beruhigen. Ein Geschenk ihrer Eltern, hatte jemand gesagt, aber sie konnte sich nicht erinnern, wer. Wahrscheinlich spielte es auch keine Rolle.

KAPITEL 6

WETTSTREIT

Bjorn ließ die Schultern kreisen und sah auf den Haufen Steine vor sich. Er bückte sich, hob einen auf und wog ihn in der Hand. Sein Blick schweifte erst zu den drei Felsbrocken, die am Fuß der Holzsäulen lagen, dann zum Bereich für die Zielübungen, wo die niedrigen Barrieren die Abstände markierten. «Ist die Wiese kleiner als früher?»

«Ich glaube, dein Arsch ist einfach größer geworden», sagte Karl, der mit gespielt gelangweilter Miene am Tor lehnte.

«Spart euch den Atem für die Herausforderungen, ihr Säcke», sagte Jorunn. «Ihr werdet verlieren.»

Ihre Brüder lachten. «Und wer wird dann gewinnen? Du etwa? Der Wicht dort drüben?» Karl wies mit dem Daumen den Pfad hinunter, wo Aslak vergeblich versuchte, seine Kinder auf geradem Wege zum Tor zu lotsen.

«Sigmar macht auch mit», kündigte Jorunn an.

«Pff…»

Karl warf Bjorn einen bösen Blick zu. «Ach, sei doch still. Er gehört auch zur Familie.»

«Dank dir», sagte Bjorn. Er sah zu Jorunn, aber ihre Schwester schwieg. «Beim Steinheben schlage ich ihn mit links.»

«Mag ja sein», erwiderte Jorunn, «aber es gibt mehr als eine Disziplin.»

«Warum machen wir das Ganze nicht ein bisschen interessanter?» Karl stieß sich vom Zaun ab und ging auf seine Geschwister zu.

«Was meinst du damit?» Bjorn sah seinen Bruder misstrauisch an.

«Derjenige, der in den meisten Disziplinen gewinnt ...» Karl griff nach dem Geldbeutel, der an seinem Gürtel hing.

«... darf die anderen nach Belieben herumkommandieren», beendete Jorunn seinen Satz. «Einen Tag lang.»

«Einen Tag was?», fragte Aslak, der angekommen war und jetzt hinter Jorunn stand. «Was habe ich verpasst?»

Karl ließ seinen Geldbeutel widerwillig los. «Na schön», sagte er. «Solange du dann nicht heulend zu Mutter rennst, wenn ich dir auftrage, mich zu bedienen wie eine gemeine Sklavin.»

«Es ist fast tröstlich zu sehen, dass er nach all dieser Zeit immer noch genau dasselbe Arschloch ist», sagte Aslak.

Bjorn gluckste. «Da hast du nicht ganz unrecht. Manches ändert sich nie.»

Jorunn sah Karl nach, als dieser zum Bereich mit den Handäxten ging, eine davon aufhob und sie mit Schwung auf die Zielscheibe schleuderte. Die Klinge schlug drei Fingerbreit von der Mitte entfernt in die Holzplatte. «Ich weiß nicht», sagte sie, «ich glaube fast, unser Bruder wird schlimmer, je älter er wird. Irgendetwas scheint ihn ernsthaft zu plagen: Er war kurz davor, uns eine Wette um Geld vorzuschlagen.»

Aslak zog eine Augenbraue hoch. «Was für ein dreister Bastard.»

Bjorn dehnte seinen Nacken. «Ich bin froh, dass wir das Geld aus dem Spiel gelassen haben», sagte er. «Falls – nein, *wenn* ich gewinne, dann werde ich meine helle Freude daran haben, dass der Griesgram da drüben mich von Sonnenaufgang bis -untergang mit ‹mein Herr und Gebieter› ansprechen muss.»

Jorunn nickte. «Gut so. Auch wenn du natürlich nicht gewinnen wirst, denn ...»

«Oho! Sagt wer?»

«... du bist eindeutig zu alt und fett ...»

Bjorn starrte seine Schwester ungläubig an und wandte sich zu Aslak. «Hörst du, was für eine große Klappe sie hat?»

«... aber falls du es schaffst, in allem besser als Karl zu sein, ist das auch schon etwas wert.»

Bjorn beugte sich zu seinem jüngeren Bruder hinunter. «Höre nie auf den Rat einer Frau», flüsterte er übertrieben laut. «Sie haben nicht immer das im Sinn, was das Beste für dich wäre.»

Aslak warf Jorunn einen Blick zu. «Du hast recht», wisperte er ebenso spielerisch zurück, «wahrscheinlich sollten wir Karl gewinnen lassen. Damit fahren wir sicher am besten.»

Jorunn lächelte und tätschelte Aslak den Kopf. «Du bist ein Klugscheißer, kleiner Bruder. Aber wir werden dich am Leben lassen.» Sie dachte eine Sekunde nach und fügte dann hinzu: «Vorerst jedenfalls.»

Helga spannte ihre Muskeln aufs äußerste an; der Sack, den sie trug, war richtig schwer – aber Hildigunnur ging neben ihr und trug doppelt so schwer an ihrem, ohne zu klagen. Vor ihnen erstreckte sich die Prozession all derer, die zu Fuß von Flussfeste kamen, Volund ging direkt vor ihr, er selbst trottete wiederum Gytha hinterher, die Agla und Thyri folgte. Die beiden Frauen tuschelten verschwörerisch miteinander. Die Kleinen waren zu ihrer Mutter gelaufen. Vorne beim Karren neben dem Tor, das den Eingang zum Spielfeld darstellte, stand Jaki. Einar hatte sich neben seinen Vater gestellt, und Sigmar war ganz in ihrer Nähe. Die Geschwister waren bereits auf der Wiese, und als Helga zu ihnen hinübersah, griff Karl gerade nach einer Handaxt und warf sie auf eine Zielscheibe. Kurz darauf tätschelte Jorunn Aslak den Kopf, aber was auch immer sie zu ihrem Bruder sagen mochte, es wurde von einem lauten Klang unterbrochen: Unnthor stand in der Mitte des Feldes und schlug gegen ein großes Stück Metall. «Beeilt euch!», rief er. «Es ist an der Zeit, dass ihr alle von wahren Könnern geschlagen werdet!»

«Und wer sollte das sein?», rief Karl zurück. «Ich sehe nur einen uralten Hügeltroll mit seinem Helm.»

Helga sah Runa ein paar Schritte vor ihnen in der Schlange grinsen.

«Der Junge hatte schon immer eine spitze Zunge», brummte Hildigunnur.

Als die Familien durch das Tor kamen, führte Einar sie zu den Holzstämmen, wo sie alle Platz nehmen und den Wettkämpfern zusehen konnten. Helga stellte ihren Sack neben dem ihrer Mutter ab. Hildigunnur hatte den Großteil des Morgens mit Kochen verbracht, und die Säcke waren schwer gefüllt mit gebratenem Fleisch, im Feuer gebackenem Wurzelgemüse und Schläuchen voller Met.

«Hört alle her.» Unnthors Stimme donnerte über die Wiese. «Werfen, dann Steine schleudern. Zielscheiben, dann der Lauf. Ich habe als Schiedsrichter das letzte Wort, aber Jaki hat versprochen, darauf zu achten, dass ich nicht schummle.»

«Na klar», sagte Bjorn darauf. «Und wer behält *ihn* im Auge?»

«Ich», sagte Hildigunnur. «Ich behalte euch alle im Auge.»

Bjorn zuckte mit den Schultern. «Schön. Dann lasst uns loslegen!»

Die Geschwister rückten auf das Wurfdreieck zu wie Sturmwolken, die sich über dem Kopf eines Seefahrers zusammenbrauten. Sigmar und Unnthor folgten ihnen.

«Zeit fürs Werfen», verkündete Unnthor.

«Wer fängt an?», fragte Karl.

«Der Gast?» Unnthor lächelte.

«Klar. Ich fang an.» Sigmar bückte sich zu dem Steinhaufen hinunter und hob den obersten Stein auf. Er wog ihn in der Hand, bewegte probeweise seinen Arm, um ein Gefühl für das Gewicht zu bekommen, und spreizte seine Finger so weit wie möglich auseinander. Dann machte er ohne Vorwarnung drei Schritte bis zur Spitze des Dreiecks und schleuderte den Stein von sich.

Dieser flog durch die Luft – und als er landete, hatte er nur knapp die Hälfte der Strecke geschafft.

Sigmar drehte sich weg, seine Nackenmuskeln waren angespannt, und er stieß einen kurzen Fluch in der Sprache der Svear aus.

«Was ist los, Mann aus dem Osten?», fragte Bjorn. «Doch nicht so leicht, wie du dachtest?»

Sigmar wandte sich wieder der Gruppe zu. «Schon gut»,

sagte er knapp. «Ist bloß eine Weile her, seit ich zum letzten Mal so was gemacht habe.»

«Bei mir auch», sagte Karl und trat an den Steinhaufen heran. «Aber der Unterschied zwischen uns beiden ist ...» Er hob einen Stein auf, trat an die Wurflinie und schleuderte ihn mühelos hoch und weit in die Luft. Der Stein segelte sicher an Sigmars Stein vorbei und landete mit einem dumpfen Aufprall etwas über einen Schritt vor der Ziellinie. «... ich jaule nicht rum wie eine läufige Hündin.» Er grinste triumphierend, und darin lag auch eine kleine Kampfansage.

Sigmar lächelte aufrichtig. «Gut gemacht, *Bruder*. Etwas wegzuschmeißen liegt dir offensichtlich mehr als mir.»

Karl runzelte die Stirn. «Was soll das denn heißen?» Sein Blick war finster.

«Geh aus dem Weg», sagte Bjorn und schob sich grob an ihm vorbei, während Sigmar achselzuckend weiterlächelte. «Jetzt bin *ich* dran.»

Bjorn bückte sich, griff nach einem Stein und schleuderte ihn gleich darauf von sich. «Scheiße», brummte er. Der Brocken flog gut doppelt so weit über die Ziellinie hinaus, wie Karls Stein davor lag.

«Trollkind», spottete Jorunn.

«Halt den Mund», erwiderte Bjorn. «Lass mal sehen, wie du es besser machst.»

Jorunn lächelte, als sie vor den Steinhaufen trat. «Du weißt, dass ich nicht halb so stark bin wie ein Mann, lieber Bruder.» Mit dem Stein in der Hand und erhobenem Ellbogen ging sie rückwärts, bis sie weiten Anlauf nehmen konnte. «Aber auf eins kann ich immer vertrauen ...» Sie stellte sich auf ihre

Fußballen, beugte sich vor, stieß sich dann fest ab, rannte auf die Linie zu, während sie den Stein in einem wilden Bogen schwang, gab im allerletzten Moment seine Richtung vor und ließ ihn genau zur gleichen Zeit los, als sie an der Linie angekommen war. *«Geschwindigkeit!»*, schrie sie dem fliegenden Stein hinterher.

Helga sah zu Gytha, die ihre Tante Jorunn mit unverhohlener Bewunderung anstarrte. Die Fäuste des jungen Mädchens waren fest geballt, als der Stein auf die Mittellinie zuflog – über die Mittellinie hinweg – und dann genau auf Karls Stein zuraste … um nur wenige Fingerbreit von ihm entfernt zu Boden zu gehen.

Ein vereintes «Ooooh!» erklang auf den Zuschauerplätzen. Karl sah aus, als hätte er ein Insekt verschluckt.

Jorunn drehte sich um und lächelte ihren ältesten Bruder an. «Nicht ganz so weit wie du. Vielleicht muss ich mich beim nächsten Mal doch etwas anstrengen.»

Unnthors Stein war schon in der Luft. Er traf mit einem dumpfen Schlag etwa einen Fuß vor Karls auf. Kurz darauf hatte auch Aslak seinen Stein geworfen, der nicht einmal die Mittellinie erreichte.

«Karl gewinnt!», rief Jaki.

«Jetzt sieh ihn dir an», brummte Hildigunnur neben Helga.

«Was meinst du, Mutter?»

«Er grinst – aber da ist keine Freude in ihm, nur Finsternis.» Doch einen Augenblick später schaute die alte Frau wie gewohnt und beobachtete das Geschehen gelassen. Und Helga fragte sich, ob sie sich den mürrischen Blick und den Kommentar vielleicht nur eingebildet hatte.

«Was kommt als Nächstes?», fragte Bjorn. «Steine?»

«Nein – Zielscheiben», sagte Jaki. «Zuerst Handäxte: Sigmar beginnt, dann folgen Bjorn, Aslak, Unnthor, Jorunn und zum Schluss Karl.»

Sigmar trat vor und hob die Handaxt auf. Er warf einen kritischen Blick auf den umwickelten Stiel und wandte sich an Jaki. «Hast du noch ein Stück Leder?», fragte er. Wortlos schob der alte Mann seinen Ärmel hoch und wickelte einen langen Lederriemen ab. Sigmar nahm ihn kommentarlos entgegen, band ihn mit geübten Bewegungen um den Griff und prüfte die Beweglichkeit, indem er die Axt in seiner Hand hin- und herschwang. Als er zufrieden war, blickte er auf. Die Zielscheibe war ein Holzbrett, gut zwölf Schritte entfernt. Darauf war ein Kreis mit einem X in der Mitte gemalt. Sigmar holte aus und ließ den Arm dann vorwärtsschnellen.

Die Axt flog, drehte sich in der Luft und grub sich mit einem dumpfen Schlag in das Brett. Die Kerbe im Brett war ungefähr einen Fingerbreit von der Mitte entfernt.

Jaki stieß einen Pfiff aus. «Das wird schwer zu überbieten sein», sagte er, während Einar mit der Axt zurückgerannt kam.

«Nicht schlecht, Schwede», sagte Bjorn. «Nicht schlecht.» Er nahm die Axt entgegen und runzelte die Stirn. «Axtwerfen war noch nie meine Stärke.»

Sein Wurf bestätigte diese Einschätzung sogleich, es war eindeutig. Die Axt krachte mit der flachen Seite laut gegen das Brett und fiel harmlos zu Boden. Danach machte Aslak einen halbherzigen Wurf auf die Zielscheibe und verzog das Gesicht. Die Axt blieb stecken, aber weit am Rand. Unnthor traf eine

Handbreit neben die Mitte. «Kein Glück heute, alter Mann», sagte Karl.

«Auf Glück habe ich nie vertraut», sagte Unnthor. «Die Götter lenken die Äxte, wohin sie wollen. Alles, was man tun kann, ist, sie zu werfen.» Neben ihm sah Jorunn aufmerksam zu, während Einar die Axt zurückholte und sie ihr reichte.

«Du hast nie Glück, weil du nie etwas wagst, alter Mann», sagte Karl.

Ohne abzuwarten, riss Jorunn ihren Arm zurück und schleuderte die Waffe. «Manchmal muss man einfach …» Die Axt traf das Brett mit einem kurzen, lauten Schlag und die Brüder verstummten. Jorunn sah zu Sigmar, der ihren Blick erwiderte.

Einar und Jaki gingen zusammen zur Zielscheibe und starrten einen Moment lang darauf. Dann flüsterten sie miteinander. «Sie sind nur eine Haaresbreite auseinander – aber Sigmar ist näher dran!», rief Jaki.

Karl lachte laut auf. Jorunn verzog vor Ärger den Mund, aber ihr Mann zeigte keinerlei Reaktion.

Hildigunnur lehnte sich wieder zu Helga hinüber. «Und was hältst du von ihm?», flüsterte sie, den Blick auf Sigmar gerichtet.

«Er lässt sich nichts anmerken», sagte Helga, «aber … als Jorunn geworfen hat, waren seine Fäuste geballt, und jetzt ist er wieder entspannt.»

«Was könnte das bedeuten?», fragte Hildigunnur und fügte rasch hinzu: «Denk dran – nicht starren.»

Helga entspannte sich und sah *besser* hin, unauffällig und ganz gelassen, aber dennoch hochkonzentriert, so wie ihre

Mutter es ihr beigebracht hatte. Hildigunnurs Stimme nahm sie dabei nur noch am Rande wahr. «Er ist … er will gewinnen, und zwar unbedingt, aber er zeigt es nicht. Und ich glaube, ihm liegt sehr viel an Jorunn.»

«Wie kommst du darauf?» In Hildigunnurs Stimme lag ein Lächeln.

«Zunächst einmal die Art, wie er sie ansieht», sagte Helga. «Und ich glaube, dass er sie beeindrucken will. Besonders in Gegenwart der Brüder.»

«Nicht schlecht», sagte die alte Frau. «Gar nicht schlecht.»

Helga strahlte, und Karl trat vor und schrie: «Jetzt bin ich dran!» Er streckte seine Arme aus und dehnte seine Schultergelenke. «Gib mal her», sagte er zu Einar, als dieser mit der Axt ankam, dann sah er Jorunn an. «So macht man das, kleine Schwester.» Die Axtklinge funkelte in der Sonne, als er sie hoch und weit hinter seinen Kopf hob. Er lockerte die Schulter, bevor er warf …

… und der Stiel der Axt prallte gegen die Zielscheibe. Die Waffe fiel zu Boden.

«Sigmar gewinnt», sagte Jaki ohne Anteilnahme.

«Eine Sauerei ist das!», blaffte Karl mit hochrotem Gesicht. «Er hat sich an dem verfluchten Griff zu schaffen gemacht!» Er fuhr herum und schrie Unnthor an: «Das ist Betrug! Wo ist da die verfluchte Ehre? Das lässt du als Häuptling durchgehen?»

«Beruhig dich, Karl», sagte Bjorn.

«Sag du mir nicht, daß ich mich beruhigen soll!», brüllte Karl. Er ging auf Sigmar los. «Du hältst dich für verdammt schlau, was, Schwede?»

Schon standen die beiden Männer dicht voreinander. Karl stieß Sigmar fest gegen die Brust. «Glaubst du etwa, du kannst hier betrügen, verdammt? Hier, auf *Flussfeste*?»

Muskulöse Arme schoben sich unter Karls Achselhöhlen, und Bjorn und Unnthor hoben ihn hoch und hielten seine Arme fest. Sie ächzten vor Anstrengung. Karl schlug um sich und trat nach seinem Gegner, erwischte ihn noch mit der Fußspitze, bevor sein Vater und sein Bruder ihn wegzerrten.

Sigmars Augen blitzten auf, aber er verlor die Beherrschung nicht, als Karl noch einmal schrie: «Verfluchter *Betrüger*!»

«Ruhig», sagte Unnthor mit leiser Stimme. «Ganz ruhig. Es gab keinen Betrug. Du hast in der ersten Disziplin gewonnen. Du liegst immer noch in Führung. Du musst sie nur teilen.»

Karl strampelte noch einen Augenblick länger in der Luft, dann ließ er nach. «Ihr könnt mich alle mal. Lasst mich runter.»

Bjorn wollte etwas sagen, aber der böse Blick seines Vaters hielt ihn davon ab. «Wirst du dich auch ordentlich benehmen?», fragte Unnthor.

«Ja», knurrte Karl durch zusammengebissene Zähne.

«Hat Sigmar betrogen?»

Karl schwieg.

Helga bemerkte, wie Unnthor seine Haltung leicht veränderte, es war kaum zu sehen. Karls Gesicht verzerrte sich vor Schmerzen, als die Fingerknöchel seines Vaters sich in seine Rippen bohrten.

«... nein», zischte er.

«Gut. Wir setzen dich jetzt ab. Wenn du Ärger machst, hau ich dich um. Verstanden?»

«Ja.» Es klang mehr nach einem Knurren. Sie ließen ihn los, und Karl landete auf dem Boden und stolperte vorwärts, den wütenden Blick auf Sigmar gerichtet. Obwohl der Schwede kleiner war und seine Figur insgesamt weniger beeindruckend wirkte, wich er nicht zurück.

«Guter Wurf, *Bruder*», fauchte Karl.

Sigmar sah ihn an. «Danke.»

«Speere», sagte Jaki, obwohl es ihm jetzt offensichtlich widerstrebte, auch noch Waffen auszuhändigen. «Gehen wir jetzt zu den Speeren über?»

«Ja», sagte Unnthor bestimmt, «so machen wir es.»

Karl sagte nichts, sondern starrte einen Augenblick lang auf die Zielscheibe, dann streckte er seine Hand aus, ohne Jaki auch nur anzusehen. Der Speer war kurz, nur zwei Drittel von der Größe eines Mannes, zum Werfen gedacht und nicht für den Kampf in den vorderen Reihen. Als Karl den Speer in der Hand hielt, wog er ihn mit verbissener Miene. Dann nahm er sich die Zeit und schaute erst seinem Vater, danach Bjorn und dann Sigmar ins Gesicht.

Fünf Schritte rückwärts.

Karl biss die Zähne zusammen, machte ein paar schnelle Schritte nach vorn, während er sich drehte, und …

Der Speer verließ geräuschlos seine Hand.

Der Speer flog geräuschlos durch die Luft.

Aber dann krachte es, und Holz splitterte, als das Wurfgeschoss die Zielscheibe traf und sie krachend zu Boden schickte. Helga sah, wie Karl sich zu Unnthor umdrehte. Die beiden schienen Worte zu wechseln, doch auf den Zuschauerplätzen waren sie nicht zu verstehen.

So schnell das Speerwerfen begonnen hatte, so schnell war es auch wieder vorbei – denn Karl hatte die Zielscheibe vollständig zertrümmert.

Einen Moment später trat Bjorn zwischen Unnthor und Karl. «Diese Runde geht eindeutig an Karl!», rief der Riese. «Applaus!»

Die Zuschauer klatschten verwirrt. Helga sah zu ihrer Mutter, aber die Augen der alten Frau waren auf etwas anderes gerichtet. Helga folgte ihrem Blick und stellte fest, dass Runa besonders begeistert wirkte.

Jaki beeilte sich, Bogen und Pfeile zu holen, und Unnthor gewann das Bogenschießen, allerdings nur knapp – zur großen Überraschung aller war Aslaks Pfeil nur einen Fingerknöchel von seinem entfernt.

«Also dann: Zeit für die Steine!», sagte Jaki lauter als nötig. «Ihr alle kennt die Regeln: Jeder Stein muss die Oberfläche der Säule berühren. Wer das am schnellsten bei allen dreien schafft, der gewinnt.»

«Komm schon, du mürrischer alter Bastard.» Bjorn legte einen riesigen Arm um Karl und schob ihn auf die Holzsäulen zu.

«Ich setz diese Runde aus», sagte Jorunn.

«Sei nicht so langweilig, Schwester», sagte Bjorn. «Versuch's doch wenigstens!»

«Bjorn», antwortete Jorunn geduldig, «die Fähigkeit, schnell zu denken, komplizierte Probleme zu lösen und schwere Entscheidungen zu treffen, ist das genaue Gegenteil der Fähigkeit, schwere Steine zu heben, und zufälligerweise bin ich richtig gut in Ersterem.»

Der große Blonde starrte sie einen Moment lang an. «Willst du damit etwa sagen …?»

«… dass du groß und dumm bist», beendete Jorunn den Satz für ihn, «und jetzt geh und spiel mit deinen Steinen, Trollkind.»

«Wie Ihr wünscht», sagte Bjorn und machte eine spöttische Verbeugung. «Meine Herrin.»

«Ich bin auch nicht dabei», sagte Sigmar.

«Warum nicht?», fragte Unnthor.

«Rückenprobleme», erwiderte Sigmar. «Ich muss aufpassen, wenn ich schwere Dinge heben soll.» Karl sah aus, als könnte er sich gerade noch eine Bemerkung verkneifen, aber sein Grinsen sprach Bände.

Neben ihm zog Aslak eine Grimasse. «Ich auch. Mein Ellbogen, um genau zu sein.»

«Karl, wenn du vielleicht …», begann Jaki nervös.

«Schön», sagte Karl, «beim Bogenschießen war ich als Letzter dran» – er beugte die Knie und knurrte – «also bin ich jetzt der *Erste.*» Er griff nach dem ersten Stein, stieß ein tiefes Grollen aus und hievte ihn auf die Säule. «Eins!», schrie er und ließ los. Dann stieß er den Felsbrocken wieder hinunter, sodass dieser mit etwas Abstand zum Holzklotz landete. Den nächsten Stein tastete Karl ab, um herauszufinden, wie er ihn gut greifen konnte. Mit weit ausgestreckten Armen begann er, an dem Stein zu zerren – und es gelang ihm, ihn hochzuheben, allerdings nur bis auf Höhe seines Oberschenkels. Sein Gesicht lief knallrot an, während er dort hockte und mit einem Bein den Fels stützte, der sich in seine Muskeln grub. Er brüllte – und dann war der Stein oben. «Zwei!», schrie Karl, stieß den Stein mit Gebrüll von sich, trommelte sich auf die Brust und stürmte dann zum dritten und letzten.

Er stürzte sich auf ihn. Schlang seine Arme um den Fels, hielt ihn fest umklammert, hob ihn vier Fingerbreit vom Boden hoch – und dann ließ er ihn fallen und drehte sich weg. Mit geballten Fäusten stieß er einen Schrei des Unmuts aus. An seinem Hals traten die Adern hervor.

Als er sicher war, dass Karl seinem Ärger genügend Ausdruck verliehen hatte, wagte Jaki, das Ergebnis zu verkünden. *«Zwei.»*

«Jetzt ich?», fragte Bjorn ruhig.

Jaki warf einen Blick zu Karl, der sich noch immer abwandte. «Ja.»

Bjorn näherte sich dem ersten Stein und hob ihn hoch, als ob er leicht wie eine Feder wäre. «Eins», sagte er und setzte den Stein sachte wieder ab. Er ging zum nächsten Stein, betrachtete ihn eine Weile, sah zu seinem Vater und grinste. «Hinterlistiger alter Bastard», sagte er. Er bückte sich bis zum Boden, schob eine dicke Hand unter den Stein und drehte ihn nur ein kleines bisschen. Dann packte er zu – und schon war der Stein oben. «Zwei», sagte er und ließ den Stein achtlos auf der anderen Seite hinunterfallen. Als er auf den dritten Stein zuging, wurde er langsamer. Ein riesiges Ding, doch rund, wie er war, schien er weniger Platz einzunehmen als der zweite Stein. Bjorn blieb vor ihm stehen, und diesmal war der Blick, den er seinem Vater zuwarf, nicht mehr vergnügt. Der große Blonde atmete tief ein, klatschte in die Hände und schlang seine Arme um den Fels. Auf Rücken und Schultern zeichneten sich seine überaus kräftigen Muskeln ab.

Der Fels wanderte aufwärts: zwei Fingerbreit, vier, acht. Bjorn schürzte seine Lippen und atmete kräftig aus, bis er das Ding auf seinen Oberschenkeln ausbalanciert hatte. Er lehnte sich in der Hocke zurück, packte noch kräftiger zu und nahm einen weiteren tiefen Atemzug. Je höher Bjorn den Stein hob, desto höher schien auch der Puls in Helgas Hals zu schlagen. Mit einem kräftigen Brüllen richtete sich Bjorn langsam auf. «*Dreiiiiii!*», grollte er, als er den massiven Fels quälend langsam bis auf Höhe der Säule hob und ihn ebenso langsam auf die Oberfläche des Holzpfahls schob. Sobald der Stein lag, ließ Bjorn ihn los und sprang zurück – überraschend flink für einen derart großen Mann. Der Stein fiel mit einem dumpfen Schlag zu Boden.

Karl starrte seinen Bruder an.

Schwer atmend sah Bjorn zu seinem Vater. «So, alter Mann. Jetzt du.»

Unnthor blickte zu Jaki, der mit dem Kopf nickte.

Ohne Eile ging der Häuptling zum ersten Stein. Er bückte sich langsam und tastete die Ränder ab. Kurz darauf war der Stein angehoben.

«Eins.»

Der zweite Stein folgte kurz darauf.

«Zwei.»

Als Unnthor zum dritten Stein kam, sah er zu Bjorn. «Du bist sehr stark, Sohn. Schon immer gewesen.» Der alte Mann rückte seinen Gürtel zurecht und zog ihn fest. Dann bückte er sich, glitt mit den Fingerspitzen über die Oberfläche des Steins – und schob.

«Was machst du denn da?», protestierte Bjorn. «Das ist

doch die falsche Richtung – von dort schaffst du es nie, ihn zur Säule zu tragen ...»

«Du heimtückischer ...», brummte Karl.

Unnthor sah seine Söhne an und grinste. «Aber du bist nicht umsichtig und denkst nicht nach. Ihr habt alle beide den schweren Weg gewählt ...» Zufrieden richtete der alte Mann sich auf. Dann ging er zur Säule zurück, setzte einen Stiefel an und drückte mit seinem ganzen Gewicht dagegen. Das Holz gab nach, die Säule kippte um. Mit ihrer Oberfläche berührte sie den Stein. «Wenn doch der einfache Weg so offensichtlich vor euch liegt.»

«Ha!» Jorunns Lachen war hell und schrill. «Vater gewinnt!»

«Ach, komm schon», sagte Bjorn, «das ist so ungerecht!»

«Verstand zählt mehr als Kraft, Sohn», sagte Unnthor. «Obwohl ich mächtig beeindruckt bin, dass du den dritten geschafft hast. Das war ein richtiges Ungetüm.»

«Aber wie ...?», begann Karl.

«Hab ihn auf dem Feld gefunden und auf den Karren gerollt», sagte Unnthor. «*Ich* heb diesen Mordsbrocken doch nicht hoch.» Hinter ihm grinste Sigmar.

«Wettlauf!», rief Jaki.

«Da bin ich wieder dabei», antwortete Jorunn schnell.

«Ich auch», sagte Aslak.

«Ich bin draußen», erwiderte Unnthor und sah dabei Bjorn an. «Diese Steine haben mich geschafft.»

«Bastard», brummte Bjorn.

«Und du, Sigmar?», fragte Jaki.

Sigmar schüttelte den Kopf. «Mir ist es ein Mal gelungen,

Jorunn zu fangen, und ein Mann sollte sein Glück nicht herausfordern.»

Helga blickte zu Hildigunnur. «Das wird bestimmt nicht … nett, oder?»

Hildigunnur schüttelte den Kopf.

Kurz darauf standen die Wettläufer an der Startlinie bereit. Jaki räusperte sich. «Uuuund – *los*!»

Karl verschwendete keine Zeit und rempelte Jorunn sofort um.

«He!», rief sie und sprang fast schneller wieder auf, als sie gefallen war, aber die Jungs waren ihr schon ein gutes Stück voraus, und Aslak zog seinen älteren Brüdern rasch davon.

«Geh mir aus dem Weg», fuhr Karl Bjorn an.

«Zwing mich doch», schnaubte Bjorn zurück.

Aslak erreichte den ersten Pfahl und machte eine scharfe Kurve, versuchte, das Gleichgewicht zu halten, während seine Füße über die Wiese rutschten.

Grässlich langsam sah Helga kommen, was passieren würde: Wie Karl fast unmerklich den Kopf neigte; wie Jorunn mit hoher Geschwindigkeit hinter ihren Brüdern auftauchte; wie Karl ein kleines bisschen zu sehr abbremste, kurz, bevor er die Kurve nahm, sein Bein ausstreckte, was für alle anderen aussehen musste, als ob er ausrutschte und sein Gleichgewicht verlor …

Und gerade als Jorunn überholen wollte, schoss sein Arm vor und traf sie mitten ins Gesicht, sodass sie der Länge nach hinfiel.

«Oh», rief Karl über seine Schulter zurück, während er weiterlief, «tut mir wahnsinnig leid, Schwester! Hab dich nicht gesehen!»

Diesmal kam Jorunn langsamer auf die Beine, aber als sie wieder stand, war ihr ganzer Körper vor Wut angespannt. Aslak näherte sich gerade der zweiten Ecke. Sie spuckte einen dicken Klumpen Blut aus – und *rannte*.

«Komm schon», zischte Hildigunnur. Helga warf ihr einen Blick von der Seite zu – ihre Mutter hatte die Fäuste geballt und verfolgte das Rennen hochkonzentriert.

Mit stampfenden Beinen, hochgezogenen Knien und scharfkantigen Ellbogen wirkte Jorunn wie eine Klinge, die die Luft zerteilte und das Feld durchschnitt. Innerhalb weniger Augenblicke hatte sie den Abstand zu Karl und Bjorn aufgeholt und schlug so mühelos einen Haken um ihre taumelnden Gestalten wie ein Vogel, der einem Pferd auswich. Sie erreichte die zweite Ecke noch vor ihnen und umrundete sie flink. Aslak blickte über seine Schulter, sah Jorunn und sprintete, so schnell er konnte – aber es nutzte nichts. Jorunn holte ihn kurz vor dem Ziel ein.

Helga stand jetzt neben Bragi und Sigrun. Die beiden hatten zu spielen aufgehört, um den Endspurt mit anzusehen, bei dem die gelenkige junge Frau als Erste über die Ziellinie lief. «Hat Vater gewonnen?», fragte Bragi und sah mit großen blauen Augen zu seiner Mutter auf.

«Nein», antwortete Runa, und ihre Miene war so säuerlich wie geronnene Milch. «Er konnte seine Schwester nicht schlagen, und das, obwohl seine Brüder sie behindert haben.»

«Schade», sagte Bragi und wandte sich sogleich wieder seinem Spiel mit den Knochen zu.

Als Aslak die Linie überquerte, schenkte Jorunn ihm eine

kurze Umarmung. «Du bist so schnell», schnaufte der junge Mann.

«Du bist schneller als früher», erwiderte sie. Kurz darauf kam Karl über die Linie gelaufen. Nachdem er einen Moment Atem geschöpft hatte, blickte er zu seiner Schwester auf. «Jorunn – tut mir leid, ich bin ausgerutscht – ich hab dich da nicht …»

Sie spuckte ihm ins Gesicht. Dicke Blutstropfen liefen Karl am Kinn hinunter.

«Tut mir leid», sagte Jorunn, «ich hab dich da nicht gesehen.»

Bjorn kam über die Ziellinie gestolpert und schnappte sich Karl gerade in dem Moment, als der Krieger mit wüsten Beschimpfungen auf Jorunn losgehen wollte. Dann trat Unnthor zwischen die Geschwister. Als er Karl in die Augen sah, gab dieser es auf, sich gegen Bjorns Griff zu wehren, und wischte sich stattdessen mit dem Handrücken die Spucke aus dem Gesicht. Jorunn, flankiert von Sigmar und Einar, starrte ihn böse an.

«Jorunn gewinnt!», rief Jaki.

«So», sagte Karl. Seine Brust hob und senkte sich. «Dann sind wir fertig.»

«Nicht ganz», sagte Jaki. «Es gibt noch eine neue Disziplin.»

«Was?», fragte Bjorn.

Als sei das ihr Stichwort, stand Hildigunnur auf und holte eine kleine Tasche aus ihrem Sack.

«Was ist das, Großmama?», fragte Bragi und ließ seine Knochen fallen.

«Das sind *meine* Stöcker», antwortete Hildigunnur und ging auf die Mitte des Feldes zu. Sie wartete geduldig, während Jaki und Einar drei Baumstümpfe heranrollten – für zwei Sitzgelegenheiten und einen Tisch. Dann setzte sie sich, zog ein quadratisches Spielbrett aus der Tasche und legte es auf den Tisch.

«Oh – was?», stöhnte Bjorn. «Müssen wir jetzt mit dir *spielen*?»

«Eure Mutter hat beschlossen», sagte Unnthor, «wenn auch etwas spät, dass ihre Kinder nicht zu Dummköpfen heranwachsen sollen. Die letzte Prüfung besteht darin, gegen sie zu spielen. Wer sie schlägt, dessen Sieg wird doppelt gezählt.»

«Ich spiel als Erster», sagte Bjorn. «Wie schwer kann das schon sein?» Fünfzehn Züge später erhob er sich. «Ich habe ja schon immer vermutet, dass sie eine Hexe ist», sagte er laut, während er vom Tisch wegtrat.

Hildigunnur lächelte und richtete das Spielbrett für die nächste Partie Tafl wieder her.

Als Nächstes war Karl an der Reihe. Er setzte sich und starrte die Spielsteine mit so finsterer Miene an, dass man meinen konnte, er wolle sie einschüchtern.

Einige Züge später spähte Bjorn über Jorunns Schulter. «Er hat noch nicht angefangen zu brüllen», bemerkte er, «also muss er sich …»

Der Rest von Bjorns Satz ging in Karls Geschrei unter. *«Was zum …? Wie zum …?»*

«… ganz gut schlagen», beendete Jorunn den Satz für Bjorn.

Karl stand auf. «Das ist ein dämliches Spiel», knurrte er. «Und du …»

«... gehst jetzt besser und denkst eine Weile nach, bevor du ein weiteres Wort sagst», warnte Unnthor und trat näher zu seiner Frau.

Karl schnaubte und ging außer sich vor Wut davon.

«Aslak», sagte Hildigunnur. «Du bist dran.»

Der schlanke Mann setzte sich ihr gegenüber. «Du weißt, dass ich dich nicht schlagen kann, Mutter.»

Die alte Frau lächelte. «Das weiß ich.»

«Daher möchte ich auch nicht spielen.»

Sie musterte ihn von oben bis unten. «Warum nicht?»

«Weil ich unsere Zeit besser nutzen kann, indem ich etwas weniger Heldenhaftes und dafür Klügeres tue», antwortete Aslak. Hildigunnur lächelte, und Aslak erhob sich wieder.

Jorunn setzte sich, bevor sie dazu aufgefordert wurde. «Mutter», sagte sie.

«Tochter», antwortete Hildigunnur.

Die ersten Züge auf beiden Seiten waren schnell gesetzt, dann begann Hildigunnur, sich mehr Zeit zu nehmen. «Du hast geübt», sagte sie.

Jorunn blickte zu Sigmar. «Wir haben zu Hause auch ein Spiel», antwortete sie.

Zunehmend interessiert schaute Hildigunnur zu Sigmar hinüber. «Das wusste ich nicht», erwiderte sie. «Gefällt es dir?» Sie machte ihren Zug.

«Es ist ein interessantes Spiel.» Jorunn setzte unmittelbar nach Hildigunnurs Zug ihre Figur.

Das Spiel dauerte, und die ganze Familie versammelte sich um die beiden. Irgendwann ergriff Jorunn ihren König und stieß ihn um. «Ich bin geschlagen.»

«In der Tat.» Hildigunnur musterte sie aufmerksam. «Diesmal jedenfalls.»

Den Blick, den die alte Frau ihrer Tochter zuwarf, hatte Helga noch nie zuvor bei ihr gesehen.

KAPITEL 7

AUF MESSERS SCHNEIDE

Es war weit nach Mittag, als sie sich schließlich alle auf den Rückweg nach Flussfeste machten. Gut gesättigt, mit der wärmenden Sonne auf ihrer Haut und dem Duft des Sommers in der Luft überließ sich Helga ganz dem gleichmäßigen Schritt ihrer Füße, während sie die vertraute Aussicht genoss – zur Rechten ein Horizont voller Felder, zur Linken vereinzelte Bäume, die allmählich in Wald übergingen. Sie schloss ihre Augen und lächelte. *Nur einen kurzen Moment*, dachte sie. *Nur einen Moment Ruhe …*

«Das lief besser, als wir dachten, oder?»

Einars Stimme an ihrem Ohr ließ sie zusammenzucken. «Was?»

«Die Spiele – fast kein Blut, keine herausgeschlagenen Zähne oder gebrochenen Knochen, keine Todesfälle. Und am Ende haben die Alten gewonnen. Mit Essen im Magen und ein wenig Met haben sich die Brüder auch wieder beruhigt – der Sturm ist vorübergezogen. Alles ist gut.»

Helga dachte an das, was sie auf dem Feld gesehen hatte: die geballten Fäuste, hasserfüllte Blicke, vorgeschobene Lippen. Sie spürte ein plötzliches Ziehen im Magen, als hätte sie einen Felsbrocken geschluckt. «In nächster Zeit würde ich trotzdem vorsichtig sein und den Mund halten.»

«Warum?», fragte Einar.

«Weiß nicht», antwortete Helga. «Es ist bloß … Ich hab so ein Gefühl, dass etwas passieren wird.»

«Und worauf ist das gegründet?», spöttelte er. «Die Weisheit der Frauen?»

Helga funkelte ihn an. «Hast du ein Problem damit?» Ihr Herz klopfte, und sie berührte das Runenstein-Amulett an ihrem Hals.

«Ähm … aber dafür gibt es keinen …»

«Beweis? Soll ich Hildigunnur mal erzählen, dass du denkst, weibliches Gespür sei Unsinn und nutzlos ohne Beweis?»

Einars erschrockene Miene beruhigte sie beinahe wieder. *Beinahe.* «Weißt du was, Einar Jakason? Mach doch! Stampf herum, fahr deine Ellbogen aus und sag Karl und Bjorn, was immer dir einfällt – aber erwarte kein Mitgefühl, wenn die Messer gezückt werden.»

Einen Augenblick lang herrschte Stille, während die Worte düster und bedrohlich zwischen ihnen in der Luft hingen.

«Was soll das denn heißen, *Messer*?», fragte Einar leise.

Helga ließ den Runenstein los. Die Schwere, die sie gespürt hatte, war verflogen, aber Erleichterung stellte sich trotzdem nicht ein. «Ich … weiß nicht», antwortete sie. «Ich habe das … einfach nur so gesagt.»

Einar musterte sie aufmerksam. «Du hast so etwas an dir», sagte er. «Irgendwas ist anders.»

«Schmeicheleien bringen dir bloß Ärger ein», antwortete Helga mit tonloser Stimme.

Er warf einen Blick zurück zu seinem Vater, der die Nachhut bildete.

Er sieht verängstigt aus, dachte Helga.

«Ich sollte gehen und ihm helfen», sagte er.

«Bis später.» Sie erschauderte und hatte das Gefühl, in ihrem Kopf ein Flüstern zu hören; es war, als sei da ein Schatten, aber sie konnte ihn nicht fassen.

Weiter vorn in der Gruppe beugte sich Jorunn zu Sigmar. «Und was hältst du nun von meiner Familie, Ehemann?»

«Wie du gesagt hast», antwortete Sigmar, nachdem er sich über ihre Schulter hinweg versichert hatte, dass sie außer Hörweite der anderen waren. «Karl ist immer noch ein Bastard, Bjorn ein Dummkopf.»

«Und Aslak?»

«Was ist mit ihm?»

Jorunn lächelte. «Er ist klein und still, aber unterschätz ihn nicht.»

«Wird er uns in die Quere kommen?»

«Nicht, wenn wir vorsichtig vorgehen.»

«Nur um es noch mal zu bestätigen – du bist dir absolut sicher?»

Jorunn sah ihn an und nickte. «Mein Vater kann es abstreiten, so viel er will, aber irgendwo auf dem Hof ist ein Schatz versteckt.»

«Geh weiter», murmelte Sigmar, «und halte Augen und Ohren offen. Wir werden unsere Chance bekommen – und wir werden sie ergreifen.» Er lächelte und neigte seinen Kopf zum Gruß, als Helga an ihnen vorbeiging, aber das Mädchen schien es gar nicht zu bemerken.

Nichts ergibt einen Sinn, dachte Helga. Auch wenn das seltsame Gefühl, das sie bei ihrem Gespräch mit Einar beschlichen hatte, inzwischen verflogen war, konnte sie es nicht vergessen. Es hatte sich angefühlt wie die Luft kurz vor einem Gewitter. Sie sah zu Aslak hinüber, der gerade seine Kinder einfing. Die drei wirkten glücklich in ihrem heiteren Durcheinander.

Das tiefe, raue Lachen von Bjorn, der mit Hildigunnur voranging, riss Helga aus ihrer Grübelei. Sie sah ein keckes Grinsen auf dem Gesicht ihrer Mutter aufblitzen. *Endlich ein dankbares Publikum für ihre derben Witze.* Helga musste lächeln, und die sommerlichen Gefühle holten sie wieder ein. Ihre Laune besserte sich umgehend. Es war ganz und gar nichts, nur das Überbleibsel eines bösen Traums. Später würde sie sich mit Einar versöhnen. Nun, da sie sich Bjorn näherte, zog der Riese sie mit seiner massigen Statur förmlich an. Er war in ein Gespräch mit Hildigunnur vertieft, und Helga war jetzt nah genug, um die Worte zu verstehen.

«Ich habe versucht, sie mit ihm allein zu lassen, aber das klappt auch nicht», sagte er. «Dieser Bulle will nichts davon wissen.»

«Vielleicht ist er so versessen auf sein Gras? Hast du mal versucht, ihren Schwanz damit einzureiben, damit er sich zu ihr hineinfrisst?», fragte Hildigunnur.

Worüber reden …? Helga spürte, dass sie knallrot wurde, als ihre Phantasie sie mit Bildern versorgte. Sie starrte auf ihre Füße. Dann hob sie den Kopf wieder. Der Pfad war zur Straße übergegangen, die sich nun an den Bäumen vorbei auf die Lichtung wand. Vor ihnen lag Flussfeste und glitzerte im Licht, das der schnell dahinfließende Strom reflektierte.

Bjorn lachte erneut. «Mutter, du bist *schrecklich*! Er kommt schon noch darauf… er hat es auch vorher schon getan.»

Hildigunnur begrüßte Helga mit einem Nicken, als sie zu ihnen aufschloss. «Wenn alles andere scheitert, dann schick ihn zu mir. Ich sorge dafür, dass er sich ein Beispiel an Unnthor nimmt.»

«Mutter!», schrien Bjorn und Helga gleichzeitig, und Hildigunnur kicherte vor Erheiterung.

«Ich liebe euch, meine Kinder, aber ich habe wirklich den Eindruck, ihr würdet alle gern glauben, dass wir euch im Wald gefunden haben. Und wo wir gerade davon sprechen – kann einer von euch mir ein bisschen Feuerholz besorgen?» Sie öffnete das Tor und betrat den Hof. Helga hatte Geschichten über echte Königinnen gehört, aber keine von ihnen konnte erhabener als Hildigunnur sein, davon war sie überzeugt.

«Das wäre dann wohl ich – dieser Strich in der Landschaft hier kann ja kaum sein eigenes Gewicht tragen, von einem Stapel Kleinholz ganz zu schweigen», sagte Bjorn und zwinkerte Helga zu.

«Oh, sie ist stärker, als sie aussieht», erwiderte Hildigunnur. «Aber geh nur, mein kleines Trollkind», fügte sie hinzu, stellte sich auf die Zehenspitzen und küsste den Riesen auf die Wange.

Bjorn schob sie grinsend von sich. «Ich ein Trollkind? Was bist du denn dann, Mutter?»

«Fähig, mit deinem Vater zu leben und euch alle aufzuziehen», konterte Hildigunnur. «Die Axt ist im Geräteschuppen. Geh nach Norden, den Hügel hinauf – da zweigt ein Seitenpfad zu der Stelle ab, die dein Vater zu roden versucht. Du wirst sie schon finden. Leg das, was du schlägst, zu dem neuen Holz, wenn du fertig bist, aber schlag nicht mehr um, als du tragen kannst.»

«Mach ich nie, Mutter.» Bjorn grinste und stapfte davon.

«Komm, du Faulpelz», sagte Hildigunnur zu Helga. «Wir müssen mit den Vorbereitungen für morgen Abend anfangen.»

Helga folgte ihr. Innerhalb der Umzäunung auf dem Hof zu sein fühlte sich sicher an. *Unter Kontrolle.*

Der Wolfshund bellte kurz zur Begrüßung, als Bjorn bei ihm vorbeikam. Der große Mann kniete sich hin, um den Hund hinter den Ohren zu kraulen, dann machte er einen Bogen um den wedelnden Schwanz und ging zu Jakis Geräteschuppen. Als er kurz darauf wieder herauskam, trug er eine Axt mit einem dicken Schaft, ein Holzfällerwerkzeug. «Hat wahrscheinlich schon ein paar Knochen gebrochen, das Ding», murmelte er und betrachtete die oft geschärfte Klinge. Der Hund blickte ihn bettelnd an, als er wieder auf den Zaun zuging. «Eine Lichtung?» Er betrachtete die massive Wand aus Bäumen, die am Fuß des Hügels aufragte. «Warum nimmt der alte Bock denn nicht einfach diese hier? Na ja, ich mach besser, was Mutter sagt», fuhr er fort, marschierte an den Bäumen vorbei und auf den Pfad zu, wie sie es ihm aufgetragen hatte. Im Schutz der Bäume ging kein Luftzug, und Bjorn lächelte, als er den Hügel hinaufstieg.

Er fand den Seitenpfad ohne große Schwierigkeiten – da hörte er einen Schrei, nur kurz, dann war er auch schon wieder erstickt.

Mit gezückter Axt stürmte Bjorn auf die Lichtung. Weiße

Haut schien auf – Beine und Arme und ein breiter Rücken – und am Boden lag … das war Runa! Runa, die sich in Karls Haar krallte, sich gegen ihn stemmte und ihn weiter antrieb.

«Hinter dir!», zischte sie ihrem Liebhaber ins Ohr. Der hielt mitten im Stoß inne und blickte über seine Schulter auf den Riesen mit der Axt in der Hand.

Bjorn brauchte einen Moment, um die Situation richtig einzuschätzen.

«Tu einfach so, als hättest du nichts …», begann Karl, aber Bjorn hatte sich schon abgewandt.

Mit einem mächtigen Schwung schlug er die Axt in den nächsten Baum. Ohne die beiden anzusehen, sagte er: «Mutter braucht Feuerholz.» Dann ging er davon.

Sobald Bjorn verschwunden war, schob Runa ihre Hand in Karls Nacken und streichelte seine Haut. «Komm schon», flüsterte sie und zog ihn an sich, «mach weiter.»

Karl stieß sie weg und richtete sich auf seine Knie auf, um die Hose über seinem erschlaffenden Schwanz hochzuziehen. «Ich bin fertig», sagte er.

«Aber ich nicht», sagte Runa und schenkte ihm ein verführerisches Lächeln, während sie sich erhob, um nach seinem Schenkel zu greifen.

Karl schob ihre Hand beiseite und stand auf. «Ich sagte, ich bin fertig.»

Zorn blitzte in ihren Augen auf, als sie sich aufraffte, reflexartig ihr Kleid glatt strich und Gras und Zweige aus ihrem Haar schüttelte. «Aber ich dachte …»

«Tja, das hättest du besser bleibenlassen. Ich musste bloß irgendwas besteigen.»

Tränen schossen ihr in die Augen, sie presste vor Wut die Kiefer zusammen und biss sich auf die Lippe. Dann suchte sie das Weite, ließ den Hof hinter sich und rannte davon, tiefer in den Wald.

Karl kniff die Augen zusammen und seufzte. Als er sie wieder öffnete, trat er an den Baum, in dem die Axt steckte, und murmelte: «Also gut. Feuerholz.» Er zog an dem Stiel, aber die Klinge bewegte sich nicht. Fluchend riss Karl die Axt vor und zurück, wieder und wieder, bis es ihm schließlich gelang, sie zu bewegen, wenn auch mit jedem Ruck nur um ein fingernagelbreites Stückchen.

Helga kam es jedes Mal wie ein Privileg vor, wenn sie mit ihrer Mutter so angenehm rhythmisch und ruhig im Langhaus arbeitete. Ihre Gedanken gingen auf Wanderschaft, während das Messer in ihrer Hand wie von selbst die Karotten zu hacken schien.

«Sei gut zu deiner alten Mutter und hol mir noch etwas Holz», bat Hildigunnur. «Wir brauchen ein bisschen mehr Hitze unter dem Topf.»

Als Helga vor die Tür trat, wurde sie von Sonnenlicht geblendet und musste die Augen schließen, um sich daran zu gewöhnen. In der Ferne waren die Kinder zu hören, die unten am Fluss planschten. Sie konnte sich nur zu gut Gythas gelangweilte Miene vorstellen, während sie dabeisaß und auf sie aufpasste.

Helga ging um das Haus auf dessen schattige Seite und weiter zum Schuppen, in dem das Holz lagerte. Sie warf einen flüchtigen Blick auf die paar Klafter Frischholz. *Gut, dass jemand losgeschickt wurde, um mehr zu holen.* Sie nahm einen Armvoll gut abgelagertes Brennholz und trug es vorsichtig zurück, den Blick immer auf den Boden gerichtet, auch wenn sie ziemlich sicher war, dass sie die Strecke selbst mit verbundenen Augen abschreiten konnte. Sie lud ihre Last im Holzkorb ab. «Erledigt.»

«Danke», sagte Hildigunnur. «Hat Bjorn viel geholt?»

«Sah nicht so aus», sagte Helga. «Ist vermutlich noch nicht zurück. Die Axt war auch nicht da.»

«Hm.» Hildigunnur nahm drei Scheite und warf sie ins Feuer, die hungrigen Flammen griffen sofort nach dem Holz.

Hinter ihnen öffnete sich die Tür. Bjorn duckte sich und kam herein.

Hildigunnur drehte sich zu ihm um. «Wo ist mein Feuerholz, du Riesentölpel?»

«Karl hat gesagt, er macht das», antwortete Bjorn.

Helga musterte ihre Mutter. *Das gefällt ihr ganz und gar nicht*, dachte sie. Und warum war Karl überhaupt im Wald? Sie versuchte, sich daran zu erinnern, wann sie den ältesten Bruder zuletzt gesehen hatte.

«Schnapp dir eine andere Axt und geh ihm helfen», befahl Hildigunnur. «Hier bist du uns nicht von Nutzen.»

Bjorn drehte sich wortlos um und ging.

Als er die Tür hinter sich schloss, seufzte Hildigunnur. «Bei all den Tieren ist es schwer, den Überblick zu behalten.»

Helga war sich nicht sicher, ob sie damit das Vieh auf dem Hof meinte.

Der Wald war erfüllt vom Hall metallischer Schläge auf Holz. Bjorn schritt mit geschulterter Axt den Hügel hinauf und fand die Lichtung.

Sein älterer Bruder stand an einer großen Kiefer, in Schweiß gebadet und mit einem irren Grinsen auf dem Gesicht, während er kräftig auf sie einhieb. Zwei Bäume, jeder dreimal so groß wie ein Mann, lagen schon am Boden. Karl sah sich um, erblickte Bjorn und ging mit neuem Schwung auf den Baum los.

«Grüß dich, Bruder», knurrte er quer über die Lichtung, zwischen wilden Axtschlägen. Ohne etwas zu erwidern, ging Bjorn zu den gefällten Bäumen und begann beharrlich, die Äste abzuhacken. «Bist du gekommen, um mir zu sagen, wie verdorben ich bin? Was für ein ehrloser Bastard ich sein kann?»

Bjorns Knöchel am Griff der Axt wurden weiß, als er sich umdrehte und seinen Bruder anschaute. «Ja, in der Tat», sagte er mit kalter Verachtung in der Stimme. «Du bist ein Arsch – das bist du schon immer gewesen, aber normalerweise schadest du dir nur selbst. Warum zerstörst du Aslaks Familie?»

«Sie wollte es ...»

«Und wenn schon, du musst es ja auch gewollt haben. Du bist selbstsüchtig wie eh und je. Das muss jetzt ein Ende haben.»

Die zwei Brüder standen sich einen Moment lang schweigend auf der Lichtung gegenüber.

«Ich habe Männer getötet, Bjorn», sagte Karl leise. «Mehr, als ich zählen kann. Kleine Männer. Junge Männer.» Er ließ die Schultern kreisen und verlagerte seinen Griff um die Axt, während er Bjorn nicht aus den Augen ließ und ihn von oben bis unten musterte, ihn abschätzte. «Große Männer.»

Bjorn starrte seinen Bruder an, er hatte vor Abscheu die Unterlippe vorgeschoben – dann wandte er sich ab und machte sich daran, den Rest der Äste zu entfernen.

«Ganz wie du willst, mein kleiner Bruder», murmelte Karl, bevor er die Klinge seiner Axt wieder in der hohen Kiefer versenkte.

Die Sonne stand schon tief, als sie den ersten halbierten Baumstamm auf ihre Schultern hievten. Seit ihrer Auseinandersetzung hatten die Brüder kein Wort mehr miteinander gewechselt, aber sie hatten oft genug zusammengearbeitet, sodass sie sich auch ohne Sprache verständigen konnten. Zügig legten sie den Weg zum Hof zurück, zerhackten den Stamm dort in kleinere Holzklötze und stapelten sie im Schuppen, gleich neben dem Holz vom letzten Schlag.

Während Karl auf das Langhaus zuging, machte sich Bjorn zur Schmiede auf. Sie würdigten einander keines Blickes.

Breki erhob sich und wedelte heftig mit dem Schwanz, als er sein Herrchen erblickte.

«Schhh, Junge», brummte Bjorn mit tiefer Stimme. «Schhh.» Er kraulte den Hund hinter den Ohren, was Breki jedes Mal genoss. Zur Sicherheit gab er ihm noch einige Streicheleinheiten, als er plötzlich erschrak. Er spürte, dass ihn jemand beobachtete. Volund stand an der Ecke der Schmiede und starrte ihn still an.

«Was willst du, Junge?»

Sein Sohn blieb stumm, und Bjorn seufzte. «Geh zu der

Lichtung oben am Weg zur neuen Scheune, Sohn. Hol die Äxte und so viele Äste, wie du tragen kannst. Mach schon – los!»

Von der lauten Stimme seines Vaters angetrieben, setzte Volund sich stolpernd in Bewegung.

Bjorn sah dem Jungen nach, wie dieser halb rannte, halb davonschlenderte, atmete tief ein und seufzte erneut. «Hätte dich ertränken sollen, als du noch ein Säugling warst», murmelte er. Er sah auf den Hund hinab und schürzte seine Lippen. «Wenn er doch nur mehr so wäre wie du, was?»

Der Wolfshund starrte ihn voller Bewunderung an, ließ die Zunge heraushängen und hechelte freudig.

Helga bahnte sich ihren Weg den Hügel hinab auf die neue Scheune zu. Der kleine Streifen aus Bäumen, den sie als Kind immer ‹ihren Wald› genannt hatte, erstreckte sich bloß rings um den Hügel, nicht weiter, aber er hatte so einen vorzüglichen Klang, dachte sie. Manchmal war es still, manchmal raschelte es überall, und er war voller Leben. Dies hier war einer der Orte, an denen sie den größten inneren Frieden spürte. Sie hatte die Gelegenheit gleich genutzt, sich ein wenig Zeit für sich erschlichen, nachdem Hildigunnur erwähnt hatte, dass sie ein paar Werkzeuge aus der Kiste oben bei der neuen Scheune bräuchte – sie habe wohl ihr Messer mit dem geschnitzten Horngriff dort gelassen, hatte sie gesagt, und dass sie es brauche, weil es die beste Klinge auf dem ganzen Hof sei. Bjorn hatte sich ebenfalls angeboten, es zu holen, aber Hildigunnur hatte ihm befohlen, sich nicht von der Stelle zu rühren, und hatte stattdessen Helga geschickt. Helga hatte über eine Menge nachzudenken: Mochten die Geschwister einander, oder konnten sie sich nicht ausstehen? Karl schimpfte über alles und fuhr jeden an, aber bellte er mehr, als dass er biss? Und Sigmar? War da mehr, als man auf den ersten Blick sah? Trotz seines ziemlich unauffälligen Körperbaus war er nicht einen einzigen Schritt zurückgewichen, als Karl während des Wettkampfs auf ihn losgegangen war.

Sie war so tief in Gedanken versunken, dass sie beinahe mit Volund zusammengestoßen wäre, als sie um die nächste Ecke bog.

«Oh – hallo!»

Zuerst sah Volund sie mit trübem Blick an, dann zeigte sich Erkenntnis auf seinem Gesicht, gefolgt von der winzigen Andeutung eines Lächelns. «Hallo», murmelte er.

«Wohin gehst du denn?»

Das Lächeln verschwand. «Muss, äh, Äxte holen gehen», sagte der Junge und senkte den Kopf. Seine Finger zuckten und ballten sich immer wieder zu Fäusten. «Lichtung … ähm … weiß nicht …»

Helga legte ihre Hand sanft auf Volunds Schulter. «Ist schon gut.»

Die Unterlippe des Jungen zitterte. «Weiß nicht», wiederholte er kläglich.

«Ich weiß, wohin du gehen musst», sagte Helga.

Volund sah zu ihr auf, tastete mit seinen Augen schüchtern ihr Gesicht ab. «Du … weißt es?»

Das Lächeln fiel ihr leicht. «Ja, ich weiß es. Komm mit!» Sie schob sich an dem Jungen vorbei und duckte sich in den Seitenpfad, kurz darauf trat sie schon auf die Lichtung. Volund folgte ihr dicht auf den Fersen.

«Da!», rief Volund, rannte auf die abgelegten Äxte zu und strahlte, als er sie aufhob. «Ich hab sie gefunden!»

«Ja, das hast du», sagte Helga und blickte auf die Klingen, die nur eine Handbreite von seinem Gesicht entfernt waren. «Aber lass uns vorsichtig damit sein, ja?»

Volund nickte und starrte Helga an. «Du hast mich *gerettet*», sagte er.

Nachdem sie die Äxte in den Armen des Jungen neu ausgerichtet hatte, um das Risiko zu verringern, dass er sich versehentlich irgendwelche Gliedmaßen abtrennte, führte Helga Volund zu einem großen Haufen Äste. «Was meinst du damit?»

«Ich wusste nicht, wohin ich gehen muss, und Vater wird böse, wenn ich nicht weiß, wohin ich gehen muss.» Volund blinzelte. Er spannte die Schultern und runzelte die Stirn, und auf einmal sah der Junge aus wie ein Mann. «Du bist dumm, Junge», knurrte er, und es klang haargenau wie Bjorn. «Wenn in deinem Kopf auch nur ein schlauer Gedanke wäre, würde ich dir den Schädel einschlagen, um ihn freizulassen.» Sein Griff um die Äxte wurde fester. «Hau ab. *Hau ab!*» Dann sah er Helga an und sackte in sich zusammen. Jetzt zeigte sich wieder sein übliches, unschuldiges Schafsgesicht. «Und dann wird Mutter sagen: ‹Bitte, Bjorn – lass ihn! Lass ihn in Ruhe, er ist doch bloß ein kleines Kind!›, und dann wird Vater sagen: ‹Er ist nichts als ein dümmlicher Trampel, und es wäre besser, wenn es ihn gar nicht geben würde.› Aber ich hab die Äxte gefunden, und jetzt ist alles gut.»

Helga beschlich ein befremdliches Gefühl. Trotz der anhaltenden Abendhitze hatte sie eine Gänsehaut. Sie versuchte, sich Bjorn betrunken vorzustellen, eingeschlossen von Zimmerwänden, wütend auf seinen einfältigen Sohn, während Thyri hinter ihm herumflatterte wie eine besorgte Entenmutter – und Volund, unfähig zu begreifen, was geschah, unfähig, etwas zu unternehmen, der Situation hilflos ausgeliefert.

«Du hast recht», sagte sie mit brüchiger Stimme, «alles ist gut. Und von jetzt an wird alles gut sein.» Sie legte so viel Überzeugung in den letzten Satz, wie sie nur konnte, und doch glaubte sie selbst noch nicht ganz daran.

Der Runenstein lag schwer auf ihrer Brust.

Thyri und Agla hatten ihre Plätze am Küchentisch eingenommen, in der Nähe von Hildigunnur, die mit ihren üblichen schnellen Gesten und leisen Anweisungen die Arbeit dirigierte. Jorunn saß in der Ecke und redete mit ihrem Vater. Sigmar, Karl und Bjorn waren nirgendwo zu sehen.

«Geh einfach und setz dich still auf deinen Platz», flüsterte Helga Volund zu. «Ich werd dir etwas bringen.» Der Junge blickte sie mit großen Augen an und nickte. Sie sah zu, wie er in den Spielbereich der Kinder schlurfte, ungelenk wie ein Bullenkalb. Es dauert nicht lange, bis sie die Knochen fand, mit denen die Zwillinge am Vorabend gespielt hatten. Als sie sie Volund brachte, berührte er die Knochen ehrfürchtig, bevor er sich zur Sicherheit umsah, ob er mit diesem Spielzeugschatz tatsächlich allein war und ihn nicht teilen musste. Er tauchte sogleich in irgendein seltsames, unverständliches Spiel ein, das er sich selbst ausgedacht hatte.

«... aber das ist keine Entschuldigung», hallte Aglas erhobene Stimme vom Küchentisch herüber. Neugierig schlenderte Helga näher.

«Ich weiß nicht», sagte Thyri. «Es gibt da schon verschiedene Umstände.»

«Das ist mir egal. Wenn man einer Frau die Treue geschworen hat, dann muss man ihr auch treu bleiben.» Das Messer in Aglas Hand fuhr wiederholt laut klappernd auf das Schneidebrett nieder, dass es klang, als wäre ein Specht an einem Baum zugange.

«Da hast du absolut recht», sagte Hildigunnur in besänftigendem Tonfall. «Männer sollten nicht dort herumschnüffeln, wo sie nichts zu suchen haben. Aber selbst das bravste Schaf wird seine Weide verlassen, wenn das Tor offen steht und der Hund schläft, ist es nicht so?»

Helga beobachtete Aglas Miene, und es schien ihr, als würde im Kopf der Frau gerade ein Kampf zwischen ihren Gefühlen und Hildigunnurs Bildsprache ausgefochten werden. «Immer noch keine Entschuldigung», brummte sie. «Aber ich verstehe, worauf du hinauswillst.»

«Ach, sie sind einfach zu nichts zu gebrauchen», sagte Thyri. Ihre Fröhlichkeit wirkte aufgesetzt.

Helga entging nicht, wie ihre Mutter diese Gelegenheit sofort ergriff. «Ich würde sagen, sie sind immerhin für eine Sache zu gebrauchen.» Hildigunnur brachte die anderen Frauen zum Kichern. *Und dann*, dachte Helga abwartend – ja, da kam es: das tiefe Einatmen, der ernste Tonfall.

«Alle Frauen sollten wissen» – Agla und Thyri beugten sich näher zu Hildigunnur, die zwischen ihnen saß –, «dass Männer wie Wildpferde sind.» Verwirrte Gesichter; jetzt hatte Hildigunnur sie am Haken. «Wenn man sie erst einmal richtig zugeritten hat, fressen sie einem ein Leben lang aus der Hand.»

Aufbrausendes Gelächter schallte durch das Langhaus. Selbst Helga konnte nicht anders, als mit heißen Wangen zu schmunzeln.

«Wollt ihr gackernden Hühner wohl leise sein! Wir versuchen hier im selben Tal noch eine andere Unterhaltung zu führen», rief Unnthor von der anderen Seite des Raums.

«Aber natürlich – was immer du wünschst, *Ehemann*», sagte Hildigunnur süßlich und klimperte mit den Wimpern. Das löste einen neuen Lachanfall aus. Als sie sich wieder ihrer Arbeit zuwandte, griffen auch Agla und Thyri zu ihren Messern, doch nun hatten sie ein befreit wirkendes Lächeln im Gesicht. Während die beiden Frauen sich in ihr Werk vertieften, schaute die alte Frau über die Schulter zu Helga und sah ihr in die Augen. Ihr Blick sagte: *So macht man das.*

Helga lächelte zurück. *Ich hab's gesehen. Und verstanden.*

Sie hörte, wie die Tür hinter ihr aufging. Gytha trat ein und ließ ihren Blick durch den Raum schweifen, bevor sie zu ihrem Schlafplatz ging.

Ohne sich umzudrehen, fragte Agla: «Wer passt auf die Kinder auf?»

«Runa», antwortete Gytha. «Warum auch nicht? Es sind schließlich ihre Kinder.»

«So jung und schon so weise», sagte Hildigunnur lächelnd.

«Ja», sagte Agla, «es gibt nichts, was dieses Mädchen nicht ausklügeln kann.» Hildigunnur belohnte sie mit einem Lächeln, und sie grinste.

«Helga – komm hier rüber», grollte Unnthor. «Verbring deine Zeit nicht dort im Hühnerstall.»

«Wenn wir Hühner sind, was bist du denn dann, Ehemann?», rief Hildigunnur zu ihm hinüber. Aus Kichern wurde wieder Gelächter, als Agla und Thyri sich grinsend ansahen. Helga schlenderte zur anderen Seite des Raums und hockte sich auf eine Bank in einigem Abstand zu Jorunn. Die schlanke Frau lächelte ihr zwar zu, aber ihre Augen lächelten nicht mit.

«Hilf uns mal, etwas zu klären, Kind», sagte Unnthor. «Warum gewinnt deine Mutter jedes Tafl-Spiel? Jorunn sagt, das kommt daher, dass sie vorausdenkt. Ich sage, es liegt daran, dass sie eine Hexe ist.»

«Beides», sagte Helga, ohne nachzudenken.

«Das habe ich gehört!» Hildigunnurs Stimme schallte mit gespielter Entrüstung durch die Halle.

Jorunn schmunzelte. «Und was sind wir dann?»

«Glücklich davongekommen?», sagte Helga. «Immerhin sind wir noch am Leben.»

Jorunn rückte lächelnd an Helga heran. «Das Mädchen ist entweder eine Weise oder eine Klugscheißerin», sagte sie. «Auf jeden Fall mag ich sie.»

Unnthor schenkte Helga ebenfalls ein Lächeln. «Du bist eben ganz meine Tochter, schätze ich», sagte er. «Auch wenn wir dich gewissermaßen umsonst dazubekommen haben.»

«Und wenn du hinter unserem Erbe her bist, werden wir dich selbstverständlich umbringen», sagte Jorunn.

Ein nervöses Lachen entfuhr Helga. «Selbstverständlich», sagte sie.

«Lass das Kind zufrieden, Tochter! In den nächsten vierzig Sommern wird es kein Erbe geben. Meine liebe Hexenfrau wird mich noch einige Zeit am Leben halten. Ich erinnere mich noch an das eine Mal, als …»

Jemand berührte Helga am Arm, sie drehte sich um: Gytha stand neben ihr, sie wirkte durcheinander.

«Können wir …?», murmelte sie und blickte zur Tür.

Helga stand auf. Aus dem Augenwinkel sah sie, wie Jorunn ihrem Vater mit einem starren Grinsen im Gesicht zuhörte. «Komm mit. Nach draußen», sagte sie.

Der Himmel war dunkelblau und gesprenkelt mit dem matten Weiß der Wolken, die über ihn hinwegzogen. Helga fröstelte. Mit der Nacht kam die Kälte, und drinnen im Warmen zu sitzen und Unnthors Gerede zuzuhören erschien ihr auf einmal viel verlockender. Sie drehte sich zu Gytha und wollte sie schon anfahren, als sie sich daran erinnerte, was Hildigunnur sie gerade eben noch über Freundlichkeit und Geduld gelehrt hatte. Also fragte sie stattdessen sanft: «Was ist denn los?»

«Es geht um Runa. Sie hat sich sehr merkwürdig verhalten – unten am Fluss.»

«Tut sie das nicht immer? Sie ist oft bissig und leicht eingeschnappt.»

«Na ja, schon, aber so war es gar nicht», erwiderte Gytha. «Sie war nahezu – na ja, *still* – aber nicht im guten Sinne.»

«Ach so?» Helga bemühte sich, ruhig zu bleiben. *Messer. Messer in der Finsternis …* Wie ein starker hungriger Impuls zerrte dieser Gedanke von innen an ihr. Es gelang ihr, ihre Stimme tonlos zu halten. «Erzähl mir mehr.»

Gytha sah auf ihre Füße. «Ich weiß nicht, ob es da mehr zu erzählen gibt. Es war bloß … Sie kam von stromaufwärts in unsere Richtung, stampfte einfach so durchs Gras, und als sie mich erblickte, schien sie … na ja, sich irgendwie in sich zurückzuziehen – und dann nickte sie auf so eine Art, wie um mir zu sagen, dass ich einfach *gehen* solle, verstehst du? Und es war ihr *wirklich* ernst, und ich fühlte mich … na ja …»

«Runa wirkt auf mich nicht wie jemand, der seinen Ärger lange für sich behält», gab Helga zu bedenken, und Gytha schnaubte.

«Irgendwo dort oben im Norden ist jetzt die Höhle einer Bärin frei», sagte sie.

Helga lächelte, konnte jedoch das wachsende Unbehagen nicht abschütteln. «Ich bin sicher, wenn sie irgendetwas beschäftigt, dann werden wir es bald erfahren.»

«Meinst du, wir sollten mit ihr reden?»

«Wir?» Helga dachte ein paar Augenblicke darüber nach, fragte sich, ob sie vielleicht wirklich versuchen sollte herauszufinden, was los war, aber der Gedanke, mit Aslaks Frau zu sprechen, reizte sie ganz und gar nicht, selbst wenn diese gerade nicht wütend war. Sie schüttelte entschieden den Kopf. «Nein … nein, es ist wahrscheinlich nicht der Rede wert. Wenn hier auf Flussfeste etwas geklärt werden muss, dann wird meine Mutter sich schon darum kümmern. Aber es war gut, dass du es mir erzählt hast. Komm, lass uns wieder reingehen.» Sie öffnete die Tür und schob Gytha geradezu hinein.

Über ihnen breitete sich die Finsternis am Sommerhimmel aus.

Einar hatte nicht lange gebraucht, um den großen Tisch aufzustellen. Er hatte ihr einmal erzählt, dass Jaki drei oder vier Anläufe gebraucht hatte, um ihn zu bauen, aber jetzt war der Tisch perfekt: ein äußerst raffiniertes Modell, das sich ebenso leicht auseinandernehmen wie zusammenbauen ließ. Wenn sie nur zu fünft waren, stand er die meiste Zeit gut verstaut an einer Seitenwand des Langhauses, aber jetzt war die lange Tafel ihrer Eltern wieder ein Ort, an dem gegessen und gelacht wurde, und sie war beladen mit Tellern und Schüsseln voller Speisen aus Wald, Fluss und Landwirtschaft.

«Langt zu, Kinder», sagte Hildigunnur, und kaum einen Moment später hatte sich die Spitze von Bjorns Messer schon in ein fettes Stück Hammelbraten gebohrt, das zur Hälfte in dicker Brühe schwamm.

«Auf das habe ich schon ein Auge, seit wir Platz genommen haben», rief er triumphierend.

«Lamm ist auch nicht zu verachten», sagte Karl. Helga sah auf und bemerkte, dass er sie anstarrte. «Jung und zart.»

«Besser als alter Bock», sagte Jorunn spitz, und Karl warf ihr einen wütenden Blick zu, als rund um den Tisch Gelächter erklang. Sigmar, der neben seiner Frau saß, häufte sich schweigend und geschickt ebenso viel Gemüse wie Fleisch auf den Teller.

Gytha starrte den Schweden mit unverhohlener Abscheu an. «Warum isst du so viel Scheiß?», fragte sie.

«Was meinst du damit?» Er lächelte Gytha an. «Da ist kein Scheiß auf meinem Teller.»

Sie zeigte mit dem Messer darauf. «Wurzeln? Blätter? Was bist du – ein Karnickel?»

Agla griff nach dem Arm ihrer Tochter und sah sie böse an, aber Sigmar grinste bloß, bevor er ein ernstes Gesicht machte. «Ja, väterlicherseits. Nehme ich jedenfalls an.»

«Wieso das denn?», fragte Gytha.

Aus dem Augenwinkel sah Helga Hildigunnur schmunzeln.

«Immer wenn ich als Kind kurz vorm Einschlafen war, hat meine Mutter meinen Vater herbeigerufen und ihm gesagt, er solle es ihr wie ein Karnickel besorgen», sagte Sigmar mit einem süßlichen Lächeln.

Eine kurze Pause, und dann …

«Oho!», rief Bjorn und brüllte vor Lachen, während Gytha rot anlief. Jorunn stieß ihrem Mann einen Ellbogen in die Rippen, aber das Grinsen auf ihrem Gesicht verriet, dass sie in Wahrheit gar nicht so empört war.

Helga sah zum anderen Ende des Tisches, wo der jüngste Bruder mit gesenktem Kopf saß, die Hände im Schoß gefaltet. Runa neben ihm wirkte dagegen wie eine Gewitterwolke, sie hatte die Lippen geschürzt und die Augenbrauen zusammengezogen. Als sie Aslak etwas zumurmelte, starrte er nur auf seine Hände und nickte.

Der laute Knall, mit dem Unnthors Krug auf dem Tisch aufschlug, ließ sie alle verstummen – dieses Talent besaß der Herr des Hauses immer noch. Er runzelte die Stirn, sog den Lärm ringsherum geradezu in sich auf und wirkte gebieterisch. «Ihr Kinder! Ihr seid alle furchtbar und grässlich …»

«… was eindeutig beweist, dass ihr unsere Kinder seid», beendete Hildigunnur den Satz, und ihre Augen funkelten.

Unnthor wandte sich an seinen ältesten Sohn. «Und jetzt sind wir hier alle versammelt. Das wird so schnell nicht wieder geschehen. Lasst die Familie wissen, wie ihr lebt», sagte er. «Erzählt uns eure Neuigkeiten.»

Ausnahmsweise einmal wirkte Karl nun alles andere als selbstsicher. «Wir … wir leben gut», begann er, und Agla neben ihm strahlte. «Wir haben einen großen Hof, nur ein kurzes Stück landeinwärts von der Küste.»

«Hab mir schon immer gedacht, dass du als verweichlichter Südländer enden wirst», sagte Bjorn grinsend.

«Halt den Mund», blaffte Karl zurück. «Wir haben vier Arbeiter angestellt, zwei von ihnen mit Frau.» Helga machte gerade eine Runde um den Tisch, um leere Schüsseln aufzufüllen, und es kam ihr im Vorübergehen so vor, als ob Bjorn und Thyri rasch einen bedeutungsvollen Blick wechselten. Neben ihnen schlürfte Volund glücklich seine Suppe.

«Und das alles habt ihr euch nach dem Raubzug gekauft?», fragte Jorunn.

«Ja», sagte Karl, «wir haben uns ein schönes Gehöft ausgesucht. Es liegt windgeschützt, der Boden ist fruchtbar, und in der Ferne kann man das Meer hören. Wir haben zwölf Paar Vieh und zwanzig Paar Schafe, und Gytha kommt bald ins heiratsfähige Alter.» Helga musterte Unnthors ältesten Sohn. Zum ersten Mal verspürte sie ein kleines bisschen Mitleid mit dem Mann. Er sah aus, als fühle er sich unwohl – nein, mehr als das, er wirkte *traurig*, als ob er über Dinge berichtete, die ihn eigentlich glücklich machen sollten, und er es dennoch aus irgendeinem Grund nicht war.

«Und gibt es von diesem magischen Ort irgendetwas Interessantes zu berichten?», fragte Hildigunnur.

«Nein», mischte Gytha sich ein. «Jedenfalls nicht aus meiner Sicht. Eine Menge Kuhscheiße gibt es da. Aber davon abgesehen nicht viel.»

Hildigunnur schmunzelte, und Agla verdrehte die Augen. «Wir haben noch keinen König gefunden, mit dem wir dieses Mädchen verheiraten könnten», sagte sie zur allgemeinen Erheiterung. «Oder vielleicht lieber Freyr höchstpersönlich?»

Gytha schnaubte und rümpfte die Nase. «Zu alt für mich.» Von den Frauen am Tisch kam beifälliges Gemurmel.

«Und kommst du mit dem Leben auf dem Hof gut zurecht?», fragte Unnthor. «Das ist etwas ganz anderes, was?»

«Ja.» Karl wirkte schon wieder gereizt. «Natürlich ist das etwas anderes.»

«Jede Menge harte Arbeit», sagte Unnthor.

«Ja.»

«Morgens in aller Früh aufstehen, und ausschlafen kann man erst, wenn man tot ist.»

«Ja», stieß Karl zwischen zusammengebissenen Zähnen hervor.

«Wenn man etwas von seinem Hof will, muss man es sich erst erarbeiten …»

Karl sprang so ruckartig von der Bank auf, dass sie beinahe mitsamt seiner Familie umgekippt wäre. *«Ich weiß, Vater!»*, brüllte er. «Ich bin auf einem Hof *aufgewachsen*! Auf diesem hier! *Erinnerst du dich?* Oder warst du zu sehr damit beschäftigt, den Großen Mann des Tals zu spielen?» Um seinen Worten Nachdruck zu verleihen, schlug er mit der Faust auf den Tisch.

Aslak hatte seinen Arm schützend vor seine ängstlich kauernden Kinder gestreckt. Auf der anderen Seite wimmerte Volund leise in sein Suppenschüsselchen, seine kräftigen Armmuskeln waren vor Anspannung verkrampft. Thyri schaute aufgebracht zu Bjorn und murmelte dann ihrem Sohn beruhigende Worte ins Ohr.

Karl grinste seiner Familie und – wie es schien – der ganzen Welt spöttisch entgegen. «Wir kommen *gut* zurecht – und wir werden auch weiterhin *gut* zurechtkommen, ohne dass uns jemand hilft!» Er blickte sich mit funkelnden Augen im Raum um, ob es jemand wagte, ihn direkt anzusehen. Agla griff reflexartig nach einem umgekippten Becher, um ihn wieder aufzurichten, aber der grimmige Blick ihres Mannes ließ sie in der Bewegung erstarren.

Am Kopfende des Tisches sah der alte Mann zu seiner Frau, und in seinem Blick lag eine Frage: *Möchtest du das übernehmen?* Sie schürzte ihre Lippen und legte den Kopf schief. *Nein, mach nur. Kümmere du dich darum.* Sie schauten gelassen zu Karl.

Unnthor legte seine riesigen Hände flach auf den Tisch und lächelte. «Gut. Ich bin sicher, du wirst uns stolz machen. Bjorn?»

Einen Moment lang sah Karl aus, als wollte er gehen, aber er stand zwischen Tisch und Wand gefangen. Also entschied er sich dagegen, über seine ganze Familie hinwegzuklettern und setzte sich wieder, wobei er Aglas tröstende Hand auf seiner Schulter ärgerlich abschüttelte.

Auf der anderen Seite des Tisches räusperte sich Bjorn, als Volund aufhörte zu wimmern. «Nun», sagte er, «uns geht es zwar nicht so gut wie Karl ...» Karls Kopf fuhr hoch – vergeblich schien er im Gesicht seines Bruders nach Anzeichen von Spott zu suchen. «... aber wir kommen einigermaßen zurecht. Wir haben einen Hof, von dem wir leben können, wir sind in unserem Dorf und der Umgebung recht gut angesehen, und wir können unseren Nachbarn helfen.»

«Klingt gut», sagte Hildigunnur.

«Und was ist mit deinem schwachsinnigen Sohn?», blaffte Karl.

Einen halben Atemzug lang blieb Helga das Herz stehen.

Das Langhaus war von Schweigen erfüllt.

Mit äußerster Ruhe legte Bjorn seine große Hand über beide Hände seiner Frau und blickte Karl offen in die Augen. «Mein schwachsinniger Sohn», sagte er ruhig und mit eisiger Stimme, «ist freundlich und sanft, tut niemandem weh, macht selten etwas kaputt und wächst zu einem *richtig* starken Mann heran. Er wird uns auf dem Hof also ziemlich nützlich sein, und die Leute werden ihn mögen. Damit dürfte er das genaue Gegenteil von dir sein, *lieber Bruder*. Was hast du dazu zu sagen?» Er trug die Worte ruhig vor, aber als er seinen Bruder quer über den Tisch anstarrte, konnte jeder sehen, dass Bjorn regelrecht auf einen Kampf brannte, und dieses Mal würde Karl ihn nicht unvorbereitet treffen.

Einar schob Helga ein sicheres Stück vom Tisch weg und lenkte ihren Blick auf Bjorns Füße. Sie waren unter die Bank geglitten. Er war darauf vorbereitet, sich bei der kleinsten Herausforderung vorwärtszustürzen.

Karl öffnete den Mund, um etwas zu sagen.

«Seid still.» Hildigunnurs Stimme schreckte alle auf wie das laute Geräusch eines knackenden Asts. Der Bann war gebrochen. Auf dem Gesicht der alten Frau zeigte sich kein Lächeln, kein Augenzwinkern. Das raue Land und die Berge hatten sie geprägt, und wie jede Mutter vor ihr konnte sie es von ihren Kindern nicht hinnehmen, dass sie ihr keinen Respekt entgegenbrachten. «Meine Söhne werden nicht aufeinander losgehen wie die überdrehten Köter da draußen. Karl, du bist ständig auf Streit aus. Ich weiß, du liebst das Kämpfen, aber unter meinem Dach wirst du weder durch Worte noch durch Taten deiner eigenen Familie weh tun. Und Bjorn – du wirst deinen Bruder in Ruhe lassen und alles, was er sagt, einfach nicht beachten. Ist das klar?»

Ihre Söhne starrten auf den Tisch. «Ja, Mutter», murmelten sie.

«Ich kann euch nicht hören. Und *seht mich an*, wenn ihr mit mir sprecht», blaffte sie.

Zwei Köpfe schossen hoch; zwei Augenpaare richteten sich auf Hildigunnur. «Ja, Mutter», wiederholten Bjorn und Karl im Chor, dieses Mal lauter.

Sie nickte, für den Moment zufriedengestellt, und lehnte sich in ihrem Stuhl zurück.

«Dann laufen die Dinge also ganz anständig für dich», sagte Unnthor, und Bjorn bejahte es mit einem Brummen, wobei er vermied, in Karls Richtung zu sehen. «Gut. Jorunn?»

Die Schwester schenkte Unnthor ein süßliches Lächeln. «Ja, mein Vater?», antwortete sie. Fröhlicher Gehorsam triefte aus jedem ihrer Worte.

Die Brüder starrten sie böse an.

«Für dich gilt das Gleiche, Klugschwätzerin», blaffte Hildigunnur, klang aber nicht sehr überzeugend.

«Erzähl uns vom Leben im Osten», sagte Unnthor. «Wir haben da Geschichten gehört, aber nichts Genaues.»

«Ach? Was habt ihr denn gehört?», fragte Sigmar lächelnd. *Auch seine Augen lächeln nicht mit*, dachte Helga und nahm sich vor, den Schweden aufmerksamer zu beobachten, wenn er nicht in ihre Richtung schaute.

«Dieses und jenes», sagte Hildigunnur. «Anscheinend war da etwas mit König Eirik.»

«Hm», sagte Jorunn. «Vor zwei Wintern?»

«Könnte hinkommen», antwortete Hildigunnur.

«Das war eigentlich keine große Sache», sagte Sigmar. «Ein bisschen Ärger in der Familie, mit einem Cousin. Sie haben es schließlich unter sich ausgemacht. Lustige Geschichte.»

«Wir haben gehört, dass sich ein Heer dort gesammelt hat.»

«Ist es nicht das, was Heere immer tun?», fragte Jorunn. «Sie sammeln sich, sie schlagen sich, und dann gehen sie wieder nach Hause, wenn sie merken, wie langweilig Krieg ist.»

Hildigunnur musterte ihre Tochter auf dieselbe Art, mit der sie eine besonders schwierige Stute abschätzen würde. «Kann schon sein», sagte sie, «andererseits erreichen uns hier selten wichtige Nachrichten von der Welt da draußen.»

Jorunn erwiderte ihren Blick. «Ich habe nicht den Eindruck, dass dir Informationen lange verborgen bleiben können, meine liebe Mutter.»

«Ich weiß, was ich weiß, aber nicht viel mehr als das.»

«Ich glaube, wir haben euch alles von Belang erzählt», erwiderte Jorunn. «Der Osten ist langweilig, wirklich. Anscheinend kommen die meisten Neuigkeiten dieser Tage aus dem Süden. Unten von der Grenze zu den Dänen. Dort wird viel Handel getrieben.»

«Interessant», sagte Hildigunnur.

Es geschah nur in ihrer Phantasie, aber Helga konnte förmlich hören, wie das Tafl-Brett beiseitegeräumt wurde. *Worum hatten sie gespielt?* Helga hatte die Nuancen in Hildigunnurs Stimme durchaus herausgehört – Hildigunnur hatte Jorunn mehrere Gelegenheiten gegeben, Informationen zu offenbaren, aber sie hatte keine erhalten. *Oder waren es tatsächlich Jorunns ausweichende Antworten gewesen, nach denen sie gesucht hatte?* Der geistige Wettkampf war vorbei – aber Helga konnte nicht sagen, wer ihn gewonnen hatte.

«Erzähl uns von Uppsala», sagte Unnthor.

«Wir reisen regelmäßig dorthin, um dem königlichen Hof beizuwohnen», sagte Jorunn. Gythas Augen weiteten sich, während Jorunn fortfuhr: «Wir handeln Geschäfte für den Süden und die Sumpflande aus.»

Gytha konnte sich nicht zurückhalten. Mit ehrfürchtiger Stimme fragte sie: «Ihr nehmt an König Eiriks Hof teil?»

«Ja», sagte Jorunn leichthin, «das ist wirklich lästig. Man muss sich in allerlei teure Gewänder kleiden und …»

«Würdet ihr mich mitnehmen? Könnte ich einmal mit euch mitkommen? Nur ein einziges Mal?»

«Ich wüsste nicht, was dagegen spricht. Ich werde einmal nachfragen …»

«Nein.» Karls Stimme klang fest und entschieden. Einen Moment lang herrschte Stille, bevor vier Stimmen gleichzeitig auf ihn einredeten.

«Karl – ich finde …»

«Warum denn nicht? Es schadet doch niemandem …»

«Bist du sicher?»

«Komm schon, Bruder, lass doch das Mäd…»

Gythas Schrei übertönte sie alle. *«Ich hasse dich!»*

Sigrun und Bragi fingen zeitgleich an zu weinen, ihre dünnen, schrillen Stimmchen stiegen zu den Dachsparren auf. Karls Faust fuhr erneut auf den Tisch nieder, er erhob sich von der Bank und blickte seiner schmollenden Tochter ins Gesicht. «Du wirst die Klappe halten und tun, was man dir sagt», brüllte er, dass der Speichel flog. «Ich habe die Schnauze voll von euch allen, wie ihr mich alle ankläfft und mir in die Fersen beißt. Du wirst mit mir und deiner Mutter zurückkehren, und du wirst verheiratet werden. Du wirst nicht mit einem Paar verfluchter Lumpenhändler nach Uppsala gehen, verdammt.»

Erneut herrschte Stille, doch dann ...

«Lumpenhändler?» Sigmar stand auf, er war ruhig, jede Bewegung war wohlüberlegt. Helga bemerkte, dass neben seinem Teller das Messer fehlte.

Karl funkelte ihn an. «Du bist verweichlicht und schwach, und du tust nichts weiter, als herumzutänzeln, all dieses sogenannte ‹Handeln› ist doch bloß Geschwätz, blablabla.»

Sigmar lächelte. «Und was ich eigentlich tun sollte, ist was genau? Auf ‹Raubzug› gehen? Ein paar unbewaffnete Dorfbewohner drüben im Sachsenland töten?» Er starrte Karl in die Augen. «Und dann heimkehren und mir einen großen Hof kaufen? Über alle verfügbaren Abkürzungen versuchen, ein Mann von Bedeutung zu werden?» Sein Grinsen war jetzt wölfisch. *Na komm schon*, schien es zu sagen. «Mir zu viel Geld borgen und dann heulend bei meinem Vater angerannt kommen?»

Agla hatte kaum Zeit, ihrer Verwirrung Ausdruck zu verleihen, da war Karl schon auf den Tisch gesprungen und trat Schüsseln beiseite, während er sich lauthals brüllend auf Sigmar stürzte.

«Bjorn!», rief Thyri, aber der große Mann streckte nur

seine Arme aus, um seine Familie abzuschirmen, und trat ein paar Schritte zurück.

Sigmar, der mit Karls Angriff gerechnet hatte, war flink zurückgewichen, hatte Jorunn dabei aus dem Weg geschoben und stand nun im freien Raum. Sprungbereit wie eine Katze sah er Karl entgegen, und die Spitze des geborgten Messers funkelte im Feuerschein.

Irgendwo auf dem Weg seines Angriffs hatten die Überlebensinstinkte des Kriegers eingesetzt. Sein mordlüsterner Blick war noch immer auf Sigmar gerichtet, aber statt sich vorschnell auf ihn zu stürzen, verlegte er sich darauf, ihn zu umkreisen. «Ich werd dich in Stücke reißen, Schwede», knurrte er.

«Da wirst du mich erst kriegen müssen», antwortete Sigmar, «und wenn es dir gelingt, schlitz ich dir die Adern auf. Die Sache ist nämlich die, Karl», fuhr er ruhig fort, während er einem versuchsweise ausgeführten Seitenhieb auswich, «dass du *keine Ahnung* hast. Du weißt gar nicht, was ich seit unserem letzten Zusammentreffen so alles gemacht habe, und das ist lange her.» Als hinter ihm eine Bank über den Boden schrammte, knurrte Karl und trat näher an seinen Gegner heran. Sigmar schwang seine Klinge gegen ihn, ihre Spitze durchschnitt die Luft auf Höhe der Kehle. «Zudem warten nur ein Stück weiter die Straße runter sechs Männer auf meinen Befehl. Wo sind deine?»

«Das sagst du doch bloß so», knurrte Karl.

«Wer weiß.» Sigmar lächelte herausfordernd.

«Also gut», sagte Unnthor. «Entweder ihr zwei setzt euch jetzt wieder hin und haltet den Mund, oder es wird hier gleich zwei Witwen am Tisch geben.» Im flackernden Schein des

Feuers wirkte der Häuptling noch größer. Die Axt, die er hielt, war beinahe halb so lang wie er selbst.

«Halt dich da raus, Vater», sagte Karl, «das ist eine Sache zwischen mir u...»

«Setzt. Euch. Hin.»

Sigmar trat zurück und hielt beide Hände mit offenen Handflächen vor sich. Das Messer war verschwunden – es lag nicht auf dem Boden, stellte Helga fest, also musste er es wohl wieder in den Falten seiner Tunika verborgen haben.

Höhnisch grinsend machte Karl drei Schritte auf den Schweden zu –

– aber Unnthor bewegte sich so schnell, dass Helga Schwierigkeiten hatte, den Bewegungen zu folgen. Die Axt wirbelte zwischen seinen Händen. Der Griff krachte gegen Karls Kniescheibe, schrammte am Schienbein hinunter bis zu den Knöcheln. Dann schwang Unnthor den Stiel wie eine Sense und zog seinem ältesten Sohn die Beine weg, sodass Karl mit einem dumpfen Schlag auf dem Boden landete.

Unnthor kniete sich neben ihn und legte eine große Hand auf seinen Nacken. «Rühr dich nicht», sagte er, beunruhigend sanft. Karl wand sich, und der Häuptling griff ihm in den Haarschopf, riss seinen Kopf hoch und knurrte: «Ich sagte, du sollst dich *nicht rühren.*» Er drückte Karls Gesicht auf den Boden. «Du warst bereit, in meinem Haus Blut zu vergießen. In *meinem Haus.*»

«Er war selbst schuld», murmelte Karl. «So wie er seine Klappe auf...»

Unnthor versetzte ihm einen schnellen Stoß; und sie alle hörten, wie Karls Stirn auf die Fußbodenbretter traf.

Als Unnthor erneut sprach, verlieh er seinen Worten Gewicht. «Du bist vielleicht mit großem Reichtum von den Raubzügen zurückgekehrt, Sohn, aber du hast deinen Kopf verloren. Das habe ich schon einmal erlebt, aber ich hatte gehofft, du wärst zäh genug, um deinen Verstand zu behalten. Ich werde dir jetzt wieder auf die Beine helfen, und du wirst nach draußen gehen und sie dir vertreten. Geh und trink etwas Wasser. Besser noch, geh und tauch im Fluss deinen Kopf unter Wasser.»

Der große Häuptling stand auf, nachdem Karl sein Einverständnis gemurmelt hatte. Helga fiel das leichte Schwanken auf, als Unnthor sich von seinen Knien erhob. Sie war sich sicher, dass sie die Einzige war, die es bemerkt hatte – nein, beinahe die Einzige. Auf Hildigunnurs Gesicht zeigten sich einen kurzen Moment lang Ärger und Sorge.

Die Tür knallte, als Karl draußen in der Nacht verschwand.

Darauf folgte betretenes Schweigen im Langhaus. Die Gäste konnten sich nicht dazu überwinden, Agla anzusehen, die still dasaß und sich an der Tischkante festkrallte. Gytha wirkte eingeschüchtert, wie Helga sie noch nie erlebt hatte: als könnte sie nicht recht fassen, was sie gerade gesehen hatte.

«Sollte ihm vielleicht jemand nach…», begann Aslak.

«Das ist nicht deine Sache», knurrte Runa. «Er kann auf sich selbst aufpassen. Ich bin sicher, er kommt ganz gut zurecht.»

«Misch dich bloß nicht ein, du falsche Schlange!», fuhr Agla sie an.

«Ach ja?», zischte Runa. «Hinder mich doch daran.»

Mit einer anmutigen Bewegung schwang sich Agla von der

Bank und lief mit erhobenen Fäusten auf Runa zu. Erst nach drei Schritten merkte sie, dass sie tatsächlich in der Luft hing, weil Bjorn sie hochgehoben hatte.

«Beruhig dich, Schwägerin», sagte er mit tiefer, besänftigender Stimme.

«Lass meine Mutter los!», kreischte Gytha und griff nach einem spitzen Gegenstand, dem erstbesten, den sie finden konnte.

Die Ohrfeige klatschte so laut, dass sie den Aufruhr durchdrang. Gytha taumelte auf die Bank zurück und hielt sich die Wange. Hildigunnur war schon an ihr vorbeigeeilt, griff nun Agla am Schopf und schleuderte sie zurück auf den Platz neben ihrer Tochter. Im nächsten Augenblick stand sie vor Runa. Ihre Hand schnellte vor wie die Tatze einer wilden Katze, sie packte die kleine Frau am Kragen und zerrte sie zur Tür. Vollkommen überrascht stolperte Runa ein paar Schritte durch den Raum, bis sie auf halber Strecke schließlich ihr Gleichgewicht wiedererlangte.

Die Tür fiel krachend hinter den beiden zu. Jetzt war im Langhaus bloß noch das Schluchzen von Agla auf der Bank zu hören, während Gytha und Thyri unbehaglich danebenhockten.

Helga warf Einar einen Blick zu. «Als ich gesagt habe, es würde etwas passieren? Etwas wie das hier habe ich gemeint», flüsterte sie.

KAPITEL 8

OFFENBARUNG

Sonnenlicht drang durch die offenen Rauchabzüge ins Langhaus. Der Geruch von blühenden Blumen und Gras trieb herein, und draußen auf dem Hof erklang die Stimme von Jaki, der irgendetwas rief. Einar war damit beschäftigt, ein Tischbein von dem Tisch zu lösen, den er auf die Seite gekippt hatte.

«Was hast du denn erwartet?», fragte er über die Schulter hinweg.

«Ich weiß nicht», sagte Helga, während sie Messer auf einem Tuch aufhäufte. An Hildigunnurs Platz zu stehen fühlte sich merkwürdig an, irgendwie falsch. «Sie scheinen sich weniger zu mögen, als ich dachte.»

Einar sah sie fast mitleidig an. «Nicht alle Familienbande sind stark», sagte er. «Wie war's denn heute Morgen?»

«Ruhig», sagte sie. «Karl kam gestern erst wieder herein, nachdem Bjorn und seine Leute schlafen gegangen waren, fast alle anderen schliefen auch schon. Unnthor war seinetwegen noch wach geblieben. Ich habe sie reden hören – na ja, eigentlich nur ein paar Worte –, aber sie waren nicht wütend, glaube ich. Ich weiß nicht, was Mutter zu Runa gesagt hat, aber ich habe sie seitdem nicht gesehen.»

«Das ist immerhin etwas, schätze ich.» Einar brummte zufrieden, als er das Tischbein schließlich lose in der Hand hielt.

«Heute Morgen hat keiner mit Karl gesprochen. Sigmar hat er nicht mal angesehen. Sie haben alle einen Grund gefunden, einander aus dem Weg zu gehen …»

«Bjorn auch», sagte Einar. «Ich habe ihn heute schon früh den Hof verlassen sehen – als ich nachgefragt habe, hat er bloß gemurmelt, dass er seiner Familie die besten Wege zeigen wolle oder irgend so einen Blödsinn. Er hat mir dabei nicht mal in die Augen gesehen.»

Helga knotete ihre Bündel zusammen, um sie zum Spülen mit an den Fluss zu nehmen. «Ich verstehe das einfach nicht.» Sie war immer noch aufgebracht. Sie griff so viel, wie sie tragen konnte, und ging damit zur Tür. «Warum sollten sie hierher zurückkommen, wenn sie sich doch gegenseitig so sehr hassen?»

Sigmar hockte auf einem Felsen und sah hinab auf die Hügel und die vereinzelten Waldflächen, blickte auf das Langhaus, das von hier oben nicht größer war als seine Hand, auf den Pfad, den sie hinaufgekommen waren, und in das Gesicht seiner Frau.

«Und?»

«Ich habe gestern *sehr viel* mit Vater geredet», sagte Jorunn. «Ich habe geschmeichelt, ich habe gestichelt, und ich habe Fragen gestellt. Ich habe ihn halb betrunken gemacht, ich habe ihn traurig und ich habe ihn glücklich gestimmt.»

«Wie es sich für eine gute Tochter gehört.»

«Ja, wie es sich für eine gute Tochter gehört.» Jorunn nickte. «Aber der alte Bär hat *nichts* verraten. Der Hof läuft gut, meinte er. Sie haben, was sie brauchen – ich habe ihm

Geld angeboten, wie du es vorgeschlagen hattest, aber er hat abgelehnt, und trotzdem hat er nicht einmal *angedeutet*, dass er auf einem Topf voller Gold sitzt.» Sie blickte Sigmar fest in die Augen. «Aber er ist hier, mein Geliebter: Ich weiß, dass es so ist. Und ich habe eine Idee, wie wir sie dazu bringen können, ihn uns freiwillig zu geben.»

Er lächelte. «Ich glaube dir – tatsächlich kann ich ihn fast riechen. Und die Art, wie Karl sich verhält…»

«Woher wusstest du es?»

«Wusste ich was?»

«Dass er so schwer verschuldet ist.»

Der Schwede lächelte. «Ein Klingenschmied unten aus dem Süden hat versucht, einen Teil seiner Schuld in einen Handel einzubeziehen.»

«Warum hast du mir das nicht gesagt?»

«Weil du dann darauf bestanden hättest, dass ich es gegen ihn verwende.»

Jorunn dachte einen Moment darüber nach. «Kann schon sein», gab sie zu. Dann lächelte sie. «Du bist nicht hart genug, Ehemann.»

Sigmar glitt von seinem Felsen und ging auf sie zu. «Bei all der frischen Luft? Inmitten all dieser… *Natur*?» Er zog sie an sich. «Du wirst gleich feststellen, dass das Gegenteil der Fall ist.»

Jorunn griff hinter ihn, und im Nu lag ihr Mann auf den Knien und wimmerte durch zusammengebissene Zähne, während seine Hand in einem unangenehmen Winkel gekrümmt war. «Gut», zischte sie. «Denk nicht mit deinem Schwanz – vergiss nicht, warum wir hier sind – und lass dich von meinen Brüdern nicht zu dämlichen Spielchen reizen.»

Selbst auf seinen Knien schaffte Sigmar es noch zu grinsen. «Du bist wahrhaftig die Tochter von Flussfeste», sagte er.

«Vergiss das bloß nicht.» Jorunn erwiderte sein Grinsen, während sie sich zu ihm hinabbeugte, um ihn stürmisch zu küssen.

Gythas Mutter hatte nicht ein einziges Wort gesagt, seit sie zum Tor hinausgegangen waren. Bei Sonnenaufgang waren sie aufgestanden, hatten sich an ihrem schnarchenden Vater vorbeigeschoben, sich leise angezogen, ein paar Tragekörbchen gegriffen und waren auf den Hof gegangen, wo sie Hildigunnur getroffen hatten. Sie war damit beschäftigt gewesen, Holzblöcke zu Kienspänen zu spalten. Gytha beobachtete ihre Mutter dabei, wie sie wenige Worte mit der alten Frau wechselte, während diese die Straße hinunterzeigte und gestikulierte. Danach starrte Agla Gytha bloß mürrisch an und deutete mit einer Kopfbewegung an, dass sie sich auf den Weg machen würden. Gytha lief ihrer Mutter bestimmt den halben Vormittag hinterher, bis Agla auf einmal links vom Weg abbog und sie in ein Wäldchen mit stark duftenden Beerensträuchern führte.

Nun sah Gytha zu, wie ihre Mutter sich hinkniete und nach einer Rispe reifer Brombeeren griff, die sich hinter den bereits abgepflückten Zweigen versteckte. Unvermittelt jaulte Agla auf und zog ihre Hand zurück. Sie steckte sich einen Finger in den Mund und saugte wütend daran.

«Mama … ist es wahr?» Die Frage rutschte Gytha heraus, bevor sie darüber nachdenken konnte.

«Was?», blaffte Agla, den Blick starr auf den Boden gerichtet.

«Ist Vater …? Haben wir …?»

«Ich weiß es nicht. Ich weiß es nicht, verdammt.» Agla drehte sich um und starrte Gytha an, während sie sich aus der Hocke wieder aufrichtete. «Ich hoffe nicht.»

Gytha lächelte schwach. «Bestimmt ist es bloß erstunken und erlogen.»

Es kam Gytha vor, als würde Agla ihr eine halbe Ewigkeit in die Augen schauen. «Was weißt du darüber?»

«Nichts! Nichts», erwiderte Gytha. «Wahrscheinlich weniger als du.»

Agla nahm zur Beruhigung einen tiefen Atemzug, dann noch einen und noch einen. «Gut», sagte sie schließlich. «Und wenn du etwas herausfindest, kommst du zu mir und erzählst es mir, ja?»

«Natürlich, Mama», antwortete Gytha. «Ich würde dich nicht leiden lassen, nur weil Vater unvernünftig gewesen ist.»

Agla musterte sie misstrauisch, aber kurz darauf kniete sie schon wieder vor dem Strauch. «Dann hilf mir mal hiermit», schimpfte sie. «Hier, halt diesen Zweig fest, damit er mich nicht stört …»

Gytha verdrehte die Augen, während sie sich ebenfalls hinkniete. «Der Rückweg wird eine Ewigkeit dauern», nörgelte sie. «Warum haben wir nicht die Pferde genommen?»

«Es sind *seine* Pferde», antwortete Agla knapp. «Er muss sie uns nicht ausleihen.»

«Warum hast du ihn gestern Abend nicht gefragt? Wegen alldem?»

«Es sind seine Antworten. Er muss sie uns nicht geben, wenn er nicht will.»

«Aber warum hast du nicht …»

Agla drehte sich zu ihrer Tochter um, und zu ihrem Schrecken sah Gytha eine gebrochene Frau. «Weil ich mit ihm verheiratet bin», flüsterte sie. «Ich bin seine Ehefrau. Ich *gehöre* ihm – und *du* gehörst ihm auch. Und wenn er beschließt, dass ich ihm mehr Ärger einbringe, als ich wert bin – was dann? Er kann mich einfach rauswerfen, und dann habe ich nichts mehr. Es gibt nur eine Möglichkeit, meinen Namen und alles, was damit zusammenhängt zu behalten. Und das wäre sein Tod. Aber der wird so bald nicht eintreffen.» Sie atmete schwer und versuchte zu lächeln. «Also lebe ich, und er lebt, und wir kehren dorthin zurück, wo wir gemeinsam leben, und wir werden die nächsten zehn Sommer nicht mehr auf diesen verfluchten Hof kommen, wenn überhaupt jemals wieder.» Sie machte einen Schritt auf ihre Tochter zu und legte ihr eine Hand auf die Schulter. «Du wirst einen guten Ehemann finden, dafür werde ich sorgen. Jemanden, den du magst. Dann bist du weg, und nichts von dem hier muss dich mehr kümmern. Ich werde deinen Vater unter Kontrolle halten. Das ist mir bis jetzt immer gelungen.»

Gythas Unterlippe zitterte. «Ich wollte bloß Uppsala sehen, Mama – nur ein einziges Mal.»

Agla lächelte noch einmal, diesmal etwas breiter. «Du musst lernen, dass es nicht nur um die Frage an sich geht, sondern darum, *wann* du sie stellst. Wir werden sehen, was sich machen lässt.» Sie zwinkerte ihrer Tochter zu. «Jetzt sei still, liebste Tochter, und mach dich daran, Brombeeren zu pflücken. Es hilft dabei, die Zeit herumzubringen.»

Gytha lächelte ihrer Mutter zu, und gemeinsam pickten sie

die süßen, saftigen Häppchen zwischen den tückischen Dornen heraus.

Unnthor wischte sich den Schweiß von der Stirn und stützte sich auf die Hacke. Er hatte ein Beet von der doppelten Größe der Hoffläche umgegraben, aber der Rest des Landes zu allen Seiten war vollkommen überwuchert. Auf dem Hang, der gleich nach der neuen Scheune abfiel, wuchs eine dichte Baumreihe.

«Vater», rief Aslak und kam aus Richtung des Langhauses den Hügel herauf.

Er hob einen Arm zum Gruß.

Sein jüngster Sohn war ein schmächtiger junger Mann, aber er trug einen großen Spaten geschultert. Sobald er angekommen war, begann er zu graben, wendete die Erde und ließ sie fallen, sodass sein Vater die Steine darin mit der Hacke entfernen konnte. Die beiden fanden zu einem stillen Rhythmus, in dem sie kameradschaftlich zusammenarbeiteten.

Es verging eine Weile, bevor Unnthor das Wort ergriff. «Du bist gestern Abend gar nicht dazu gekommen, von dir zu erzählen, Sohn. Dafür haben die Schwachköpfe gesorgt.»

«Ist schon gut», sagte Aslak.

«Recht so. Wir brauchen wenigstens einen besonnenen Kopf in der Familie.»

«Mutter ist doch ziemlich besonnen.»

«Abgesehen von deiner Mutter. Wir werden nicht ewig hier sein, um ihr Chaos zu bereinigen.»

Aslak lächelte. «Du wirst uns alle noch überleben.»

«Nun dann. Erzähl mir von eurem Hof.»

Aslak seufzte. «Ach, da gibt's nichts zu erzählen. Wir kommen so gerade über die Runden, und Runa ist es leid. Sie hätte mich gern stärker, gemeiner. Ehrgeiziger.» Er ließ die Schultern hängen. «Ich bin eine ständige Enttäuschung für sie.»

«Die Wahrheit ist, dass es mit Ausnahme der Götter wohl jeder für sie wäre, Sohn», brummte Unnthor. «Sie ist schwer zufriedenzustellen, das steht fest. Aber die Kinder lieben sie.»

Bei den letzten Worten hellte sich Aslaks Gesicht auf, und er sagte voller Begeisterung: «Ja, sie geht einfach großartig mit ihnen um, und sie sind auch großartig – in allem. Meine Familie – ich habe eine Familie, Vater: eine *Familie*. Und das ist das Allerwichtigste.»

«Familie ist wichtig», bestätigte Unnthor und hieb mit der Hacke in die Erde.

Aslak folgte seinem Beispiel mit einem kräftigen Spatenstich. «Ich glaube, das ist wohl das Einzige, für das ich zu dem Mann werden könnte, den sie will. Wenn jemand meine Familie bedrohen würde.»

Ächzend zog Aslak den Spaten wieder aus dem Boden, als er bemerkte, dass Unnthor sich auf seine Hacke gestützt hatte und ihn seltsam ansah. «Das würdest du tatsächlich, oder?», sagte der alte Mann und musterte seinen Sohn von oben bis unten.

Aslak hörte ebenfalls zu arbeiten auf und sah seinem Vater in die Augen. «Ja», sagte er, ohne zu blinzeln. «Ja, das würde ich.»

Nach einem langen Augenblick grinste Unnthor. «Gut», sagte er. «Ein Mann ist kein richtiger Mann, wenn er nicht auf seine Familie aufpasst. Lass uns aber noch einmal zu deinen Problemen mit dem Hof zurückkommen. Was müsste da besser werden?»

«Hm.» Aslak lehnte sich auf seinen Spaten und dachte nach. «Ein heißblütiger Schafbock. Zwei Hunde, denen ich beibringen kann, die Schafe vom Gemüse fernzuhalten. Ein besseres Pferd, wenn ich schon mal träumen darf.»

«Da stimme ich dir absolut zu», sagte Unnthor. «Dein alter Gaul war schon letzten Sommer halbtot. Ist das alles, Sohn?»

Aslak zuckte mit den Schultern. «Ich kann durchaus für zwei arbeiten – wenn man das nicht kann, überlebt man nicht lange auf Flussfeste, was?» Er lachte. «Aber sich von Grund auf einen eigenen Hof aufzubauen ist noch härter.»

«Ich weiß», erwiderte Unnthor. «Ich hatte dabei Unterstützung, also ist es nur gerecht, dass du auch welche erhältst.»

Aslak sah ihn an und blinzelte. «Was meinst du damit?»

«Wir werden schon dafür sorgen, dass du diesen Sommer deinen Bock bekommst, zusammen mit zwei Hunden und einem Pferd. Und wenn es geht, versuche ich dir auch noch ein paar weitere Schafe zu ergattern.»

Der junge Mann starrte seinen Vater an. «Wie … Was? Aber, Vater, das wird doch ein Vermögen kosten!»

Unnthor grinste bloß. «Es wird schon einen Weg geben. Die Götter werden dir wohlgesinnt sein. Jetzt mach deinen Mund wieder zu und geh an die Arbeit!»

Sprachlos griff Aslak nach seinem Spaten und stach in die Erde, während er sich fragte, wann er wohl aus diesem Traum erwachen würde.

Unten am Fluss machte Helga sich daran, die letzten Schüsseln zu spülen. Einar war gegangen – um nach den Pferden zu sehen, vielleicht – und hatte sie mit ihren Gedanken und der Melodie des fließenden Wassers allein gelassen. Sie dachte an den kalten Hass in Karls Augen, als er seine Geschwister angesehen hatte, an die schäumende Wut des Mannes, und trotz der Sommersonne fröstelte sie. Er war ein übler Kerl, und sie konnte nicht anders, als sich auszumalen, wie sein Vater wohl damals gewesen war, als er noch auf Raubzug ging. Den gesamten vergangenen Tag über hatte sie das beunruhigende Gefühl gehabt, dass ein schweres Gewicht auf ihr lag. Gedankenverloren griff sie sich ans Schlüsselbein und rieb mit Daumen und Zeigefinger langsam an dem Lederriemen, während die Finger daran bis auf die Höhe ihres Herzens zum Runenstein-Anhänger hinunterwanderten. Der Runenstein fühlte sich glatt an, seltsam weich – und sonderbar warm.

Sie blickte gerade vom Wasser auf, als Bjorn aus dem Langhaus kam. Der große Mann war schon einige Schritte aus der Tür, drehte sich jedoch noch einmal um. Helga konnte nicht genau sehen, mit wem er sprach, sie verstand auch keines seiner Worte, aber etwas an seiner Haltung erschien ihr merkwürdig. Obwohl er gerade dabei gewesen war zu gehen, stand er nun mit gesenktem Blick da und schien aufmerksam zuzuhören. Er hatte nichts von seiner üblichen Lebhaftigkeit.

Schließlich nickte er und ging in Richtung Wald davon. Helga sah ihm nach und runzelte die Stirn. Der Runenstein schien schwer gegen ihr Brustbein zu drücken. «Nun gut, Mädchen: Diese Schüsseln werden sich nicht von selbst abwaschen», murmelte sie und ahmte dabei, wie sie meinte, recht treffend Hildigunnurs Stimme nach, während sie sich wieder dem Geschirr widmete. Aber sie konnte nicht anders und musste immer wieder aufblicken, um zu sehen, ob Bjorns Gesprächspartner ebenfalls aus dem Haus kommen würde. Mit wem hatte er geredet? Warum hatte er ausgesehen, als hätte ihn jemand zurechtgewiesen? Sie trocknete die letzten Schüsseln ab und wickelte sie in Hildigunnurs Tuch ein, damit sie sauber blieben. Sie würde selbst gehen und nachsehen müssen.

Sie eilte auf die Tür zu, wobei sie mit ihrem behelfsmäßigen Beutel zu kämpfen hatte, öffnete sie vorsichtig und spähte hinein.

Leer. Niemand zu sehen …

… bis auf Karl, der auf dem großen Stuhl seines Vaters saß und an einem Klumpen Holz herumschnitzte.

«Oh … bist du …?»

Er sah zu ihr auf. «Bin ich was? Herumgeschlichen?»

Helga spürte, wie ihr das Blut in die Wangen schoss. «Nichts», murmelte sie und ging hinüber auf Hildigunnurs Seite. Schwungvoller als beabsichtigt hievte sie den Beutel auf den Küchentisch und zuckte zusammen, als die Schüsseln laut klapperten.

«Lass mich dir helfen.» Sie erstarrte. Im kühlen Dunkel des Langhauses spürte sie Karls Hitze hinter sich, nah – ganz, *ganz* nah. Als er an ihr vorbeilangte, streifte sein Arm ihre Seite. Er war warm und fest. «Ich weiß immer noch, wo alles hingehört, hoffe ich zumindest. Sie mögen keine Veränderungen.» Karl löste sanft ihre Hand vom Knoten, der den Beutel zusammenhielt, und griff nach einer Schüssel.

«… ist schon gut», brachte sie schließlich stammelnd hervor.

Er kniete sich neben sie und sah zu ihr auf, mit einem schelmischen Funkeln in den Augen. Der Anhänger an seinem Hals zog ihren Blick auf sich, als das Silber das Licht reflektierte. «Gut, ja, das kann man wohl sagen», erwiderte er. Er erhob sich, keine zwei Handbreit von ihr, und betrachtete sie. Als er sich langsam zu ihr beugte, hielt sie den Atem an und drehte den Kopf weg. Doch Karls hungriger Blick war ihr nicht entgangen. Ebenso wenig wie seine Hand, die sich auf sie zubewegte.

«Helga!» Hildigunnurs Stimme kam von der Haupttür her. «Bist du hier drinnen, Mädchen?»

Karl grinste nur, als er von ihr abrückte. Er leckte sich langsam die Lippen und schien ihre Angst förmlich zu genießen. Er entwich durch die kleinere Seitentür genau in dem Moment, als Hildigunnur durch die Haupttür hereinkam.

«Da bist du! Du brauchst ja ewig!»

Helga begann, die Schüsseln rasch ineinanderzustapeln. «Tut mir leid», presste sie hervor, dann wurde ihr auch schon schwindlig, Unbehagen und Furcht überkamen sie, gefolgt von unbändigem Zorn. *Wie kann er es wagen? Im Haus seines Vaters? In meinem Haus?* Sie schluckte ihre Wut herunter und blinzelte.

«Keine Sorge, wir haben ja den ganzen Tag Zeit», erwiderte ihre Mutter von der anderen Seite der Halle. «Sie sind ohnehin alle ausgeflogen.»

Helgas Augen entwichen ein paar Tränen, doch der Kloß in ihrem Hals blieb. Sie schluckte, einmal, zweimal – *jetzt tief durchatmen* –, und der Kloß löste sich. «Ja», sagte sie. «Sie alle.»

«Als ich sie gestern Abend zusammen gesehen habe, hat mich das zum Nachdenken gebracht», sagte Hildigunnur. «Familie ist schon wichtig, oder?»

«Ja», sagte Helga und versuchte, sich mit den Bechern abzulenken.

«Und es ist wichtig, dass in der Familie Frieden herrscht», fuhr Hildigunnur fort.

«Ja.» *Bitte red weiter. Nur ein bisschen länger.* Helga ballte ihre Faust und grub ihre Fingernägel in die Handfläche, in der Hoffnung, dass der stechende Schmerz ihr einen klaren Kopf brächte. «Wohin ist Agla gegangen?», brachte sie hervor.

«Sie brauchte wohl eine kleine Wanderung, um sich zu beruhigen, schätze ich. Ich habe sie und Gytha zu den Beeren geschickt.»

Helga faltete das Tuch zusammen. «Das sollte jetzt genau das Richtige sein.»

«Das kümmert mich eigentlich nicht», sagte Hildigunnur. «Ich konnte bloß ihr Gesicht nicht mehr sehen.» Gegen ihren Willen musste Helga kichern. «Es sah aus wie ein Pferdehuf», fügte ihre Mutter hinzu. «Und zwar vom Hinterbein.»

«Und Thyri?»

«Bjorn ist mit seiner Familie spazieren gegangen, soviel ich weiß», sagte Hildigunnur. Helga runzelte die Stirn. Dann war der große Mann ihr also auch aus dem Weg gegangen? Worüber hatten die Brüder wohl vorhin am Langhaus geredet? Und warum hatte Bjorn so bekümmert gewirkt? Am Abend zuvor war er doch noch dazu bereit gewesen, sich mit Karl anzulegen.

«Bist du da drüben bald fertig?»

«Ja, bin ich.» Helga gelang ein Lächeln, als sie sich zu ihrer Mutter umdrehte.

Oben bei der neuen Scheune schnitzte Unnthor mit schnellen, sicheren Schnitten an seinen Pfeilen. Der Platz, den er sich ausgesucht hatte, war sonnig und windgeschützt. Er hatte sich für eben solche Gelegenheiten einen abgewetzten Baumstumpf an die Wand gestellt. Nun entspannte der alte Mann sich auf seinem Sitz. Neben seinem linken Bein lag ein Haufen gerader Pfeile, die er bereits fertiggestellt hatte; zu seinen Füßen häuften sich die Holzspäne.

Als Karl um die Ecke kam, musste er in der grellen Sonne blinzeln. «Grüß dich», sagte Karl.

«Grüß dich.» Unnthor legte den Pfeil beiseite und das Schnitzmesser auf den Schoß.

«Ich möchte dich um Vergebung bitten.» Karl blickte auf seine Füße.

Eine Weile schwieg Unnthor, bevor er fragte: «Was willst du, Karl?»

«Ich denke, Aslak und Bjorn werden mit Mutter sprechen, wenn sie es noch nicht getan haben. Meine reizende Schwester wird zu dir kommen, wie sie es immer macht, und ich dachte, ich sollte das Gleiche tun. Ich will nur das, was ich verdiene», sagte Karl.

Unnthor schnaubte. «Oh, das wirst du sicher bekommen.»

Falls er den Unterton in den Worten seines Vaters wahrnahm,

so ließ er es sich nicht anmerken. «Das freut mich zu hören. Ausgezeichnet. Sag es mir noch einmal, Vater: der Schatz …»

«Es gibt keinen Schatz.»

«Den Geschichten zufolge gibt es ihn.»

«Die Geschichten sind erlogen.»

«Havard Graubart sagt, es gibt ihn.»

Unnthor sah Karl an. Als er sprach, war sein Ton eisig. «Wo hast du diesen Namen gehört?»

Karls Unterlippe spannte sich nur ein wenig an, doch auf seinem Gesicht wirkte es wie ein wölfisches Grinsen. «Erinnerst du dich an ihn?»

«Natürlich erinnere ich mich», blaffte Unnthor.

«Er sagt, er sei lange mit dir auf See gewesen.»

«Ja.»

«Er sagt, du hättest eine Seemannskiste gehabt.»

«Die hatte ich.»

«Und er sagt, du hättest sie immer argwöhnischer bewacht, je länger ihr unterwegs wart. Und dass du niemanden in ihre Nähe gelassen hättest.»

«Das ist eine Lüge.»

Karl sah ihn an und hob eine Augenbraue, was sein Grinsen noch hinterhältiger erscheinen ließ. «Siehst du, Vater, ich glaube eben nicht, dass es eine Lüge ist. Ich glaube, hier ist tatsächlich irgendwo ein Schatz vergraben, und ich glaube, du wirst mir geben, was mir zusteht. Ich kehre heim, begleiche die Schulden, niemand in deinem geschätzten Tal wird schlecht über dich reden, und deine reizende Enkelin wird nicht an den nächsten zwielichtigen Händler mit einem Sack voller Gold und Gelüsten auf Frischfleisch verheiratet.»

Unnthor erhob sich. «Drohst du mir etwa?», knurrte er, aber Karl ließ sich nicht einschüchtern.

«Ganz und gar nicht. Gib mir einfach meinen Anteil, und du bist mich los.»

Der alte Mann betrachtete Karl und ließ seine Schultern sinken. «Ich kann nicht glauben, dass du bereit bist, deine eigene Tochter für einen solchen Handel zu missbrauchen», seufzte er.

«Wenn du mir ein richtiger Vater gewesen wärst, hätte ich es auch nicht tun müssen.»

«Na schön», murmelte Unnthor, «aber du wirst noch bis morgen warten müssen. Wir werden den Rest der Familie verabschieden und uns dann vor deiner Abreise um die Angelegenheit kümmern.»

«Danke, Vater. Du bist wahrhaftig ein weiser Mann.» Karl zwinkerte kurz, wandte sich ab und ging davon.

Unnthor blickte ihm nach. Dann sah er auf das Messer in seinen Händen und nahm seine Schnitzereien wieder auf.

Die Sonne stand schon tief, als die ersten Gäste zurückkehrten. Helga hörte die Hunde bellen und spähte um die Ecke des Langhauses. Sie war Hildigunnurs Anweisung gefolgt und spaltete Feuerholz, während ihre Mutter sich um das Schlachtfleisch für das abendliche Festmahl kümmerte.

Einar öffnete Agla und Gytha das Tor, und Helga fiel auf, dass Mutter und Tochter sich aus der Ferne betrachtet zum Verwechseln ähnlich sahen, wie sie da so Seite an Seite herankamen – genau wie Hildigunnur und Jorunn. Helga dachte an ihre eigene Statur, dass sie lediglich aus Ellbogen und Knien zu bestehen schien und dass sie niemandem auf dem Hof auch nur im Geringsten ähnlich sah. «Spielt doch keine Rolle», murmelte sie. «Familie ist mehr als nur Blutsverwandtschaft.» Sie wandte sich wieder ihrer Arbeit zu, während sie sich wünschte, sie könnte daran glauben.

Um die Ecke war Hildigunnurs Stimme zu hören, und Helga wusste, dass ihre Mutter mit der untergehenden Sonne im Rücken auf dem Hof stehen und Agla anstrahlen würde.

«Oh, ihr seid wirklich wunderbar. Das ist mehr, als wir sonst den ganzen Sommer über pflücken!»

Helga konnte das Lächeln in Gythas Stimme vernehmen, als diese verkündete: «Fünf Körbe voll!»

«Wir wollten uns zur Abwechslung auch mal nützlich machen, wo wir euch schon die Haare vom Kopf fressen», antwortete Agla.

«Das sehe ich», antwortete Hildigunnur. «Wir sollten sie so schnell wie möglich einkochen – sie werden sich gut als Nachtisch machen. Wenn ihr das Pflücken noch nicht leid seid, könnte ich eure Hilfe gebrauchen. Wir benötigen noch ein paar Kräuter. Kommt!»

Helga hörte, wie die Haupttür zuschlug, und schnappte sich das nächste Stück Feuerholz, doch dann hielt sie inne. Irgendetwas nagte an ihr; etwas, das ihr zuvor aufgefallen war.

Ihre Mutter war hinter dem Haus gewesen, als die Hunde gebellt hatten. Im Geiste versuchte sie, ihren Weg nachzuvollziehen: durch die Seitentür, quer durch den Innenraum, zur Haupttür hinaus – und dann in umgekehrter Reihenfolge.

Vorhin war Karl im Haus gewesen, als Helga vom Fluss zurückgekommen war, aber tatsächlich hätte jeder dort gewesen sein können. Jeder hätte sich dort drinnen befinden und mit Bjorn reden und ihm Anweisungen geben können, um sich dann aus der Seitentür hinauszuschleichen, die vom Fluss nicht zu sehen war. Karl war vermutlich eingetroffen, ohne dass er etwas von Bjorns Gespräch mitbekommen hatte. Oder vielleicht hatte er doch etwas gesehen? Er hatte doch vom Herumschleichen gesprochen, oder nicht …?

Helga hieb die Axt in das Holzstück und durchtrennte es mit einem sauberen Schnitt. *Wer war es?* Wer hatte Bjorn dazu gebracht, seinen Blick zu senken?

«Was hat das Feuerholz dir bloß getan?» Einars Stimme erschreckte Helga, und instinktiv zog sie die Axt aus dem Holz und hob sie zur Abwehr auf Ellbogenhöhe. «He! Immer langsam.» Einar schaute sie mit besorgter Miene an. «Ich bin's doch nur. Was ist denn los?» Hinter ihm konnte Helga Hildigunnur und Agla miteinander plaudern hören, während sie zum Kräutergarten gingen.

«Ich weiß es nicht, Einar.» Sie sah ihn an, ihren Ziehbruder, der fast schon so lange Teil ihres Lebens war, wie sie denken konnte. «Aber versprich mir eines.»

«Alles», sagte er, während er sie mit seinen blauen Augen ansah und ungezwungen lächelte. «Was willst du?»

«Ich will, dass du vorsichtig bist.»

Einar zuckte mit den Schultern. «Pff. Jetzt mach dir mal keine Sorgen, Helga, die sind doch alle bloß alt und dumm. Ich muss jetzt allerdings los. Anscheinend holen wir vier Fässer Met für heute Abend herauf.» Er zwinkerte ihr zu. «Das wird ein richtiges Festgelage, so viel ist sicher.»

Klack-klack – rhythmisch fuhr Thyris Messer auf das Holzbrett nieder und gab das Tempo für Jorunn vor, die die Rübe in ihrer Hand zu schälen begann. Gleichmäßig geschnittene, fingerlange Schalenstücke fielen ab.

«Dein Bruder tut mir einfach leid.» Thyri schaute über die Schulter hinweg zu Jorunn und brach damit das konzentrierte Schweigen.

Jorunn schürzte ihre Lippen. «Er könnte etwas an seiner Situation ändern, aber er tut es nicht. Schließlich bauen wir alle unser eigenes Haus.»

«Trotzdem, gibt es etwas, das wir tun könnten? Vielleicht reden wir mal …»

«Ich weiß nicht.» Jorunn unterbrach sie, ohne aufzusehen. «Ich weiß nicht, ob Reden hier wirklich das Richtige ist. Ich will nichts damit zu tun haben.»

Klack-klack-klack – das Messer schnitt schneller. «Und doch ist es nicht richtig», murmelte Thyri.

«Viele Dinge sind das nicht», sagte Jorunn bestimmt.

Ein paar Atemzüge lang waren im Langhaus nur die Geräusche ihrer Küchenarbeit zu hören. Hildigunnurs großer Kessel narrte sie mit seinem weit aufgerissenen Maul: Soviel Gemüse sie auch hineinwarfen, das verflixte Ding war immer noch mehr als zur Hälfte leer.

Knarrend öffnete sich die Tür, und Runa kam herein.

Thyri sah auf, musterte sie und wandte sich schweigend wieder ihrem Schneidebrett zu. Jorunn konzentrierte sich ebenfalls auf ihre Aufgabe.

«Und auch euch einen Guten Abend», sagte Runa. «Wie üblich, ein warmer Empfang hier in der Familie.»

«Ungefähr so warm wie dein Schlafplatz, schätze ich», sagte Jorunn.

«Bitte?», entgegnete Runa. «Was hast du gesagt?»

«Du hast sie schon gehört», sagte Thyri.

«In der Tat», antwortete Runa langsam. «Nur verstanden habe ich sie nicht.» Es wurde still im Langhaus. «Ihre Aussprache ist so seltsam geworden. Sie hatte wohl zu viel schwedischen Schwanz im Mund.»

Jorunns Messer hielt inne, doch sie hob noch immer nicht den Blick.

«Oho! Und dein Mann ist also glücklich, ja?», sagte Thyri.

Runa schnaubte. «Er hat sich noch nicht beschwert.»

Jorunns Messer schnitt weiter, sie schnippte Schalen aufs Brett und warf Rübenscheiben in den Kessel. «Du behandelst meinen Bruder schlecht», sagte sie ruhig. Runa starrte sie finster an, schwieg jedoch. «Es kümmert mich nicht, was unter deiner Decke passiert, aber wenn er mit uns zusammen ist, ist er fröhlich. Wenn er in deiner Nähe ist, sieht er aus wie ein geprügelter Hund.»

«Und dein Mann ist ein Schlappschwanz. Leck mich doch, du Miststück», blaffte Runa. «Ich dachte, dein Bruder ist ein erwachsener Mann.»

«Das ist er auch», sagte Jorunn, «aber er ist außerdem sanft und freundlich.» Sie sah auf und blickte Runa direkt in die Augen. Ohne mit der Wimper zu zucken, setzte sie die Spitze ihres Messers mitten auf die Rübe und stach zu. «Ich bin nichts davon.»

Runas Augen verengten sich, und ihre Lippen schoben sich vor. «Drohst du mir etwa?»

Jorunn stand auf, ließ das Messer fallen und baute sich vor der kleineren Frau auf. «Er ist mein Bruder. Meine Familie. Und unser Vater hat uns beigebracht, wer auch immer die Familie bedroht …»

«Jorunn», murmelte Thyri.

Die Haupttür schloss sich, und Hildigunnurs Stimme schallte zu ihnen herüber. «Ich bin ja froh, dass ihr euch so gut versteht – aber jetzt macht euch mal an die Arbeit, statt hier bloß herumzuplaudern!»

Mit einem leichten Kopfnicken bedankte sich Jorunn bei Thyri für die Warnung, setzte sich an ihren Platz und bückte sich nach dem Messer. «Gut, dass wir mal darüber gesprochen haben, *Schwester*», murmelte sie. Mit ihrem Messer schnitt sie die Rübe in Stücke, aber ihr Blick bohrte sich weiter in die Augen ihrer Schwägerin.

KAPITEL 9

FESTMAHL

Sigmars Gesicht schimmerte rötlich im warmen Licht, das von Unnthors polierten Schilden reflektiert wurde. «Was ich sagen will», lallte er, «was ich sagen will, ist, dass manchmal – manchmal können Könige auch erbärmliche kleine Wichte sein.»

«Ha!» Karl legte seinen Arm um den Schweden und schlug mit der freien Hand auf den Tisch. «Was ist denn jetzt los? Was hast du mit dem anderen Sigmar gemacht? Das sind die ersten vernünftigen Worte, die du von dir gibst, seit wir hier sind.»

«Und er hat nicht ganz unrecht», sagte Jorunn. «Der Hof stellt manchmal Ansinnen an uns, die ihr nicht glauben würdet.»

Helga verfolgte das Hin und Her der Unterhaltung, wie die Geschwister sich über den Tisch beugten, einander an den Armen packten und sich gegenseitig lauthals unterbrachen. Für sie war all das schon vor einer Weile zur bloßen Geräuschkulisse geworden, als sie und Einar die Teller abgeräumt und Becher nachgefüllt hatten, um sich dann in ihre Ecke zurückzuziehen und das Geschehen aus der Ferne zu beobachten. Unnthor hatte eigens ein Schwein geschlachtet, und sie hatten jede Menge frisches Gemüse gekocht. Karl hatte aus seiner Satteltasche einen prall gefüllten Schlauch mit kräftigem rotem Wein aus dem Süden hervorgeholt, Bjorn hatte in jeder Hand zwei weitere hereingetragen. Auch Aslak hatte unter dem bösen Blick seiner Frau zwei Weinschläuche dargeboten, doch Sigmar und Jorunn hatten noch einen draufgesetzt und drei randvoll mit schwedischem Honigmet gefüllte Schläuche präsentiert, durch die sich die Familie recht schnell und zunehmend enthemmter durcharbeitete.

«Hab heute Nachmittag gesehen, dass Gytha wieder mit dir gesprochen hat», sagte Helga zu Einar.

Der Junge sah von seiner Schüssel Eintopf zu ihr auf und zuckte mit den Schultern. «Na und?»

«Nun komm schon», sagte Helga, «sie ist hübsch, und sie wirft sich dir an den Hals. Warum weist du sie immer wieder ab?»

Es entging ihr nicht, dass er – wenn auch nur für einen kurzen Moment – zur Tafel hinübersah, an der Jorunn gerade eine Geschichte erzählte, die ihre Brüder zum Lachen brachte, als sei all die Feindseligkeit vom Vortag vergessen. Ihr schönes Gesicht strahlte vor Freude und Lebendigkeit.

«Weiß nich», murmelte Einar. «Sie ist so jung …»

Helgas Gedanken führten sie zurück in die Vergangenheit. *Natürlich.* Sie hätte sich ohrfeigen können. Wie er Jorunn früher ständig nachgelaufen war, sie geneckt und umworben hatte; und in der Zeit kurz vor dem Besuch war er immer aufgeregter geworden … «Wenn du meinst», sagte Helga und beließ es dabei. Die Wärme im Langhaus machte ihr zu schaffen. «Wie steht es um ihren Met?»

«Sie haben noch genug, würde ich sagen», antwortete Einar, ohne überhaupt hinzusehen. «Auf jeden Fall werden sie lauter.»

«Is' einfach nicht richtig.» Aglas Stimme stach aus dem Lärm heraus. «Sie ist so jung.»

«Find ich auch», lallte Runa neben ihr, «aber sie wird schon bald verheiratet sein.»

Helga sah zu Gytha hinüber. Sie wälzte sich auf ihrem Lager in der Ecke hin und her und versuchte, sich dem Krach zu entziehen.

«Und glücklich», fügte Jorunn hinzu. «Oder einfach nur glücklich.»

«Macht *sie* dich glücklich, Sigmar?», fragte Runa.

«Ich kann mich nicht beschweren ...», antwortete Sigmar.

«... weil ich dich sonst grün und blau schlagen würde», ergänzte Jorunn.

Bjorn lachte als Erster und am lautesten, woraufhin die anderen sich sogleich anschlossen. Am anderen Ende des Tisches begann Unnthor ein Lied zu singen, und Karl stimmte begeistert mit ein.

«Ehemann», rief Hildigunnur, «hör auf mit dem Geheule! Wir verdursten hier! Es ist Zeit, die Fässer hervorzuholen!»

Unnthor erhob sich wankend unter beifälligem Gebrüll. «Das hier – ihr undankbaren kleinen Welpen – ist ein Fass des besten ...»

«Und stärksten ...», ergänzte Hildigunnur.

«... und stärksten Mets, den ich je gebraut habe», sagte Unnthor. «In das, was ihr heute Abend übrig lasst, werde ich meinen Pfeil eintauchen, bevor ich auf Bärenjagd gehe!»

«Her mit dem Met, damit auch wir unsere Pfeile eintauchen können!», brüllte Bjorn und erntete noch mehr Gelächter.

Helga sah zu Einar. «Ich werde jetzt wie die Kleinen unter eine Decke kriechen und darauf hoffen, dass alle anderen auch bald einschlafen», sagte sie.

«Das werden sie», antwortete Einar. «Ich pass schon auf sie auf.»

Als Helga sich in ihrer Ecke erhob, fing sie den Blick ihrer Mutter auf der anderen Seite des Raumes auf. Sie deutete mit den Augen auf ihre Schlafstatt, und Hildigunnur nickte und lächelte.

Helga hüllte sich in ihre Decke, und kurz darauf wurden die Stimmen zum Wind in den Bäumen und zu Wellen der See, sie tanzten hierhin und dorthin, hoben und senkten sich, hoben sich und senkten sich …

Und der Schlaf überkam sie.

KAPITEL 10

BLUT

Helgas Augenlider zuckten, sie schüttelte den Kopf, warf sich herum, um dem Lärm in ihrem Traum zu entkommen. Irgendetwas heulte, vielleicht ein Tier, das Schmerzen litt? Das Heulen hörte auf, dann setzte es von Neuem ein, doppelt so laut und nah – zu nah. Sie runzelte die Stirn. Das war kein Tier, das waren Schreie. Eine Frau. Eine Frau, die schrie, ganz nah, ihre Stimme war rau vor Entsetzen. Der warme Trost des Schlafs war wie weggespült, und Helga setzte sich kerzengerade auf. Einen Moment lang herrschte Stille – hatte sie nur geträumt? –, dann setzte noch mehr Lärm ein, ein verstörter, wilder Laut, der anschwoll und durch den Raum hallte.

«Mama!» Gythas Stimme klang verängstigt. Ein Keuchen, dann ein weiteres schmerzerfülltes Heulen. «Mama – *hör auf!*», schrie Gytha. «Was ist denn los?»

Einen Augenblick später kreischte auch Gytha.

Helga atmete tief ein. Da lag ein saurer Geruch in der Luft: abgestandener Met, Schweiß – Erbrochenes? Aber noch etwas anderes. Und von überall her setzten Stimmen ein, und jetzt schrie Unnthor um Ruhe, und Hildigunnur rief jemandem zu, er solle Wasser holen.

Helgas Augen gewöhnten sich an das frühe Morgenlicht, das durch die Rauchabzüge hereindrang, aber sie hatte immer noch Schwierigkeiten, die Gestalten im Zimmer zu erkennen. Jorunn schrie jetzt nach Bjorn, und irgendwo hinter ihr flog die Tür auf, und Bjorn brüllte eine Antwort. Helga schwang ihre Beine über den Rand ihrer Bettstatt, stand taumelnd auf, strich sich verlegen über die Falten ihres Unterhemds und kam sich dabei sogleich lächerlich vor; was auch immer hier gerade geschah, an diesem Morgen würde niemand auf sie achten.

Ihre Augen waren noch immer voller Schlaf, deshalb ergab das Bild vor ihr kaum Sinn.

Agla war über irgendetwas gebeugt; Hildigunnur hatte sich neben sie gezwängt und versuchte, die Frau wegzuschieben. Sigmar drängte Gytha zur Seite und schob sie Jorunn zu, die sie umständlich in den Arm nahm, wobei sie den Kopf des Mädchens an ihre Schulter presste. Als ihre Sicht klarer wurde, erkannte Helga, dass Gytha am ganzen Körper zitterte.

Was im Namen der Götter …?

Als Helga zu ihrer Mutter schaute, stieß diese gerade ihre Finger in Aglas Armbeuge, brach so ihren Griff und schob die Frau mit der Schulter weg von dem, was auch immer sie gerade umklammert hatte.

Sie war über Karls Lager gebeugt.

Langsam, ganz langsam, öffnete sich eine Gasse, und über den Raum legte sich nach all dem Aufruhr von einem Moment auf den anderen unnatürliches Schweigen, bis das Geräusch schluchzender Kinder die Stille durchdrang.

Helgas Füße trugen sie auf die Kante des Schlafplatzes zu.

Sei vorsichtig, wenn die Messer gezogen werden …

Um sie herum setzte erneut Lärm ein, die Erwachsenen von Flussfeste schrien sich gegenseitig an. Der Lärm dröhnte unvorstellbar laut in ihrem Kopf, und vermutlich ging es den anderen ähnlich.

Mit Finsternis in ihren Herzen.

Sie sah die Gestalt, dann das Gesicht, aber als Erstes nahm sie den Geruch wahr.

Blut.

Eisen, Salz, Leben – alles, was in einem Menschen ist.

Karls Gesicht war blass und zur Seite geneigt. Ein dünner Speichelfaden war in seinen rauen dunklen Bart gelaufen. Die Arme lagen hüfthoch an seinen Seiten. Er wirkte wie jemand, der nach einer besonders wilden Nacht seinen Rausch ausschlief.

Doch die gesamte untere Hälfte des Schlaflagers und seine Decke waren in Blut getränkt.

Ohne darüber nachzudenken, was sie da tat, ergriff Helga behutsam die Decke an einer Ecke und zog daran. Mit einem nassen, saugenden Geräusch löste sich der Stoff vom Körper. Karl trug noch seine Hosen, doch sie waren so dunkelrot gefärbt wie die Decke. Zwei große schwarze Flecken auf den Innenseiten seiner Schenkel zogen Helgas Blick auf sich. Dort war der Stoff beinahe vollständig unter einer festen, glänzenden Schicht Blut verschwunden.

Helga fühlte die Wärme auf ihrer Schulter, noch bevor sie die Gegenwart ihrer Mutter spürte. «Zieh», zischte Hildigunnur durch vor Wut zusammengebissene Zähne.

Helgas Finger zitterten, als sie ihre Hände auf Karls Schenkel legte. Sie fühlte die klebrigen Stoffreste und zog das Material behutsam beiseite. Zu sehen war ein sauberer Schnitt, vielleicht von der Länge eines Daumens. Der Schnitt war direkt an der großen Blutader in der Leiste angesetzt, ein dazu passender war auf der anderen Seite zu sehen.

«Beide Seiten», murmelte Helga, und Hildigunnurs Hand krallte sich so fest in ihre Schulter, dass Helga zu spüren glaubte, dass ihre Knochen brachen.

«Mein Sohn», sagte ihre Mutter laut genug, dass alle es hören konnten, «ist im Schlaf ermordet worden.»

Die aufgehende Sonne erwärmte den herrlich blauen Himmel. Es war ein wunderschönes Bild, das so gar nicht zu dem passte, was auf dem Hof geschah, als Unnthors und Hildigunnurs Familie sich dort im Kreis versammelte.

Aslak hatte seinen Arm um Runa gelegt, die, steif wie ein Brett, mit geschlossenen Augen und wild mahlendem Kiefer dastand. Bragi und Sigrun hingen an ihrem Rockzipfel und vergruben ihre Gesichter im Stoff. Sie mochten noch zu jung sein, um zu verstehen, was passiert war, doch sie waren alt genug, um die beklommene Stimmung aus Zorn und Gram wahrzunehmen.

Sigmar und Jorunn standen aufrecht Schulter an Schulter und schauten finster.

Bjorn ragte über Thyri auf und hatte Volund, der vor ihnen stand und verschlafen blinzelte, eine Hand auf die Schulter gelegt.

Agla klammerte sich an Hildigunnurs Schulter. Sie war in eine Decke gehüllt, und ihre Augen blickten unbestimmt in die Ferne, als ob sie ihren Blick auf etwas gerichtet hatte, das nicht von dieser Welt war. Gytha, die neben ihr stand, versuchte halbherzig, ihre Mutter zu trösten.

Helga dachte, dass Gytha wohl selbst eine Menge Trost nötig hatte.

Sie wagte einen Blick zu ihrem Vater hinüber. Unnthor Reginsson wurde von Einar und Jaki flankiert und sah aus wie der Donner höchstpersönlich. Sein gewaltiger Brustkorb hob sich mit jedem tiefen Atemzug, sein Kiefer war starr, wie um das Zittern seiner Lippen zu verhindern. Seine großen Hände ballten sich zu Fäusten, öffneten sich, schlossen sich erneut – wie ein schlagendes Herz. Er schien sie nur mit äußerster Anstrengung unter Kontrolle zu haben und bebte vor Wut.

«Ich werde es ganz einfach halten», sagte er mit kratziger, grollender Stimme, die an einen Erdrutsch erinnerte. «Einar wird eure Pferde festbinden. Jaki wird das Tor bewachen. Und ich werde *jeden* verfolgen und zur Strecke bringen, der den Hof verlässt, bevor ich es erlaube. Ist das klar?» Alle rundherum nickten, einige bestimmt, andere eher zögerlich, doch alle ehrfürchtig und in Schrecken versetzt. Jeder, der den Mann vor ihnen ansah, wusste, dass dies ganz und gar keine leere Drohung war.

Doch niemand sagte etwas.

Unnthor stand in zorniges Schweigen gehüllt und wartete.

Ein tiefer Atemzug, dann …

«Und was geschieht jetzt?», fragte Jorunn.

Helgas Herz schlug ihr bis zum Hals, aber wenn es eine Person in diesem Kreis gab, die es wagen konnte, das Wort zu ergreifen, ohne dass Unnthor ihr den Kopf abriss, dann war es seine geliebte Tochter.

«Wer auch immer Karl getötet hat, tritt vor, und wir verhandeln das Blutgeld, das Agla und Gytha gezahlt werden muss», sagte Unnthor.

«Und wenn niemand vortritt?», fragte Bjorn.

Unnthor starrte einen jeden von ihnen an. «Ich werde dich finden», sagte er, «und dann wird der Preis sehr viel höher sein.»

Niemand sagte ein Wort, und Helga schauderte, trotz der Sonne.

«Jaki», blaffte Hildigunnur in die Stille, «sieh zu, dass diese Menschen arbeiten. Schick sie fort. Helga …» Ein schnelles Nicken zum Haus hinüber, keine weiteren Worte.

Und dann nahm Hildigunnur Agla an eine Hand und Gytha an die andere und führte sie Richtung Fluss hinunter, und auf dem ganzen Weg murmelte sie in Aglas Ohr, wie um ein scheues Pferd zu besänftigen.

«Holz holen, Wurzeln ausgraben, Stämme klein hacken», listete Jaki die Aufgaben auf. «Macht euch ans Werk. Nach dem Mittag heben wir das Grab aus.»

Helga war wie benommen und ließ sich von ihren Füßen leiten. Sie ging auf das Langhaus zu. Die Haupttür sah sehr viel weniger einladend aus als noch am Vorabend.

Der Gestank hatte sich ausgebreitet, jetzt stieg ihr der Geruch von Karls Blut gleich in die Nase. Sie hatte es nicht besonders eilig, zur Leiche zu gelangen, also erlaubte sie es sich, zu schlendern, an der Schlafstätte von Aslak und seiner Familie vorbei. Ihr fiel auf, dass es zwei kleine Decken für die Kinder gab und zwei größere für die Erwachsenen. Die Abdrücke auf dem Stroh ließen vermuten, dass der jüngste von Unnthors Söhnen nicht sehr dicht bei seiner Frau geschlafen hatte.

Die Schlafstatt von Jorunn und Sigmar war auf einer Seite nahezu unberührt, auf der anderen jedoch umso aufgewühlter. Ihrem harten Auftreten zum Trotz schienen die beiden sich miteinander sehr wohlzufühlen. Helga dachte an Einar und verspürte einen Stich im Herzen. Es musste schrecklich sein, jemanden zu begehren und zu wissen, dass ein anderer ihm zu jeder Zeit nah war und am nächsten in der Nacht.

Und dann, bevor sie sich noch weiter ablenken konnte, verriet ihre Nase ihr, dass sie an Karls Lager angekommen war.

Solange sie zurückdenken konnte, hatte sie auf einem Lager genau wie diesem geschlafen. Es war eigentlich nichts weiter als eine lange Kiste mit erhöhten Kanten, gut geschliffen, mit Stroh gefüllt, zuoberst eine dicke gewobene Decke. Karl wirkte darauf merkwürdig deplatziert, ganz steif und blass, als ob er in sich zusammengesunken wäre. Die Wut, die ihn erfüllt hatte, war verpufft wie heiße Luft. In seinem eigenen Haus hatte er sicherlich eine größere Bettstatt gehabt, groß genug, um sie mit Agla zu teilen. Helga spürte, wie sich ihr der Magen umdrehte, als ihre Gedanken unaufgefordert weiterwanderten und sie sich vorstellte, wie das wohl gewesen sein mochte zwischen Agla und Karl. Sie schob die Vorstellung schnell beiseite und betrachtete eingehend Karls Kopf und Hals, um sich abzulenken.

Jede Menge Narben, aber nichts, was ihr mehr über die Tat verriet. Karl hatte sein Gesicht ganz offensichtlich mehr als einmal der Gefahr ausgesetzt, aber sein lebloser Körper wies keine frischen Blutergüsse auf.

«Niemand hat dir eins übergezogen, und niemand hat dich gewürgt», murmelte sie. «Also, weshalb hast du dich nicht gewehrt?»

Sie beugte sich hinab und betrachtete eingehend seinen Mund. Fast erwartete sie, dass Karl die Augen öffnen und sie mit einem Grinsen zu sich auf seine Totenstatt hinabziehen würde. Sie schob auch diesen Gedanken beiseite und sagte sich: «Schhh, Mädchen. Er ist leblos wie ein Zaunpfahl und besitzt nicht mal halb so viel Anmut. Und hier drin ist nichts» – sie zog die Lippen des Toten auseinander – «außer Gestank. Met, oh, und zwar jede Menge. Das erklärt dann schon mal, weshalb er sich nicht gewehrt hat. Aber was ist mit der Frage nach dem Täter? Wer könnte sich dem schlafenden Wolf wohl genähert haben?», sagte sie laut.

Sie hörte, wie sich die Haupttür hinter ihr öffnete und wieder schloss. «Ist er immer noch tot?» Einars Stimme drang zu ihr herüber.

«Ich fürchte schon», antwortete Helga. «Das ist ziemlich viel Blut.»

«Und eigentlich sollte es drinnen bleiben», sagte Einar nachdenklich. Helgas Stimmung hellte sich ein bisschen auf. Alles war immer etwas besser, wenn Einar dabei war.

«Wie üblich kennt deine Weisheit keine Grenzen. Er ist so tot, wie es nur geht.»

Einar stellte sich neben sie und schaute auf die Leiche hinunter. «Wie wurde er getötet?»

«Soweit ich das beurteilen kann», sagte Helga, «muss, wer immer es getan hat, gewartet haben, bis Karl so viel getrunken hatte, dass er eingeschlafen ist …»

«Sie haben letzte Nacht eine ganze Menge runtergekippt», sagte Einar, «und er noch mehr als die meisten.»

Helga griff über die Leiche hinweg. «Dann ist der Täter hierhergeschlichen, hat die Decke beiseite gezogen und die Adern durchtrennt. Selbst wenn Karl noch aufgewacht wäre, innerhalb von wenigen Herzschlägen wäre er tot gewesen.» Sie zog die Decke weg und schnitt beim Geräusch, das das getrocknete Blut dabei verursachte, eine Grimasse. Der Gestank entleerter Därme stieg auf und mischte sich mit der abgestandenen Luft. «Da», sagte sie und zeigte auf die schwarzen Flecken auf der Hose.

«Ausgeblutet wie ein Schwein», sagte Einar. Trotz des beißenden Geruchs wich er nicht zurück. «Das ist nicht sehr ehrenhaft. Hast du ein Messer?»

«Nein – warum?»

«Ich würde mir gern mal die Wunden ansehen.» Einar zog seine eigene kurze und dicke Klinge aus dem Gürtel und machte sich daran, ein Stück des Stoffes wegzuschneiden. Die mit langen schwarzen Haaren überzogene Haut war blass und rau. «Sieh dir das an», sagte Einar.

Helga beugte sich näher heran. «Sie sind so ...»

«Dünn. Das sind richtig dünne Schnitte.»

«Er wird überhaupt nichts gespürt haben.»

«Erst recht nicht nach dem dritten Fass.»

Helgas Gedanken überschlugen sich. Da war doch was. Sie stutzte. Irgendetwas ... «Ich weiß, welche Klinge solche Schnitte macht», sagte sie.

Einar sah sie stirnrunzelnd an, suchte in ihrem Gesicht nach einem Hinweis, wie ihre Gemütslage einzuschätzen war.

In Helgas Ohren rauschte das Blut. Die Wörter klangen fremd in ihrem Mund, als sie sagte: «Das Schnitzmesser meiner Mutter.»

Jorunn schwang die Axt, zerteilte den Holzblock sauber in zwei Hälften und fegte diese mit geübter Hand zu Sigmar hinüber, der die Stücke im Feuerholzschuppen stapelte. Sie kamen gut voran, der Schuppen füllte sich rasch. Mit dem nächsten Hieb fraß sich die Axtklinge in die Oberseite eines weiteren Blocks. Sie arbeiteten im Takt und vertrauten in ihren Bewegungen aufeinander.

«Hast du es getan?» Ihre Stimme war ruhig.

Sigmar lachte auf. Dann hielt er inne. «Was …? Du denkst … *Was …?*»

Die Axt fuhr nieder und spaltete den Block. Die beiden Hälften purzelten auf Sigmar zu. «Hast du?»

In aller Ruhe legte Sigmar die gespaltenen Klötze auf den Stapel. Er blieb kurz stehen, dann ging er zum Baumstumpf zurück, wo Jorunn die Blöcke spaltete, wobei er dem nächsten fliegenden Holzstück nur knapp ausweichen konnte. «Nein», sagte er. Die Axt war schon wieder in der Luft, und der Block krachte auf den Baumstumpf direkt neben seinem Knie. Sigmar ließ sich keine Regung anmerken.

«Er war ein Arschloch», sagte Jorunn.

«Ich weiß.»

«Aber er war trotzdem …» Bevor sie ihre Axt in einen weiteren Block schlagen konnte, trat Sigmar dazwischen und hielt sie fest. Sie wehrte sich gegen seine Umarmung, aber er ließ sie nicht los.

«Er war dein Bruder», sagte Sigmar, und die Axt fiel polternd auf den Boden. «Er war Familie.» Sie schloss ihre Augen und verzog den Mund, doch sie weinte nicht. «Wir werden der Sache auf den Grund gehen. Jemand wird die Nerven verlieren und auspacken. So läuft es immer.»

«Ich dachte bloß – weil ich weiß, was du früher ...»

«Das war ein anderes Leben, meine Geliebte», sagte Sigmar beschwichtigend. «Ein anderes Leben und ein anderer Mann. Davon abgesehen hatte ich allerdings wirklich nicht viel für deinen Bruder übrig, aber wann habe ich jemals etwas ohne deine Erlaubnis getan?»

Wieder verzog Jorunn den Mund, diesmal zu einem leichten Lächeln. «Du hast recht, und du tust gut daran, das nicht zu vergessen.» Ihre Arme schlangen sich um ihn und erwiderten seine Umarmung. «Du kennst mich gut.»

«So ist es», antwortete Sigmar.

«Wenn ich also herausfinde, wer es getan hat, dann wirst du mir zur Seite stehen und tun, was getan werden muss.» Sigmar trat einen Schritt zurück, ließ sie los und blickte ihr in die Augen. Was sie dort sah, entlockte Jorunn ein Lächeln. «Ich habe schon den Richtigen geheiratet», sagte sie und griff nach der Axt.

«Du meinst doch nicht wirklich ...» Einar sah erneut auf die Leiche.

Helga schluckte. «Natürlich nicht, du Schwachkopf. Sie hat mir gestern gesagt, dass sie das Messer nicht finden kann. Hat mich zur neuen Scheune hochgeschickt, damit ich's da suche.»

«Dann könnte also jeder dort vorbeigegangen sein und es

aufgehoben haben, um dann auf den richtigen Augenblick zu warten.»

«Ja.»

«Und alles, was für die Tat nötig war, ist ausreichendes Geschick im Schleichen und das Wissen darum, wo das Messer anzusetzen ist.»

«Ja.»

«Und das schließt …»

«… niemanden aus. Oder alle. Ich weiß es nicht», sagte Helga. «Ich weiß es einfach nicht. Es wurde keine rohe Gewalt angewendet. Der Täter hat sich anscheinend unauffällig bewegt. Muss jemand aus der Familie gewesen sein, denn sonst hätten wir die Hunde gehört.»

Einar zuckte mit den Schultern. «Ich kann nichts Auffälliges finden», sagte er. «Ich werde ihn einfach …» Er beugte sich über Karls Leiche, versuchte, sie zu verschieben, und fluchte. «Schwerer Bastard», murmelte er.

«Hol doch jemanden, der dir hilft.»

«Ich weiß nicht», sagte Einar. «Sie mussten doch alle sofort los und ihre Aufgaben erledigen. Hildigunnur hat Agla und Gytha zum Fluss gebracht, Bjorn ist mit seiner Familie zum Wäldchen hinauf, sie hatten Äxte dabei. Und Aslak pflückt mit Runa und den Kindern Beeren. Vater ist mit Unnthor losgezogen, um den Grabhügel abzustecken. Ich habe keine Ahnung, wie sie diesen Fall lösen wollen.»

«Da sind wir schon zwei», sagte Helga.

Auf der kleinen Lichtung war nur der Klang von Metall auf Holz zu hören. Erneut schwang Bjorn die Axt, und sein Lohn war ein kleiner Splitterregen. Thyri kniete auf der anderen Seite neben einem gefällten Baum und war damit beschäftigt, ihn seiner Äste zu entledigen, während Volund sein Bestes tat, ihr zu helfen.

«Nein», flüsterte sie und griff nach den Armen des Jungen. «So.»

Volund richtete sich stirnrunzelnd neu aus. «Hier?», fragte er und kratzte mit seinem Messer über die Stelle, wo der Ast auf den Stamm traf.

«Ja», antwortete seine Mutter. «Jetzt halt den Ast gut fest und säg daran.»

«Aber dann geht er doch ab.»

«Das wollen wir ja auch.»

Volund runzelte erneut die Stirn. «Oh», sagte er und schnitt dann widerwillig ins Holz.

Bjorn brüllte.

Der Laut hallte über die Lichtung und stieg über die Äste hinauf bis in die Baumkronen, als Bjorn herumfuhr, mit seiner großen Hand die Axt direkt unter der Klinge packte und auf den gefällten Baum zustürmte.

Alle Farbe wich aus Thyris Gesicht, als sie die Wut ihres Mannes sah. Schützend hob sie die Hände über ihren Kopf und schrie: «Bjorn – nein! Bitte …!»

Nach drei Schritten ragte der Riese über ihnen auf. Volund starrte mit halb offenem Mund zu ihm hoch, seine Unterlippe zitterte. «Säg den Ast ab. *Sofort*», knurrte sein Vater, aber der Junge stand bloß da und starrte verständnislos. Mit einer raschen Bewegung kniete Bjorn sich nieder und ließ die Axt heruntersausen, sodass die Klinge auf Volunds Kopf zupfiff.

Sogleich flog der Ast durch die Luft, und nur eine saubere Schnittlinie wies darauf hin, wo am Stamm er gehangen hatte.

«Jetzt der nächste», befahl Bjorn.

Volund bog den Ast um, der ihm am nächsten war, und begann, unbeholfen auf ihm herumzuhacken.

Als Thyri sich erhob, war sie etwas größer als ihr kniender Ehemann. Sie umarmte ihn von hinten, zog seinen Kopf an ihre Brust und streichelte sein Haar. «Es tut mir leid, dass er nicht mehr unter uns ist», sagte sie leise. «Es ist eine traurige Geschichte.» Bjorns muskulöse Schultern bebten, aber Thyri verstärkte ihren Griff und beruhigte ihn. «Lass ihn gehen. Wir haben ihn nicht umgebracht, und wir werden den Täter finden. Die Weisheit deiner Mutter ist allumfassend. Sie wird herausfinden, wer dir den Bruder genommen hat, falls sie es nicht schon weiß.»

Bjorn schnaubte und schniefte laut wie ein besänftigter Bulle. Zu seinen Füßen arbeitete Volund nun etwas langsamer, sägte aber noch immer an dem Ast. «Wir könnten ihn hierlassen und ihn in achtzehn Sommern wieder abholen, er wäre immer noch nicht fertig», murrte Bjorn. «Ich habe mindestens vier Monde gebraucht, um ihm beizubringen, wie man ein Schwein ausbluten lässt.»

Thyri lächelte über seinen Kopf hinweg. «Das bedeutet bloß, dass er meine Schönheit und deinen Verstand geerbt hat», antwortete sie.

«He!»

Sie beugte sich hinunter und küsste seine Stirn. «Ich mache natürlich nur Spaß. Er ist gar nicht dein Sohn. Ich habe mich wohl einfach zur falschen Zeit auf einen Stein gesetzt.»

Bjorn sah zu ihr auf. «Ich hab mich damals schon für die Richtige entschieden.»

Thyri lächelte. «Und wenn du mit mir verheiratet bleiben willst, dann gehst du jetzt besser und machst dich nützlich.» Sie blickte zu dem angeschlagenen Baum. «Dein starker, hart arbeitender Sohn und ich werden schon noch fertig damit.»

Als er sich aufrichtete, stand Thyri wieder in seinem Schatten. «Wenn die Frau das sagt, dann ist es so.» Er brummte, schulterte die Axt und machte sich auf den Weg.

«Ich mach's», sagte Helga. «Ich helfe dir.»

Einar warf ihr einen Blick zu. «Sicher?»

«Warum nicht?» Es kümmerte sie tatsächlich nicht. Sie wusste nur, dass sie frische Luft brauchte und dass sie die Leiche nicht länger in ihrem Haus haben wollte.

«Ich nehme die Schultern.» Einar beugte sich erneut über Karl. «Und du nimmst die Beine.»

Sie lehnte sich über die Füße des Toten, blickte auf die Leiche hinab und fühlte, wie der Runenstein auf ihrer Brust wärmer wurde. Es war nicht richtig … etwas fehlte …

«Hilfst du mir jetzt oder nicht?»

Der Gedanke flatterte wie ein aufgescheuchter Vogel davon. Helga seufzte und packte die dürren Fußknöchel, direkt neben der Linie, die das Blut auf Karls Schienbein gezeichnet hatte. Der Großteil des Gewichts musste auf Einars Seite liegen, doch als sie den Körper gemeinsam anhoben, löste er sich langsam vom Lager.

«Hast du ihn?»

«Alles gut», sagte sie, doch in Wahrheit war überhaupt nichts gut. Es war nicht das Gewicht, Karl war nicht allzu schwer, aber dass er keinerlei Körperwärme ausstrahlte, war verstörend. Sie hatte in ihrem Leben schon ein- oder zweimal ein totes Tier getragen; Menschenbeine allerdings sollten warm sein, und diese hier waren es nicht. «Er fühlt sich an wie der Winter», murmelte sie. «Ich frage mich, wie schnell wir wohl kalt werden?»

«Wenn du einfach nur da stehen bleibst, um darüber nachzudenken, dann wirst du es schon bald herausfinden.» Einar schnaufte. «Er ist schwer, der Bastard.»

Sie hatten bereits den halben Weg durchs Haus zurückgelegt, als die Tür aufging und Hildigunnur eintrat. «Was macht ihr da?» Ihre Stimme war ruhig, doch der Unterton verriet ihre Anspannung.

Einar blieb wie angewurzelt stehen, balancierte Karls Oberkörper umständlich in den Armen und sagte über die Schulter hinweg zu Hildigunnur: «Wir … Ich wollte bloß … Wir …»

«Wir dachten, wir sollten ihn nach draußen bringen», sprang Helga ihm bei.

«Lasst ihn runter», befahl Hildigunnur.

Einar sah zu Helga. «Du zuerst», sagte er und warf einen Blick auf den Boden, und sobald Helga Karls Fersen abgesetzt hatte, kümmerte Einar sich um den Rest. Außerhalb seines Schlafplatzes sah der älteste Sohn von Unnthor Reginsson irgendwie kleiner aus – geschmälert, seiner zähneknirschenden Wut beraubt, die ihn am vergangenen Abend und sein ganzes Leben hindurch angetrieben hatte.

Hildigunnur schloss einen Moment die Augen. «Ein großes

Unrecht ist in meinem Hause begangen worden», sagte sie. «Ein großes, großes Unrecht.»

«Ja, Mutter», antwortete Helga. «Und es wurde mit deinem Messer begangen.»

Hildigunnur riss die Augen auf. «Was hast du gesagt?»

Erschrocken über die Bosheit in Hildigunnurs Blick, begann Helga zu stottern. «Es ist – es ist mit deinem Messer ausgeführt worden – dem Schnitzmesser, das Vater immer für dich schärft.» Sie blickte auf die Leiche hinab. «Die Schnitte sind so dünn, dafür braucht man eine richtig scharfe Klinge. Er wird nicht das Geringste gespürt haben.»

Die alte Frau atmete tief ein und langsam wieder aus. Und dann noch einmal. «Mit meinem Messer», sagte sie schließlich.

Helga und Einar nickten.

Hildigunnur wirkte, als lägen ihr viele Worte auf der Zunge. Am Ende sagte sie bloß: «Wer immer es getan hat, muss das Messer vor mindestens einem Tag hier vom Tisch genommen haben, denn seit dem ersten gemeinsamen Abend habe ich es nicht mehr gesehen.»

«Oh», sagte Helga.

«Wieso ‹oh›?» Einar schaute Helga fragend an.

«Das heißt, die Tat war geplant», antwortete sie. «Und das ist umso schlimmer.»

Hildigunnur nickte.

«Oh», sagte nun auch Einar.

«Bringt ihn raus auf den Hof», sagte Hildigunnur. «Wir werden ihn zudecken und auf die Felder bringen, ihm ein Hügelgrab ausheben. Das ist das Mindeste, was wir tun können.»

«Und dann?», fragte Helga.

«Finden wir denjenigen, der ihn umgebracht hat», sagte Hildigunnur. «Dafür müssen wir uns eine Frage stellen: Viele hatten einen Grund für die Tat – aber wer hatte den besten?»

Runa riss am Zweig des Brombeerstrauchs, bis die Beere sich von ihm löste, und schnaubte angeekelt, als die Frucht zerquetscht in ihrer Hand lag.

«Wenn du vielleicht etwas sanfter darangehen würdest, könntest du …», begann Aslak, aber Runa drehte sich um und starrte ihn böse an: Mit dem Blick hätte sie Eis zum Splittern bringen können.

«Halt deine Klappe», blaffte sie.

«Ich wollte bloß …»

«Ich weiß, was du bloß wolltest. Du hast ja keine Ahnung …»

Aslak sah sie lächelnd an. «Ich bin dann hier drüben, mit meinem Korb voller Beeren», sagte er und schlenderte davon.

«Ach, bleib mir doch gestohlen!», rief Runa ihm hinterher. «Das ist für dich eine Leistung? Beeren pflücken?»

Aslak blieb stehen, setzte in aller Ruhe seinen Korb ab und drehte sich zu ihr um. Dann ging er auf sie zu und sagte leise: «Nein, aber Kinder glücklich aufzuziehen, die eine bissige Stute zur Mutter haben? *Das* ist eine Leistung.»

Runa blieb der Mund offen stehen.

«Mich dir gegenüber so zu verhalten, wie ich es möchte, und nicht so, wie du es verdienst? *Das* ist eine Leistung.»

Sie setzte zu einer Erwiderung an, aber Aslaks Stimme

wurde lauter und erstickte ihren Einwand im Keim. «Zu wissen, dass ich dich einfach verlassen könnte, und mich trotzdem dagegen zu entscheiden? *Das* ist eine Leistung.»

Er machte einen weiteren kleinen Schritt auf sie zu und griff Runas Hemd fest am Halsausschnitt. Während er es drehte und ihr Gesicht näher zu sich zog, sagte er: «Diese Familie zusammenzuhalten – mit dir als einem Teil davon –, *das* ist eine Leistung.»

Sie versuchte, seine Hand zu lösen, aber Aslaks Griff blieb fest. Er packte sie beim Handgelenk und schob ihre Hand weg. «Du hast immer auf mich herabgesehen», zischte er, «du hast immer gedacht, du verdienst etwas Besseres – *jemand* Besseren. Nun, ich bin es jetzt leid.» Mit wildem Blick schaute Aslak in Runas zusammengekniffene Augen.

Er sah die Faust nicht kommen.

Sein Kopf zuckte zur Seite, er ließ Runas Handgelenk los und griff an sein Ohr.

Runa rieb ihren geröteten Arm. «Du hast dir einen merkwürdigen Zeitpunkt ausgesucht, um dich halbwegs wie ein Mann aufzuführen, Aslak Unnthorsson», sagte sie, und ihr Mund sah aus wie ein dünner Strich. «Und wenn du jemals wieder auf die Idee kommen solltest, deine Männlichkeit hervorzukramen, dann bloß nicht noch einmal auf diese Weise. Nie mehr. Es sei denn, du möchtest sie beim Aufwachen in deinem Mund wiederfinden.» Damit drehte sie sich um und ging in die Richtung, aus der die spielenden Kinder zu hören waren.

«Als wir geheiratet haben, habe ich dir versprochen, dass nichts unseren Bund zerstören würde», rief Aslak ihr nach. «Jetzt habe ich es besiegelt.»

Nur kurz verlangsamte Runa ihren Schritt, dann eilte sie davon.

«Jetzt wird alles besser werden», sagte Aslak zu den Brombeerbüschen gewandt. «Es wird alles besser werden.» Als er aufsah, war Runa fort.

Das Holz unter Helgas Händen war rau, und ihre Arme schmerzten. Sie hatte es nicht geschafft, bequem an die Rückseite von Karls Lager zu gelangen, um den blutgetränkten Brettern wirkungsvoll zu Leibe zu rücken, die Flecken widerstanden stur ihren größten Bemühungen. Immerhin erlaubte die Arbeit ihr, den Gedanken freien Lauf zu lassen.

Wenn sie an Karl dachte, sah sie als Erstes seine Wut: die Raserei eines tollwütigen Hundes, der irgendetwas zu beißen finden musste. War er an die falsche Person geraten? Er hatte Jorunn eine blutige Nase verpasst – Grund genug, ihn dafür zu ermorden? Er hatte Bjorn beleidigt und Sigmar bedroht. Und dann war da noch die Art, wie er Helga angesehen hatte. Selbst mitten im Sommer und obwohl sie wusste, dass er tot war, lief ihr ein eisiger Schauer über den Rücken. Hatte er noch jemand anders so angesehen? Eine der Ehefrauen?

«Sie kommen zurück.» Einars Kopf verschwand so schnell wieder aus der Tür, wie er aufgetaucht war.

«Das hat uns das Ganze überhaupt erst eingebrockt», murmelte sie. Sie lehnte sich zurück und wrang den Lappen über dem Eimer aus. Die Tropfen waren jetzt schon deutlich heller – als sie angefangen hatte, waren sie noch dunkelrot gewesen. Das war immerhin ein gewisser Fortschritt. Ächzend und mit schmerzenden Knien stand sie auf und wandte sich ab.

Ein Bild kam ihr in den Sinn, mit einer solchen Wucht trat es ihr vor Augen, dass ihre Knie wieder nachgaben.

Der Anhänger.

Der verflixte Anhänger.

Als Karl mit Bjorn gekämpft hatte, hatte er etwas unter sein Hemd geschoben. Und als er später darauf bestanden hatte, ihr beim Wegräumen des Geschirrs zu helfen, hatte sich das Licht darin gespiegelt: Es war silbern, ein Thorshammer.

Helga taumelte auf die Tür zu, das Atmen fiel ihr mit einem Mal schwer. Ihr Gedanke fühlte sich wichtig an.

Draußen war Karls Leichnam aufgebahrt und mit einem von Hildigunnurs Tüchern bedeckt. Die Dogge saß an seiner Seite, ließ den Kopf hängen und sah elend aus. Hinten vom Feuerholzschuppen konnte Helga Stimmen hören – Bjorn und Jorunn? Sie musste jetzt nachsehen, aber schnell.

Als sie sich neben den Leichnam kniete, hob der Hund ruckartig den Kopf und knurrte sie halbherzig an.

«Schhh», flüsterte sie. «Ist schon gut.» Sie zog rasch das Tuch beiseite bis zu Karls bleichem Gesicht, bis zum Hals – nicht weiter.

«Was machst du da?» Hildigunnur stand hinter ihr.

Helga erstarrte. «Ich ... Äh ...» Sie blickte über ihre Schulter und kniff die Augen zusammen, die Sonne blendete sie. «Ich musste etwas überprüfen.»

«Warum?»

«Weil er einen Anhänger trug. Jetzt ist er nicht mehr da.»

Mit der Sonne im Rücken wurde Hildigunnur zu einem dunklen Schemen. «Verstehe.» Dann zischte sie: «Steh auf, schnell. Sie kommen.»

Helga erhob sich, sie fühlte sich unbehaglich. Hatte sie etwas Wichtiges entdeckt? Hatte sie etwas Falsches getan? Ihre Mutter ließ sich nichts anmerken, teilte sich ihr nicht mit, was ungewöhnlich für sie war. *Was denkt sie überhaupt über all das hier?* Helga wusste es nicht. Ihre Mutter war erst schockiert gewesen, dann wütend … doch warum? Im Moment hielt Helga es ebenso für möglich, dass Hildigunnur wütend auf Karl war, weil er die Frechheit besessen hatte, ohne Erlaubnis auf ihrem Hof zu sterben.

Als Helga über das Tor hinwegblickte, sah sie drei Steinwürfe entfernt Aslak und Runa zurückkommen. Selbst aus dieser Entfernung konnte sie es erkennen: Was immer auch zwischen den beiden vorging, es war noch schlimmer geworden.

«Mit diesen Schultern könnte sie Felsen zertrümmern, so angespannt und verhärtet, wie sie sind», murmelte ihre Mutter, als sie zu Runa hinübersah.

Helga konnte ihr Lachen nur mühsam unterdrücken, denn zum Teil drückte Hildigunnurs genaue Beobachtung ihre eigenen Gedanken aus, zum Teil war sie auch einfach nur erleichtert darüber, dass ihre Mutter wieder ganz die Alte war. «Wie geht es Agla?»

«Sie war nie besonders stark, aber ich denke, sie wird sich wieder erholen.» Mehr sagte Hildigunnur nicht, Aslak und Runa waren jetzt fast in Hörweite.

Die beiden gesellten sich zu ihnen, und gemeinsam standen sie um den Leichnam, bis weitere Familienmitglieder dazukamen. Und mit jedem, der ihren Kreis erweiterte, legte sich die Stille schwerer auf sie, wie Schnee auf ein Dach, bis Helga den Druck förmlich auf der Brust spürte. Niemand sagte ein Wort; niemand sah irgendwo anders hin als zu Boden.

Erst als sie alle versammelt waren, tauchte Unnthor auf, Jaki und Einar an seiner Seite. «Wir haben die Stelle abgesteckt», brummte er. «Wir haben die notwendigen Vorbereitungen getroffen. Die Götter sind alles andere als erfreut.»

Die Götter sind selten über irgendetwas erfreut, dachte Helga, aber sie behielt es für sich. Unnthor drehte sich um und schritt davon. Wie eine Schafherde folgten sie ihm. Niemand sprach, alle richteten den Blick auf das breite Kreuz des Bauern von Flussfeste vor ihnen. Jaki und Einar lösten sich wortlos aus der Prozession und gingen zum Geräteschuppen, um Schaufeln und Hacken zu holen. Auf einen kurzen, harschen Befehl hin scherte Bjorn zum Feuerholzschuppen aus und kam mit einem Arm voller Holz zurück.

Helga bemerkte irgendwann, dass sie neben Gytha lief. Deren Gesicht war immer noch blass, und sie wirkte müde und erschöpft. Helga überkamen Zweifel – vielleicht sogar Angst –, einen kurzen Moment nur, dann hallte Hildigunnurs Stimme in ihrem Kopf wider: *Sei nicht dumm, Mädchen. Du weißt, was zu tun ist.* Sie legte ihren Arm um Gythas schmale Schultern. Ein zurückgehaltener Schluchzer war die Antwort, Gytha zitterte und klammerte sich an Helga, krallte sich mit festem Griff in ihr Hemd. In dieser unbeholfenen Umarmung gingen sie gemeinsam den anderen hinterher, und Helga murmelte dem zitternden Mädchen tröstende Worte zu. Sie betrachtete ihre Familie, während sie alle mit gesenkten Köpfen zur Grabstätte schlurften wie die Lämmer zur Schlachtbank. Fast instinktiv berührte sie die Rune an ihrem Hals.

Ein Bild flackerte vor ihren Augen auf: der zwinkernde und lächelnde Alte auf der Wiese. Sie hörte seine Worte, er flüsterte, seine Stimme war kräftiger, als sein Alter vermuten ließ. *Die Rune Nauth*, zischelte der Wind ihr zu. *Sie wird dir alles darüber erzählen, welches Verlangen, welche Wünsche und Bedürfnisse euch alle durchströmen.*

«Einen Versuch wär's wert», murmelte Helga.

«Was?» Gytha klang schlaftrunken.

«Nichts», sagte Helga, «gar nichts. Schau.» Sie zeigte mit dem Finger geradeaus. «Wir sind fast da.»

KAPITEL 11

SCHULDIG

Helga saß inmitten ihrer großen Familie, doch trotz aller Gemeinschaft fühlte sie sich gänzlich allein. Schaufeln stießen im Takt in die Erde und schnitten die Grasnarbe auf – *wie eine Klinge die Haut.* Sie atmete tief ein und versuchte, sich zu erinnern: Der Geruch von Gras hatte sie immer glücklich gemacht. Von den monotonen Bewegungen eingelullt, hätte sie ihren Gedanken gern freien Lauf gelassen, doch in der Gegenwart ihrer Familie erwies sich das als schwierig. Zu ihrer Linken arbeitete Bjorn mit gleichmäßiger Geschwindigkeit, seine Schultern hoben und senkten sich bei Spatenstichen, die mit Leichtigkeit einem Mann den Kopf abtrennen konnten. Er schaufelte haufenweise Erde an den Rand, tiefer und tiefer wurde die Grube, die wie ein Langschiff geformt war. Runa und Thyri saßen an der Seite und verflochten Rinde, mit der das Boot vertäfelt werden sollte. Die ganze Familie um sie herum arbeitete daran, Karls letzte Ruhestätte herzurichten. Sobald eine Aufgabe erledigt war, erteilte Hildigunnur auch schon neue Befehle. Sie wurde nie laut, doch gab es keine auch noch so kurze Atempause.

«Mach schon, Helga. Los.»

Helga blinzelte, als sie die Stimme ihrer Mutter hörte, und fuhr fort, die rauen Seile zu verspinnen. Sie malte sich aus, wie sie aussehen würden, sobald sie um gekrümmte und gebogene Äste gebunden waren und einen mit Rinde verkleideten Käfig zusammenhielten, der eine Hülle bilden sollte, wie Hildigunnur sie beschrieben hatte. Sie stellte sich die Hülle umgekehrt über Karls Leichnam auf dem Deck des Schiffs vor, wo sie ihn vor der herabregnenden Erde schützen würde und ihn darauf vorbereitete, in die Welt der Toten überzusegeln. Da er nicht im Kampf gefallen war, würde er nicht in Walhall einziehen, aber Unnthor hatte beschlossen, dass sein Sohn wie ein reicher Mann und Landbesitzer begraben werden sollte, auf dem Gebetsfeld, in Sichtweite des Steintischs und der Eiche, und deshalb wurde es so gemacht. Helga warf einen verstohlenen Blick dort hinüber und schauderte. Sie hatte ihren Vater nur einige Male eine Zeremonie leiten sehen, aber neben dem Stein und der Eiche sah selbst er seltsam machtlos und menschlich aus. Sogar jetzt, an einem schönen Sommernachmittag wie diesem, ging etwas Bedrohliches von ihnen aus, wie von übellaunigen Bullen.

Die Götter scheren sich nicht um uns. Sie sah den Baum an, und eine schreckliche Gewissheit erfüllte sie. *Wir sind die Sommerbrise und das Sonnenlicht. Sie sind der Baum und der Stein.*

Die Grube war jetzt so tief, dass sie Bjorn bis zur Hälfte seines Oberschenkels reichte. Hinter Bjorn drückte Aslak die Seiten mit einem breiten Brett fest, um die Innenwände zu stärken, damit sie den Wellen der See jenseits dieser Welt standhielten.

Dank der Arbeit von Bjorn und Aslak nahm die Grube vor Helgas Augen Gestalt an. Als die Wandverkleidungen aus Rinde fertig gewoben waren, sprang Jorunn ins Grab und legte sie in der unverwechselbaren Form eines Langschiffs aus. Über ihnen allen stand Unnthor als schweigender Aufseher, mit der Hand auf dem Griff seiner Axt. Reglos und ohne zu blinzeln, starrte er sie an. Er wartete nur darauf, dass jemand sich vor seinen Pflichten drückte.

Doch das tat niemand.

Als die Sonne sich dem Horizont entgegenzuneigen begann, war das Schiff fertig.

Die Zeit war gekommen, Karl zu Grabe zu tragen.

Hildigunnur gab Bjorn und Sigmar ein Zeichen. Und während der Rest der Familie auf ihr Werk hinabschaute, griffen die beiden Männer die Decke unter Karls Leichnam, hoben ihn hoch und gingen mit ihm auf das Heck des Schiffs zu, wo die Grube flacher war. Sie schritten vorsichtig und ohne Eile bis zur Mitte des Grabs und ließen den Leichnam sanft auf die Rinde am Schiffsboden hinab.

Gytha stand schweigend neben Helga, während der Leichnam ihres Vaters behutsam aufgebahrt wurde – dann schluckte sie, als versuchte sie, ihren Kummer zu ersticken. Als sie zu schluchzen begann, nahm Helga das zitternde Mädchen unbeholfen in den Arm. Zum Dank drückte Gytha sie mit knochenbrechender Kraft an sich.

Unnthor stieg ins Schiff hinab und stellte sich vor Karls Kopf. «Die Götter werden meinen Sohn als das sehen, was er war», sagte er mit einem Grollen in der Stimme, und alles um sie herum wurde still. Das waren die Worte, die gesprochen werden mussten, und es war wichtig, dass sie recht gesprochen wurden. Helga wusste nicht genau, wie sie klingen würden, wenn sie unrecht gesprochen wurden – sie hatte ihrem

Vater immer geglaubt. Wenn sie jetzt jedoch auf den Mann zu ihren Füßen hinabblickte ...

«Karl war ein Wikinger, er war seinem Land und den Göttern treu. Er zog umher, er kämpfte, und er beugte vor keinem Mann das Knie.» Geballte Fäuste und geschürzte Lippen ringsum. Bjorns gewaltiger Brustkorb hob und senkte sich wie bei einem überarbeiteten Pferd. «Es gab nur wenige, die ihm gern entgegengetreten wären, solange er wach und vorbereitet war. Mein Sohn ist als Krieger gestorben; wer immer ihn getötet hat, lebt als ehrloser Feigling.»

Und steht an seinem Grab, um auf ihn hinabzusehen, dachte Helga. *Man muss schon starke Nerven haben, um das durchzuhalten.* Sie sah sich verstohlen um: Bjorn, Sigmar und Aslak standen da mit versteinerten Mienen. Neben Hildigunnur hatte Agla das Kinn hochgereckt, die Lippen vorgeschoben. Sie sah aus wie eine Steinskulptur. Thyri stand neben ihrem riesenhaften Ehemann, eine Hand auf seinem Arm, und sah mit ängstlichem Blick zu ihm hinauf. *Wovor fürchtet sie sich?* Helga musste sich zusammenreißen, um nicht die Stirn zu runzeln. Runa starrte konzentriert zu Jorunn hinüber, als versuchte sie, deren Blick allein mit der Kraft ihres Willens auf sich zu ziehen. *Sie hat sich noch weiter von Aslak entfernt*, bemerkte Helga. *Warum? Was ist zwischen ihnen vorgefallen?*

Seltsam.

«Mein Sohn soll die Mittel erhalten, sich Einlass zu erkaufen, wohin auch immer er geht», sagte Unnthor. Aus den Falten seiner Tunika holte er einen faustgroßen Beutel hervor und warf ihn ins Grab hinab, wo das Säckchen mit einem dumpfen Klimpern aufschlug. Es war nur ein flüchtiger Blick, den Sigmar und Jorunn wechselten, doch Helga entging er nicht. «Und er soll die Mittel erhalten, sich zu verteidigen», fuhr Unnthor fort und warf Karls Axt hinterher. «Und er soll die Mittel erhalten zu reisen, wohin sein Weg ihn führt.»

Ein Pferd wieherte hinter ihnen. Karls Stute sträubte sich, in die Grube zu steigen, aber sie war gut ausgebildet. Einar führte sie ins Langschiff hinab und flüsterte ihr beruhigende Worte ins Ohr, während er sie neben Karl aufstellte, und dann …

Es geschah so schnell, dass Helga es fast nicht bemerkt hätte.

Unnthors Arm bewegte sich, und plötzlich hatte er das Messer in der Hand. Mit dem Griff zielte er auf den Hinterkopf der Stute – ein dumpfer Schlag, und das Pferd brach zusammen. Einar bot seine ganze Kraft auf und riss an den Zügeln, bis die Stute, die Karl so geschätzt hatte, neben ihm lag. Sie wirkten friedlich zusammen, fast so, als würden sie nur schlafen.

«Und er soll einen treuen Gefährten mitnehmen», sagte Unnthor.

Jaki folgte seinem Sohn in das Schiff hinab und führte Karls Dogge an der Leine. Helga schmeckte Erbrochenes in ihrem Mund und wandte den Blick ab. Sie wusste, was geschehen würde, aber das bedeutete nicht, dass es ihr auch gefiel. Es klang, als ob jemand auf einen Ast trat, und als sie ihre Augen wieder öffnete, lag der Hund an Karls noch freier Seite, sein Kopf war in einem unnatürlichen Winkel verdreht.

Unnthor nickte Jaki und Sigmar zu, und sie hoben den hölzernen Rahmen an, den sie gebaut hatten, damit er Karl auf der nächsten Etappe seiner Reise beherbergte. Sie legten die Hülle über die toten Körper und stiegen aus dem Schiff.

«Fangt an», sagte Hildigunnur. «Schaufelt, aber vorsichtig.»

Gemeinsam machte die Familie sich an die Arbeit. Sie schütteten die Erde, die an den Rändern der Grube aufgehäuft war, zurück ins Grab. Zunächst auf das Holzgerüst, bis nach und nach die Vertäfelungen aus Rinde nicht mehr zu sehen waren und unter den stillen Erdfluten versanken. Dann wurden auch die Holzstreben bedeckt, und ein kleiner Hügel erhob sich über dem Boden.

Als die letzte Handvoll Erde auf Karls Grabhügel fiel, war die Sonne zur Hälfte untergegangen.

Sie alle wussten, dass es vorbei war. Gytha und ihre Mutter hatten keine Tränen mehr, die sie vergießen konnten; und Unnthor hatte keine Worte mehr hinzuzufügen.

«Lasst uns nach Hause gehen und essen», sagte Hildigunnur pragmatisch. «Ich werde nicht noch Gruben für euch alle ausheben.»

Sobald ihre Mutter sprach, bewegte sich auch Helga: Sie musste zur rechten Zeit am rechten Ort sein. Und so eilte Hildigunnur mit entschlossenem Schritt voraus, während Helga ihrer Mutter rasch folgte.

«Bevor du etwas sagst», mahnte Hildigunnur, ohne sie anzusehen, «du wirst mir mit den Töpfen helfen.»

Helga entfuhr ein halb ersticktes Lachen. «Das will ich wohl meinen», sagte sie. «Ich glaube nicht, dass ich schon schnell genug bin, um dir davonzulaufen.»

Da Hildigunnur einen halben Schritt vor ihr lief, war ihr Gesicht kaum zu sehen, dennoch meinte Helga, ein flüchtiges Lächeln erkannt zu haben. «Du machst eine alte Frau glücklich, Tochter. Nun, so glücklich, wie man an einem Tag wie diesem sein kann.»

«Hoffen wir, dass Karl jetzt glücklich gegen alles kämpft, was immer ihm im Jenseits begegnet», sagte Helga.

«Er wird zurückkehren, um uns heimzusuchen», antwortete Hildigunnur, «vor allem, da er überall wieder hinausgeworfen wird. Er bringt doch alle zur Weißglut.»

Nun war es Helga, die lächelte. *Jetzt. Es musste jetzt sein.* «Aber was ich mich gefragt habe – sollte es nicht Runen geben? Um ihm den Weg zu weisen?»

Hildigunnur warf ihr einen Blick zu. «Was weißt du denn von Runen?»

«Nichts», antwortete Helga schnell, dann korrigierte sie sich. «Na ja, ich meine, ich habe Geschichten gehört … Sind die Steine nicht magisch?»

Hildigunnur schnaubte. «Ungefähr so magisch wie mein Arsch. Kratz an einem Stückchen Holz und sieh, was geschieht.»

«Wieso – was kann denn geschehen?»

«Wenn du auf die richtige Art kratzt und weißt, was du willst, dann könnte wohl tatsächlich etwas geschehen», räumte Hildigunnur ein. Dann grinste sie. «Vielleicht kommt dann ein riesiger Bulle von einem Mann in dein Haus, schlägt deinem Vater mit einem Schenkelknochen auf den Kopf und entführt dich zu einem Leben fröhlicher Paarung und lästiger Kinder.»

«Mutter!», rief Helga unter Hildigunnurs Gelächter. «Willst du damit sagen, du hast ihn verhext …?» Sie starrte zu ihrem Vater hinüber, der ein Stück hinter ihnen schritt. Als sie sich wieder umdrehte, warf Hildigunnur ihr einen Blick zu, der deutlich sagte: *Verrate ich nicht.* In ihren Augen lag ein Funkeln, doch Helga konnte nicht umhin zu bemerken, dass sich ihr Mund zu einem ernsten Strich geformt hatte.

Zurück im Langhaus stellte sich eine unbehagliche Stille ein, die nur gelegentlich aus der Ecke, in der Hildigunnur und Thyri sich um die Kochtöpfe kümmerten, von einer gemurmelten Bitte oder dem Messerklappern auf Holz unterbrochen wurde. Helga gab sich alle Mühe, mit ihnen mitzuhalten, aber die zwei Frauen arbeiteten mit einer erstaunlichen Geschwindigkeit, und ganz gleich, wie schnell Helga das Wurzelgemüse schälte und Fleischstückchen weiterreichte, immer warteten schon ungeduldige Hände, um danach zu greifen.

«Geh und hol Feuerholz», schimpfte Thyri schließlich. «Du hältst uns nur auf.»

Hildigunnur sagte nichts.

Gekränkt stapfte Helga auf die Seitentür zu, vorbei an Sigmar, der neben Unnthor saß und mit gedämpfter Stimme sprach. Volund saß allein für sich mit dem Rücken zur Wand und hatte seine Hände in den Schoß gelegt; er wirkte unglücklich, während er den Blick ziellos im Raum umherschweifen ließ. Die Einzigen, die sich von der Stimmung nicht stören ließen, waren Sigrun und Bragi: Sie hockten in der Ecke und spielten ein undurchschaubares Spiel mit drei Knochen und einem Stock.

Als Helga die Tür öffnete, begrüßte sie eine Abendbrise, die ihr über die Wange strich und sie nach draußen lockte. Sie dachte an die aufgebrachten Menschen im Langhaus. *Es fühlt sich gut an, durch eine geschlossene Tür von ihnen getrennt zu sein.* Der Himmel erstreckte sich in alle Richtungen, honiggolden im Westen, violett über ihr und schwarz bis dorthin, wo die Götter wohnten. *Wenn ich ein Vogel wäre*, dachte Helga, *wäre ich jetzt dort oben und würde durch die Farben fliegen, schnell und weit, zu fernen Ländern.* «Und kein Feuerholz holen», fügte sie hinzu.

«Ich werde dir helfen.»

Sie schrie schrill auf. «Aslak! Was machst du hier draußen?», sagte sie schärfer, als sie beabsichtigt hatte.

Der jüngste von Unnthors Nachkommen blickte aus den Schatten zu ihr, ein Umriss vor der tiefschwarzen Dunkelheit. «Ich musste einfach … ein bisschen an die Luft. Es ist, als ob einem eine schwere Last von der Seele fällt, wirklich.» Er trat vor und das Mondlicht fiel auf seine Wangenknochen. *Seine Augen sind so groß*, dachte Helga. Von seinen Brüdern getrennt, alleine und hier draußen, sah Aslak … anders aus. Dünner. Irgendwie ruhelos und gequält. So wie sie sich immer Loki aus den Geschichten vorgestellt hatte.

«Ähm … danke», sagte sie aufgeregt, und ärgerte sich über sich selbst. Denn sie *war* aufgeregt. «Ich kann Hilfe gebrauchen. Du weißt ja, wie Mutter sein kann.»

«Oh, und ob.» Aslak lächelte leicht. Er kam auf sie zu – und Helgas Herz setzte aus, bis er an ihr vorbeigegangen war und sich zum Feuerholzschuppen begab. *Was ist los mit dir, Mädchen? Beweg dich!*

Sie eilte hinter Aslak her und versuchte, das traurige, schöne Gesicht im Mondschein aus ihren Gedanken zu verdrängen.

Als sie zurückkamen, saßen alle um den gedeckten Tisch. Immer wieder wanderten Blicke zu Karls Platz wie die Zunge unvermeidlich zu einer Zahnlücke, aber keiner sagte etwas. Helga rechnete schon damit, dass Runa hasserfüllt zu ihr hinüberstarren würde, aber sie wirkte seltsam gedankenverloren und konnte den Blick nicht von Jorunn abwenden.

«... spielen», murmelte Volund am anderen Ende der Tafel missmutig.

«Nein, du wirst erst essen», sagte Thyri bestimmt.

Der Löffel fuhr in die Schüssel, hob ein großes Stück Rübe bis zu Volunds Mund und verschwand darin mit einem Happen. Gleich darauf schrie der Junge auf, weil er versuchte, das kochend heiße Gemüse zu essen, es aber gleichzeitig nicht schlucken mochte. «Nngh!» Er spuckte das Essen zurück in die Schüssel.

Bjorn drehte sich um und funkelte seine Frau böse an. «Schick den Jungen in seine Ecke», sagte er.

«Er sollte jetzt essen, sonst ...»

«Er wird nicht essen», erwiderte Bjorn voll Überdruss. «Und niemand will das sehen. Er frisst wie ein Schwein.»

Helga sah zu Volund, aber anscheinend hatte er die Beleidigung gar nicht wahrgenommen. Thyri hütete sich davor zu protestieren und schickte den Jungen zum Spielen. Er schlurfte zurück in seine Ecke, kniete sich hin und kroch zwischen den Schlaflagern herum. Bjorn blickte ihm mit einem müden, gequälten Gesichtsausdruck nach.

«Auf dem Weg hierher haben wir Geschichten gehört», sagte Sigmar.

Jorunn verzog den Mund. «Sigmar, nicht.»

«Was denn? Wir sollten es ihnen sagen.»

«Uns was sagen?», knurrte Unnthor vom Kopfende des Tisches. Verunsichert durch den drohenden Tonfall ihres Großvaters, sprangen Bragi und Sigrun vom Schoß ihrer Mutter auf und liefen so schnell davon, wie ihre sechsjährigen Beine sie tragen konnten.

«Wir haben Geschichten gehört, dass Karl Geldschulden hatte», brachte Jorunn zwischen zusammengebissenen Zähnen hervor. «Und zwar eine ganze Menge. Genug, um jemanden auf ihn anzusetzen.» Sie sah ihren Vater an. «Jemanden, der sein Handwerk versteht.»

«Er hätte den Hunden nur ein gutes Stück Fleisch zuwerfen müssen, um sie von ihm abzulenken», fügte Sigmar hinzu.

«Und warum habt ihr uns das nicht heute Morgen schon gesagt?»

Jorunn blickte ihrem Vater ins Gesicht und sprach mit sanfter Stimme. «Es hätte uns äußerst schuldig klingen lassen, darum. Und wenn es seinem Gläubiger ernst genug war, um jemanden anzuheuern, der in den Schatten wandelt, dann hätten wir ihn ohnehin niemals erwischt.»

Unnthor runzelte die Stirn, erwiderte jedoch nichts.

«Wie glaubwürdig ist dieses Gerücht?», fragte Hildigunnur.

«Oh, äußerst glaubwürdig», sagte Sigmar. «Wir kaufen und verkaufen. Die Leute reißen sich danach, uns etwas Wahres zu erzählen, damit wir wiederkommen.»

Unnthor starrte erst ihn, dann die anderen am Tisch an. Nach einer Weile sagte er langsam: «Es wäre schon möglich, schätze ich. Es gab ...»

Der Schmerzensschrei setzte fast augenblicklich nach dem dumpfen Schlag ein, es folgte wütendes Gebrüll, und ein Stimmchen rief: «Maaaa-maaaa!»

Alle am Tisch fuhren herum. Bragi lag schluchzend am Boden, seine Schwester rannte auf Runa zu. Volund stand über dem Jungen, und seine Faust hielt etwas umschlossen. Anstelle von Worten entfuhr seiner Kehle ein lauter Klagelaut, der an eine berstende Eiche erinnerte.

Thyri sprang auf und stürzte zu ihm. «Volund! Was machst du denn?»

Der Junge drehte sich um und sah seine Mutter auf sich zukommen; ein fleischiger Arm schoss vor und schubste sie so heftig zurück, dass sie ins Taumeln geriet. Mit einem Wutschrei sprang Bjorn auf und ging auf den Jungen los, doch als er nach dessen Arm ergriff, begann Volund, sich gegen seinen Vater zu wehren. Er schrie aus vollem Hals immer und immer wieder: «Meins! Meins!»

«Ich wollte es bloß sehen», heulte Bragi und klammerte sich an den Rock seiner Mutter. «Und er ist ein Fiesling! Er hat mich geschlagen!»

«Ich weiß, mein Liebling», tröstete Runa das Kind. «Wir reden später darüber, ja?»

«Bring ihn raus! Sofort!», rief Hildigunnur über den Lärm hinweg, und Bjorn warf ihr einen finsteren Blick zu.

Ein Tobsuchtsanfall hatte den Jungen ergriffen. Er heulte und strampelte in den Armen seines Vaters, bis Bjorn missmutig knurrte und seinem Sohn einen Ellbogen gegen das Brustbein rammte. Volund krümmte sich und röchelte vor Schmerzen.

Etwas Silbernes in seiner Hand spiegelte das Licht.

«Mörder!» Aglas Schrei war mindestens so laut wie Volunds, jedoch viel schriller.

Helga erkannte sie im ersten Moment kaum wieder: Ihr Gesicht war vor Wut gerötet, sie hatte die Augen weit aufgerissen und blähte ihre Nasenlöcher. Sie sah aus, als käme sie direkt aus Trollheim. Sie hatte einen knochendürren Finger ausgestreckt, so weit es ging, und zeigte damit auf Volund.

«Mörder!», kreischte sie noch einmal, und Gytha erhob sich mit zusammengekniffenen Augen.

In Volunds Hand baumelte Karls Amulett: der silberne Thorshammer.

«Gib das her!» Gytha stürmte auf ihn los.

«Meins!», brüllte Volund erneut und zog seine Hand zurück. Gytha schoss auf den baumelnden Anhänger zu und bekam dafür Volunds Knie in den Bauch.

Bjorn rang seinen Sohn nieder und zog den jaulenden, um sich schlagenden Jungen auf die Tür zu. «Meins!», schrie Volund voller Verzweiflung. *«Meins!»* Bjorn stieß die Tür mit dem Ellbogen auf und schob Volund nach draußen.

Sobald sich die Tür wieder schloss, griff Agla Thyri an. «Du!», schrie sie. «Du schuldest uns Wergeld für deinen schwachsinnigen Sohn! Er hat meinen Ehemann *ermordet*!»

«Halt den Mund, du zänkisches Pferdegesicht!», fauchte Thyri, die sich von Aglas Raserei nicht einschüchtern ließ. «Du hast keine Ahnung, wovon du redest. Volund wäre gar nicht fähig, irgend*etwas* zu töten – er kann ja nicht mal ein Messer richtig halten!»

«Er hat es getan! *Er hat es getan!*» Gytha war ebenso wutentbrannt und schrie so schrill wie ihre Mutter.

Helga bemerkte, dass zur gleichen Zeit auf der anderen Tischseite auch eine Art Zwiegespräch stattfand – stumm, aber eindringlich. Runa starrte immer noch zu Jorunn, fast flehend, sie schien irgendetwas von Jorunn zu erbitten – Aufmerksamkeit? Aber ohne Erfolg.

«Hildigunnur!», beschwor Agla die alte Frau. «Du hast den Jungen doch gesehen – er hat Wut in sich! Er ist gefährlich!» Ihr Gesicht war schmerzverzerrt.

«Wir werden unter meinem Dach nicht über Schuld urteilen, bis wir restlos überzeugt sind.» Hildigunnurs eisige Stimme hätte einen See zufrieren lassen können. «Ich habe kein Messer gesehen. Ich habe kein Blut gesehen. Der Junge könnte das Amulett auf dem Boden gefunden haben. Und dann musst du dir diese Frage stellen – könnte er einen Mord geplant haben? Vielleicht ist er wirklich harmlos, wie seine Mutter es sagt.» Sie warf Thyri einen Blick zu und wies mit einem Nicken zur Tür, was einer Anweisung gleichkam: Geh und kümmere dich um deine Familie.

Eine Erinnerung blitzte vor Helgas geistigem Auge auf: Volund, der eine Axt in der Hand hielt und dabei genau wie sein Vater aussah.

Ich würde dir den Schädel einschlagen.

Unfähig, jemandem weh zu tun? Selbst Bjorn hatte Schwierigkeiten gehabt, die wilde Kraft seines Sohnes zu bändigen. Sicher wollte er niemandem weh tun – aber war er wirklich nicht dazu fähig?

Agla setzte sich wieder, doch sie wirkte immer noch wie

eine Wölfin kurz vor ihrem Angriff. Nach einem Moment der Stille fragte sie: «Wie kannst du es wissen, Thyri? Wie kannst du es wissen?»

Thyri blieb auf halbem Weg zur Tür stehen. Sie drehte sich um und sah Agla direkt ins Gesicht. «Ich bin seine Mutter. Es ist nicht einfach mit ihm, und er ist nicht ohne Fehler, aber er ist mein Sohn.» Sie sprach ruhig und mit Nachdruck. «Mein Mann hat mir gesagt, das hier» – sie wies auf die stummen Gäste, die um den Tisch saßen, und dann zum Dach des Langhauses – «ist Familie, und Familie ist das Wichtigste.» Es schien, als wollte sie noch etwas sagen, aber sie unterließ es.

Als sie sich erneut der Tür zuwandte, öffnete sich diese und Bjorn kam herein, Volund im Schlepptau.

Agla wollte etwas sagen, aber Hildigunnurs scharfer Blick brachte sie zum Schweigen.

«Er ist jetzt ruhig», sagte Bjorn. «Und ich weiß, was du denkst, Agla. Du denkst, er war es. Aber ich kann dir versichern, mein Sohn ist kein Mörder. Er muss den Anhänger gefunden haben.» Er sah ihr in die Augen.

«Wie kannst du das wissen?», blaffte Gytha.

Bjorn klang müde und traurig, als er antwortete. «Weil die Schnitte sauber und sorgfältig platziert waren. Sie wurden von jemandem durchgeführt, der mit einem Messer gut umzugehen weiß.» Er rieb sich den linken Arm und verzog das Gesicht, bevor er mit geduldiger und beruhigender Stimme fortfuhr. «Mein Junge ist stark, da darf man sich nicht täuschen. Aber wenn er es getan hätte, dann wäre nur noch wenig von meinem Bruder zu erkennen. Er kann gerade eben begreifen, wo der Griff am Messer ist, aber auch nur wenn man es ihm jedes Mal aufs Neue zeigt.»

Überraschenderweise schien Agla zu verstehen. «Es wäre möglich, dass er es gefunden hat», murrte sie. «Vielleicht.» Sie setzte sich wieder, bedachte jedoch jeden mit einem misstrauischen Blick, bis Hildigunnur, die sie ununterbrochen anstarrte, ihre Aufmerksamkeit auf sich lenken konnte. Die alte Frau lächelte der Witwe mitfühlend zu, Agla senkte den Kopf und schniefte laut.

«Ich weiß, es ist noch früh», sagte Hildigunnur, «aber ich denke, wir sollten uns alle etwas ausruhen und eine Nacht darüber schlafen.»

«Weise Worte, Mutter», brummte Bjorn.

Unnthor erhob sich stumm, seine Miene war noch immer unbeweglich und voller Zorn. Er sah die versammelte Familie finster an. Sofort gehorchten sie alle und verließen nach und nach den Tisch. Zu Helgas Linken war es Runa in der Zwischenzeit gelungen, sich Jorunn zu nähern, und ihr Gesicht drückte etwas aus, das Helga nicht deuten konnte. Unbehagen? Betteln? … Angst? Neugierig schob sich Helga näher an Aslaks Ehefrau heran.

«Kann ich dich kurz sprechen, Schwester?», fragte Runa.

Jorunn sah sie an. «Warum?»

«Ich … ich …»

«Wir sollten schlafen gehen, meine liebe Frau», sagte Aslak, der plötzlich hinter Runa stand. Helga sah, wie Runa erstarrte. «Ich glaube nicht, dass meine Schwester gerade Lust auf einen Schwatz hat», fügte er ruhig hinzu.

Jorunn musterte ihn mit einer Mischung aus Neugierde

und Verärgerung. «Was immer du sagst, Bruderherz.» Aslak schenkte ihr ein Lächeln, während er Runa am Ellbogen ergriff und sie in ihren Bereich führte.

Helga sah sich um. Sigmar und Jorunn hatten sich bereits niedergelegt. Sie konnte gerade noch Aglas und Gythas Umrisse erkennen, die Heu und Decken in der Nähe des Feuers aufschichteten, weit weg von Karls Sterbelager. Runa widmete ihren Kindern ungewöhnlich viel Aufmerksamkeit. Am anderen Ende der Halle hatte Hildigunnur Unnthor, Jaki und Einar zu einer gedämpften Unterhaltung in einen engen Kreis zusammengezogen.

Doch für Helga spielte all das keine Rolle; etwas anderes beschäftigte sie und machte ihr zu schaffen, etwas passte nicht.

Sie berührte das Lederband um ihren Hals, fuhr mit ihren Fingern über das raue Material bis zum Stein in der Mitte und zeichnete die Konturen der Rune mit dem Daumen nach. Halberinnerte Worte entzogen sich ihr wieder, wenn sie sie zu fassen versuchte.

Kratz an einem Stückchen Holz und sieh, was passiert.

Es war einen Versuch wert.

Helga wartete und lauschte und wartete noch ein bisschen, bis sie schon glaubte, dass die Zeit angehalten hatte und die Sonne nie wieder aufgehen würde – dann jedoch fühlte sie es: die ganz besondere Stille im Langhaus, das fast unmerkliche Geräusch gleichmäßiger Atmung. Sie schob sich langsam auf den Rand ihres Schlafplatzes zu. *Ich bin verschlafen*, sagte sie sich, ohne auch nur eine Sekunde daran zu glauben. *Ich bin gerade aufgewacht – nein, ich kann nicht schlafen.* Sie wiederholte den Gedanken, bis ihr Gesicht sich der Lüge angepasst hatte. Dann erhob sie sich, so leise sie konnte, von ihrem Lager.

Weich strahlte das Licht von den Kerzen oben am Gebälk herab. Einar saß an der Tür und wirkte äußerst gelangweilt. Er winkte ihr zu. Gut. Sie winkte zurück, während sie sich Mühe gab, in einem möglichst schläfrigen Gang auf seinen Stuhl zuzutappen. Als sie am Tisch vorbeikam, griff sie nach einem Krug Wasser.

«Na», flüsterte er.

«Na», flüsterte sie zurück und stellte sich neben ihn. «Willst du etwas trinken?» Sie reichte ihm den Krug, und er nahm einen tiefen Schluck, dann noch einen. «Macht wohl ganz schön durstig, Mördern aufzulauern.»

So weit vom Kerzenlicht entfernt war sein Gesicht nur schwer zu erkennen. Mund und Nase zeichneten sich vor dem weichen Lichtschein ab, doch seine Augen konnte sie nicht sehen. Er musste den scherzenden Ton in ihrer Stimme gehört haben, aber selbst im Halbdunkel konnte sie spüren, wie er sie anfunkelte. «Halt bloß den Mund. Mir ist sterbenslangweilig, aber ich muss das hier tun – wahrscheinlich, damit Hildigunnur schlafen kann. Ich glaube, sie hat richtig Angst.»

Helga schnaubte verächtlich. «Sie? Hier? Nein – auf keinen Fall. Sie hat *niemals* Angst.»

«Vielleicht auch nicht. Aber ich muss trotzdem die halbe Nacht wach bleiben.»

«Vielleicht ist das gar nicht so schlecht.»

«Wie meinst du das?»

«Ich hätte nichts dagegen, wach zu sein, ohne die anderen

ständig um mich rum zu haben.» Sie legte ein Lächeln in ihre Stimme.

«Da hast du gar nicht mal so unrecht.» Einar seufzte.

Jetzt. Es musste jetzt sein.

«Du hast immer noch Gefühle für sie, oder?»

Sie hörte ihn in der Dunkelheit scharf einatmen. Als er wieder sprach, klang seine Stimme barsch. «Wovon redest du überhaupt?»

Sie berührte seinen Arm und es kam ihr vor, als müsste er sich beherrschen, um nicht zurückzuschrecken. «Wie du sie angesehen hast», flüsterte sie.

«Na und? Ist eben immer was los hier im Haus. Da kann man schlecht wegsehen.»

«Wie lange gehört ihr schon dein Herz?»

Stille. Dann kam es noch leiser aus Einars Richtung: «Viele Sommer. Seit ich ein Junge war.» Helga hatte Hildigunnur nun schon so lange dabei zugesehen, wie sie anderen die Wahrheit entlockte. Es spielte keine Rolle, wie aufgebracht oder verärgert sie waren; wenn es etwas in ihnen gab, das herauswollte, dann konnten sie selten der Versuchung widerstehen, eine Stille mit Worten zu füllen. Und tatsächlich fuhr Einar fort: «Sie war stets gut zu mir. Als wir Kinder waren, hat sie Karl und Bjorn immer davon abgehalten, mich zu schlimm zu verprügeln. Und dann habe ich sie allmählich ... anders wahrgenommen.»

Helga biss sich auf die Wange und schluckte die Worte hinunter, die ihr auf der Zunge lagen. Stattdessen hielt sie weiter Einars Arm. «Und dann?»

«Sie ist erwachsen geworden, schneller als ich – und jetzt

ist sie eine erfolgreiche Frau mit einem guten Ruf und verheiratet mit einem lächerlichen, verweichlichten Schweden ohne Rückgrat.»

Helga dachte an ihre Beobachtungen über Sigmar und musste zugeben, dass sie Einars Einschätzung nicht teilte. Aber offenbar sah das Herz manchmal Dinge, die den Augen verborgen blieben, also beschloss sie, auf ihn einzugehen.

«Wieso ohne Rückgrat?», fragte sie.

«Weil er nicht für sie gekämpft hat, als Karl …» Einar verstummte. Als er erneut ansetzte, war alle Leidenschaft aus seiner Stimme gewichen, er hatte seinen Schutzwall wieder errichtet. «Er scheint mir kein Mann mit Ehre oder Respekt zu sein.»

Aus einem plötzlichen Impuls heraus nahm Helga ihren älteren Nicht-ganz-Halbbruder in den Arm. *Für Worte ist später noch Zeit*, dachte sie. *Jetzt zählt das hier mehr.* Der Körper neben ihr fühlte sich steif an, zäh von der Arbeit auf dem Hof und starr vor Ärger und Zurückhaltung, aber sie hielt ihn weiter fest, bis Einar sich schließlich entspannte, sein Widerstand in ihren Armen schmolz und er ihre Umarmung erwiderte.

«Danke», flüsterte er nach einer Weile.

«Du bist ein Idiot», flüsterte sie zurück. «Aber du bist mein Idiot, und das will schon etwas heißen. Wenn du rausgehen willst, ein bisschen Luft schnappen, dann pass ich so lange auf die schlafenden Wölfe auf.»

Einar erhob sich stumm, legte ihr eine Hand auf die Schulter und drückte sie leicht zum Dank, dann verschwand er wie ein Schatten durch die Tür.

Sobald sich die Tür hinter ihm geschlossen hatte, wurde

Helga aktiv. *Nur keine Zeit verlieren.* Sie sah sich um, ließ ihren Blick über die Küchentische schweifen. Nichts. Die Tafel. Auch da nichts. Ihr Herz pochte in ihrer Brust, sie wartete nur darauf, dass einer der Männer plötzlich erwachte. *Da!* Ein Werkmesser lag unter Einars Decke, mit einer kurzen, dicken Klinge. Es war nicht ideal, aber es musste jetzt reichen. Sie bückte sich und nahm das Messer in die Hand. Einen Moment lang war sie fasziniert davon, wie das Metall den Lichtschein brach. Doch dann riss die innere Stimme, die ganz nach Hildigunnur klang, sie aus der Starre: *Und wenn sie dich in der Nacht mit einer Klinge in der Hand erwischen? Was dann?*

Mit heißen Wangen stand Helga auf und ließ das Messer in ihrer Hand verschwinden. Dann schob sie sich langsam, aber stetigen Schritts voran und achtete darauf, dass sie nicht versehentlich auf etwas trat oder mit etwas zusammenstieß. Sie wollte keinen Lärm verursachen. Wenn jemand sie zur Rede stellte, würde sie einfach sagen, dass sie auf dem Weg zurück zu ihrem Schlafplatz sei und Einar gleich wiederkommen würde.

Hier.

Runas Schlafstätte.

Helga kniete sich nieder und tastete mit zittrigen Fingern nach ihrem Runenstein am Hals. Sie konnte die Form der Rune mit den Fingerspitzen nachzeichnen, und sie konnte den Atem der schlafenden Frau riechen, eine Handbreit von ihr entfernt. Sie holte die Klinge hervor und …

«Mami?» Eine leise, vom Schlaf benebelte Stimme.

Helga hielt den Atem an und versuchte, sich so klein wie möglich zu machen. Der Körper neben ihr drehte sich mit der

Langsamkeit eines Menschen, der noch nicht ganz wach war. Ein gemurmelter Satz, der wie Singsang klang.

Einar wird jeden Moment zurückkommen. Und dann findet er mich vor Aslaks Frau kauernd, mit einem Messer in der Hand. Vielleicht wacht ja auch jemand auf – wie soll ich das erklären? Ich bin die Einzige hier, die weder durch Blut noch durch Heirat mit den anderen verbunden ist.

Ihre Gedanken rasten voraus, sie sah Agla, die sie anschrie; Hildigunnur, die ihr ins Gesicht spuckte; Unnthor, ihr Ziehvater, der mit trauriger Miene seine riesige Axt über ihrem Nacken schweben ließ.

Menschen atmen anders, wenn sie schlafen.

Der Gedanke kam ihr blitzartig, kurz bevor sie bemerkte, dass von dem Schlafplatz über ihr nur gleichmäßige Atemzüge zu hören waren.

So schnell sie konnte, zog sie mit dem Messer behutsam eine gerade Linie nach unten über den Holzrahmen, nicht länger als ihr Daumen, dann eine andere diagonal von links nach rechts durch die Mitte. Die Rune Nauth. *Verlangen, Wünsche und Bedürfnisse. Es wird wie ein Kratzer aussehen. Nur ein Kratzer! Beweg dich! Du hast keine Zeit nachzudenken.* Sie zwang sich zu äußerst vorsichtigen Bewegungen, richtete sich auf, ging mit quälend langsamem, gleichmäßigem Schritt durch den Raum und war sorgsam darauf bedacht, dass sie das Messer genau dorthin zurücklegte, wo sie es gefunden hatte.

Sie setzte sich auf Einars Stuhl und konnte gerade dreimal tief durchatmen, bevor sich die Vordertür öffnete und Einar geschickt und leise ins Innere schlüpfte.

«Hat sich jemand geregt?», flüsterte er.

«Nein, es ist nichts passiert.» Helga war froh, dass er ihr Gesicht nicht sehen konnte. Der Geruch von warmen Körpern, Schlaf und Runas Atem hing ihr noch immer in der Nase. «Überhaupt nichts.»

KAPITEL 12

KAMPF

Helga blinzelte.

«Wach auf, Mädchen», sagte Hildigunnur, «du verschläfst ja den ganzen Tag.»

Helga blinzelte noch einmal. Im Langhaus war es kaum heller als noch in der Nacht, doch Hildigunnur stand komplett angezogen neben ihrem Schlafplatz. «Wir haben viel zu tun.»

Helga hütete sich davor, Einwände zu erheben. «Ich bin gleich so weit», wollte sie antworten, doch sie hörte ihren Mund Laute sagen, die eher wie ‹bn glch s'wt› klangen. Kurz darauf spürte sie den rauen Boden unter ihren Füßen. Um sie herum schliefen noch alle. *Wie Wölfe in einer Höhle.* Der Gedanke kam ihr so schnell, wie er auch wieder verschwand.

«Jetzt komm schon.»

«Was machen wir denn?»

«Neue Scheune. Wir müssen dafür sorgen, dass wir auf den Winter vorbereitet sind.»

«Aber ich habe doch schon …»

Hildigunnurs grimmiger Blick ließ Helga verstummen. Sie setzte zu einer Entschuldigung an, aber entschied dann, dass Schweigen klüger wäre.

Die Luft draußen war kühl und legte sich frisch auf ihre

Haut. Das vertraute Lied des Flusses beruhigte sie, während sie ihrer Mutter auf einen zügigen Fußmarsch den Hügel hinauf folgte, weg von Flussfeste. Als sie im Wald waren, spürte sie, wie sie wacher wurde. *Wer hat es getan?* Die Frage hing jäh in der Luft, ein plumpes, hässliches Ding, wie eine Ratte mitten auf dem Weg, die sie selbstgefällig anstarrte. Der Geruch der Kiefern kitzelte Helgas Nase, und sie konnte die raue Morgenluft fast schmecken. Die Sonne würde sich noch eine ganze Weile nicht am Horizont blicken lassen, und die Brise auf ihrer Wange war noch immer erfrischend kühl.

Aber wer?

Gesichter umringten sie, Worte von Menschen, die einander anschrien, und dazwischen Sätze, an die sie sich dunkel erinnerte. Plötzlicher Unmut überkam sie. *Das muss alles geordnet werden.* Helga stellte sich eine unaufgeräumte Kammer vor, in der alle möglichen Dinge auf dem Boden verstreut lagen und nicht in den Regalfächern an der Wand. Sie ritzte Striche an die Regalbretter – ein Strich für Gytha, zwei Striche für Jorunn und drei Striche … Aslak. *Einfach nur so*, sagte sie sich. *Ohne irgendeinen besonderen Grund.* Sie bückte sich und hob ein Kleid vom Boden auf. Ein schönes, meisterhaft gefertigtes Stück, das ein kleines Vermögen gekostet haben musste. Sie faltete es behutsam zusammen und legte es auf Gythas Brett. Will an den königlichen Hof; darf nicht gehen. Herrischer, alles bestimmender Vater. *Wird Grausamkeit im Blut weitergegeben?* Sie dachte an Unnthors vor Wut verzerrtes Gesicht und schauderte. Überlegte, was auch immer Karl auf seinen Raubzügen getan haben mochte … Sie erinnerte sich an Gythas Gesicht, als diese aus dem Langhaus gestürmt war, von Vater und Onkel verhöhnt und mit Mordlust in ihren Augen.

Sie blickte erneut auf den Boden der eingebildeten Kammer. Zu ihren Füßen lag ein brauner Lappen, besprenkelt mit dunkelroten Punkten. Sie befühlte den rauen Stoff mit ihrem Daumen, hob ihn auf, roch daran. Blut: lauter Blutflecken, manche groß, andere klein. Sie rollte den Lappen zusammen und legte ihn vorsichtig auf Jorunns Regalbrett. Ältester Bruder: ein richtiger Bastard. Beleidigt sie, fordert ihren Ehemann heraus, rammt ihr den Ellbogen ins Gesicht. Wie fühlt sich das an? So schlimm, dass man ihn mit ein oder zwei treffenden Beleidigungen verletzen will – vielleicht sogar so schlimm, dass man ihm faule Beeren in den Haferbrei mischt und er Bauchkrämpfe bekommt –, aber dass man ihn tötet? Helga erinnerte sich an das Grinsen auf Jorunns Lippen, als sie ihre Brüder an der Ziellinie erwartet hatte. Karl war in der Erbfolge vor ihr gewesen, und Jorunn war eine schlechte Verliererin.

Hinter ihr knarrte die Tür der Kammer, und Helgas Herzschlag beschleunigte sich. Sie konnte ihn riechen, konnte seine Körperwärme spüren. *Und was ist mit mir?*, flüsterte Aslak ihr von hinten ins Ohr. *Lande ich auch im Regal?*

Ja, flüsterte sie. *Du hast dich in Gegenwart deiner Frau zuletzt seltsam verhalten. Irgendetwas ist vorgefallen, und du hast dich verändert.*

In ihrer Einbildung schlenderte der Bruder an ihr vorbei, drehte sich um und lehnte sich gegen das Regal. *Hab ich das?*

Das Licht um ihn wandelte sich, tauchte sein Gesicht zur Hälfte in Schatten und zeichnete seine feinen Gesichtszüge kräftiger nach. Sie fragte sich, wie sie es zuvor hatte übersehen können: Unter der schönen Haut war der jüngste Bruder eine faszinierende Mischung aus der Unnachgiebigkeit seiner Mutter und der Wut seines Vaters. Helgas Auge zuckte, sie nieste, und allein dieser kurze Moment der Verwirrung reichte aus, um den Zauber zu brechen. Die Kammer verblasste, und mit ihr auch der eingebildete Aslak. Nur der festgetretene Erdboden unter ihren Füßen war geblieben …

Scheune. Sie stand in der neuen Scheune.

«… und wir müssen außerdem das Heu wenden, damit es richtig trocknet», schloss Hildigunnur. Sie drehte sich um, warf Helga einen kritischen Blick zu, und ihre Augen verengten sich. «Was habe ich gerade gesagt?»

«Das Heu», sagte Helga so selbstbewusst wie möglich. «Wir müssen es wenden.» Für alle Fälle fügte sie noch ein kluges, zustimmendes Nicken hinzu.

Hildigunnur ließ sich keinen Moment lang täuschen. «Und was müssen wir tun, bevor wir das Heu wenden, meine allerliebste Tochter?» Ein wölfisches Lächeln umspielte ihre Lippen.

«Ähm …» Etwas anderes fiel Helga zur ihrer Verteidigung nicht ein.

«Du warst meilenweit entfernt», sagte Hildigunnur. «Was geht dir durch den Kopf?»

«Ich weiß nicht», antwortete Helga und war erschrocken, wie schnell ihr die Lüge über die Lippen kam. «Das … was mit Karl passiert ist, schätze ich.»

Kurze Pause. «Es ist in Ordnung, Angst zu haben.» Hildigunnurs Stimme war sanft. «Nur weil ich eine alte Hexe bin und Jorunns Brüder das Gefühl der Angst vor langer Zeit aus ihr herausgeprügelt haben, heißt das nicht, dass du deine Angst verbergen musst. Tatsächlich will sie dir sagen, dass du schlau bist. Abgesehen davon, dass niemand dir das sagen müsste.»

«Danke», murmelte Helga und blickte auf ihre Füße, um die Panik in ihren Augen zu verstecken. «Das habe ich gebraucht.»

Sie spürte, wie eine trockene, warme Fingerspitze sie sanft am Kinn berührte und es anhob. Auch wenn sie gut eine halbe Hand größer war als ihre Mutter, fühlte Helga sich dennoch klein vor ihr.

Kräftige blaue Augen, umgeben von Lachfalten, schauten sie eindringlich an. «Du bist hier in Sicherheit, mein Mädchen. Das verspreche ich dir.»

Ohne es zu wollen und obwohl sie ihrer Mutter ins Gesicht gelogen hatte, verspürte Helga Erleichterung. Sie hatte tatsächlich Angst gehabt, auch wenn sie es sich selbst nicht eingestanden hatte. Sie war sich nur zu bewusst gewesen, dass sie unter demselben Dach schlief wie der Mörder. Und obwohl ihre Mutter dieses Versprechen gar nicht ernsthaft zu geben vermochte, weil sie nicht wissen konnte, wessen Hand das Messer geführt hatte, fühlte Helga sich mit einem Mal schon viel sicherer. Es war wirklich einfach zu tun, was ihre Mutter ihr sagte, und wenn die Anweisung lautete, dass sie sich keine Sorgen machen sollte, dann würde sie sie eben befolgen. Sie nahm sich vor, später – wenn das Heu gewendet war – darüber nachzudenken, warum sie sich eigentlich dagegen entschieden hatte, Hildigunnur ihre tatsächlichen Gedanken mitzuteilen.

Das Gras zu Sigmars Füßen raschelte in der Sommerbrise. Hier oben wuchs es länger und dünner, aber wenn es erst einmal tiefster Winter war, würde es den Tieren kaum etwas ausmachen, woher ihr Futter kam. Was ihnen allerdings etwas ausmachen würde: Wenn es keines gäbe. Er schwang die Sense mit geschmeidigen, gleichmäßigen Bewegungen und sah zu, wie die langen Halme mit einem leisen Flüstern zu Boden fielen. Jorunn ging mit etwa zehn Schritten Abstand langsam hinter ihm her und stopfte den vierten Sack des Vormittags voll. Auch wenn sie gut einen viertel Tagesmarsch vom Bauernhof entfernt waren, sah er sich trotzdem flüchtig um, bevor er sprach. «Was glaubst du, wer es getan hat?»

Die Veränderung in Jorunns Schulterhaltung war kaum merklich, aber ihre Antwort ließ eine Weile auf sich warten. «Spielt das eine Rolle?», fragte sie schließlich.

«Für uns?» Sigmar hob wieder die Sense, die Klinge sauste durchs Grün. «Wahrscheinlich nicht. Wir haben unseren Kurs gesetzt …»

«… und wir ändern ihn nicht.» Jorunns Stimme klang bestimmt. «Wir machen weiter wie geplant.»

Sigmar lächelte, während er die Klinge durch das Gras zog und zusah, wie es sich ihm ergab. «Wie du wünschst, Ehefrau.»

«Halt den Mund und arbeite weiter», erklang die Antwort hinter ihm, doch in ihrem Ton lag ebenfalls ein Lächeln. «Wenn du die Sense schwingst, kommt dein Arsch wunderbar zur Geltung.»

Das Licht der Morgensonne blitzte auf der dünnen, scharfen Klinge, die rhythmisch durch die Halme sauste.

«Kannst du sie dort oben sehen?» Einar spähte durch die Bäume, während er neben dem Pfosten kniete und dessen untere Hälfte festhielt.

«Wen?», ächzte sein Vater und hievte den Vorschlaghammer hoch.

«Jorunn und Sigmar. Wohin sind sie gegangen?»

«Halt ihn gut fest. Unnthor hat sie losgeschickt» – Holz krachte auf Holz –, «um oben am Berg Heu zu machen.»

«Hm.» Einar ging zum nächsten Zaunpfahl. Eine Reihe von ihnen erstreckte sich über mehrere Steinwürfe zurück, alle in gleichem Abstand voneinander eingerammt. «Viel zu holen gibt es dort aber nicht gerade.»

«Es gibt genug», sagte Jaki. «Halt ihn jetzt gut fest.» Einar griff nach dem Pfosten und hatte die Spitze gerade in die Erde gesetzt, als der Hammer auch schon niederfiel. «Und du solltest dich auf die Arbeit konzentrieren», fügte Jaki hinzu. «Kümmer dich nicht darum, wohin die Familie geht oder was sie dort macht. Pass lieber auf, wohin der Hammer fällt.»

Einar brummte, während er sich ins weiche Gras kniete. «Interessiert mich doch gar nicht, was sie machen», sagte er, hob den nächsten Zaunpfahl und setzte ihn mit der Spitze nach unten.

«Gut», antwortete sein Vater. «Das ist nicht deine Sorge. Unnthor benötigt unsere Hilfe. Halt gut fest.» Der Vorschlaghammer krachte auf den Zaunpfahl und wirbelte ihn aus Einars Händen.

«Aua!» Der Pfahl traf Einar in die Seite und fiel dann zu Boden. «Wieso hast du das denn gemacht?» Einar sprang auf und starrte seinen Vater böse an.

«Ich habe gar nichts gemacht», knurrte Jaki. «Du hast nicht darauf geachtet, was du tust. Du hast die Spitze genau auf einen Stein gesetzt. Wenn du dich wirklich auf die Arbeit konzentrieren würdest, dann hättest du das gemerkt.»

«Willst du den nächsten lieber selbst festhalten?»

«Geh heim, Junge», antwortete Jaki. «Geh schnitzen oder sonst was. Ritz ein Liebesgedicht in einen Baum. Mir bist du hier keine Hilfe.»

«Schön», erwiderte Einar. «Dann geh ich eben ein paar von den Werkzeugen reparieren, die ihr alten Säcke ständig kaputt macht.» Aber sein Vater hatte ihm schon den Rücken zugekehrt und sich darangemacht, den Zaunpfahl in den Erdboden zu stecken. «Sturer alter Ochse», murmelte Einar vor sich hin und widerstand nur mit Mühe dem Drang, auf dem Rückweg zum Hof gegen einen der neu aufgestellten Pfähle zu treten. Er starrte finster zum Hügel hinüber. «So was von bescheuert, dort oben Heu zu machen.» Er schnaubte. «Vielleicht hat sie ihn begleitet, um darauf zu achten, dass er sich nicht an den Schafen vergeht.» Er stapfte mit hochgezogenen Schultern und geballten Fäusten an der Reihe der Zaunpfähle entlang. Die Gestalt bemerkte er erst, als es schon zu spät war. «Oh, was sind die Götter grausam!» Er fluchte. «Was habe ich nur getan, um das zu verdienen?»

Er konnte sich nirgendwo verstecken.

Als Gytha den Kopf hob, winkte sie ihm weder zu, noch machte sie sich anders bemerkbar; sie blieb einfach nur stehen und wartete. Es gab keinen Weg an ihr vorbei.

«Morgen.»

«Gleichfalls», antwortete Einar. «Wohin gehst du?»

«Irgendwoanders hin.»

«Auch gut», sagte Einar.

«Und du?»

«Vater hat mich weggeschickt. Manchmal ist er ein mürrischer, alter, äh …» Einar brach ab und schluckte. «Tut mir leid. Ich wollte nicht …»

Gytha hob ihre Hand. «Schhh.» Sie sah ihn an und grinste. «Was denn? Dachtest du etwa, ich würde in Tränen ausbrechen?»

«Äh …»

«Du weißt schon, wer mein Vater war, oder? Was für ein Mann er war?»

«Äh … ja?»

«Wenn er gesehen hätte, dass ich seinetwegen ständig rumheule wie ein kleines Mädchen, dann wäre er sicher zurückgekommen, um mich heimzusuchen.»

Einar blinzelte. «Ich … ähm … Da hast du auch wieder recht, schätze ich.»

«Ich meine, ich wollte nicht, dass er stirbt, aber jetzt ist er eben tot, und alle Tränen der Welt werden daran nichts ändern.»

Etwas an der Art, wie sie blinzelte … Er traf die Entscheidung, bevor er noch darüber nachdenken konnte. Zwei rasche Schritte, dann hatte er seine Arme schon um das Mädchen geschlungen.

«Was machst du? Lass mich los!» Sie wehrte sich nur kurz, die Anspannung in ihrem Körper schmolz augenblicklich dahin. Sie legte ihre Wange an seine Brust, und ein Seufzer entfuhr ihren Lippen.

Eine lange Zeit standen sie so beieinander.

Schließlich brach Einar das Schweigen. «Wir sollten gehen.»

«Ja», murmelte sie.

Er ließ seine Arme sinken und trat einen Schritt zurück. So plötzlich ihre Körperwärme nicht mehr zu spüren, empfand er als unangenehm.

«Wir … äh, sehen uns dann», sagte er.

Gytha blickte, mit einem Mal schüchtern geworden, zu Boden. «Danke», flüsterte sie.

Um Worte verlegen, nickte Einar nur zur Antwort. «Heute Abend», fügte er unbeholfen hinzu. Dann drehte er sich um und ging Richtung Hof, während er ihren Blick in seinem Rücken spürte.

Der Schatten vom Dach des Langhauses zog eine schwarze Linie über den Hof, und Helga lächelte unfreiwillig, als sie diese Schattenlinie überquerte und zurück ins Sonnenlicht trat. *Sommer*, dachte sie seufzend. Der Leinensack rieb rau in ihrer Hand, doch auf ihren nackten Unterarmen breitete sich die Wärme der Sonne aus, und das machte es wieder wett. Die Luft fühlte sich an wie süßer Honig. *Sommer.* Jener Augenblick in der neuen Scheune war so schnell verflogen, wie er gekommen war, und sie hatte in angenehmer Stille mit Hildigunnur zusammengearbeitet. Eine Weile später, als das leise Knarren der Holzwände darauf hindeutete, dass die Sonne begonnen hatte, die Scheune zu erwärmen, fragte sie sich, ob ihre Mutter sie vielleicht auch deshalb nach draußen und hier herauf getrieben hatte, um ihr etwas Gutes zu tun. Es spielte keine große Rolle; es war eben, wie es war.

«Brauchst du Hilfe?»

Helga blinzelte. Sie hatte Aslak weder gehört noch gesehen. Er war wie aus dem Nichts aufgetaucht und stand an der Ecke des Hühnergatters. «Nein», antwortete sie, «danke!» Sie verfluchte sich dafür, wie peinlich das klang.

«Wie du willst.» Doch seine Stimme sagte etwas anderes. Ich bleibe hier stehen, sagte sie. Und vielleicht bildete sich Helga das nur ein, aber in ihren Ohren klang es auch wie: Ich seh dich gern an.

«Na gut», platzte es aus ihr heraus, «wenn du mir das Tor aufhalten könntest?»

Er ging zum Gatter und öffnete das Tor für sie. Sein Lächeln und sein Blick schienen dabei zu fragen: Ist es so gut? Sie nickte ihm zu. Im Verschlag konnte sie Scharren und Gackern hören.

«Ich komme ja schon», rief sie und versuchte, nicht auf das aufsteigende Blut in ihren Wangen zu achten. Das Tor schloss sich klickend hinter ihr. Das Scharren in dem kleinen Verschlag wurde lauter, und als sie die Tür öffnete, stoben alle Hennen heraus.

«Hungrige kleine Biester, was?», sagte Aslak vom Gatter her.

Helga griff in den Sack und streute das Futter aus, wobei sie darauf achtgab, nicht auf die Hühner zu treten. «Ja. Sie werden nicht gerne eingesperrt.»

«Kann ich ihnen nicht verdenken», sagte Aslak. «Das mag niemand.»

Sie wusste nicht, was sie sagen sollte. «Schätze nicht», brachte sie schließlich hervor.

«Du kannst doch mehr als nur schätzen», sagte Aslak. «Schätzen ist schwach.»

Helga schluckte die aufkommende Furcht hinunter, die sie sich nicht genau erklären konnte. «Niemand wird gerne eingesperrt», sagte sie mit so viel Überzeugung, wie sie aufbringen konnte. Sie streute die letzte Handvoll Futter aus und drehte sich zum Tor um. Aslak lehnte darauf, mit einer Hand auf dem Riegel.

Sie machte zwei Schritte auf das Tor zu.

Er machte keine Anstalten, aus dem Weg zu gehen.

Noch zwei Schritte.

Ihre Blicke trafen sich.

Da war ein Funke, ein Knistern. «Niemand mag es, zu etwas gezwungen zu werden», sagte er.

Noch zwei Schritte, und Helga stand am Tor, nah genug, um seine Körperwärme zu spüren. «Nein», antwortete sie und legte ihre Hand auf das Tor. Sie drückte – und er drückte dagegen.

«Schätzt du?»

Wieder flammte etwas in ihr auf, diesmal Verärgerung. «Ich *weiß* es», sagte sie.

Er wandte den Blick nicht von ihr, doch sie spürte, dass der Druck gegen das Tor nachließ. Er rückte zur Seite – nicht viel, aber genug, dass sie sich an ihm vorbeizwängen konnte. Mit heißen Wangen schob sie sich durch und von ihm weg. In ihrer Vorstellung hatte sich die Größe von Aslaks Regalbrett gerade verdoppelt.

Die Sense lag lässig auf Sigmars linker Schulter. Jorunn trug einen vollen Sack Heu über ihrer rechten. Sie gingen nebeneinander, waren ungezwungen und genossen den Sonnenschein, der sich über den Hügel ausgebreitet hatte. Unter ihnen glitzerte der Fluss.

«Wie Edelsteine auf einem chasarischen Gewand», sagte Sigmar.

«Mal wieder ganz der Dichter. Aber ich muss dir wohl recht geben. Es ist wirklich ein schöner Ort.»

«Er hat ihnen gutgetan. Ich denke ... Moment mal ... wer ist das?»

Weit unter ihnen, am Fuß des Hügels, wartete jemand. Jorunn stöhnte. «Das ist Runa.»

«Das wird ... interessant.»

«Sie ist nicht hier, um mit dir zu sprechen.»

«Ich weiß. Aber bewahr einen kühlen Kopf, ja?»

«Wann tu ich das denn nicht?»

Nach einer Weile konnten sie Runas Gesichtszüge erkennen. Sie hatte sich ihnen zugewandt und die Hände vor dem Körper gefaltet.

«Geh.» Jorunns Ton war bestimmt.

«Bist du sicher?»

«Ja.» Seine Schultern spannten sich an, aber er blickte sich nicht nach seiner Frau um; stattdessen umklammerte er den Griff der Sense fester und machte größere Schritte. Als der Abstand zwischen ihnen wuchs, rief er: «Mach doch, was du willst, *Weib.*» Verachtung lag in seinem letzten Wort. «Wir werden ja sehen, wer recht hat.» Kurz darauf ging er an Runa vorbei, ohne auch nur einen Blick in ihr besorgtes Gesicht zu werfen.

Als Jorunn bei ihr ankam, straffte Runa ihren Körper. «Jorunn», sagte sie. «Ich – ich muss mit dir reden.»

«Wieso mit mir?», blaffte Jorunn und verlangsamte den Schritt nur geringfügig, während sie an Runa vorbeirauschte, sodass diese gezwungen war, sich umzuwenden und neben ihr herzueilen, um mitzuhalten.

«Ich …» Sie schniefte und räusperte sich dann. «Ich habe da etwas, das ich jemandem erzählen muss, und ich glaube, dir kann ich es sagen.»

Der Pfad führte direkt auf den westlichen Zaun von Flussfeste zu, doch Jorunn wurde nicht langsamer. Sigmar war bereits um eine Ecke gebogen und aus ihrer Sicht verschwunden.

Nach ein paar Schritten fragte Jorunn: «Heraus damit, Schwester. Worum geht es?»

«Es geht um Aslak.»

«Ernsthaft? Gerade hast du gesehen, wie mein Mann wirklich über mich denkt – und da suchst du ausgerechnet Rat bei mir? Ich dachte, du wärst in alldem schlauer als ich.»

Runa, die nur mit Mühe Schritt halten konnte, versuchte, zu Atem zu kommen. «Nein! Das wollte ich damit gar nicht sagen – niemals!»

«Und ich wollte nicht so gemein sein», sagte Jorunn mit versöhnlicherer Stimme. Sie erreichte das Tor.

«Warte!», keuchte Runa. «Bitte geh nicht so schnell!»

Jorunn schlüpfte durch das Tor, hielt es Runa auf und lächelte. «Entschuldige. Wenn Sigmar mich in schlechte Stimmung versetzt, hilft mir das Laufen manchmal, um wieder zur Ruhe zu kommen.» Sie sah die kleinere Frau an. «Also, Schwester, dann erzähl mal, was dich so beschäftigt.»

Runa sah schnaufend auf. In einem ihrer Augen glitzerte eine Träne. «Ich … ich habe Angst.»

«Was ist denn los?»

«Ich glaube – ich glaube, Aslak hat Karl umgebracht.»

Die Wucht des Schlags riss Runas Kopf zur Seite. Mit weit aufgerissenen Augen starrte sie Jorunn an, die sich die Knöchel ihrer rechten Hand massierte.

«Du gehörst nicht zu dieser Familie», knurrte Jorunn, «und du kannst nicht einfach meinen Bruder beschuldigen.»

«Warum nicht?» Runa verzog das Gesicht zu einem höhnischen Grinsen. «Liegt es etwa daran, dass du selbst Karl umgebracht hast?»

Hinter dem Langhaus stieß jemand einen Schrei aus. Als ein zweiter Schrei folgte, war Helga bereits auf dem Weg dorthin. Aus dem Augenwinkel sah sie, dass auch Einar zusammen mit Bjorn und Sigmar herbeilief. Als sie mit pochendem Herzen um die Ecke bog, traute sie ihren Augen kaum.

«He!», rief sie, griff nach dem nächstbesten Gegenstand – einem Wassereimer – und sprintete auf die zwei Gestalten zu, die am Boden miteinander rangen. «Aufhören!» Sie kippte das Wasser über den Kämpfenden aus und erkannte Jorunn und Runa, kurz bevor sie bemerkte, dass das Wasser irgendwie dunkler war, als sie erwartet hatte.

Die zwei kreischten gleichzeitig los und rangen kurze Zeit später nach Luft wegen des unerwarteten Angriffs. Jorunn erholte sich als Erste; sie nutzte die Gelegenheit, um sich auf die kleinere Frau zu rollen, sie auf den Boden zu drücken und ihr einen Schlag direkt auf die Nase zu verpassen.

«Jorunn – hör auf!», brüllte Bjorn, als er an Helga vorbeieilte. Doch sie prügelte mit den Fäusten auf Runas Unterarme ein, mit denen die kleinere Frau verzweifelt versuchte, ihr Gesicht zu schützen. Als er Jorunn von ihr herunterzog, trat diese um sich, schwang die Beine gegen die wimmernde Runa und versuchte, auf Bjorns Fuß zu treten, allerdings ohne großen Erfolg.

«Was ist bloß los mit dir?» Der große Mann hielt seine Schwester ohne Anstrengung ein Stück über den Boden.

«Sie ist ein Miststück!», fauchte Jorunn.

«Das weiß ich», sagte Bjorn, «aber das bist du auch, und wir schlagen trotzdem nicht ununterbrochen auf dein Gesicht ein. Was ist passiert?»

Statt eine Antwort zu geben, wand Jorunn sich in seinen Armen. «Lass mich los, du Bastard», knurrte sie.

Bjorn steuerte auf den Fluss zu.

«Lass mich los!», kreischte Jorunn. «Lass los!»

Ohne ein Wort zu sagen, ging Bjorn weiter.

«Helga!», rief Einar. Sie schreckte aus ihrer Starre auf. «Hilf Runa ins Haus – wir müssen ihre Wunden reinigen und die Blutungen stoppen.»

Zu ihrer Überraschung beugte sich Sigmar zu Runa und stützte sie auf dem Weg zum Langhaus. Als er bemerkte, dass Helga ihn anstarrte, blaffte er: «Ich will sie jetzt nicht sehen. Bjorn kümmert sich schon um ...»

Ein durchdringender Schrei übertönte den Rest seines Satzes und brach dann abrupt ab. Kurz darauf hallte Jorunns kreischende Stimme vom Flussufer zu ihnen herüber: «Ich bring dich um, verdammt! Du Bastard! Ich ...» Die Stimme brach erneut ab.

«Immerhin ist Jorunn jetzt wieder sauber», bemerkte Einar, als sie Runa zum Langhaus führten. Es gelang ihm nicht, sein Grinsen zu unterdrücken. «Wozu das Schmutzwasser?»

«Ich habe einfach nach dem Erstbesten gegriffen», gab Helga zu. Und das war ganz offensichtlich nicht der Eimer mit dem sauberen Regenwasser gewesen.

«Geschieht ihr recht», murmelte Sigmar. Neben ihm schniefte Runa.

Als sie um die Ecke zum vorderen Hof bogen, eilten Agla und Gytha auf sie zu. «Was ist passiert?», fragte Gytha mit weit aufgerissenen Augen.

«Das ist doch ziemlich offensichtlich», blaffte Agla. «Bringt sie hinein, ihr Schwachköpfe.» Sigmar und Einar gehorchten sogleich und schleppten Runa unter Führung von Gytha ins Haus. *Sie gehorchen ihr aufs Wort wie Hunde. Das hat Karl also in ihr gesehen*, dachte Helga. Dann riss Aglas eindringlicher Blick sie aus ihren Gedanken. «Du – hol Wasser.»

Helga ging zurück, um den Eimer mit dem Regenwasser zu holen, von dem sie jetzt wusste, dass er hinter der Ecke stehen musste. Ohne die kreischenden, aufeinander einschlagenden Frauen fiel er sogleich ins Auge. Vom Fluss drangen Gesprächsfetzen zu ihr herüber: Jorunn sprach mit abgehackter Stimme und Bjorn in seinem tiefen, brummigen Bass.

«… aber sie denkt, dass er es getan hat, Bjorn. Ihr eigener Ehemann!»

«Wir sind alle angespannt, und du bist es noch mehr als die meisten.»

«Was kann ich denn dafür? Wir schlafen unter einem Dach mit einem Mörder.»

«Wenn das so ist, dann solltest du wohl der Frau des Mörders nicht auch noch ins Gesicht schlagen.»

Weil sie sich plötzlich dafür schämte, die beiden zu belauschen, griff Helga nach dem Eimer und eilte auf die Tür des Langhauses zu. Als sie eintrat, musste sie blinzeln, um sich an das Halbdunkel zu gewöhnen. Sie hörte mehrere Stimmen durcheinanderreden, während Runa wimmerte.

«... kann sie doch nicht einfach ...»

«Aber was ist denn passiert?»

«... gibt es dafür wahrscheinlich einen guten Grund ...»

Aslak und Thyri waren eingetroffen, und Agla und Gytha waren damit beschäftigt, Runa die dreckigen Kleider auszuziehen und ihr etwas Sauberes zu suchen. Helga musterte Runa über die Schulter ihres unbeholfen herumstehenden Ehemannes hinweg. *Sie sieht so jung aus*, dachte sie. *So klein und ... verletzlich.* Dieser merkwürdige Gedanke ließ sie nicht los. Helga konnte mit vielem umgehen, aber Runa als ‹verletzlich› zu betrachten gehörte nicht dazu. Moment mal – war da gerade eben ein Grinsen über ihr Gesicht gehuscht? Helga blinzelte, aber nichts wies mehr darauf hin. Runa war einfach nur aufgelöst, saß an ihrem Schlafplatz und wurde von ihren Freunden umsorgt. *Sie ist weit davon entfernt, als Mörderin verdächtigt zu werden*, dachte Helga und machte in ihrer Kammer auf dem Regal einen kleinen Platz für Runa frei.

«Jemand muss sich um sie kümmern», sagte Agla.

«Du bist doch schon dabei, sie zu verarzten, oder nicht?», erwiderte Sigmar.

«Nicht sie. Deine Frau», blaffte Agla zurück.

Sigmar zog die Schultern hoch und sah sehr unglücklich

aus. «Und wieso ist das ausgerechnet meine Aufgabe? Hier wimmelt es doch von Mitgliedern ihrer Familie.»

Agla runzelte die Stirn. «Aber … du bist ihr Ehemann.»

Sigmar schnaubte verächtlich. «Ich bin eher ihr …»

Die Tür knarrte, und das Gespräch brach ab. Alle drehten sich um. Dort stand Bjorn in seiner massigen Gestalt. Er trat ein, und dahinter folgte seine schlanke Schwester. Sie *sieht aus wie eine ersoffene Ratte*, dachte Helga. Jorunns Kleider hingen zum Teil an ihr herunter, zum Teil klebten sie an ihrem Körper. Ihre nassen Schuhe schmatzten bei jedem Schritt, bis sie schließlich stehen blieb.

Helga spürte deutlich, wie ihr Herz schlug. Eins-zwei … eins-zwei …

«Du hast keine Ehre. Nicht das kleinste bisschen.» Aslaks Stimme war gespannt wie eine Bogensehne. «Du hättest sie umbringen können.»

«Du hast dir einen komischen Zeitpunkt ausgesucht, um diese Frau zu verteidigen», antwortete Jorunn.

«Untersteh dich!», schrie Aslak, plötzlich wütend geworden. «Wag es ja nicht noch einmal, deinen Mund aufzumachen, oder ich brech dir alle Knochen, du widerliches kleines Biest!»

«Aslak!», rief Agla.

«Sei still», knurrte Aslak, seinen Blick starr auf Jorunn gerichtet. «Du wusstest, dass ich es in den Griff bekommen habe, ist es nicht so? Du wusstest, dass ich für meine Familie sorgen kann. Du wusstest, dass wir glücklich sein würden. Und du musstest es ruinieren. Ich werde …»

Plötzlich stand Einar zwischen Aslak und seinem Angriffsziel. «Das reicht jetzt», sagte er. Helga lief ein kalter Schauer über den Rücken. Seine Stimme hatte sich verändert, seine Haltung ebenfalls. Es klang weniger nach einer Aufforderung als nach einem drohenden Versprechen, was geschehen würde, wenn Aslak nicht von Jorunn ließ.

Aus dem Augenwinkel nahm Helga einen kurzen Blickwechsel zwischen Agla und Thyri wahr, und gleich darauf stand Bjorns Frau neben Aslak und legte ihm freundlich, aber bestimmt die Hand auf den Arm. Sie flüsterte ihm zu, murmelte etwas Besänftigendes, kaum Hörbares, aber der Sinn der Worte war offenkundig: Beruhige dich. Ganz … ruhig. Und es gelang – Einars unerwartet respekteinflößende Ausstrahlung und Thyris besänftigendes Flüstern ließen Aslak nachgeben.

Er wirkt verloren, dachte Helga plötzlich. *Verloren und verwirrt.*

Auf der anderen Seite der Halle grinste Jorunn höhnisch. «Ich würde dich im Handumdrehen fertigmachen, du kleiner Scheißer. Aber wenigstens bist du ein richtiger Kerl, was man von *meinem* sogenannten Ehemann nicht behaupten kann.»

In der Ecke grollte Sigmar zwischen zusammengepressten Zähnen: «Sei bloß vorsichtig, Weib.»

«Sonst was? Wirst du mich schlagen, wenn wir allein sind?», blaffte Jorunn. «Das wagst du nicht. Jedenfalls nicht solange ich dir in die Augen sehe. Du bist verweichlicht und willenlos.»

Hinter sich hörte Helga, wie Agla nach Luft schnappte.

«Und du bist ein Gräuel! Schaust mir ständig auf die Finger

und lässt mir keine Ruhe – nichts, was ich tue, ist gut genug für dich, du bist mit keinem Geld der Welt zufrieden, und *nie* freust du dich über irgendetwas!»

«Oh – du meinst, so wie du dich darauf gefreut hast, hierherzukommen und meine Familie zu treffen?» Jorunn schrie fast. «Du hast das *nie* gewollt! Du hast *mich* nie gewollt! Du hast mich nur geheiratet, weil es dir genützt hat – oder vielleicht um etwas anderes zu verbergen –, und jetzt hast du mich für immer am Hals. Und ich weiß, dass du das hasst.»

«Ich hab dich nicht für immer am Hals», sagte Sigmar und drängte sich an Helga vorbei zur Seitentür. Ein schwungvoller Tritt, die Tür flog auf, und Sigmar war verschwunden.

Hinter Jorunn öffnete sich die Haupttür, und Hildigunnur kam herein, gefolgt von Unnthor.

«Was im Namen von Hels eisiger Achselhöhle ist hier los?», blaffte der alte Häuptling.

Jorunn heulte so verzweifelt, dass es kaum noch menschlich klang. Zuerst gaben ihre Knie nach, und sie ließ sich schluchzend auf den Boden gleiten.

«Jorunn!» So panisch hatte Helga ihre Mutter noch nie erlebt. Im Nu war Hildigunnur bei ihrer Tochter, Agla eilte hinzu.

«Er … ich … ich kann nicht …» Der Rest von Jorunns Worten ging in Tränen und lautem Schluchzen unter.

Hildigunnur kniete sich neben sie und streichelte ihr Haar. «Schhh», flüsterte sie. «Hol erst mal tief Luft, sprechen kannst du später.» Während Jorunn still in ihren Armen zitterte, fuhr der Kopf der alten Frau herum und fing Aglas Blick auf. «Sie hat Prellungen. Was ist passiert?»

«Ähm … wir haben sie dabei überrascht, wie sie sich geprügelt haben. Sie und Runa», stammelte Agla.

«Warum?»

«Das wissen wir nicht», antwortete Agla.

Runa erhob sich von ihrem Schlafplatz und kam vorsichtig auf sie zugetappt. «Es war meine Schuld.»

«Ach ja?» Hildigunnurs Stimme war so scharf, sie hätte damit Stein zerschneiden können.

«Sie hat mir eine Frage gestellt, und ich habe Dinge gesagt, die ich nicht hätte sagen sollen.»

Hildigunnur musterte Aslaks Ehefrau. «So schlimm kann es nicht gewesen sein.»

«Wie kannst du das wissen?», fragte Agla.

«Nun», sagte die alte Frau, «sie ist ja noch am Leben, oder nicht?» Erneut wandte sie sich Jorunn zu, streichelte ihr Haar und flüsterte ihr sanft zu. Helga beobachtete die beiden. Sie wäre gern zu ihnen gegangen, um zu helfen, aber irgendwie fühlte es sich falsch an. *Sie gehören zusammen*, dachte sie. *Sie gehören alle zusammen, und ich gehöre nicht dazu.*

Ein wenig später führte Hildigunnur Jorunn zu einer Bank und versammelte die Familie um sich. Runas Gesicht hatte begonnen, sich zu verfärben, aber Aslak und die Kinder waren bei ihr. Sie schienen sich nahe zu sein, näher als zuvor, was Helga einen kleinen Stich versetzte, andererseits war sie erleichtert. Aslak wirkte nicht mehr so unnachgiebig und gefährlich wie nach seinem Wutausbruch. Und das war gut so, denn nach dem Gesicht ihres Vaters zu urteilen, war es auf Flussfeste gefährlich genug.

«Er ist es gewesen, das ist eindeutig. Ich werde ihn finden und ihm den Hals umdrehen», sagte Unnthor. «Wie einem Huhn.» Die Ruhe in seiner Stimme war wahrhaftig furchteinflößend.

«Du wirst nichts dergleichen tun», sagte Bjorn. «Wir werden ihm nachlaufen, ihn finden und ihn fesseln. Dann werden wir einen Rat einberufen und die Lage besprechen.» Er machte eine Pause. «Danach kannst du mit seinem Hals machen, was immer du willst.»

«Wozu denn noch warten?», fragte Unnthor.

«Sei still und hör auf deinen Sohn, du Riesenochse», sagte Hildigunnur. «Er ist ausnahmsweise einmal klug. Jorunn, sprich mit uns. Erzähl uns von ihm.»

«Er war … gut zu mir, am Anfang», begann Jorunn. «Nachdem … ihr wisst schon …»

Nickende Köpfe rund um den Tisch.

Was denn? Was wissen die anderen alle?

«Karl meinte, er sei vor langer Zeit einmal mit ihm zur See gefahren. Ich will nicht sagen, dass er ihn als fertig verschnürtes Bündel angeschleppt hat, aber …» Sie lächelte, als sie sich erinnerte. «Das war ein folgenreicher Ausflug zur Handelsmesse an jenem Tag.» Helga bemerkte gerade noch, wie Einar sich in den Schatten zur Hintertür davonstahl. *Woran auch immer sie sich gerade erinnern, er will es nicht hören.* Sie spürte den Schmerz des jungen Mannes, der für sie wie ein Bruder war. *Jedenfalls mehr als diese anderen hier Geschwister für mich sind.* «Er war einfach … anders als die Bauernjungen», fuhr Jorunn fort. «Flink auf den Beinen. Besaß wahre Zungenfertigkeit.»

«Das kann ich mir vorstellen», murmelte Hildigunnur, und Gytha stieß einen unterdrückten Laut der Empörung aus.

Jorunn ging darüber hinweg. «Aber er musste gleich weiter nach Osten – also bin ich mit ihm gegangen.»

«Um deiner Mutter das Herz zu brechen», sagte Unnthor.

«Nichts da», sagte Hildigunnur. «Nur weil sie nicht auf die traditionelle Art umworben wurde …»

«Mit einem Schenkelknochen», fügte Aslak hinzu, und Unnthor musste trotz seiner Wut schmunzeln.

«… heißt das nicht, dass sie nicht tun sollte, was getan werden musste», fuhr Hildigunnur fort. «Sie wäre nicht meine Tochter, wenn sie das abgehalten hätte.» Sie legte ihre Hand auf Jorunns Schulter und drückte sie liebevoll, und für einen Moment wirkten beide wie in der Zeit zurückversetzt; wie heranwachsende Tochter und sorgende Mutter.

Helga verspürte erneut einen Stich in der Brust.

«Wir sind also zusammen zurückgekehrt. Sein Vater war krank – er starb kurz nach unserer Ankunft. Er hinterließ Sigmar ein verfallenes Haus und einen wertlosen Hof, aber dazu gehörten ein Wagen und zwei alte Pferde und eine Menge Pelze. Wir hatten nur eine Möglichkeit, dachten wir. Also reisten wir umher und trieben Handel. Wir waren glücklich», fuhr Jorunn fort. «Wie sich zeigte, habe ich eine Begabung fürs Handeln – anscheinend bringe ich erwachsene Männer ins Schwitzen – keine Ahnung, warum!» Sie warf ihrer Mutter einen Blick zu. Die täuschte Ahnungslosigkeit vor. «Wir sind überallhin gefahren, runter zu den Dänen, bis nach Rus, wo wir ein Boot gekauft haben. Dann haben wir das Boot wieder verkauft – sind einfach immer weitergereist. Irgendwo auf der

Strecke haben wir ein paar schöne Schmuckstücke gefunden und sie Eirik geschenkt, der Gefallen an Sigmar fand und ihm ein paar Dinge zum Verkauf gab.» Als sie den fragenden Blick ihrer Mutter sah, erklärte sie: «Bernstein, Getreide, Holz.» Sie machte eine Pause. «Und Waffen. Wir haben sie fortgebracht und sind mit Gewinn zurückgekehrt, eine Weile lang ist alles glattgelaufen. Aber dann ...» Jorunn senkte den Blick und atmete tief ein. Eine schwere Stille erfüllte das Langhaus. Dann sagte sie leise: «Er hat sich verändert.»

«Wie?», fragte Gytha atemlos.

«Er ist immer öfter ohne mich weggefahren», sagte sie, «zunächst nur für einen Tag oder zwei, und dann erfand er Gründe, warum ich in Uppsala bleiben müsse, während er in See stach. Ich fand heraus, dass einige unserer sogenannten Freunde in Svealand sich gar nicht viel aus uns machten ... Ich fühlte mich richtig ... *allein*.»

Helga fühlte Befremden, als sie das hörte. Sie hatte ... Mitleid mit Jorunn. Sie musste so einsam gewesen sein – so allein, wie auch sie selbst sich jetzt fühlte, ausgeschlossen vom inneren Kreis der Flussfeste-Familie. Das musste der Grund sein, warum sie so ein merkwürdiges Prickeln in der Kehle verspürte, warum ihre Augenbrauen sich so stark zusammenzogen, als ob sie sich verknoten wollten. Sie schob sich so langsam und unauffällig wie möglich zurück, bis sie kühlen Schatten auf ihrem Gesicht spürte.

«Das brauchst du mir nicht zu erzählen», polterte Bjorn. «Das sind alles Bastarde.»

«Und einige der Männer ...» Sie schluckte. «Na ja, die waren allzu begierig darauf, sich mir in Sigmars Abwesenheit zu nähern. Ich war froh über die Dinge, die du mir beigebracht hast, Mutter – auch wenn sich herausgestellt hat, dass Ehefrauen es nicht gut aufnehmen, wenn ihre Männer mit zusammengepressten Knien nach Hause humpeln und vage Andeutungen machen, dass sie über eine Wurzel gestolpert seien. Das wird dann schnell zu …»

«… deiner Schuld», beendete Hildigunnur leise den Satz. «Das habe ich schon zu oft gesehen.»

Agla schnaubte hörbar, und sowohl Runa als auch Thyri rückten näher an Mutter und Tochter heran.

Es ist fast so, als ob sie ihnen ihre eigenen Geschichten erzählt, dachte Helga.

Jorunn schniefte und griff nach der Hand ihrer Mutter. «Aber als ich letzten Sommer deine Nachricht bekam, habe ich Mut gefasst. Ich habe ihm die Stirn geboten, ihm gesagt, was ich wollte – was ich brauchte.»

Einschließlich des Endes, an dem das leidende Opfer die Oberhand gewinnt. Helga spürte, wie sich auf ihren Unterarmen die Härchen aufrichteten. *Sie … lügt. Sie lügt ganz gewaltig!* Sie war so schockiert, dass sie ihren Mund nicht schließen konnte. Und sie dankte den Göttern, dass die anderen es nicht sahen.

«Du hast ihm gesagt, er solle hierherkommen», sagte Unnthor.

«Ja.»

«Wo er Karl wiederbegegnen würde», fügte Bjorn hinzu.

Es war, als würde man ein scheuendes Pferd beobachten. Es hatte sich von seinen Zügeln losgerissen, den Kopf befreit, und jetzt begann es loszugaloppieren. *Das ist genau das, was Hildigunnur auch getan hätte. Was getan werden musste.* Sie versuchte sich daran zu erinnern, was zwischen den dreien vorgefallen war, aber es geschah gerade zu viel. *Später*, dachte sie. *Später.*

«Karl brachte immer Beute von den Raubzügen nach Hause», sagte Agla leise. «Selbst wenn ich später hörte, dass andere weniger erfolgreich gewesen waren.»

«Weil er der Schnellste und der Mutigste war», ergänzte Gytha, als müsste sie Aglas Satz beenden. «Weil ...»

«Dieser miese kleine Arsch», knurrte Bjorn. «Er hat dich verkauft. Er hat Geld für dich genommen, um dich zu Sigmars Braut zu machen.»

«Aber deine Mitgift hast du doch bekommen, oder?», fragte Hildigunnur. «Karl meinte ...»

«... dass er sie dir übergibt», schloss Unnthor grimmig. «Er wollte ohnehin mit dem Schiff nach Rus.»

Diesmal schniefte Agla und ließ beschämt den Kopf hängen.

Die Familie verfiel in Schweigen, jeder hing seinen eigenen Gedanken nach. Helga beobachtete sie, einen nach dem anderen, und versuchte sich vorzustellen, was in ihren Köpfen vorging. Der massige Unnthor, der wütend auf Sigmar war, und Hildigunnur, die wie eine Bärenmutter über ihre Tochter wachte. Bjorn, der über die Unredlichkeit seines Bruders nachgrübelte. Seine Frau, die dem Riesen eine Hand auf den Unterarm gelegt hatte. Agla und Gytha, die zusammengekauert beieinandersaßen, beschämt und schockiert. Runa, seltsam ruhig und wachsam. Sie hatte Jorunn sehr schnell wieder vergeben. Was wusste sie? Und neben ihr Aslak, der doch so zornig auf seine Schwester gewesen war und jetzt tief betroffen aussah.

In ihrer Mitte saß Jorunn, *eine Lügnerin.*

Dessen war Helga sich sicher.

Nichts davon ergab einen Sinn. Sie und Sigmar waren seit ihrer Ankunft unzertrennlich gewesen – und jetzt? Auf einmal sollte er ein furchtbarer Mann sein? Die einzelnen Teile fügten sich nicht zusammen – sie wusste nicht einmal, worin sie alle bestanden, doch sie hatte das schreckliche Gefühl, dass etwas nicht stimmte.

Gerade als sie sich so weit gefasst hatte, dass sie Ordnung in die Dinge zu bringen vermochte, brach ihr Vater das Schweigen.

«Warum sollte ich nicht einfach gehen und dem Bastard nachsetzen?»

«Du hast wohl die gleiche Größe, aber glücklicherweise hat einer von euch auch noch mein Blut in sich», sagte Hildigunnur. «Denkt mal drüber nach. Wenn ein Ehemann den Bruder seiner Frau erschlägt …»

«Dann ist die Ehe ungültig», sagte Unnthor.

«Und unsere Schwester kommt mit einem großen Stück von Sigmars Pelz aus der Sache heraus», sagte Aslak.

«Vielleicht», fügte Bjorn hinzu, «finden wir schnell einen Weg, wie sie auch den Rest erbt, ohne Ansehen zu verlieren. Die Hunde werden wohl nicht so schnell an ihrer Tür kratzen, wenn sie wissen, dass sie sich sowohl deren Besitz als auch deren Namen holen wird.»

Jorunn lächelte ihre großen Beschützer an, und Helga drehte sich der Magen um. *Du würdest ihnen beiden in den Rücken fallen, wenn du der Ansicht wärst, dass du damit davonkommst.*

«Ihr zwei könnt gehen und ihn holen», sagte Hildigunnur bestimmt. «Wir kommen schon zurecht, und wahrscheinlich werden wir auch besser schlafen.» Ein paar schmunzelnde Gesichter rundum. «Das hier ist der letzte Ort, an dem er sich sehen lassen wird.»

Die Tür flog krachend auf, als Jaki hereinstürmte. «Es ist Sigmar. Er ist unten auf der Straße zum Hof und kommt zügig auf uns zugeritten. Und er ist nicht alleine.»

KAPITEL 13

PATT

Helga hatte nicht bemerkt, wie ihre Mutter nach dem Messer griff. Es lag so selbstverständlich in ihrer Hand, als hätte sie es schon immer gehalten. Bjorns breite Gestalt zeichnete sich dunkel im Türrahmen ab, als er das Langhaus verließ und nach draußen in die Sonne trat. Unnthor und Einar folgten ihm und kurz darauf auch Aslak.

«Nimm die Kinder», trug Hildigunnur Agla im Befehlston auf. «Bring sie hinten aus dem Haus. Versteckt euch im Wald.» Sie wandte sich zu Helga. «Geh mit ihnen – den Hügel hinauf und dann auf die andere Seite.»

«Und wohin gehst du?», fragte Helga. Es fühlte sich seltsam an, ihre eigenen Worte zu hören. Es kam ihr vor, als würde sie unter Wasser sprechen.

«Wir haben Besucher», antwortete Hildigunnur. «Es wäre unhöflich, sie nicht zu begrüßen. Jetzt geh.»

«Nein», erwiderte Helga.

«Was?»

«Ich lasse dich nicht zurück.»

Plötzlich war Hildigunnurs Gesicht nur noch wenige Fingerbreit von ihrem entfernt. Sie vernahm den Geruch der alten Frau: Leder, Wärme und Sonnenschein. *Aber keine Angst.* «Lauf.» Ihre Mutter stieß es zwischen den Zähnen hervor.

Etwas in Helga sträubte sich. «Nein.»

«Ohne dich werden sie den Weg nicht finden.» Draußen schlugen die Hunde an, laut und wild.

«Ich kenne die Wälder», sagte Runa. Als Hildigunnurs Kopf zu ihr herumfuhr, fügte sie hinzu: «Sie will bei dir bleiben. Lass sie.» Dabei schlich sich eine Spur des gewohnten Trotzes in ihre Stimme. Ohne eine Antwort abzuwarten, schnappte sie sich die Zwillinge und folgte Thyri hinaus.

Hildigunnur starrte Runa hinterher, dann sah sie Helga an. Einen Moment lang funkelten ihre Augen. «Na schön. Aber bleib hinter mir. Wenn es einen Kampf gibt, musst du versuchen, um sie herumzulaufen und sie von hinten anzugreifen.» Ihre Mutter bewegte sich bereits auf die Tür zu. Von draußen hörten sie laute Stimmen.

Der Türrahmen fühlte sich rau unter Helgas Händen an. *Was, wenn dies das letzte Mal ist, dass ich das Langhaus verlasse?* Ihre Fingerspitzen blieben auf dem Holz liegen. Sie spürte die Leere, sie war unbestreitbar, irgendetwas fehlte ... *Furcht*. Sie hatte keine Bilder von Waffen vor Augen, spürte kein Pochen in ihrer Brust, nichts. Als sie gegen das Sonnenlicht blinzelte, wurde Helga bewusst, dass sie keinerlei Angst verspürte. Vielleicht unterschied sie gar nicht so viel von Hildigunnur, wie sie gedacht hatte.

Helga trat nach draußen.

Ihre Augen gewöhnten sich an das Licht – sie blinzelte, zweimal, weil sie nicht glauben konnte, was sie da sah: neun Pferde, große, starke Tiere. Auf ihnen saßen fünf schweigende Männer, mit Sigmar an der Spitze des Trupps. Vielleicht lag es am Blickwinkel, doch als Helga zu ihm aufsah, dachte sie unwillkürlich, dass ein Mann zu Pferd noch einmal ganz anders wirkte als üblich. Sigmar schien sich wohlzufühlen, war entspannt. Und etwas hatte sich eindeutig verändert.

Er trug ein Schwert.

Die Schwertscheide hing so selbstverständlich an seiner Seite, dass Helga sie zunächst gar nicht bemerkt hatte. Hinter ihm trugen die Männer Äxte oder andere Klingenwaffen. Zwei von ihnen hatten sich einen Bogen über die Schultern gehängt.

Im Vergleich zu ihnen wirkten die Verteidiger von Flussfeste auf einmal … *menschlich, verletzlich.* Zugegeben, Bjorn war ein großer Mann, doch ein einziger Tritt mit einem Pferdehuf würde sein Ende bedeuten. Wie ihr Vater und sein Waffenbruder Seite an Seite standen, Unnthor mit seiner Axt und Jaki mit seinem Knüppel, sahen sie plötzlich sehr alt aus – und Einar und Aslak neben ihnen so viel jünger.

«Unnthor Reginsson. Ich komme mit einer Entschuldigung zu dir.» Sigmars Stimme war ruhig und bedächtig.

«Wofür?», knurrte Unnthor.

Helga stockte der Atem, als Sigmar eine flinke Bewegung machte – und abstieg. «Ich habe dein Haus in Eile verlassen, und ich habe meine Frau nicht so behandelt, wie ich es hätte tun sollen.»

Stimmen drangen vom Langhaus zu ihnen herüber. Helga spürte, wie ihre Mutter neben ihr die Muskeln anspannte.

Es waren hohe Stimmen.

Kinderstimmen.

Agla und die anderen Frauen kamen mit den Kindern um die Ecke des Langhauses, sie gingen langsam und eng beieinander. *Zusammengepfercht und vorangetrieben.* Hinter ihnen bewegten sich drei bewaffnete Männer wie Schäferhunde, still, aber gefährlich.

«Sie haben schon auf uns gewartet», sagte Runa wutschnaubend.

Schön zu sehen, dass sie wieder ganz die Alte ist, dachte Helga.

«Sigmar.» Jorunn sprach leise, doch für alle hörbar.

Sigmar reagierte sofort; er wirkte zutiefst gequält. «Meine allerliebste Frau», sagte er. «Bitte.»

«Bitte was?»

«Bitte vergib mir.»

Jorunn starrte ihn an, und ihr Mund bewegte sich, als ob sie Worte zu bilden versuchte, die ihr nicht über die Lippen kommen wollten.

Helga sah sich um. Niemand schien die Situation einordnen zu können. Unnthor umklammerte noch immer seine Axt; Einar wirkte verwirrt. Sigmars Männer sahen gelangweilt, aber einsatzbereit aus, als ob sie das, was gerade geschah, so oder ähnlich schon unzählige Male zuvor erlebt hatten.

«Ich weiß nicht, was hier vor sich geht.» Hildigunnur wirkte bestimmt. «Aber ich sag euch, was jetzt als Nächstes geschehen wird. Sigmar, du und deine Männer, ihr seid eingeladen, das Brot mit uns zu brechen und etwas Kaltes zu trinken. Solange ihr euch unter meinem Dach aufhaltet, habt ihr Gastrecht. Jorunn – du wirst mit deinem Ehemann reden. Wenn ich nach fünf Atemzügen noch eine gezogene Klinge sehe, dann wird sich ihr Besitzer in ernsthaften Schwierigkeiten befinden. Haben das alle verstanden?»

Ihre Ansprache zeigte unmittelbar Wirkung. Messer,

Schwerter und andere Mordinstrumente verschwanden eilig. *Sie lässt Männer zu Jungen werden*, dachte Helga.

«Willkommen auf Flussfeste», donnerte Unnthor.

Sigmars Männer stiegen ab und ließen Einar und Jaki die Zügel halten. Bjorn eilte herbei, um zu helfen, Gytha ebenfalls, und sie führten die Pferde zur Weide, während die nun zu Gästen erklärten Schweden auf das Langhaus zuhielten. Volund trottete hinter seiner Mutter her, und Bragi und Sigrun bestürmten die Neuankömmlinge mit unzähligen Fragen.

«Komm schon», zischte Hildigunnur und riss Helga aus ihren Gedanken. «Du hast es doch gehört. Wir haben Gäste.»

Das Langhaus hatte sich gefüllt; an der eilig aufgestellten Tafel wurde es schnell sehr viel enger. Hildigunnur zauberte Haferplätzchen hervor und reichte sie mit Brotlaiben und Butter. Sie rollte ein Fass Bier herbei, bestand jedoch darauf, selbst einzuschenken, um sicherzugehen, dass das Getränk ausreichend mit Wasser verdünnt wurde. Helga drückte sich herum und suchte nach Beschäftigungen; ihre Mutter bewegte sich schneller und effizienter als je zuvor.

Sigmar nahm gleich als Erstes Unnthor zur Seite.

«Sag mir, meine Tochter», fragte Hildigunnur Helga leise, während sie umherschwirrte und ein Mahl für die neuen Gäste improvisierte, «worüber reden sie?»

Helga betrachtete Unnthor und Sigmar genauer. «Es ist unmöglich zu verstehen.» Hildigunnurs verächtliches Schnauben deutete darauf hin, dass sie detailliertere Informationen erwartete. «Aber Sigmars Haltung legt nahe, dass er etwas Dringendes zu sagen hat.»

«Und weiter?»

«Vater lehnt sich zurück und hat den Kopf schief gelegt.»

«Zu welcher Seite?»

«Der rechten.»

«Gut», sagte Hildigunnur.

«Wieso?», fragte Helga.

«Er kann auf dem linken Ohr besser hören. Das bedeutet, dass er ihm zuhört. Behalt sie weiter im Auge. Behalt *alle* im Auge.»

Helga tat wie geheißen, doch ihre Gedanken rasten: Runa war grün und blau geschlagen worden und hatte die Schuld doch auf sich genommen. Aslak hatte sich für sie eingesetzt. Jorunn hatte gelogen. Sigmar war davongelaufen, dann zurückgekommen. Sind sie noch miteinander verheiratet? Nichts ergab einen Sinn. Sie hatte die Rune der Bedürfnisse auf Runas Schlaflager gekratzt. *Bedeutet dies, dass es geklappt hat?* Aus dem Augenwinkel sah sie, wie Sigmar sich auf die Tafel zubewegte.

«Er setzt sich», murmelte sie ihrer Mutter zu, die die Auskunft mit einem fast unmerklichen Nicken zur Kenntnis nahm, um den Gästen sogleich die Krüge mit dem verwässerten Bier an den Tisch zu bringen und dann schweigend neben ihrem Mann Platz zu nehmen. Wieder staunte Helga über die Wandlungsfähigkeit ihrer Mutter, die sie immer so einzusetzen verstand, wie die Situation es erforderte. *Der äußere Anschein ändert sich fortwährend – doch was befindet sich dahinter?*

Die Frage geisterte ihr nicht lange durch den Kopf. Sie erlaubte es sich nicht.

Unnthor senkte nachdenklich sein Kinn, dann ließ er den

Blick über die Familie und Sigmars Neuzugänge schweifen. «Auf eins können wir uns wohl alle einigen», begann er. «Wer auch immer Karl ermordet hat, kann nicht von außerhalb gekommen sein. Die Hunde hätten ihn nicht erkannt.»

Stummes Nicken rund um den Tisch.

«Sigmars Männer, die einen viertel Tagesmarsch die Straße hinunter ihr Lager aufgeschlagen hatten, haben niemanden vorbeikommen sehen. Und deshalb muss sich der Mörder in diesem Raum befinden. Sigmar war so großzügig und hat seine Getreuen als Wachen angeboten, damit wir sicherstellen können, dass niemand den Hof verlässt, bevor wir das Messer und den Mörder gefunden haben.»

Ein unbehagliches Gefühl ergriff Helga, und sie blickte zu ihrer Mutter. Doch Hildigunnur sagte nichts; sie saß nur da und schaute zu.

Sie wartet auf eine Reaktion.

«Warum sollten wir ihm vertrauen, Vater?»

Und hier kam sie. Jorunn setzte sich kerzengerade auf und starrte den Häuptling von Flussfeste finster an. «Diese Männer stehen genauso unter meinem Kommando. Wenn ich ihnen befehle zu gehen und sie nicht tun, was ich ihnen sage, können wir dann nicht zu Recht annehmen, dass sie hierhergesandt wurden, um seinen Auftrag zu vollenden und uns alle im Schlaf zu ermorden?»

«Ach komm, Schwester», sagte Aslak. «Du solltest dir keine Sorgen machen müssen, es sei denn, du hast etwas zu befürchten.»

«Liege ich etwa falsch?»

«Ich habe jetzt genug von euch beiden gehört», sagte Hildigunnur in einem Ton, der Helga unwillkürlich zurückweichen ließ. «Du» – sie wandte sich an Sigmar – «und du, Jorunn, ab nach draußen. Redet miteinander.» Als keiner der beiden sich rührte, fügte sie hinzu: «Auf der Stelle.»

Sigmar erhob sich als Erster. «Komm, Jorunn. Bitte.»

Mit offen zur Schau getragenem Widerwillen stand Jorunn auf und ging zur Tür, ohne Sigmar auch nur eines Blicks zu würdigen. Ihr Ehemann folgte und strahlte nun nicht mehr so viel Führungspersönlichkeit aus wie noch vor einer kleinen Weile.

Als sie fast bei der Tür angelangt war, fuhr Jorunn herum und blaffte: «Warum mache ich das überhaupt? Ich muss mit dir nirgendwohin gehen. Ich schulde dir nichts …»

Sigmar schreckte zurück. «Was meinst du damit?»

Die Wachen am Tisch schauten äußerst betroffen.

«Einen Sommer und einen Winter lang hast du mich gehalten, als wäre ich Hausschmuck. Du hast mich von allen Märkten ferngehalten, hast Gründe erfunden, warum ich daheimbleiben musste, du hast mich nur noch gemieden und versteckt. Ich weiß, dass es Frauen gibt, die so leben, und manche sind wohl recht zufrieden damit, aber das ist nicht das, was wir hatten. Das ist nicht das, was ich will. Und wenn du jetzt immer so sein wirst, dann will ich dich nicht mehr.»

Sigmar erstarrte. «Was …?», keuchte er.

«Lüg mich nicht an!», schrie Jorunn mit gebrochener Stimme. «Lüg mich nicht an! Du solltest mir alles mitteilen! Du solltest … du solltest nichts vor mir verstecken!»

Da platzte es aus Sigmar heraus, ein kurzes Auflachen nur, dann ging er auf sie zu und nahm sie in den Arm. «Ach! Nein, meine Liebste, nein, nein, nein …» Er flüsterte ihr etwas ins Ohr, während sie sich noch gegen ihn zu wehren versuchte.

Unnthor und Bjorn waren bereits aufgesprungen, als Hildigunnur sagte: «Setzt euch, ihr Dummköpfe. Sie kommen schon zurecht.» Und tatsächlich, was als Kampf begonnen hatte, endete in einer innigen Umarmung, und Jorunns Schultern bebten vor Lachen – oder Weinen.

Die Anwesenden rund um den Tisch reagierten unterschiedlich. Agla und Gytha schauten ähnlich verblüfft. Runa flüsterte Aslak etwas zu, während dieser das Paar misstrauisch musterte. Bjorn setzte sich zurück auf seinen Platz, seine Miene wechselte zwischen Langeweile und Verärgerung.

Helga beobachtete Sigmar und Jorunn und versuchte, an ihrer Körperhaltung abzulesen, was sie sich zuflüsterten. Doch sie konnte nur wenig von Jorunn sehen und ihr nicht in die Augen schauen, und das beunruhigte sie aus irgendeinem Grund. *Ich traue dieser Frau nicht. Ich traue ihr ganz und gar nicht.*

Schließlich lösten sich Ehemann und Ehefrau aus ihrer Umarmung.

«Nun?», fragte Hildigunnur.

Jorunn wirkte kleinlaut. «Ich… ähm… Ich habe alles falsch verstanden. Sigmar hat es mir erklärt.»

«Und zwar?»

«Mutter …» Ihre Stimme war kaum mehr als ein Flüstern. «Ich trage ein Kind unter dem Herzen.»

Diese Mitteilung erzeugte einen Aufruhr ganz anderer Art. Agla sprang auf, rannte zu Jorunn und umarmte sie, gleich dahinter liefen schon Bragi und Sigrun auf sie zu und riefen erfreut: «Wo ist es? Dürfen wir mit ihm spielen?» Jorunn streichelte Sigrun über das Haar.

«Und das muss dir erst dein Ehemann sagen?», erwiderte Hildigunnur und rief damit bei allen Schmunzeln hervor.

«Nein», sagte Jorunn. «Nein … Wir wissen es erst seit einer Weile, man sieht es mir noch nicht an – aber Sigmar ist überall herumgereist, um mir die schönsten Dinge für das Kind zu besorgen.»

«Wenn es ein Junge ist, werden wir ihn Unnthor nennen», verkündete Sigmar.

Helga bekam eine Gänsehaut. *Sigmar ist auch eingeweiht. Sie spielen uns etwas vor. Sie sind beide …*

Aus dem Augenwinkel nahm sie eine Bewegung wahr und sah, wie sich die Tür hinter Einar schloss. Als die Familie sich anschickte, dem strahlenden Pärchen zu gratulieren, nutzte sie die Gelegenheit, um sich hinter ihm hinauszustehlen.

Obwohl der Abend bald hereinbrechen würde, stand die Sonne noch am Himmel, und die nahende Kühle der Nacht deutete sich erst leicht an. Helga sah Einar mit hängenden Schultern auf den Geräteschuppen zugehen, und bevor sie darüber nachdenken konnte, folgte sie ihm. Der Gedanke, noch länger dabei zuzusehen, wie Jorunn im Langhaus ihre Geschichten spann, machte sie nervös. *Warum haben sie das gemacht? Haben sie Karl vielleicht gemeinsam ermordet?* Sie hatte gehört, dass im Kopf einer Frau seltsame Dinge geschehen konnten, wenn sie ein Kind erwartete, aber Mord? Anscheinend schrien die Mütter Zeter und Mordio, wenn das Kind zur Welt kam, jedenfalls hatte Hildigunnur ihr das erzählt, aber einem Mann das

Leben zu nehmen? Einem Schlafenden, der sich nicht wehren konnte?

Andererseits hatte Sigmar den Eindruck erweckt, als wisse er genau, wie man mit einem Messer umgeht. Vielleicht hatte *er* Karl im Auftrag seiner Frau aufgeschlitzt. Das klang wahrscheinlicher. Helga räumte einen Regalplatz in ihrer Kammer für Sigmar frei. *Es wird ganz schön eng hier drinnen, vielleicht …* Ein metallisches Klirren ließ die Wände ihres Phantasiegebäudes zusammenstürzen und brachte sie zurück in die Realität. *Geräteschuppen. Einar. Natürlich.*

Die Tür schwang auf, als sie leicht dagegendrückte, und das rhythmische, beherrschte Hämmern wurde lauter.

Einar stand über seine Werkbank gebeugt, sein rechter Arm hob und senkte sich im Takt.

Helga räusperte sich. Vergebens.

Sie versuchte es noch einmal. Diesmal blieb der Hammer einen Moment lang auf der Werkbank ruhen, dann hob Einar den Arm wieder, als wäre nichts geschehen.

«Hör auf», sagte sie leise. «Ich bin es doch nur.»

Der Hammer krachte erneut auf das, worauf immer Einar gerade einschlug. Dann hielt Einar inne. «Ich weiß», antwortete er, während er ihr weiterhin den Rücken zukehrte.

«Brauchst du Hilfe?»

«Nein.»

Sie sah, wie er sich zusammenkrümmte, als würde er sich in sich selbst zurückziehen und sie ausschließen wollen. Was sollte sie sagen? Was hätte Hildigunnur gesagt? «Ich glaube nicht, dass du einen großen Fang verpasst.» Sie erkannte den Fehler erst, als die Worte ihren Mund bereits verlassen hatten.

Was war das denn, du dummes Mädchen? Die Liebe deines Lebens ist ein verlogenes Miststück? Das wird doch wohl nicht helfen, verdammt!

«Was meinst du damit?» Einar war noch immer angespannt und hielt den Hammer in der Hand.

«Sie … Ich …» *Irgendetwas.* «Wie sie auf Runa losgegangen ist», stammelte Helga. «Sie wirkt nicht … Ich denke nicht, dass sie besonders nett ist.»

Einars Schultern zuckten, und er schnaubte. «Du hast den Hof ja kaum einmal verlassen, seit du hierhergekommen bist, und das war vor einer Ewigkeit. Woher willst *du* das wissen?»

Seine Worte taten weh: Sie spürte eine Härte in ihm, die Bereitschaft zu verletzen. «Was willst du damit sagen?», antwortete Helga. *Die Tür ist gleich da vorne*, dachte sie. *Wenn ich will, kann ich einfach …*

«Woher willst du das wissen? Deine Welt sind Hildigunnur und Unnthor. Du glaubst, dass alle Menschen sind wie sie – aber das sind sie nicht. Sie sind hart und zäh, alle beide. Sie würden alles tun, um ihren Platz in der Welt zu verteidigen. Jorunn ist besser als sie, und du wirst nicht das Gegenteil behaupten.»

Einar drehte sich um, und Helga war so erschrocken, dass sie nach Luft schnappen musste. Sein Gesicht war auf seltsame Art verzerrt – sie erkannte den sonst freundlichen, offenherzigen Jungen kaum wieder, stattdessen war da etwas anderes in ihm, etwas Zorniges – etwas, das einen Hammer wie eine Waffe hielt.

Jemand, der einem anderen alles Mögliche antun könnte.

Die Erkenntnis traf sie wie ein Eimer eiskaltes Wasser. *Und der alles für* sie *tun würde.*

«Tut mir leid», murmelte sie, ohne den Blick von Einar abzuwenden. «Ich wollte bloß etwas Nettes sagen. Ich geh besser wieder.»

Einars Gesichtsausdruck wurde weicher, und sie erkannte hinter all der Wut wieder ihren Bruder. «Du kannst bleiben, wenn du willst, aber ich muss arbeiten. Und ich … ähm … ich weiß schon. Ich weiß schon, was du versuchst. Aber manchmal hilft Reden einfach nicht. Man muss etwas … tun.»

Er verstummte und sah sie an.

Er sucht nach Worten, dachte sie, *aber er findet keine.*

Stattdessen drehte Einar sich wieder um, hob seinen Hammer und ließ ihn mit Wucht auf die Arbeitsplatte niedersausen.

Helga ging rückwärts aus dem Schuppen, sie wagte es nicht, den Blick von ihm abzuwenden. Da war etwas in seinem Gesichtsausdruck gewesen, das sie zuvor noch nicht gesehen hatte: Entschlossenheit. *Man muss etwas tun.* Hatte er …?

Als sie die Tür schloss, spielte die Abendbrise mit ihren Nackenhaaren. Sie schauderte.

Unnthor lehnte sich in seinem Stuhl zurück, mit Hildigunnur auf seiner rechten und Sigmar auf der linken Seite. «Ich kann sie nicht ewig hierbehalten. Es gibt nicht genügend Platz, und bald wird es auch nicht mehr genug zu essen geben.»

«Also ist der Erste, der den Hof verlässt, der Mörder?», sagte Sigmar.

«Das ist schwach», sagte Hildigunnur. «Dann bräuchte der

wahre Schuldige ja nur zu warten, bis deine Männer den Unglückseligen töten, der als Erster auf ein Pferd steigt.»

Unnthor schnaubte. «Meine Frau ist weise. Und anscheinend ist sie außerdem in der Lage, selbst wie ein Mörder zu denken.»

Hildigunnur lächelte süßlich. «Das ist die Grundvoraussetzung dafür, mit dir verheiratet zu bleiben, mein Liebster.» Sie kicherte. «Aber wenn niemand ein Geständnis ablegt und wir das Messer nicht finden …»

«Es gibt da etwas, das wir tun könnten», sagte Sigmar. Unnthor und Hildigunnur drehten sich zu ihm um. «Bjorns Sohn hatte doch den Anhänger. Wir könnten die Götter befragen.»

Unnthor schnaubte. «Die werden nicht zuhören. Und wenn sie es täten, würden sie uns vielleicht nicht das erzählen, was wir hören wollen.»

Aber in Hildigunnurs Augen zeigte sich ein hoffnungsvolles Schimmern. «Das ist ein ausgezeichneter Einfall», sagte sie und lächelte Sigmar an.

«Warum?»

«Sei still, Ehemann. Dein nächster Gedanke ist, dass wir es einfach aus ihnen herausprügeln könnten, und wenn es dazu kommt, wirst du ein ganzes Haus voller Mörder haben. Nein, Sigmar hat recht. Die Götter werden es wissen.»

«Dann ist es also entschieden», sagte Sigmar.

Unnthor nickte und verzog widerwillig den Mund. «Es ist entschieden.»

Hatte Sigmar den Mann ermordet, der ihn beleidigt hatte? Hatte Gytha die Beherrschung verloren? Hatte Einars verlorene Liebe ihn in den Wahnsinn getrieben? Helgas Gedanken rasten; jeder von ihnen kam als Mörder in Frage. Runa? Sie hatte sich merkwürdig verhalten und war nervös gewesen. Jorunn? Sie hatte gelogen – aber aus welchem Grund?

Im Geiste sah sie die Gesichter der Familie vor sich, alle knurrten und spuckten, hatten Finsternis im Herzen und Mordlust im Blick. Sie bemerkte die Gestalt im Schatten bei der Schuppenecke erst, als sie beinahe über einen ausgestreckten Fuß gestolpert wäre. «Oh!»

«Entschuldigung», murmelte Volund und zog seine langen Beine ein. «Ich wollte nicht ...»

«Nein, nein», sagte Helga schnell, «du hast nichts falsch gemacht, Volund, wirklich nicht. Aber warum sitzt du hier draußen?»

«Weiß nicht.»

Was soll ich sagen? Was tun ...? Helga riss sich zusammen, um die vorauseilenden Gedanken zu bremsen, und tat das, was ihr als Erstes in den Sinn kam.

Sie setzte sich neben den Jungen und hob den Kopf. Es hatte etwas Wunderbares, dort zu sitzen und in den Himmel zu blicken. Aus dem Langhaus konnten sie gedämpfte Stimmen hören. Weit weg auf der Wiese muhte kläglich eine Kuh.

«Das Licht ändert sich», sagte sie.

«Ja.» Eine kurze Pause, dann: «Das tut es übrigens immer, weißt du.» Ein leises Geräusch folgte, fast so, als ob er vergeblich versuchte, sich zu räuspern.

Helga musterte ihn und nahm eine Bewegung wahr. Sein Mundwinkel zuckte. «Hast du mich gerade etwa aufgezogen?», fragte sie ungläubig.

Es platzte aus Volund heraus wie ein Strom, der lange gestaut war, er gluckste, kicherte los und prustete schließlich. «Ja!», stieß er hervor und verbarg sein Gesicht in seinen schaufelartigen Händen, während er sich vor schlecht verhüllter Heiterkeit schüttelte.

Helga spürte ein angenehmes, warmes Gefühl in ihrer Brust. Die Liebe, die von dem Jungen ausging, war beinahe greifbar. «Wenn das so ist, dann muss ich dich wohl … durchkitzeln!» Blitzschnell tastete sie nach seinem weichen Bauch und –

– der Schlag fühlte sich an, als hätte er ihre Unterarmknochen gebrochen.

Volund sprang auf die Beine und presste seine linke Hand ungelenk abgewinkelt an seine Schläfe, sein Mund war in einem stummen Schrei erstarrt.

Was habe ich getan? «Volund, es tut mir leid – ich wollte dich nicht erschrecken!» Sie richtete sich auf und flehte ihn an: «Bitte, setz dich wieder. Bitte. Kein Kitzeln mehr, ich verspreche es dir.»

Doch der Junge taumelte von ihr weg und warf seinen Kopf hin und her, wie ein Pferd, das versuchte, einen Fliegenschwarm zu verscheuchen.

Sie schluckte und spürte einen Kloß im Hals. Aus irgendeinem Grund hatte Einars Zurückweisung nicht halb so weh getan wie das hier.

Die Tür des Langhauses kündigte ihre Ankunft mit einem lauten Knarren an, aber niemand schenkte ihr mehr als einen flüchtigen Blick, denn alle Augen waren auf Sigmar gerichtet, der neben Unnthor und Hildigunnur am Kopf der Tafel stand.

«... und wenn die Sonne aufgeht, werden wir alle zu dem Stein und der Eiche gehen und die Götter um Rat fragen», schloss er. Dann fügte er hinzu: «Bis dahin werden meine Männer Wache halten.» Er zeigte auf einen drahtigen Mann mit schütter werdendem Haar und einem harten Zug um den Mund. «Thorolf wird Unnthors Kommando unterstehen.» Der Mann, der anscheinend Thorolf hieß, nickte.

Helga warf einen Blick zu ihrem Vater, der mittlerweile jünger wirkte – jünger und lebendiger. Keine Spur mehr von dem müden alten Mann, der mit ihr gesprochen hatte, bevor die Gäste eingetroffen waren. Offensichtlich behagte ihm die Vorstellung, dass er Männer befehligen sollte.

«Ihr habt ihn gehört», sagte Hildigunnur. «Wir werden den Göttern morgen ein Opfer darbringen. Bis dahin brauche ich euch» – sie zeigte auf die Frauen –, «damit ihr mir hier drinnen bei allen möglichen Dingen zur Hand geht. Alle anderen: Raus aus meinem Haus!» Den letzten Befehl erteilte sie mit einem Lächeln, doch dadurch nicht weniger gebieterisch.

Ihr Befehl geht ohne Umweg in ihre Füße, dachte Helga, denn die Männer waren bereits aufgestanden und schlenderten auf die Tür zu. Es spielte keine Rolle, wer sie waren – Häuptling oder Wache, sie alle wussten, wem sie ohne Widerspruch zu gehorchen hatten.

Als die Männer verschwunden waren, klatschte Hildigunnur in die Hände. «Also gut. Wir machen einen Eintopf. Ihr beiden, Gemüse.» Agla und Gytha steuerten zielstrebig auf den Küchentisch zu.

«Ich brauche jemanden, der gut mit einer Nadel umgehen kann.»

«Das kann ich», sagte Runa.

«Gut. Jorunn – zu mir.» Ohne ein weiteres Wort setzte sich Hildigunnur nieder und wartete darauf, dass ihre Tochter neben ihr Platz nahm. Ein vielsagender Blick verriet Helga, dass ihre Anwesenheit ebenfalls erforderlich war. Als sie sich alle niedergelassen hatten, musterte die alte Frau ihre versammelte Arbeitstruppe rund um die Feuerstelle, bevor sie ihre Tochter mit einem einschüchternden Blick anstarrte.

«Was ist hier los?»

«Ich … ich weiß nicht», stammelte Jorunn.

«Muss ich mir Sorgen machen, dass dein Ehemann und seine Leute uns allen die Kehle aufschlitzen werden, wenn wir schlafen?»

«*Nein!* Ich meine – nein, ich denke – nein …» Jorunn blickte auf ihre Füße, sah dann wieder zu ihrer Mutter auf. «Ich dachte, er wäre ein schlechter Mann», sagte sie, und ihre Oberlippe zitterte. «Ich dachte, er hätte eine andere gefunden.»

Helga war sich bewusst, dass der Blick nicht ihr galt, aber sie hatte trotzdem das Gefühl, unter Hildigunnurs eindringlichem Starren innerlich zu gefrieren. *Wie kann sie nicht sehen, dass ihre Tochter lügt?* Aber anscheinend bemerkte die Königin von Flussfeste es nicht.

Stattdessen seufzte die alte Frau und setzte dann ein Lächeln auf. «Können wir es je wissen?» Einen Moment lang schwiegen sie einträchtig.

«Wer hat es getan, Mutter?», fragte Jorunn. Sie sah plötzlich jünger aus.

Das Lächeln wich aus Hildigunnurs Gesicht. «Ich weiß es nicht», sagte sie, «aber wir werden den Schuldigen finden. Und wenn es so weit ist, wird er bekommen, was er verdient.»

Das schien Jorunn zu beruhigen. «Ich muss kurz nach draußen», sagte sie. «Ich bin gleich zurück, und dann will ich etwas zu tun bekommen.»

«Oh, darüber mach dir mal keine Sorgen.» Hildigunnur lächelte ihre Tochter an, als diese aufstand.

Sie lügt. Sie hält dich für eine Närrin. Sie ist in den Mord an Karl verwickelt. Die Worte lagen ihr schon auf der Zunge, aber Helga schaffte es nicht, sie Hildigunnur zu Gehör zu bringen – oder sie überhaupt auch nur auszusprechen. Stattdessen betrachtete sie nur stumm ihre Mutter, die Jorunn nicht aus den Augen ließ, bis sich die Tür hinter ihr geschlossen hatte. Es war unmöglich zu erraten, was sie dachte.

«Sie sieht aus, als ob es ihr richtig gutgeht», sagte Helga schließlich.

Hildigunnur schürzte ihre Lippen. «In der Tat», sagte sie. «Und beim Wettlauf rund um die Wiese war sie auch ganz schön schnell.»

Sie hätte vor Erleichterung seufzen können. *Es geht nicht nur mir so. Mutter kann die Lüge ebenfalls riechen.* Ihre Gedanken überschlugen sich erneut, doch sie hatte noch immer keine Antworten. *Was geht hier vor sich? Warum hat Jorunn gelogen? Und warum spielt Mutter ihr Spiel mit?* Dann drängte sich ein anderer Gedanke in den Vordergrund. *Was will meine Mutter damit erreichen?*

Schließlich sagte sie: «Was muss getan werden?»

«Wir müssen das Essen für die Familie zubereiten», sagte Hildigunnur und fügte hinzu: «Und für unsere neuen Gäste.»

Helga dachte über Sigmars Männer nach. Einige hatten schweigend dagesessen und gewartet; andere hatten leise miteinander geredet; niemand hatte versucht, sich mit der Familie zu unterhalten. Nichts an ihnen war auffällig. *Es sind nur Männer.* Keiner von ihnen hatte besonders mordlustig ausgesehen.

Vielleicht aber war es einer von ihnen.

Vielleicht waren es alle.

Die Stimme ihrer Mutter drang leise in ihr Ohr. «Denk nicht so viel nach.» Helga sah sie an, aber die alte Frau war damit beschäftigt, den Saum ihres Kleides zu untersuchen. «Grübel nicht und mach dir keine Sorgen. Verhalt dich ruhig, tu, was zu tun ist. Du musst nicht nach dem Mörder suchen: Er wird sich schon von selbst entlarven, wenn die Zeit reif ist – und dann werden wir ihn schnappen.»

Oder sie, dachte Helga – doch sie sagte nichts. Stattdessen ging sie zum Küchentisch hinüber und machte sich daran, das Wurzelgemüse in Stücke zu schneiden.

Jorunn atmete aus, als sie die Tür hinter sich schloss. Die Sonne hatte ihren höchsten Punkt überschritten, und es wehte eine leichte, angenehme Brise. Auf der anderen Seite des Hofs kläfften die Hunde einander an.

Während sie sich vom Langhaus entfernte, zählte sie ihre Schritte, im Zweiertakt, wieder und wieder, bis ihre Stimme sich beruhigte: «Eins … zwei … eins … zwei …» Sie atmete noch einmal tief aus und ließ ihren Blick über die vertrauten alten Gebäude schweifen: das Langhaus, die Scheune, die Schuppen und Ställe, die Zäune.

«Dieser verfluchte Ort», murmelte sie.

Zu ihrer Linken knarrte eine Tür.

Aus einem Impuls heraus schlüpfte Jorunn hinter die Seitenwand des alten Kuhstalls, ohne die Tür aus den Augen zu lassen.

Kurz darauf erschien dort eine massige Gestalt, es konnte sich nur um Bjorn handeln, auch wenn er bei weitem nicht so laut und übermütig wirkte wie sonst. Er sah sich nach allen Seiten um, bevor er auf den Hof trat. Im nächsten Augenblick ging er in gewohnt prahlerischer Körperhaltung auf das Langhaus zu.

Jorunn schlich sich leise an der Rückseite des Gebäudes entlang, damit Bjorn sie nicht sah. Dann steuerte sie auf die Tür des Kuhstalls zu, aus dem er gerade gekommen war.

Helga sammelte die Schüsselchen ein. Der Geruch des eilig zusammengestellten Eintopfs hing noch in der Luft; Unnthor hatte ein Lamm geschlachtet, um die unerwarteten Gäste willkommen zu heißen, doch das Blut hatte er für den nächsten Tag aufbewahrt.

Der Esstisch wirkte so anders, jetzt, da Sigmars Männer sich um das eine Ende versammelt hatten. Sie hatten sich ausnahmslos gut benommen, aber in ihrer Anwesenheit lag eine unausgesprochene Drohung, eine Ankündigung von Gewalt. Helga gab ihr Bestes, sie nicht weiter zu beachten, so wie die Männer auch sie nicht beachteten.

Sigmar, der zu Unnthors rechter Hand saß, erhob sich und

bat um Ruhe. «Wir danken unseren gütigen Gastgebern für die Bewirtung», begann er.

Unnthor stand auf; er überragte den Schweden um einen halben Kopf. «Und wir danken euch für euren Schutz», sagte er. Rund um die Tafel ein Nicken und zustimmendes Gemurmel. «Die Sonne ist untergegangen, aber ich glaube, noch ist keiner bereit, schlafen zu gehen, oder?»

«Nein!», piepste der kleine Bragi, bevor seine Mutter ihn zum Schweigen bringen konnte, und alle Gäste lächelten im Einverständnis mit ihm.

«Dann ist es vielleicht Zeit für eine Geschichte», fuhr Unnthor fort.

Stille breitete sich im Raum aus.

«Diese hier habe ich letzten Sommer gehört», begann er. «Vor zwei Sommern ist Aegir Njardarson nach Westen gesegelt – das ist nichts Neues, er fährt regelmäßig dorthin, und es geht das Gerücht um, dass sein Haus auf einer Grube voll Gold erbaut ist. Aber dieses Mal ging es ihm nicht um leichte Beute.

Es war nämlich so, dass Edgar von Wessex vor drei Wintern aus irgendeinem Grund entschieden hatte, Widerstand zu leisten, statt den Tribut zu zahlen – er hatte auch nicht wenige von Aegirs Männern in einen Hinterhalt gelockt. Aegir folgte ihnen, aber er kam zu spät.

Es heißt, er stand auf einem Hügel und überblickte ein Feld voller Männer, als Edgar ihnen die Schädel einschlug, sie in eine Grube warf und über sie hinweg in ihrer Sprache ausrief, wie wichtig er sei und dass der Weiße Christus die Krone von England beschützen werde.

Und Aegir griff nicht an.

Nicht zu diesem Zeitpunkt.

Stattdessen segelte er davon, zurück zu den Fjorden. Manche sagen, seine Frau sei eine Wetterhexe gewesen. Manche sagen, er habe sie um einen harten Winter gebeten. Nun, ob er darum gebeten hatte oder nicht, er bekam ihn.

Nach diesem Winter hatte Aegir ein Schiff voller zäher, hungriger Männer, und keiner war hungriger als sein Sohn, Sigurd Aegisson. Also segelten sie nach Westen. Andere wären einfach drauflosgestürmt, hätten mit erhobenen Äxten angegriffen und alles niedergemetzelt.

Aber Aegir tat das nicht.

Stattdessen schickte er seinen Sohn und einige seiner Freunde, und sie stahlen Edgars Krone – entwendeten sie aus seinem Schlafgemach, ohne jemandem ein Haar zu krümmen.»

«Und was ist dann passiert?» Gythas Stimme klang ungeduldig vor lauter Spannung.

Unnthor grinste. «Aegir hat gewartet, bis die Männer des Königs am Strand erschienen. Dann hat er die Krone vor ihren Augen ins Meer geworfen.»

Rund um den Tisch ertönten Ausrufe und Gelächter.

«Edgar war außer sich vor Wut – hat den Ärger an seinen Männern ausgelassen. Er ließ den Hauptmann seiner Wache hinrichten, und als seine Familie sich darüber beklagte, ließ er auch sie hinrichten, weil sie ‹mit den Nordmännern im Bunde› seien.

Da hat sein eigenes Volk seine Burg gestürmt und ihn auf einer Heugabel herausgetragen.»

Denn wenn man jemanden umbringen will, ohne dafür belangt

zu werden, sollte man besser eine Krone auf dem Kopf haben, dachte Helga.

«Auf Aegir!» Sigmar hob seinen Krug.

«Auf den Norden!» Bjorn tat es ihm gleich.

«Auf kopflose Könige!», schrie Jorunn unter dem Gelächter der anderen und brach damit die andächtige Stille, die Unnthors Geschichte begleitet hatte. Gespräche setzten ein, während die Gäste sich erhoben. Manche gaben weitere Geschichten zum Besten, die die Erzählung des Häuptlings noch übertreffen sollten, und mindestens drei von Sigmars Männern behaupteten lautstark, dass sie jemanden kannten, der auf demselben Schiff gewesen sei, und Bjorn erzählte eine Zote von einem Überfall auf ein Nonnenkloster.

Sigmar sprach leise mit Unnthor und Hildigunnur, bevor er nach draußen ging. Beide lächelten, aber sobald er weg war, sah Helga, wie ihr Vater auf Aslak zutrat, ihm eine Hand auf die Schulter legte, sich zu ihm hinunterbeugte und dem jungen Mann etwas ins Ohr flüsterte. Aslak versteifte sich, dann ging er langsam zum Hinterausgang. Helga räumte die letzten Töpfe weg, und als sie sich umsah und bemerkte, dass Sigmar wieder hereinkam, war Aslak verschwunden.

Der Lärm, den die Gespräche der leicht betrunkenen Männer verursachten, gab Helga ein warmes, weiches Gefühl, während sie zusammengerollt unter ihrer Decke lag. Es klang ein wenig wie das Plätschern des Flusses, manchmal schneller, manchmal lauter, aber fortwährend und beständig. Es war nun fast unangenehm warm, also streckte sie eine Hand unter ihrer Decke hervor.

Das Wasser kühlte ihre Fingerspitzen.

Helga blinzelte und sah sich um.

Sie konnte das Gras unter ihren Handflächen spüren, es war saftig und roch süßlich. Die Sonne schien matt und war irgendwo hinter einer Wolke versteckt, aber das Plätschern des Flusses war immer noch zu hören.

«Es ist ein herrlicher Tag.» Der Alte saß neben ihr. Die Krempe seines Huts hing über einem Auge herab.

Sie hatte ihn hier wohl nicht erwartet, doch aus irgendeinem Grund war sie nicht überrascht. «Ja.»

«Und da sitzen wir, direkt am Flussufer.»

«Ja.»

«Und was hast du herausgefunden?»

Helga dachte nach. «Ich habe eine Rune ins Holz geritzt.»

«Gut. Hat es geholfen?»

Sie dachte noch einmal nach. Hatte sie Runas Bedürfnisse und Wünsche gesehen? «Vielleicht.»

Der Alte lehnte sich zurück und lächelte wie eine Katze bei Sonnenschein. «Vielleicht», wiederholte er. «Gut.»

Plötzlich fühlte sich Helga unwohl. «Wieso ist das gut? Mein Ziehbruder Karl ist tot, sie werden es einem einfältigen Jungen anhängen, und ich habe keine Ahnung, was los ist! Jorunn lügt aus irgendeinem Grund, wir haben auf einmal in jeder Ecke bewaffnete Männer, und womöglich sitzen wir hier alle zusammen auf dem Gutshof fest, bis wir verhungern oder mein Vater den Verstand verliert.»

«Und was wirst du tun?»

«Ich weiß es nicht!»

Der Alte fasste an seine Hutkrempe, als wollte er sich versichern, dass der Hut noch saß, dann sah er auf und blickte in die Ferne. «Ja», murmelte er. «Ja.»

«Ja *was*?», blaffte Helga.

«Du musst Fragen stellen.»

«*Welche* Fragen?» Es war ihr mit einem Mal unangenehm, dass sie den Alten angeschrien hatte.

«Das ist für den Anfang schon eine recht gute», antwortete er mit einem Grinsen, das Helga ihm am liebsten mit dem Ellbogen aus dem Gesicht gewischt hätte. «Du weißt, was, wo, wann und wie. Du hast nach dem Wer und dem Warum gefragt.»

«Ja.»

«Aber hast du auch nach der Vergangenheit gefragt? Der Zukunft? Dem Geschmack von Blut und dem Geruch von Schweiß und den brünftigen Lauten auf einer Lichtung?»

Helga errötete. «Das verstehe ich nicht.»

«Das wirst du noch. Finde heraus, was sich in einem Namen verbirgt, und du wirst es verstehen.»

Der Alte legte seine warme, schwere Handfläche auf ihr Brustbein. Als der Fluss vor ihren Augen verblasste, wurde Helga bewusst, dass ein zusätzliches Gewicht an ihrem Lederhalsband hing und es beschwerte.

Unnthor sah, wie Helga sich im Schlaf hin und her warf. Er runzelte die Stirn. Als Hildigunnur sich näherte, blickte er nicht auf, sondern fragte nur leise: «Geht es ihr gut?»

«Sie ist gescheit.» Hildigunnur legte ihre schlanke Hand auf seinen Unterarm und drückte ihn sanft. «Und weil sie gescheit ist, fürchtet sie sich.»

Unnthors Muskeln spannten sich an, als er die Hand zur Faust ballte. «Wir müssen dem ein Ende machen. Was auch immer dazu nötig ist.»

Hildigunnur trat näher an ihren Mann heran und umarmte ihn. «Mein Ehemann ist weise», sagte sie leise. «Und das werden wir.»

KAPITEL 14

NACHTWERK

«Mutter!»

Schiere Panik lag in dem Wort, und Helga war sofort hellwach. Im selben Moment flog die große Tür auf. Vor dem Türrahmen zeichnete sich eine Gestalt ab – eine schlanke weibliche Figur. Eine kühle Brise wehte herein und brachte einen Geruch mit sich, von dem sie wünschte, sie würde ihn nicht wiedererkennen.

Blut.

Ein durchdringender Schrei folgte, irgendwo draußen.

«Mutter!» Jorunns Stimme war aufs äußerste gespannt, wie ein Tau an einem aufgeblähten Segel.

«Macht Licht!» Hildigunnurs Stimme drang schrill durchs Haus, und kurz darauf waren Funken von den Feuereisen in der Dunkelheit zu sehen. Eine Fackel flackerte auf. «Bist du verletzt?» Von der Tür war nur ein Schluchzen zu hören. *«Antworte mir!»*

«Es geht nicht um mich», sagte Jorunn und stützte sich gegen einen Türpfosten, um das Gleichgewicht nicht zu verlieren. «Es geht um Bjorn.»

Helga sprang von ihrem Lager und lief hinter ihrem Vater auf die Tür zu. Alle bewegten sich nun, eilten auf den Ausgang zu, dem Mörder entgegen. Undeutliche Rufe erklangen, die

Hunde bellten vor Aufregung, Sigmar brüllte Befehle auf dem Hof – *ich habe ihn nicht hinauslaufen sehen – er war wohl gar nicht im Haus* – und dann rannten sie alle, so schnell sie konnten, auf den alten Kuhstall zu, den Einar und sie für Bjorn und seine Familie hergerichtet hatten. Die Gebäude lagen dunkel und geradlinig im Mondschein. Rufe nach Fackeln hallten über den Hof und vermischten sich mit dem Gebell der Hunde.

Und dann sah sie ihn. Er wirkte riesig groß, selbst im Tod. Er lag gleich vor der Tür seiner Unterkunft. Thyri hockte neben ihm und war wie benommen. Vor Schreck blieb Helga stehen und wurde kurzerhand von ihrer Mutter beiseitegestoßen.

«Was ist passiert?» Die alte Frau schob sich durch das Gedränge der Männer und kniete sich neben Thyri, die sie mit weit aufgerissenen Augen ansah.

«Ich weiß es nicht», sagte Thyri. Ihre Stimme war unnatürlich ruhig. «Wir waren gerade zurückgekehrt. Volund ist schlafen gegangen. Bjorn wollte noch weiter reden und trinken, also ist er später nachgekommen – ich muss schon eingeschlafen sein, aber mir war, als hätte ich Stimmen vernommen … und dann hörte ich ihn hereinkommen. Er ist immer sehr leise, wenn er glaubt, dass ich schlafe …» Jetzt flüsterte sie. «Aber er ist nicht zum Schlafplatz gekommen.»

Hildigunnur griff nach ihrem Arm und drückte ihn. «Ich weiß, es tut weh, aber du musst weiterreden, solange es dir noch frisch im Gedächtnis ist. Du dachtest, du hättest Stimmen gehört – hast du irgendetwas verstanden?»

«Nein», sagte Thyri, «nichts.»

«Aber es waren auf jeden Fall zwei Personen.»

«Ja.»

«Da bist du dir sicher?»

«Ja.»

«Zwei Männer oder ein Mann und eine Frau?»

Thyri sah sie mit verwirrtem Gesichtsausdruck an. «Das … das kann ich schwer sagen.»

«Und dann?»

«Ich bin aufgewacht, weil ich einen Schmerz in der Brust gespürt habe.» Im flackernden Licht der Fackel sah Helga, dass Tränen auf Thyris Wangen glitzerten. «Und ich konnte Jorunn hören – sie sprach seinen Namen, immer und immer wieder, sagte ihm, er solle aufwachen. Also bin ich aufgestanden und hinausgegangen, und da war Jorunn schon losgelaufen, um euch zu holen, weil jemand ihn …» Ihre Worte wurden von unbändigem Schluchzen erstickt.

Hildigunnur erhob sich und wandte sich ihrem Mann zu. «Keiner rührt sich von der Stelle», sagte sie. «Gib Jaki und Einar Fackeln und sag ihnen, sie sollen nach Spuren suchen. Wir sollten sichergehen, dass niemand über den Zaun eingedrungen ist.»

«Und dann?», knurrte Unnthor.

Hildigunnur antwortete nicht, sondern kniete sich erneut neben Bjorn, wobei sie Helga einen auffordernden Blick zuwarf. *Hoffentlich gewöhne ich mich nicht noch daran*, dachte Helga, während sie sich zu ihrer Mutter hockte.

Hildigunnur griff nach ihrer Hand und legte sie auf eine Wange des Toten. Bjorns Körper fühlte sich bei der Berührung kalt an, aber … *da*. Ein kleiner Rest Wärme.

«Er ist noch nicht lange tot. Aber wo …?» *Wo ist das Blut?*

Er lag verdreht am Boden, halb auf dem Rücken, ein Arm war unter ihm eingeklemmt. «Hilf mir, die Wunde zu finden», murmelte Hildigunnur, griff nach der Schulter ihres riesigen Sohns und drehte ihn zu sich um.

Die Rückseite von Bjorns Hemd war klebrig. «Da», sagte Helga, als sich die Gerüche von Erde und Blut miteinander vermischten, der Gestank eines Sterbenden aufstieg und alles, was sie noch hätte sagen können, erstickte.

«Genau zwischen die Schulterblätter. Muss das Herz durchdrungen haben», sagte Hildigunnur durch zusammengebissene Zähne.

Ein Gedanke schoss Helga durch den Kopf. «Wo ist Volund?»

«Woher in Hels Namen soll ich das wissen?», fuhr ihre Mutter sie an.

«Er ist drinnen», sagte Thyri.

«Und niemand hat daran gedacht, ihn herbeizuholen?» Hildigunnur knurrte etwas Unverständliches, schnappte sich die Fackel von einem von Sigmars Männern, als sie aufstand, und stürmte dann durch die halb offene Tür in den Kuhstall. «Volund?»

Einen Herzschlag lang herrschte Stille – und noch einen Herzschlag – und noch einen. Nur das leise Knistern der brennenden Fackeln war zu hören. Durch die Dunkelheit im Türrahmen des Stalls strömte die Stille in die Welt hinaus wie aus einem offenen Grab. Dahinter schien die Zeit stillzustehen, Hildigunnurs Flamme bewegte sich nicht.

Helga hatte den gleichen Einfall wie Unnthor, doch er war einen halben Schritt schneller als sie.

Drinnen schwankten die Schatten an den Wänden. Hildigunnur stand reglos da, neben Volunds Schlafplatz, und starrte den Jungen an. Die Decke war beiseitegeworfen.

Sie alle blickten auf den polierten Horngriff eines Messers, das unter Volunds Kopfkissen hervorlugte.

Agla hatte Thyri weggeführt, um sich mit ihr ans Feuer zu setzen. Gytha und Runa blieben in ihrer Nähe, um ihr Gesellschaft zu leisten und für ein Gespräch bereitzustehen, doch Bjorns Frau weinte ohne Unterlass still vor sich hin. Ihr Gesicht war von Schmerz verzerrt, eine starre Maske aus harten Wangenknochen und weichen Lippen, die sie mit aller Kraft zusammenpresste.

Sie sagte kein Wort.

«Der Junge?», fragte Unnthor.

«Er muss zu Hause auf ihrem Hof beobachtet haben, wie sein Vater Tiere schlachtete», sagte Jorunn.

«Und dann?», fragte Hildigunnur. «Dann hat er seinen Vater angegriffen?»

«Wer sonst? Ihr habt das Messer unter seiner Decke gefunden. Er muss sich hinausgeschlichen haben – aus welchem Grund, das weiß ich nicht –, draußen ist er seinem Vater begegnet und hat ihn niedergestochen, als dieser ihm den Rücken zugekehrte.»

«Ich denke, wir können alle deutlich sehen, dass es der Schwachkopf war», sagte Sigmar und wirkte besorgt. «Er hat die Größe seines Vaters, aber nichts von seinem Verstand – und ich kann mir nicht vorstellen, wie er es abstreiten will. Aber wir sollten morgen trotzdem die Götter befragen», fügte er hinzu. «Es ist nur recht, dass sie unsere Entscheidung bestätigen.»

Jorunn nickte. «Du hast recht. Ich … Was gibt es denn, Ingi?»

Ein kümmerlich aussehender Kerl mit dünnen Strähnen auf dem Kopf und flaumigem Haar an den Schläfen hatte drei Schritte auf die Gruppe zugemacht. «Wir haben Spuren gefunden.»

«Wo?», fragte Hildigunnur schnell.

Vater zeigt gar keine Reaktion. Helga wurde von Unbehagen ergriffen. *Er weiß etwas.*

«In der nordöstlichen Ecke der Umzäunung – aber sie führen nicht herein. Sie führen hinaus.»

Einen Augenblick lang herrschte Schweigen. Dann sagte Jorunn langsam und mit ruhiger Stimme: «Wo ist Aslak?»

KAPITEL 15

VERHANDLUNG

Helga musterte die Gesichter. Jorunn hatte die Augenbrauen zusammengezogen, als ob sie gerade ein kompliziertes Rätsel löste. Die Miene ihre Mutter wirkte wie ein Käfig, der wilden Donner gefangen hielt. Sigmar konnte das Misstrauen in seiner Mimik nicht verhehlen.

«Der Junge hatte die Waffe. Er ist ein Schwachkopf. Er hat es getan. Nicht Aslak», sagte Unnthor.

«Aber …», begann Jorunn.

«Nichts aber. Es war nicht Aslak.» Der alte Mann starrte einen nach dem anderen an, gefasst darauf, dass sie ihm widersprachen. Doch niemand tat es.

«Wer dann?»

«Wie schon gesagt, Tochter: irgendjemand hier. Und alles deutet darauf hin, dass es der Junge war. Er ist in mein Haus gekommen, als mein *Gast*.»

Helga konnte ihrem Vater ansehen, wie bitter das letzte Wort für ihn war. Gastrecht war Gesetz, und man konnte es nicht verletzen. Hildigunnur hatte ihr einmal erklärt, weshalb. Es war eine Sache des Überlebens: Wenn Gastgeber die Sicherheit ihrer Gäste nicht garantieren konnten, würde niemand mehr reisen und niemand Handel treiben, und ohne Handel würde das Überleben um einiges schwerer. So stand es sogar im Hávamál. Unnthor würde mit der Schande leben müssen, dass zwei seiner Söhne unter seinem eigenen Dach ermordet worden waren – er hatte nur eine Möglichkeit, seinen Namen wieder reinzuwaschen: Er musste den Mörder finden und ihn seiner gerechten Strafe zuführen.

Und jetzt hatte er Volund als Schuldigen auserkoren. Der Junge saß an einem der großen Stützbalken in der Mitte der Halle, mit einem Mann an jeder Seite, damit er nicht weglief. Volund, der keinen Vater mehr hatte, um ihn zu verteidigen. Volund, dessen Augen Helga auf ihrem Weg durch den Raum auf sich gespürt hatte, mit flehendem Blick. Unnthor hatte seinen Mörder, und wenn Sigmar seinen Willen bekam, würden sie schon bald eine Antwort von den Göttern erhalten, die seine Schuld bestätigte.

Wie überaus praktisch.

Sie blinzelte, um den Kopf freizubekommen. *Nein.* Das konnte es nicht sein. Es *konnte* nicht Unnthor sein. Sie musterte ihn noch einmal, versuchte, einen Mann in ihm zu sehen, der kaltblütig mordete. Sie schauderte. Oh ja, da war etwas: in den Kanten des Kiefers und den Schatten der Wangenknochen, in der Breite der Schultern und der Haltung des Ellbogens. Mit Sicherheit war da etwas. Aber wenn sie ihrem eigenen Vater nicht trauen konnte – Ziehvater, ermahnte sie sich –, wem konnte sie dann überhaupt trauen?

Das Langhaus kam ihr mit einem Mal viel enger vor, die Wände waren näher herangerückt.

«Ich brauche etwas Luft», murmelte sie, als sie an ihrer Mutter vorbeiging. Sie wartete keine Antwort ab.

Vor der Tür umfing sie die Nacht. Kein Geräusch war zu

hören, niemand rannte auf dem Hof herum und jagte einen Mörder. Es war nur dunkel und still. Ab und an vernahm sie einen Ruf von Sigmars Leuten, und gelegentliches Flackern zeigte ein Licht in der Ferne an, doch sie verspürte die eigentümliche Gewissheit, dass sie nichts finden würden, was auf einen Mörder von außerhalb hindeutete.

Nein, es musste einer von ihnen sein.

Aber wer würde Bjorn hinterrücks niederstechen?

Sie schnaubte, denn ihr wäre als Erstes Karl eingefallen, aber der war tot und begraben. Also wer dann? Aslak? Er war verschwunden – doch sie war sich sicher, dass das etwas mit ihrem Vater zu tun hatte. Konnten sie gemeinsam darin verwickelt sein? Schwerlich. Was war mit seiner übellaunigen Ehefrau? Nein, Runa war, seltsam genug, nun sehr viel weniger streitlustig als zu Beginn ihres unglücklichen Besuchs, zufriedener damit, sich nur mit ihren Kindern zu beschäftigen. Helgas Gedanken kehrten zurück zu Volund. Hatte er es vielleicht doch getan? Er hatte ihr gezeigt, dass sein Vater ihn nicht besonders gut behandelte – aber musste daraus gleich Mord werden? Und davon abgesehen, warum sollte er Karl umgebracht haben?

Sie hob den Kopf und dachte einen Moment lang, dass sie für jeden der Punkte am Himmel ein Gesicht aus Flussfeste sehen würde. Der Gedanke erheiterte sie. *Sie sehen alle auf mich herab.*

Helga nahm einen tiefen Atemzug und stieß die Luft langsam wieder aus, bevor sie sich zum Langhaus wandte. Weitere Grübeleien würden bis morgen warten müssen.

Als sie aufwachte, waren die anderen bereits auf den Beinen, Türen wurden knarrend geöffnet und wieder zugeschlagen, und sie konnte hören, wie ihre Mutter auf der anderen Seite der Halle Agla herumkommandierte. Selbst durch den Schleier der Schläfrigkeit hindurch glaubte sie ziemlich genau einschätzen zu können, in welcher Lage Karls Witwe gerade steckte – bis jetzt war es nicht allzu schlimm, aber es würde sich noch steigern.

«Helga! Du brauchst mir gar nichts vorzuspielen, du Faulpelz, ich weiß doch, dass du wach bist.»

Na, wenn ich es noch nicht gewesen wäre, dann wäre ich es jetzt mit Sicherheit. Sie schwang die Beine auf den Boden. Ein Hauch frischer Morgenluft strich über ihr Schienbein, und blitzartig kam ihr das Bild von Karls bläulicher Haut wieder ins Gedächtnis – seine haarigen Beine, blass, weiß und kalt. Sie schauderte, aber ging achselzuckend darüber hinweg. *Toter, als er schon ist, wird er auch nicht mehr.*

«Nun komm! Wir müssen hier fertig werden. Die Sonne wartet auf niemanden, und wir haben eine Menge Arbeit zu erledigen.»

Als sie aufstand, fühlten sich ihre Glieder schwer an, und ihr Kopf pochte im Rhythmus ihrer Herzschläge. Widerwillig zog sie sich ein Hemd über und band sich die Schürze um. Fleischgeruch wehte ihr entgegen – den Göttern musste ein Opfer dargeboten werden. *Diese verdammten Holzsäulen speisen besser als ich.* Sie konnte nicht umhin zu denken, dass Unnthor tief im Inneren seine Familie dafür verfluchen musste, was sie seiner zusehends schrumpfenden Herde antat.

Hildigunnur hatte Agla mit einem Löffel von der Länge ihres

Unterarms an die Arbeit geschickt, sie sollte das Blut im großen Trog rühren. «Dein Vater hat vier Lämmer geschlachtet. Die Götter werden uns die Wahrheit sagen – oder ich werde sie niemals mehr um irgendetwas bitten. Jetzt übernimm mal für Agla, Mädchen – ihr tun bestimmt schon die Arme weh.»

«Nicht nötig – ich komme zurecht», antwortete Agla, doch Helga konnte sehen, wie sie sich quälte. Nicht, dass es eine große Überraschung gewesen wäre: So wie Karl ihren Hof beschrieben hatte, klang es, als müsste sie dort keinen Finger rühren.

«Ich weiß, aber ich muss dem Mädchen etwas zu tun geben. Wenn ich sie nicht beschäftige, schnüffelt sie als Nächstes Sigmars Männern hinterher.»

Helga schoss das Blut in die Wangen, aber es war mehr aus Gewohnheit; wirklich empört war sie nicht. Sie nahm ihren Platz auf dem hohen Schemel ein und erhielt den Löffel von Agla, die ihre Leidensmiene und ihre Erleichterung nur dürftig mit einem schwachen Lächeln überspielen konnte. Als Helga sich daranmachte, das Blut zu rühren, sagte Hildigunnur: «Sorg dafür, dass es schön flüssig bleibt. Dein Vater wird die Gesichter damit anmalen müssen, und es sieht besser aus, wenn es nicht klumpt.»

Helga blickte in die rötliche Suppe hinab. *Wie viel Blut ist in vier Lämmern? Mehr als in Unnthors zwei ältesten Söhnen? Oder weniger?* Es spielte keine Rolle. Es war ohnehin nicht mehr im Körper, und es half nicht weiter. *Die Götter werden uns gar nichts erzählen.* Als ihr dieser Gedanke durch den Kopf schoss –

– verspürte sie einen so heftigen Schmerz, dass ihr Atem kurz aussetzte.

Die Haut auf ihrer Brust fühlte sich an, als würde sie verbrennen, als stächen tausend Nadeln in sie, als zöge eine glühend heiße Kette an ihrem Hals.

«Was ist mit dir?» Hildigunnurs Stimme klang weit entfernt.

Und plötzlich war der Schmerz verschwunden, so plötzlich, wie er gekommen war.

Eine Welle der Erleichterung überkam sie mit einer solchen Wucht, dass sie froh war, bereits zu sitzen. Ihre Kopfhaut prickelte, und sie musste sich zusammenreißen, um nicht hinauszurennen und auf dem Hof Wasser zu lassen.

«N-nichts», sagte sie, fand gerade noch die Kraft zu antworten. «Bin bloß müde.»

«Hm.» Ihre Mutter starrte sie einen Moment lang an, bevor sie sich wieder dem Zerlegen des Lamms widmete. Mit hämmerndem Herzen umklammerte Helga den Löffel und konzentrierte sich erneut aufs Rühren. Unter ihr wirbelte das Blut, zog einen Kreis des Todes. Sie spürte noch immer den Nachhall der Schmerzen auf ihrer Haut.

Was ist da gerade geschehen?

«Das reicht wahrscheinlich erst mal. Geh raus an die Luft, atme durch, trink etwas Wasser. Du hast nicht gut geschlafen», sagte Hildigunnur.

Helga konnte nur nicken, Worte wollten ihr nicht über die Lippen kommen. Als sie von ihrem Schemel aufstand, war sie erleichtert, dass ihre Beine tatsächlich taten, was sie von ihnen verlangte.

Was ist nur mit mir los?

Im hellen Licht der Sonne schmerzten zunächst ihre Augen, aber schon bald wusste sie die Weisheit ihrer Mutter zu würdigen. Es war ein wunderschöner Sommertag – warm und trocken unter einem blauen Himmel. Sigmars Männer waren damit beschäftigt, Bretter verschiedener Größe über den Hof zu tragen, mit denen sie hinter dem Langhaus verschwanden. Zweifellos wollten sie sie auf die Wiese bringen. Sie konnte hören, wie Jaki ihnen Befehle erteilte, und offensichtlich genoss er es, das Kommando zu haben. Sie blickte gerade noch rechtzeitig zum Geräteschuppen hinüber, um Einar verschwinden zu sehen. *Er muss beschäftigt sein.*

Gedankenverloren tastete sie nach dem Riemen um ihren Hals und strich über die Runensteine. Sobald ihre Fingerspitze den ersten berührte, wurde alles um sie herum langsamer, und Helga erfasste ein plötzliches Schwindelgefühl. Dann war blitzartig alles wieder wie zuvor.

Zwei.

Sie betrachtete die zwei Runensteine. Die Rune für Bedürfnisse – und die Rune für Antworten. Etwas störte sie daran, wie eine Ratte, die ihr im Hinterkopf herumkroch, unter dem Schlafplatz, in den Wänden, unsichtbar und unfassbar, aber gut zu hören.

Sie musste Fragen stellen. *Fragen … über Namen und Zeit.* Sie brauchte Zeit.

Sie marschierte zurück zur Ecke des Langhauses, griff lässig nach einem Wassereimer und ging auf den Hang zum Flussufer zu. Auf dem Weg versuchte sie, ihre Gedanken zu sammeln. *Fragen.* Sie wusste, dass sie Fragen stellen musste …

Fragen über irgendetwas … etwas, das in der Vergangenheit geschehen war.

«Aber wem?»

Die Worte waren aus ihr herausgeplatzt, noch ehe sie darüber nachdenken konnte, und sie kämpfte gegen den Drang an, sich umzudrehen und die Umgebung nach unfreiwilligen Zuhörern abzusuchen. Stattdessen lauschte sie und wartete darauf, dass ihre Umgebung in irgendeiner Weise reagierte.

Außer dem vereinzelten Krächzen eines Raben irgendwo in der Nähe war nichts zu hören.

Helga hielt ihre Hand in das kalte fließende Wasser. Die Kälte half, den Kopf freizubekommen. Sie tauchte den Eimer ein, und während sie zusah, wie er sich mit Wasser füllte, stellte sie sich ihren Kopf wie einen Eimer vor, der sich mit Ideen füllte.

Als sie den vollen Eimer herauszog, hatte sie einen Plan.

«Sie sind schön.» Gytha stand bei ihrer Mutter und starrte auf die Statuen der Götter Freyr, Thor und Odin, die stolz in der Sonne aufragten; ihr dunkles Holz glitzerte und saugte das Licht auf.

Die Männer hatten eine Art Bühne errichtet; die Götterpfähle überragten selbst die Köpfe der Größten von ihnen, so wie es sich gehörte.

«Das sind sie», sagte Hildigunnur, «aber ihr wisst ja, was man sagt: Die Schönen sind selten weise.» Agla und Runa brachten ein Lächeln zustande. Thyri stand neben ihnen und sah eher aus wie eine wandelnde Leiche.

Wie unterschiedlich sie doch sind, dachte Helga. *Thyri ist am*

Boden zerstört, aber Agla ... Sie hat sich ziemlich schnell erholt, nicht? Sie musterte Jorunn. Die Tochter von Flussfeste befand sich offensichtlich in ihrem Element: entspannt und kompetent, das Ebenbild ihrer Mutter.

«Keine Zeit herumzustehen, ihr alten Klatschweiber», sagte Jorunn unvermittelt.

«Meine Tochter hat ausnahmsweise einmal recht. Macht euch an die Arbeit!»

Auf Hildigunnurs Anweisung gingen die Frauen auseinander, um sich wieder den ihnen zugeteilten Aufgaben zu widmen. Agla legte Thyri ihren schlanken Arm um die Schultern und führte sie davon, und kurz darauf folgte ihnen Gytha. Jorunn und Runa gingen zu Sigmar, der damit beschäftigt war, mit ausgestrecktem Arm Befehle zu erteilen.

Helga blieb allein bei ihrer Mutter. «Und was machen wir?»

«Wir ...» Hildigunnur schwieg einen Moment, dann zeigte sie ihr herzliches Lächeln. «Wir warten. Das ist es, was wir machen.» Sie drehte sich um und nahm Helga unerwartet in den Arm. «Und auch wenn du nicht meine Blutsverwandte bist, so bist du ebenso sehr meine Tochter», flüsterte sie in Helgas Ohr.

«Hildigunnur!» Unnthors Stimme dröhnte über die Wiese.

«... oder wir warten doch nicht», sagte die alte Frau mit einem reumütigen Lächeln. «Unsere Arbeit ist nie getan. Komm mit mir – vielleicht muss ihm jemand die Pfote halten, während ich den Dorn herausziehe.»

Damit setzte Hildigunnur sich mit einer Geschwindigkeit in Bewegung, die es Helga kaum ermöglichte, sie einzuholen. *Sie sind eins*, dachte sie. *Sie tut für ihn, was er nicht schafft, und er tut dasselbe für sie.* Die Vorstellung erfüllte sie mit einem sonderbar warmen Gefühl. *Das muss gut sein: jemanden zu haben, dem man bedingungslos vertrauen kann.* Sie kehrte gerade rechtzeitig in die Wirklichkeit zurück, um zu verhindern, dass sie von hinten mit ihrer Mutter zusammenstieß, die vor Unnthor und Sigmar stehen geblieben war.

«Wir haben beschlossen, dass die Götter bei Sonnenuntergang befragt werden sollen», sagte Unnthor.

«Dunkle Worte für ein finsteres Werk. Das ergibt Sinn», stimmte Hildigunnur ihm zu.

«Sigmar wird die Befragung übernehmen.»

Was? Helga blinzelte, wartete auf eine Bestätigung, dass sie sich verhört hatte. Als niemand etwas sagte, wandte sie sich zu Hildigunnur um und bemerkte dabei das scheinheilige Lächeln auf Sigmars Gesicht.

Der Gesichtsausdruck ihrer Mutter war vorsichtig beherrscht, wie es auch ihre Worte waren. «Das ergibt ebenfalls Sinn.» Sie sagte es langsam und wohlüberlegt. «Er kennt die Worte, und er gehört zur Familie, ohne durch das Blut mit ihr verbunden zu sein.» Sie erwiderte Sigmars Lächeln, was dieser mit einem freundlichen Nicken würdigte.

«So ist es.» Ihr Vater klang nüchtern, als sei der Vorschlag das einzig Richtige – nein, das Offensichtliche in dieser Situation.

Aber es ergibt absolut keinen Sinn! Helga hätte am liebsten laut geschrien. Es ging um Unnthors Hof, Unnthors Götterbilder, Unnthors Söhne. Gerade er hatte doch sicher das Recht auf eine Antwort der Götter – und das musste ihre Mutter auch wissen. Also warum protestierte sie nicht?

Du glaubst, Unnthor und Hildigunnur wären wie alle Menschen – aber das sind sie nicht. Sie hörte wieder Einars Worte im Kopf, und es beschlich sie das Gefühl, dass hier ein Spiel gespielt wurde, dessen Regeln sie nicht kannte.

«Und danach …», fuhr Unnthor fort, aber Hildigunnur unterbrach ihn.

«Das werden wir dann sehen.»

Unnthor nickte feierlich – aber in seinen Augen lag ein Funkeln. Ein drohendes? Zorniges? Heiteres Funkeln? Das auch gleich wieder verschwunden war – als sei nie etwas gewesen. Hildigunnur drehte sich um und ging zum Langhaus. Helga bedeutete sie, ihr zu folgen.

Im Weggehen hörte Helga, wie die Männer das Gespräch wiederaufnahmen, doch sie konnte keine Einzelheiten verstehen. *Trotzdem*, dachte sie, *der Plan steht fest.*

Kurz nach Mittag kehrte Aslak zurück. Sie konnten es daran erkennen, dass der Boden bebte und die Hunde bellten, und sie konnten es an den Blicken von Sigmars Männern sehen, die sich hinter ihrem Anführer versammelten.

Helga schaute zu ihrem Vater und bemerkte, dass ein Lächeln seine Lippen umspielte. *Dort ist also Aslak gewesen – und das ist der Grund, warum er Bjorn nicht umgebracht haben kann.* Sie blickte wieder zu dem jüngsten Sohn, der aufrecht im Sattel saß und aussah wie der Herr des Hauses. Hinter ihm saßen mit strenger Miene acht stämmige Bauern auf ihren Pferden. Jeder von ihnen hatte eine Waffe bei sich – Äxte, Speere, lange Messer. *Können sie Sigmars Männer aufwiegen? Vermutlich nicht, aber sie würden mehrere von ihnen mit sich in den Tod reißen.*

Das ändert alles.

«Grüß dich», sagte Unnthor.

«Grüß dich, Vater.» Klang ein Hauch von Selbstgefälligkeit in seiner Stimme mit? Helga fühlte sich an einen Hund erinnert, der einen Stock apportieren sollte und seinem Herrchen das wertvolle Gut zu Füßen legte.

«Grüß dich, Bruder!» Falls Sigmar sich Sorgen machte, gelang es ihm meisterhaft, das zu verbergen. «Wie ich sehe, hast du Freunde mitgebracht?»

«Das sind unsere Nachbarn», antwortete Aslak. Er war ruhiger und sicherer, als Helga ihn je zuvor gesehen hatte. Wie ein Häuptling. Wie der älteste Sohn. «Sie sind für das Sumbel hierhergekommen. Mein Bruder war ein großer Mann, und zu seiner Ehre muss entsprechend getrunken werden.»

«Gut!» Er hatte nur etwas gezögert, aber Helga war es aufgefallen, und sie merkte, wie befriedigend es zu sehen war, wie Sigmar sich wand. «Wir fangen an, wenn die Sonne untergeht.»

Aslak nickte. «Das sollten wir auch. Es ist eine üble Sache, und je eher wir die Bestätigung bekommen, die wir brauchen, desto besser.» Die Reiter murmelten ihre Zustimmung. Helga versuchte sich vorzustellen, wie er sie aus ihrem Schlaf geholt hatte. *Mein Vater hat die Ernte eingebracht*, dachte sie, *und er könnte es wieder tun, noch gut fünfmal.* In diesem Tal würde ein jeder Mann glücklich sterben, wenn er wüsste, dass seine Kinder sagen konnten, er habe für Unnthor Reginsson von Flussfeste gekämpft.

«Kommt! Wir haben einiges zu besprechen.» Unnthor gab den Neuankömmlingen ein Zeichen, ihm zu folgen. Die Männer stiegen von ihren Pferden und gingen an Sigmars Gruppe vorbei, ohne sich ihr gegenüber in irgendeiner Weise bedrohlich zu verhalten. Hinter ihnen waren Jaki und Einar erschienen und griffen nach den Zügeln, um die Pferde wegzuführen. Die Schweden schauten weiterhin bemüht heiter. Auf Helga wirkte das außerordentlich verlogen.

Sobald sie verschwunden waren, wandte sie sich an Hildigunnur. «Es wird ein Sumbel geben?»

Ihre Mutter lächelte. «Natürlich.» Sie fasste Helga mit festem Griff an der Schulter. Ihre knochige Hand spürte Helga angenehm warm durch den Stoff ihres Hemds hindurch. «Ich erkläre dir jetzt mal etwas, Mädchen. Männer regieren die Welt. Sie sind Häuptlinge, sie sind Feldherren, sie sind Könige. Und sie treffen gewichtige Entscheidungen. Und wenn sie das tun, kann die Frau, die ihnen Bier eingeschenkt und Worte ins Ohr geflüstert hat, bestimmen, welche Entscheidungen das sein werden. Verstehst du?»

Irgendwo tief in Helga regte sich etwas: Die Saat des Misstrauens blühte fast augenblicklich zu ausgewachsener Vorsicht auf. Sie musste sich zu einer Antwort zwingen und legte all den Zweifel und die Verwirrung hinein, die sie aufbringen konnte. «Ich … ich denke schon.»

Hildigunnur lächelte. «Ich habe den Verdacht, du wirst das alles schon bald selbst beherrschen. Tu einfach, was ich dir sage, halte deine Augen offen und folge mir.» Und damit ging sie zum Langhaus, um den Umtrunk für die unerwarteten Gäste vorzubereiten.

Oder sind es geladene Gäste? Was haben Vater und Mutter geplant? Und warum habe ich auf einmal entschieden, dass es wich-

tig ist, die Rolle des Kindes zu spielen? Unwillkürlich erinnerte sich Helga an etwas, das Unnthor ihr beigebracht hatte, als sie noch viel jünger war und im Wald mit ihrem Bogen herumschlich.

Die Jagd ist leichter, wenn die Beute nicht weiß, dass man ihr auflauert.

Während ihre Gedanken sich erneut überschlugen, folgte Helga ihrer Mutter ins Langhaus.

Die Männer kamen einige Zeit später zurück. Was immer sie unter sich hatten klären müssen, war offensichtlich geklärt – sie wirkten nun wie Hunde, die über die Rangordnung in ihrem Rudel entschieden hatten. *Es ist schwer, endgültige Sicherheit zu haben*, dachte Helga, aber ihr Bauchgefühl sagte ihr, dass Unnthor sich seinen Thron soeben von Sigmar zurückerobert hatte.

Falls der Häuptling sich über den Anblick seiner Großen Halle wunderte, so war es ihm nicht anzusehen. Hildigunnur hatte Einar für sich eingespannt, zwei neue Tische waren hastig aufgebaut worden. Helga hatte aus einigem Abstand zugesehen – ihr Ziehbruder hatte jedes Mal gereizt reagiert, wenn sie ihm zu nahe gekommen war, also hatte sie es nach einer Weile aufgegeben. Hatte sie im Schuppen das Falsche gesagt? Hatte sie ihn zu sehr bedrängt? Sie hatte ihn noch nie zuvor so gesehen. Er war jetzt noch unglücklicher als vorher – er ging zwar höflich mit allen um, die ihn ansprachen, aber er sagte nichts, ohne gefragt zu werden. Die Tische waren jedoch recht schnell aufgebaut gewesen – er hatte jeden Nagel mit einem einzigen präzisen und schweren Hammerschlag eingetrieben.

Jetzt waren die Tische gedeckt, mit so gut wie allen Trinkhörnern und Bechern, die es im Haus gab.

Hildigunnur hatte Thyri gebeten, ein besonderes kleines Fass zu holen, das sie hinter den gewöhnlichen Fässern mit Honig-Met versteckt hatten.

«Also gut», sagte Hildigunnur und schwenkte einen fein gearbeiteten Krug, den Helga noch nie gesehen hatte; er war wie durch Zauberei aus einem verborgenen Lager aufgetaucht. «Bring das hier deinem Vater», sagte sie und holte einen weiteren fremden Gegenstand hervor; ein wundervoll geschnitztes schwarzes Trinkhorn, das mit silbernen Einlegearbeiten verziert war. «Er wird als Erster bedient.»

Helga tat wie geheißen. Einige der Männer um den Tisch erkannte sie wieder, weil sie diese früher mit ihrem Vater besucht hatte, doch die Namen waren ihr entfallen, und als sie sie zusammensitzen sah, gab sie es auf, sich zu erinnern. Sie sahen einander so ähnlich, mit ihren robusten Körpern, den dicken Hälsen, klotzigen Händen und der harten, schwieligen Haut. Vielleicht hatten sie anders ausgesehen, als sie noch keine Landwirtschaft betrieben hatten. Sie hatten sich bemüht, das Land zu prägen, das Land hatte jedoch auch sie geprägt.

Unnthor und Sigmar saßen am Kopf der Tafel, für die Übrigen konnte sie keine klare Sitzordnung erkennen; Nordmannen und Schweden hatten sich miteinander vermischt, ohne Rücksicht darauf, wer bedeutend war und wer nicht. Einar und Jaki waren aufgefordert worden, sich dazuzusetzen, und Aslak ebenso.

Einar mied den Augenkontakt zu ihr, und Aslak schien an nichts anderem interessiert als seiner Familie.

Bjorn hätte es genossen, an dieser Tafel zu sitzen. Ich wette, er hätte auf seiner eigenen Abschiedsfeier schlüpfrige Witze erzählt. Helga vermisste den Riesen, und ihre Gedanken weilten einen Moment bei Thyri. Er war unmöglich gewesen und laut, das auf jeden Fall, aber auch ziemlich unterhaltsam.

Sie stellte das Trinkhorn zu Unnthors rechter Seite auf den Tisch, neben Sigmars Platz. Ihr Vater warf ihr einen kurzen Blick zu und neigte fast unmerklich den Kopf, um gleich darauf wieder die Rolle einzunehmen, die ihm am meisten behagte: in seinem hohen Lehnstuhl zu sitzen, den Männern sorgfältig zuzuhören und ruhige Ratschläge zu erteilen. So etwas wie einen König gab es in dieser Gegend nicht, doch wenn in dieser Nacht ein Fremder hereinspaziert wäre, er hätte das Gegenteil gedacht.

Neben Unnthor saß Sigmar und legte sein Lächeln gar nicht mehr ab. Im ersten Moment wirkte er wie die fröhliche rechte Hand des Häuptlings, doch Helga wusste es besser: Das Lächeln war aufgesetzt, es durchdrang seine Augen nicht. *Das Spiel läuft also noch – vermutlich nach Regeln, die im Laufe der Zeit immer wieder gebrochen und neu geschrieben werden.*

Sie konnte spüren, dass Hildigunnur sich ihr von hinten näherte, und die Männer verstummten, als sie an ihren Mann herantrat.

«In diesem Haus werdet ihr eure Becher zum Sitz des Allvaters emporheben», sprach sie feierlich.

«In diesem Haus heben wir unsere Becher», antworteten die Männer im Chor. Ihre durchdringenden Stimmen jagten Helga einen Schauer über den Rücken, während sie auf ihrem Platz in den Schatten saß; es war kein unangenehmes Gefühl.

Am Kopf der Tafel füllte Hildigunnur vorsichtig Unnthors Trinkhorn. Er wartete kurz, dann wies er auf die Gäste, und gemeinsam traten Agla, Jorunn und Runa mit Krügen in der Hand vor und begannen, geschickt und präzise jeden Becher zu füllen. Sobald das geschehen war, traten die Frauen zurück.

Unnthor erhob sein Horn, und die Männer taten es ihm gleich.

«Trinkt weise, trinkt langsam», sagte Unnthor in würdevollem Ton, «denn heute Abend sprechen wir zu den Göttern.»

Die Gäste folgten seinem Beispiel und nippten bedächtig an dem süßlich riechenden Bier. Das eine oder andere Auge zuckte, Schultern erschauderten; vermutlich erwärmte das Gebräu ihrer Mutter die Männer von innen. «Und nun: Sigmar. Erzähl uns eine Geschichte von Freyr, denn wir wünschen uns eine gute Ernte.»

«Wenn der Mond über dem östlichen Meer aufgeht …»

Er wechselte mühelos in den Sprechgesang der Skalden und trug eine alte Geschichte über den Gott der Fruchtbarkeit, einen Bauern mit einem lahmen Bein und dessen vollbusige Tochter vor. Die Männer saßen da und hörten höflich zu, gelegentlich blickten sie zum Häuptling am Kopf der Tafel hinüber. Kein Einziger von ihnen schenkte den Frauen Beachtung.

Aber Helga bemerkte es, als die Erste von ihnen – es war Runa – leise durch die Hintertür verschwand. Agla folgte ihr, dann schlichen Thyri und Hildigunnur davon. Als Gytha ebenfalls hinausging, eilte Helga ihr hinterher.

Draußen erhellten die letzten Sonnenstrahlen den Himmel. So kurz vor Sonnenuntergang hatte das Licht eine ganz besondere Wirkung, fand Helga. Es war die letzte Möglichkeit vor dem nächsten Morgen, alles klar zu sehen. Im Schatten des Langhauses war es so frisch, dass Helga eine Gänsehaut bekam, doch sie störte sich nicht daran und folgte den Frauen, die eng nebeneinandergingen und auf den großen Stein zusteuerten.

Sie hatten nicht auf Helga gewartet, ihre Unterhaltung war bereits im Gange, als sie dazukam.

«... aber die Angelegenheit muss geregelt werden», schloss Hildigunnur. Die anderen Frauen hatten sich an ihre Seite gestellt, nur Thyri stand ihnen allein gegenüber – so stellte sich Helga eine Bettlerin am Hof des Königs vor.

Schweigen.

Hildigunnur sagte: «Das verstehst du doch, oder?»

Während sie das Gefühl zu unterdrücken versuchte, dass sie hier ungebeten eindrang, ging Helga langsam auf den Kreis zu und blieb gerade nah genug stehen, um zu einem Teil von ihm zu werden, ohne sich direkt neben ihre Mutter und Agla zu stellen.

«Natürlich verstehe ich das», sagte Thyri.

«Und?»

Thyri sah der alten Frau fest in die Augen. Ein paar Augenblicke verstrichen. «Dein Sohn wurde unter deinem Dach ermordet.»

Diesmal musste Hildigunnur die folgende Stille über sich ergehen lassen.

Thyris Gesichtszüge wirkten, als wären sie aus Fels gemeißelt. «Und jetzt ...» Das kurze Schweigen hing in der Luft. «Jetzt erwartest du von mir, dass ...»

Helga bekam eine Gänsehaut. Es schien, als wagte niemand zu atmen.

«Vier», sagte Thyri schließlich mit Nachdruck.

Hildigunnur atmete scharf aus. Vielleicht war es auch ein unterdrücktes Lachen gewesen.

«Für jeden.»

Aus dem Augenwinkel sah Helga, wie ihre Mutter die Augenbrauen hob. «*Vier?* Das ist doch nicht dein ...»

«Wir beide wissen, dass der Junge es nicht getan haben kann», sagte Thyri. «Du weißt es, weil du schlau bist, und ich weiß es, weil ich seine Mutter bin. Aber wenn du willst, dass ich mein einziges Kind aufgebe, nachdem ich meine einzige Liebe verloren habe, dann kommst du noch gut damit weg, mir für beide den Wert von vier Männern auszuzahlen.»

«Zwei.» Hildigunnurs Stimme war so herzlich wie zwei aufeinanderschlagende Steine.

Thyri lächelte selbstgefällig. «Seltsam», sagte sie. «Ich hätte erwartet, die Ehre der Familie von Flussfeste sei mehr wert als das. Wie, glaubst du, wird es eurem Handel ergehen, wenn die Geschichte herauskommt?»

«Was für eine Geschichte?», blaffte Hildigunnur.

«Ich habe mich noch nicht entschieden», sagte Thyri zuckersüß. «Wenn du sagst, die Götter verlangen nach dem Leben meines Sohnes, dann soll es wohl so sein. Aber ich werde mir etwas Köstliches ausdenken, etwas, das die Waschweiber eifrig überall herumerzählen werden. Und wenn sie das tun ...?» Thyri blickte Hildigunnur in die Augen, und plötzlich erkannte Helga, wie diese Frau sich gegen ihren riesigen Ehemann hatte behaupten können. «Dann werden die Leute für alles, was ihr kauft, das Doppelte verlangen und für alles, was ihr verkauft, nur den halben Preis zahlen. Sie werden hinter eurem Rücken über euch tuscheln, und sie werden sicher nicht mehr nach deinem Rat suchen, und der Ruf deines lebenden Ehemannes wird kaum noch etwas gelten. Und das ist dir einen Sack Gold wert?»

Zwei Katzen, einander ebenbürtig. Gleich werden die Krallen ausgefahren.

Hildigunnurs Augen verengten sich, sie nahm einen tiefen Atemzug, dann noch einen. «Vier für Bjorn. Zwei für Volund.»

Thyri schluckte schwer. «Abgemacht.»

Die zwei Frauen gaben sich die Hand, und Hildigunnur zog Thyri blitzartig in einer energischen Umarmung an sich und flüsterte ihr etwas ins Ohr.

Bjorns Frau schauderte und bemühte sich sichtlich um Haltung, als sie wieder voneinander ließen.

Thyri hat soeben ihren Sohn verkauft. Die Einsicht traf Helga wie ein schwerer Schlag in den Magen. *Sie hat soeben ihren nichtsahnenden Sohn verkauft.*

«Wenn sie das bekommt, dann sollte ich es auch bekommen.» Aglas Stimme klang schrill und war kurz davor zu brechen.

«Mutter!», zischte Gytha, aber Agla ließ sich nicht aufhalten.

«Jetzt, da Karl nicht mehr ist, werden wir in Kürze ohne Mittel dastehen, um für uns selbst zu sorgen. Sie wird keine Mitgift haben, und der Name deines Ehem...»

Hildigunnur sah sie nicht einmal an. «Du wirst das dreifache Blutgeld für deinen Mann bekommen.» Agla stand mit geöffnetem Mund da, nur kurz, dann schloss sie ihn wieder. Neben ihr stand Gytha mit hochrotem Gesicht.

«Und so wird es ablaufen.»

Helga unterdrückte nur mit Mühe den Impuls davonzurennen. Und während sie den einfachen, aber sorgsam durchdachten Plan ihrer Mutter vernahm, erstarkte in ihr ein Vorsatz. *Wenn niemand um Volunds Leben kämpft ...* Ihr Kiefer spannte sich an. *Dann werde ich es selbst tun müssen.*

Sie drehte sich um. Der letzte Sonnenstrahl verschwand hinter dem Horizont.

KAPITEL 16

SONNENUNTERGANG

Unnthor stellte sein leeres Trinkhorn behutsam auf den Tisch. «Es ist an der Zeit.»

Sigmar sah sich nach Thorolf um. «Bring die Männer nach draußen. Wir kommen gleich nach.» Der hoch aufgeschossene Mann erhob sich und nickte den anderen Schweden zu, die daraufhin einzeln, einige zu zweit, aufstanden und auf die große Tür zugingen.

Auf ein Zeichen von Unnthor folgten ihnen die Bauern, und in kurzer Zeit war das große Haus leer, bis auf die beiden Männer.

«So», sagte Sigmar.

«Da wären wir.»

«Ja.»

«Hast du sie umgebracht?»

Sigmar erstarrte und musterte den großen Mann. «Nein», sagte er schließlich.

«Ich weiß, was du bist. Mach dir keine Mühe, es zu verbergen. Hast du?»

Der Schwede entspannte sich, sein rechter Mundwinkel zuckte kurz. «Nein. Ich war es nicht.»

Unnthor nickte langsam.

«Warst du es?»

Der große Mann zog die Augenbrauen hoch. «Nein.»

«Gut! Jetzt, wo das geklärt ist, lass uns gehen und die Götter befragen, ob der Junge es getan hat.» Sie traten vom Tisch zurück, ohne sich den Rücken zuzuwenden, bis Sigmar lächelte und auf seinen Schlafplatz zeigte. «Ich bin dann dort drüben. Du kannst tun, was immer du tun musst.»

Der alte Mann hielt die Stellung und beobachtete, wie der Schwede den Raum durchquerte. Erst als Sigmar nach einem schwarzen Stoffbündel auf seinem Lager griff, bewegte Unnthor sich auf die Ecke zu, in der er selbst schlief.

Helga beobachtete, wie die Männer das Langhaus verließen. Der Umzug ging nicht sonderlich geordnet vonstatten, aber ihn umgab ein seltsamer feierlicher Ernst. Sie wirkten nachdenklich und bedeutend. *Und niemand von ihnen weiß, dass ihre kleine Entenprozession überhaupt keine Bedeutung hat. Alles ist schon entschieden worden.*

Sie sah zu Thyri, die so aufrecht wie möglich dastand, ihr Kinn herausfordernd vorgestreckt, die Lippen geschürzt, als wäre sie bereit, mit allen Mitteln um das Leben ihres Sohnes zu kämpfen. *Genau so, wie es von ihr erwartet wird.* Die Männer mussten herrschen; das war der Lauf der Welt. Doch Frauen wie Hildigunnur und Jorunn … Helga musterte die versammelten Frauen. *Wie jede Einzelne von ihnen, wenn man es recht bedenkt.* Keine von ihnen machte auf Helga den Eindruck, als wollte sie von Männern beherrscht werden. Sie dachte an all die bedeutenden Entscheidungen zurück, die sie Unnthor hatte treffen sehen. Oder zumindest glaubte er, sie selbst getroffen zu haben. Jedes Mal, wenn er etwas unternommen hatte, war dem ein langes Gespräch mit Hildigunnur vorausgegangen.

Wer war nun also der wahre Häuptling von Flussfeste?

Die Türen des Langhauses öffneten sich. *Nun, da ist der, der wie ein Häuptling aussieht.*

Unnthor, Sohn von Reginn, trat in dunkelblauem Hemd und schwarzen Hosen hinaus. Ein gewaltiger schwarzer Umhang lag über seinen Schultern und wurde mit einer silbernen Brosche von der Größe einer männlichen Handfläche zusammengehalten. Drei silberne Linien eines Armbands liefen quer über seinen rechten Arm. Helga bemerkte, dass die meisten der Männer sich zurückhalten mussten, nicht auf den Arm zu starren. Ein Häuptling maß seine Stellung an den Ringen um seine Arme, und obwohl Unnthor sonst nie mit seinem Wohlstand prahlte, war dies hier wohl das größte Armband, das alle Anwesenden je gesehen hatten. Wie er da so aufrecht stand, wirkte Unnthor nicht mehr wie ein müder alter Bauer, sondern eher wie ein Krieger aus den Mythen.

Sigmar ging neben ihm einher, er war vollständig in Schwarz gekleidet, seine Kleider waren einfach, saßen jedoch gut, und man sah ihnen an, dass sie aus teurem Stoff gefertigt waren. Hildigunnur hatte Helga gesagt, dass die beiden sich anders als bei den Frühlings- und Winterfesten dem Anlass entsprechend kleiden würden.

Sie erspähte Einar und schob sich näher an ihn heran. «Der alte Mann sieht gut aus», murmelte sie, doch Einars einziger Kommentar war ein Brummen. «Du bist heute ganz schön bärbeißig! Was ist denn los?», fragte sie, doch Einar antwortete ihr nicht. Sie legte sanft eine Hand auf seinen Unterarm und spürte doch nur, wie der Kontakt zwischen ihnen erneut abbrach: Einar machte einen Schritt von ihr weg.

Nicht auch noch du. Sie hatte plötzlich das Gefühl, dass sich mit Einar selbst die letzte Person, mit der sie sprechen konnte, von ihr entfernte.

Tränen stiegen ihr in die Augen. «Rede mit mir», flüsterte sie. «Bitte.»

Einar schluckte, aber blieb weiterhin stumm.

Sie wollte ihn anschreien, alle, die ganze Welt wollte sie am liebsten anschreien, doch die Prozession der Männer hatte den großen Stein erreicht; es war Zeit zu schweigen.

Als die beiden Männer in Schwarz vor dem Stein standen, löste Unnthor das Armband und reichte es Sigmar. Es war riesig und dreifach gewoben. Der Schwede hielt es fest in der Hand, blickte dem großen Nordmann in die Augen. Sie neigten voreinander die Köpfe. Dann trat Unnthor zurück, um sich in die Reihe der Männer einzugliedern.

Sigmar wandte sich dem Stein zu, und Helga war es, als hielte die Welt den Atem an. Nur weit im Westen erhellte die Sonne noch den Himmel. Doch Jaki hatte Fackeln aufgestellt, die Wärme, Licht und Schatten verbreiteten. Die Dunkelheit kroch von Osten über sie herein und hing jetzt über dem Langhaus wie eine Bärentatze. Unnthors Armband reflektierte das Licht der Flammen, als der Schwede es zum Himmel hob.

«Ich leiste einen Schwur auf die Ehre von Flussfeste!», rief er.

Langsam ließ er die Hand mit den Ringen sinken, während das Silber im Fackelschein funkelte – eine tanzende Schlange, die unaufhaltsam auf ihr Ziel zuwanderte. Die schwarze Oberfläche in der Schüssel schimmerte: ein Becken voll Finsternis, die noch dunkler und furchteinflößender war als der Nachthimmel.

Eine Pforte zu den Tiefen. Auf Helga stürmten Bilder ein – Klauen, die die glatte Linie der Dunkelheit durchbrachen, sehnige Gliedmaßen, die sich aus ihr streckten, um in ihre Welt einzudringen, ein Maul, zu einem stummen Schrei aufgerissen, während sich etwas erhob …

Die Bilder zersprangen, als das Armband in die Finsternis hinabsank. Das Licht, das sich im langsam eintauchenden Silber spiegelte, ließ Rotes aufblitzen, Kreise, die sich von der Eintrittswunde über die verletzte Oberfläche ausbreiteten. Sigmar zögerte nicht. Das Armband versank weiter – erst zur Hälfte, zwei Drittel –, und seine Knöchel näherten sich dem Blut in der Schüssel weiter und weiter.

Helga zuckte unwillkürlich zusammen, als Sigmars Hand zusammen mit dem letzten Stück des Rings in das Blut eintauchte; sie atmete erst wieder aus, als er in der Bewegung schließlich innehielt.

Sigmars Stimme ertönte. «Ich leiste einen Schwur auf Midgard!»

«Midgard!» Die Stimmen der Männer hallten durch die herabsinkende Nacht.

«Ich rufe die Götter von Asgard, dass sie uns Weisheit schenken!»

Die Blätter über ihnen flüsterten eine kurze Vorwarnung, dann brach der Wind wie aus dem Nichts über sie herein, zerrte an Kleidern und verwehte Haare – und verschwand wieder. Wo Helga auch hinsah, wurden die Augen weit aufgerissen und Blicke gewechselt.

Die Götter hören zu.

Sigmar atmete tief ein und rief, so laut er konnte, in den Himmel: «Sag uns, Odin! Hast du Volund, Sohn des Bjorn, seinen Vater und den Bruder seines Vaters mit einer gestohlenen Klinge ermorden sehen?»

Es herrschte vollkommene Stille. Ein Atemzug ... zwei Atemzüge ...

Wenn jemand einen Laut von sich gegeben hätte, sie hätten es nicht gehört ...

... den Tropfen, der auf einer nassen Oberfläche auftraf.

«S-seht!», rief Hildigunnur. *«Odin!»*

Alle Augen richteten sich auf das geschnitzte Götterbild des Allvaters. Eine dunkle Linie lief von seinem unbedeckten Auge nach unten.

«Er blutet!»

«Er hat es *gesehen*!» Das war Jorunns Stimme.

«Die Götter haben geantwortet!», brüllte Sigmar. «Asgard hat gesprochen!»

Neben Hildigunnur brach Thyri in Tränen aus, und Runa und Agla nahmen die verzweifelte Frau in den Arm.

«Mein Junge», heulte sie, jedes weitere Wort erstickte in den Schultern ihrer Verwandten.

Ganz recht. Verbirg dein Gesicht, Weib. Helga war überrascht über die Hitze in ihrer Brust. Das alles war nichts weiter als ein aufwändiges Theater, um ... ja, wen zu überzeugen?

Sie sah sich um. Es war das Werk ihrer Eltern – ihrer Zieheltern –, daran konnte es kaum Zweifel geben. Die Männer des

Tals würden ihren Nachbarn weitererzählen, wie der unheimliche Riesenjunge erst seinen Onkel und dann seinen Vater ermordet hatte. Aber Sigmar und Jorunn? Glaubten sie daran? Glaubte Runa es? Oder Aslak?

Unter Sigmars feierlicher Ansprache schien der Himmel schneller dunkel zu werden als gewöhnlich. Als er den Göttern für ihre Weisheit dankte, das Blut zu ihren Füßen verschüttete und den Segen für Fruchtbarkeit und Überleben sprach, blies ein kalter Wind aus dem Norden. Helga fröstelte. Es war, als ob die Götter ihm dabei zuhörten, wie er all das hier durchzog – was auch immer es war –, und sie schienen nicht beeindruckt.

Sie fühlte sich wie benommen. Sie konnte es nicht ertragen. Jeder und alles kam ihr fremd vor – Mutter und Vater waren nicht, was sie in ihnen bisher immer gesehen hatte, und Einar … Sie spürte einen Stich in der Brust, dann überkamen sie Schuldgefühle, als sie sich daran erinnerte, warum sie hier überhaupt versammelt waren.

Volund.

Was war Bjorn zugestoßen? Wer würde es ihr sagen? Was konnte sie *tun?*

Frag ihn. Der Einfall kam ihr plötzlich, wie ein Vogel, der vor ihren Augen auf einem Ast landete. *Stell die Frage.* Sie rührte sich nicht von der Stelle; wagte kaum, sich dem Gedanken zuzuwenden. *Ja. Etwas hier ergibt keinen Sinn. Geh und sieh dir die Leiche an. Los – tu es jetzt.* Der Drang, eine Antwort zu erhalten, war so groß, dass sie beinahe losgerannt und zu dem Stall zurückgelaufen wäre, in dem Bjorn aufgebahrt war, um am Morgen begraben zu werden.

Beinahe nur.

Denn Helga war sich nach wie vor der straffen Muskeln um sie herum bewusst, der Blicke, die aufmerksamer auf die Götter gerichtet waren, als diese es verdienten. Sie wurde sich immer sicherer, dass Volund die Tat nicht begangen hatte – und das bedeutete, dass der Mörder immer noch unter ihnen war und höchstwahrscheinlich nicht sehr erfreut darüber sein würde, wenn sie losging, um mehr über die Morde herauszufinden.

Sie konnte sich kaum darauf konzentrieren, wie Sigmar die Zeremonie beschloss. Die Stille hing schwer über der Sommernacht und wurde nur vom gelegentlichen Knistern einer Fackel durchbrochen. Jeder wusste, was am Morgen zu geschehen hatte, aber niemand sah dem mit Freuden entgegen.

«Wir werden beim Sumbel darüber nachdenken», sagte Unnthor. «Kommt, Freunde. Die Götter haben gesprochen, und es ist an uns, auf sie zu hören.» Er wandte sich ab und ging voran, auf das Langhaus zu. Bauern und Schweden schienen gleichermaßen froh, ihm folgen zu können.

Helga trottete hinter ihnen her. Es würde Arbeit für sie geben – irgendwie musste sie sich davonstehlen und mehr erkunden, bevor die Nacht in den Morgen überging.

Das Sumbel nahm langsam, aber sicher an Fahrt auf, als der Met weniger und die Stimmung besser wurde. Thyri hatte sich zurückgezogen, um die Nacht an der Seite von Bjorns Leichnam zu verbringen. Doch die anderen machten sich gerne an Unnthors Met zu schaffen. Das Fass mit dem Starkbier war wieder weggeräumt – *meine Mutter muss wirklich eine Hexe sein, so problemlos, wie sie das bewerkstelligt –*, doch andere Fässer ersetzten es.

Während sie sorgfältig die Überreste des Eintopfs aus den Schüsseln kratzte und für den späteren Gebrauch in einem Eimer sammelte, hörte Helga wie beiläufig den Unterhaltungen zu, die hinter ihr am Tisch geführt wurden.

«... König Eirik kann es nicht bis in alle Zeit vermeiden, nach Westen zu ziehen ...»

«Das wird er aber, wenn er weiß, was gut für ihn ist! Der Westen sollte besser den Dänen überlassen werden. Früher oder später verschwinden sie ohnehin alle, so wie Rollo.» Gelächter unter den Männern.

«Rollo hatte einfach gesunden Menschenverstand, sich dort niederzulassen, wo das Land grün ist, die Frauen weich sind, und die Männer beides – grün *und* weich!»

Mehr Gelächter.

Die Männer hielten die Gespräche am Laufen; Jorunn und Agla beteiligten sich, Gytha hörte zu. Einar war nirgendwo zu sehen, und Helga merkte, dass sie das nicht kümmerte. Der Junge hatte sich wie ein missmutiger Ochse benommen, seit ... seit ...

Seit Jorunn gesagt hat, dass sie ein Kind erwartet?

Mit einem Knarren öffnete sich in ihrem Kopf die Tür zur Kammer, und Helga trat ein.

Jemand hatte Karl umgebracht. Und dann hatte jemand Bjorn umgebracht. Die meisten von ihnen hätten ein Motiv gehabt, den ältesten Bruder zu töten – aber nur Karl hätte ein Motiv gehabt, Bjorn zu töten. Hatte Karl also über den Tod hinaus seine Hände im Spiel gehabt? Sie schalt sich selbst, und eine Stimme, die verdächtig nach Hildigunnur klang, flüsterte: *Sei nicht dumm, Mädchen. Denk darüber nach, was Thyri gesagt hat.* Draußen waren zwei Stimmen zu hören gewesen – nicht eine. Wer also hatte mit Bjorn gestritten? Ihre Hände erledigten die Arbeit wie von selbst, und Helga hatte plötzlich einen Kopf voller Gedanken und nichts mehr zu tun. So leise, wie sie konnte, schlenderte sie zur Tür und schlüpfte hinaus.

Die kühle Nachtluft war erfrischend, und vom Fluss wehte eine sanfte Brise herauf. Ihr war, als könnte sie das kalte, frische Wasser auf der Zunge spüren, als sähe sie es über die glattgespülten Steine fließen. Weitere Gerüche lagen in der Luft – warmer Tiergestank breitete sich über dem Hof aus, von dort, wo ein Pferd sich an einem Zaunpfahl gerieben, ein Hund sein Revier markiert hatte.

Und dann, ganz schwach, roch Helga Blut. Ihr Herz pochte – *nicht noch einer, bitte nicht* –, doch sie erinnerte sich an die Säule mit Odin gleich neben der Fackel, an sein Gesicht, das geweint hatte, die geschnitzten Gesichtszüge, die in der einbrechenden Dunkelheit einem hageren Geist ähnelten.

«Was machst du denn hier draußen?»

Jakis Stimme schreckte sie auf, aber es lag so viel Wärme darin, dass sie sich gleich wieder beruhigte. «Hallo, alter Mann.» Sie konnte ihre Anspannung in der Stimme hören und versuchte, ruhiger zu atmen.

«Es ist eine schöne Nacht.» Er hatte es sicher auch gehört. Jakis Stimme hatte einen besänftigenden Ton angenommen, in dem er sonst zu scheuen Tieren sprach. «Vertragen sie sich dadrinnen?»

«Ich weiß nicht – und ich weiß nicht, ob es mich überhaupt

interessiert.» Es überraschte Helga, wie ungezwungen ihr diese Wahrheit über die Lippen kam, aber es war tatsächlich nicht gelogen. Mit einem Mal kümmerte es sie nicht mehr. *Was soll's, wenn der Mörder – wer immer es war – uns alle umbringt? Irgendwann müssen wir ohnehin sterben.* Der Gedanke war aufregend, ermüdend und traurig zugleich. «Sie sitzen dort und trinken, und sie haben gerade erst entschieden, morgen früh einem Jungen die Kehle aufzuschlitzen.»

Jaki trat näher, und Helga betrachtete ihn genau. *Wie werden unsere Leute bloß so alt? Letzten Sommer warst du doch noch unheimlich groß.* Er musste einst wie sein Sohn gebaut gewesen sein, aber das Alter hatte Unnthors getreuen Gehilfen zermürbt wie stetes Wasser den Stein. Er war in sich zusammengesunken – sein ganzes Leben war verbraucht, und wofür? Um Holz zu schleppen und Werkzeuge zu reparieren.

«Die Götter haben gesprochen.»

«Natürlich haben sie das», spie Helga nahezu. «Und sie haben genau die Antwort geliefert, die jeder hören wollte: Wir müssen den Schwächsten in der Gruppe nehmen – den Einzigen, der sich nicht wehren kann.» Ihre Tränen flossen heiß, sie ließ es zu. «Und derjenige, der Karl und Bjorn tatsächlich umgebracht hat, kommt unterdessen davon. Er läuft weiter frei herum, und dann wird alles seinen gewohnten Gang gehen wie zuvor.»

«Ich weiß», murmelte Jaki tröstend, «ich weiß. Sie sind schon ein seltsamer Haufen, die Leute von Flussfeste.» Er sah sich um. «Komm mit. Wir haben etwas Zeit – warum setzen wir uns nicht ans Ufer und schauen aufs Wasser. Manchmal hilft das.»

Helga spürte die sanfte, warme Berührung an ihrem Ellbogen, als seine schwere, ledrige Hand sie vorwärtsschob. Sie kämpfte gegen den Drang an, ihre Tränen abzuwischen. Vielleicht waren sie ihm noch gar nicht aufgefallen. Aus irgendeinem Grund war das in diesem Moment für sie das Wichtigste überhaupt: dass der alte Jaki sie nicht für weich hielt.

«Ich liebe diesen Fluss», sagte Jaki.

«Warum? Es ist bloß ein Fluss.»

«Mag sein. Aber wenn du ihm lauschst …»

Er hörte auf zu reden, und sie gaben beide auf das plätschernde Wasser acht.

«Hörst du das? Es lacht. Das Wasser lacht über uns, während es vorbeifließt.» Er führte sie zu einer ausgetretenen Stelle am Ufer und ließ sich in der Nähe nieder. «Als ich jung war, hat mich das wütend gemacht. ‹Wie kannst du es wagen, über mich zu lachen!›, habe ich geknurrt und dann irgendein Werkzeug, das ich gerade in der Hand hielt, richtig fest umklammert, so fest, dass ich einen Schädel damit hätte einschlagen können, und ich habe wild vor Zorn weitergearbeitet. Und dann …» Der alte Mann machte eine Pause.

Ich kann ihn förmlich lächeln hören.

«Was dann?»

«Dann bin ich morgens mit wunden, schmerzenden Gliedern aufgewacht, und das Wasser hat immer noch über mich gelacht.» Unter ihnen platschte es in der Dunkelheit, als würde der Fluss die Worte bestätigen. «Und ich dachte, dass ich vielleicht gar nicht so eine große Rolle spielte, wie ich geglaubt hatte. Wenn es so war, dann galt das vielleicht auch für alle anderen.»

«Willst du damit sagen, dass Volunds Leben keine Rolle spielt? Jedenfalls keine große?» Helga spürte, wie sich ihr vor Wut die Kehle zuschnürte.

«Nein, nein, nein», antwortete der alte Mann warmherzig. «Aber manchmal muss man trotzdem weitermachen. Es gibt immer noch mehr zu erledigen.» In der Stille konnten sie einen gedämpften Ruf aus dem Langhaus hören, gefolgt von aufbrausendem Gelächter. «Aber ich werd dir eine Geschichte erzählen. Vor wie vielen Wintern bist du noch zu uns gekommen? Fünf?»

«Elf», sagte Helga leise.

«Elf! Bei Lokis Gehänge, das ist aber eine lange Zeit», murmelte Jaki. «Nun. Dann muss es sich vor gut fünfzehn Sommern zugetragen haben.

Jorunn wuchs heran und sah ihrer Mutter zum Verwechseln ähnlich, wie die alten Leute mir bescheinigten. Ein lebendiges Stückchen Sommer, das sagten sie immer über sie. Sie war flink – und das musste sie auch sein, weil alle Jungen aus diesem und den nächsten drei Tälern immerzu unter irgendwelchen fadenscheinigen Gründen hierherkamen: Holz für die Karren, Heu für die Pferde, Vorräte für den Haushalt. Unnthor hatte nur etwa die Hälfte dessen verliehen, was ihm in jenem Sommer zurückgebracht wurde, so hat er es mir erzählt. Auch damals schon genoss Unnthor von Flussfeste hohes Ansehen, und einen der ihren mit seiner Tochter zu verheiraten, wäre für jede Familie eine gute Partie gewesen.»

Sosehr Helga sich auch anstrengte, es fiel ihr schwer, sich Jorunn als Gleichaltrige vorzustellen – geschweige denn ihre Zieheltern ohne weißes Haar.

«Sein Name war Dreyri. Er war Pferdeausbilder auf Eichenfall in Skidal und ein gutaussehender Bursche noch dazu: schlank und stark und mit einem hübschen Gesicht gesegnet. Sie sind sich auf einem Markt unten in der Ebene begegnet, und Jorunn hatte sich ziemlich schnell entschieden, dass sie ihn wollte, und weil er Augen im Kopf hatte und auch etwas Verstand besaß, wollte er sie auch.

Nur waren die Götter dieser Verbindung nicht wohlgesinnt. Jorunn fragte ihre Mutter um Rat; sie fragte Unnthor, und Unnthor … nun, er hat nein gesagt.»

«Warum?» Sie konnte es kaum erwarten, den Rest zu hören.

Jaki lächelte über ihre Ungeduld. «Weil der Junge kein Land hatte, keine Familie und keine Geschichte. Es gab kein Anzeichen, dass er Jorunn mehr im Leben bieten konnte, als die Frau eines Huskarls zu sein, und das auch nur im besten Fall, also entschied Unnthor sich gegen die Verbindung.

Oh, es gab Tränen und Geschrei, und die eine oder andere Axt wurde geschleudert, aber Unnthor blieb standhaft: Er sagte, er sei derjenige, der darüber bestimme, und dass seine Entscheidung nicht verhandelbar sei.

Also beschloss Jorunn, die Dinge selbst in die Hand zu nehmen.

Der Junge kam mit zwei Pferden im Schutz der Dunkelheit. Jorunn und er stahlen sich mitten in der Nacht davon. Unnthor war natürlich außer sich vor Wut, aber nicht annähernd so zornig wie Hildigunnur – wirklich, ich dachte, sie würde uns alle umbringen. Sie hat nicht viel gesagt – das tut sie nie, wenn sie derart erzürnt ist –, aber ich habe mich gehütet, ihr zu nahe zu kommen.»

«Und was dann?»

«Jorunn kam zwei Tage später zurück. Sie sah aus, als wäre sie in einen Kampf verwickelt gewesen – und wenn ich es mir recht überlege, war sie das wohl auch. Sie wollte nicht über Dreyri reden – und die anderen wollten es auch nicht.»

Helga runzelte die Stirn. «Warum nicht?»

«Er wurde nie gefunden», sagte Jaki. «Und du musst bedenken, dass dein Vater und deine Mutter eine Menge Leute hier in der Gegend kennen. Sie hätten sicher etwas über das Ableben des Mannes gehört, der beinahe ihre Tochter gestohlen hatte.»

«Das ist wohl wahr», sagte Helga.

Und umgekehrt gilt es genauso: Jeder Einzelne ihrer Freunde in der Region würde von der weisen Lösung ihres Problems mit dem Mord hören ...

«Aber ich habe mich zu jener Zeit um die Pferde gekümmert, und ich weiß, dass jemand hinter ihr hergeritten ist.»

Helga fror plötzlich, und gleichzeitig wurde es um ihren Hals, wo die Runensteine hingen, immer wärmer. Bruchstückhafte Bilder schossen ihr durch den Kopf – ein Reiter im Mondschein, ein Jäger, der still seine Beute verfolgte, Schreie, das Gesicht eines schönen Jungen, ganz nah, angstverzerrt, gleich darauf zertrümmert. Sie spürte sein Gewicht, als der Angreifer ihn heimlich durch den Wald schleifte. Sie sah den Boden näher kommen, als der Jäger sich bückte und den Abdruck einer Tatze berührte.

Den wilden Tieren überlassen.

«Jorunn war wütend – sie war schließlich die Tochter ihrer Mutter –, und sie schwor, sie würde nie wieder einen Mann ansehen», fuhr Jaki fort. «Hildigunnur erwiderte, dagegen sei nichts einzuwenden, denn sie erwartete zweifellos, dass die Zeit alle Wunden heilen würde. Aber nun wurde in der Nachbarschaft getuschelt. Manche von Jorunns Verehrern verbitterten die ständigen Zurückweisungen, und mehr und mehr Väter äußerten sich missbilligend und hegten den Verdacht, dass wohl niemand in der Gegend gut genug für die Familie von Flussfeste sei, da eine Hochzeit weiterhin ausblieb. Unnthor kümmerte das nicht – es war nie seine Stärke gewesen, das zu tun, was andere wollten.» Helga konnte die Zuneigung in Jakis Stimme heraushören.

«Zum Glück hatte er gut geheiratet. Hildigunnur konnte sehen, dass sich am Horizont ein Gewitter zusammenbraute, also nahm sie Karl beiseite und trug ihm auf, dem Mädchen einen Ehemann zu finden.»

«Und das hat er getan.»

«Welcher Junge sagt jemals nein zu seiner Mutter?», fragte Jaki. «Natürlich hat er es getan. Er ist sofort auf Raubzug gefahren, ohne jemandem ein Wort zu sagen. Das hat ihn noch dazu seine eigene Braut gekostet.»

«Was?»

«Wusstest du das nicht?» Helga zog die Stirn kraus, erwiderte aber nichts, und Jaki sagte: «Er sollte Runa heiraten, aber nachdem sie sechs Monde auf ihn gewartet hatte, entschied sie sich schließlich für Aslak.»

Helga riss erschrocken ihren Mund auf. Runa war … Der Gedanke wirbelte alles andere auf, was in ihrem Kopf herumgeisterte. Ihr wurde schwindlig. Sie fror in der Kälte. «Das wusste ich nicht.»

«Hat auch recht gut geklappt», sagte Jaki. «Hildigunnur hat versucht, Zeit zu schinden, hat sich zur nächsten Erntezeit im Tal und auch jenseits davon durch großzügige Geschenke ein paar Freunde erkauft. Einige Monde später ist Karl eingetroffen, hat mit den Eltern gesprochen, und schon war Jorunn weg. Gegen schwedischen Adel ließ sich schließlich nichts sagen.»

«Was?»

«Vielleicht nicht von höchstem Rang, aber immerhin ist Sigmar ein Vetter zweiten Grades von Eirik dem Siegesfrohen.»

«Das ...» Ein leises Kichern entfuhr ihr, als sie sich vorstellte, wie all diese selbstgerechten Bauern aus dem Tal wie gestrandete Fische auf dem Hof von Flussfeste standen. «Da hast du recht, dagegen kann man nichts sagen. Es gibt offensichtlich viele Dinge, die ich über diese Familie nicht weiß.»

«Du würdest dich wundern», sagte Jaki. «Die Familie auf Flussfeste hält sich selten mit der Vergangenheit auf, wenn sie vorankommen will. Nun, auch wenn deine Sippe eher Hund als Katze ist und eher Wolf als Hund, bist du jetzt bereit, wieder hineinzugehen?»

«Ich denke schon.»

«Gut.» Der alte Mann machte eine kurze Pause. «Du hast Mut, Helga von Flussfeste. Ich ... ich hatte nie eine Tochter», sagte er zögernd, «aber wenn ich eine gehabt hätte, so hoffe ich, dass sie genau so geworden wäre wie du.»

Helga presste ihre Zähne so hart zusammen, dass sie schon fürchtete, sie würden brechen. Ohne etwas zu sagen, legte sie ihren Arm um Jakis kräftige Schultern und drückte ihn, so fest sie konnte, nahm seine Wärme auf, atmete seinen Geruch ein und legte den Trost, den er ihr gespendet hatte, in ein verschlossenes Kästchen direkt neben ihrem Herzen. «Danke», flüsterte sie und löste sich nur ungern von ihm, bevor sie wieder auf das Langhaus zuging.

Auf halbem Weg blickte sie zurück, aber Jaki war verschwunden. Es gab immer noch mehr zu erledigen.

Nach der Dunkelheit und der Kälte am Flussufer erdrückte Helga die stickig-warme Luft im Langhaus beinahe. Die Gäste hatten eindeutig schneller und mehr getrunken, seit sie hinausgegangen war; sie waren noch nicht betrunken, aber sehr fröhlich – jemand musste ihre Becher wieder auffüllen. Helga verfiel schnell in ihren gewohnten Rhythmus, tauchte zwischen kräftigen Männerkörpern hindurch, um die bernsteinfarbene Flüssigkeit in die Becher zu gießen. Sie hatte Geschichten darüber gehört, dass Mädchen immer eine Hand frei behalten mussten, um jederzeit Pranken abwehren zu können, die nach ihnen grapschten. So etwas passierte nicht auf Flussfeste. *Mutter würde den Kopf dieser Männer verlangen.* Nein, die Männer hier beachteten Helga gar nicht, sie unterhielten sich einfach weiter.

«… und ich habe gehört, dass die Rus weiter südwärts ziehen.»

«Was? Schon wieder?»

«Nicht genügend Platz, sagen sie.»

«Vielleicht hat Vladivar inzwischen gegen jeden gekämpft, den er kennt, und sucht jetzt einen neuen Freund», warf jemand ein. Darauf erhob sich raues, abgehacktes Gelächter. Von diesem Vladivar, einem grimmigen Kriegsherrn irgendwo im Südosten, hatte sie wohl schon einmal gehört. Offensichtlich erheiterte es die Männer ungemein, sich vorzustellen, dass er einen Freund haben könnte. Die Einheimischen hatten sich inzwischen ungezwungen unter die Schweden gemischt, alle Stammeszugehörigkeiten waren vergessen. *Zumindest sieht es so aus.* In letzter Zeit war es schwierig geworden zu erkennen, wann Messer gezückt würden.

Auf einer Seite der Tafel hatte Jorunn zwei von Unnthors Bauernfreunden in ein Gespräch verwickelt. Worüber sie redeten, konnte Helga nicht hören, doch die alten Männer hingen der jungen Frau an den Lippen. Da, ein kurzer Moment nur, und einer von ihnen verfiel in ein lautes, bellendes Lachen, ein anderer stimmte sogleich ein. Sie fraßen ihr förmlich aus der Hand – aber lag auch nur ein Fünkchen Wahrheit in dem, was immer sie ihnen erzählte? Helga merkte, dass Jorunns Lügen ihr Unbehagen bereiteten. Sie hatte keinen Zweifel daran, dass die Frau log – aber warum? Hatte es etwas mit Karl zu tun?

Mit einem Mal stürzten unzählige Fragen auf sie ein, und Helga musste die Augen zusammenkneifen, um sich zu beherrschen und nicht aufzuschreien.

Eine Frage. Sie brauchte bloß eine Frage.

Wer hat es getan?

Die Stimmen und das Klappern der Becher drangen wieder zu ihr durch, und sie bemerkte Hildigunnur, die ihr von der anderen Seite des Raumes einen stechenden Blick zuwarf. Ihre Mutter stand neben Sigmar, der in ein Gespräch mit einem älteren, stämmigen Mann vertieft war. Helga kannte diesen Blick ihrer Mutter: *Mach dich nützlich, Mädchen!* Sie nahm einen Metkrug vom Tisch und ging zu Hildigunnur und Sigmar, doch so, dass sie an Jorunns kleiner Runde vorbeikam.

«... und ich habe es gerade eben geschafft, die Eier heimlich aus dem Weg zu räumen, bevor er sich setzte. Der König hatte ja keine Ahnung!» Schallendes Gelächter. «Könnt ihr euch das vorstellen?» Helga ging weiter, während Jorunn den Rest ihrer Geschichte vortrug. Sie war unverkennbar Hildigunnurs Tochter – fröhlich plätscherte die eingeübte Erzählung dahin, aber während sie die Männer unterhielt, würde Jorunn sie beobachten, Schlüsse ziehen, sie in Gruppen einteilen: vertrauenswürdig und nicht vertrauenswürdig – nein, weich oder hart. *So sieht die Familie von Flussfeste doch die Welt, nicht wahr? Entweder du bist weich – oder du bist hart.*

Ihre Mutter gehörte eindeutig zur letzteren Kategorie. Und auch sie spielte dieses Spiel, Helga hatte es beobachten können: Dann redete Hildigunnur ununterbrochen. Niemandem gelang es, ein Wort einzuwerfen, während ihre Mutter die Möglichkeiten auslotete und dann darüber entschied, wen sie bevorzugt behandeln sollte. Kontrolle. Es ging darum, die Kontrolle zu haben.

«Du siehst nachdenklich aus, liebe Tochter», sagte Hildigunnur, als Helga nah genug war. Ihr Atem roch nach honigsüßem Met.

Helga lächelte, es fühlte sich schwach an, schwach und falsch. «Eine Menge Leute», murmelte sie.

Ihre Mutter erwiderte das Lächeln, und Helga spürte die vertraute dünne, aber warme Hand auf ihrem Unterarm. «Eines Tages wirst du ein eigenes Heim haben und deinen eigenen Haushalt führen.» Helga meinte, ein leichtes Lallen herauszuhören. «Einen Ehemann, der dir Kinder macht, und Kinder, die dir nichts als Ärger machen.» Die alte Frau legte eine kurze Pause ein. *Was denkt sie gerade?* Sie schien noch etwas anderes sagen zu wollen, überlegte es sich dann aber wohl noch einmal. «Und du wirst in der Lage sein, all das hier» – sie deutete um sich herum auf die Gäste, die freundliche Streitgespräche miteinander führten – «völlig mühelos auf die Beine zu stellen.»

Neben Hildigunnur und Helga hatte Sigmar für einen Augenblick aufgehört, seinen Standpunkt durch ausladende Gesten zu unterstreichen, und Helga füllte flink seinen Becher auf, während sie darauf achtete, keinen Tropfen zu verschütten. Sie unterdrückte ein Stirnrunzeln. Sie wusste wohl, was sie erwartete – Ehemann, Heim und Kinder – aber … das hier?

Ich muss Flussfeste verlassen.

Der Gedanke traf sie mit solcher Wucht, dass es ihr nur mit größter Anstrengung gelang, weiter zu lächeln. «Ja», antwortete sie schwach.

Nein.

Auf keinen Fall.

Wie lange ist mir das schon klar?

Sie lächelte noch immer, als sie sich von Sigmar und dem Bauern entfernte. Beide hatten sie nicht einmal zur Kenntnis genommen. *Muss schön sein, in einer Welt zu leben, in der sich dein Becher auffüllt, ohne dass du es bemerkst.*

Doch an mehr konnte sie jetzt nicht denken, weil der eine, der neue Gedanke sich mehr und mehr Bahn brach und sie völlig ausfüllte.

Ich muss Flussfeste verlassen.

Sie erkannte es jetzt. Dieser Ort war verflucht. Jeder, der in diesem Winkel der Welt aufwuchs, war zu einem Leben voller Gewalt verdammt. Es war nicht die Welt da draußen, die sie verdorben hatte – sie waren von Anfang an verdorben gewesen. Sie musste fort und andere Orte kennenlernen, dem Schatten des Langhauses entkommen.

Alles stehen- und liegenzulassen und auf der Stelle fortzugehen, erschien ihr so verlockend, so süß wie Honig und so strahlend wie der schönste Sonnenschein.

Wenn ich jetzt gehe, werde ich immer an ihn denken müssen. Sie dürfen nicht damit davonkommen, dass sie einen unschuldigen Jungen töten.

Sie dachte an Volunds Augen, und es war, als würde ein Schwall kaltes Wasser über sie niedergehen. Sie war hellwach: Etwas auf Flussfeste war faul und verdorben – aber was war es?

Und wer?

KAPITEL 17

JÄGER

Der Geruch von Met, Atem und Schweiß erdrückte Helga. *Raus hier. Jetzt gleich.* Sie lenkte den Blick ihrer Mutter auf sich und bedeutete ihr, dass sie Wasser holen würde. Achselzucken war die einzige Antwort. Helga schlüpfte so schnell, wie sie konnte, durch die Tür hinaus. Die Luft empfing sie wie kaltes Wasser an einem heißen Tag. Sie atmete sie gierig ein und spürte, wie ihr Kopf mit jedem Atemzug klarer wurde.

Wer hat es getan?

Die Frage nagte an ihr und verfolgte sie. Sie ging erneut zum Fluss und begann, im Kopf eine Liste anzulegen. «Nein», stieß sie laut hervor, «keine Liste.» Stattdessen versuchte sie, sich zu erinnern: an Karl, der flach auf seinem Lager lag, gräulich blau im Gesicht und kalt. An die Wunde, die ihn getötet hatte – zwei feine Linien, auf jeder Leistenseite eine. Sie dachte an Bjorn. Wie er halb auf dem Rücken und halb auf der Seite lag. Hinterrücks niedergestochen, mit großer Kraft. Die Wunde, die ihn getötet hatte, war …

Helga drückte die Augen fest zu und versuchte, sich zu erinnern. *Komm schon!* Sie stellte sich Bjorns Hemd vor, seine Muskeln, die klebrige Stelle auf seinem Rücken, wo das Messer zwischen den Schulterblättern eingetreten war, wahrscheinlich gleich mit dem ersten Stich direkt durchs Herz. Es war entweder ein äußerst geschickter oder ein glücklicher Stich gewesen, ausgeführt mit enormer Stärke oder großer Wut …

Aber warum nur konnte sie sich nicht an die Wunde erinnern?

Ihr trat eine Szene vor Augen, wie Hildigunnur sich die Leiche ansah, gleich darauf den Stall betrat und – dann hatten sie das Messer gefunden.

Wir haben die Wunde gar nicht gesehen.

Aus irgendeinem Grund ärgerte sie das jetzt sehr. Aber bevor sie darüber nachdenken konnte, hatten sich ihre Füße schon in Bewegung gesetzt.

Die Hütte, in der sie Bjorns Leichnam bis zum Sonnenaufgang aufgebahrt hatten, lag in der Ecke des Hofes und wirkte wie ein plumper Brocken, den ein Riese verloren hatte. Eine unrühmliche letzte Ruhestätte, doch der einzige Ort, der sich anbot, nachdem das Götterurteil gesprochen worden war. Unnthor würde nicht wollen, dass weitere Menschen beim Begräbnis zugegen waren. Die Männer hatten ausführlich darüber gesprochen, die Vorzüge verschiedener Gebäude diskutiert – und sie hätten wohl den halben Tag damit zugebracht, eine Entscheidung zu treffen, wenn nicht Hildigunnur Unnthors Aufmerksamkeit auf sich gelenkt und zur alten Hütte hinübergenickt hätte. Es war ein Leichtes für Einar und Jaki gewesen, dort genug Platz für Bjorn zu schaffen, und deutlich schwerer für sechs Männer, ihn hochzuhieven und zu seiner Ruhestätte zu tragen.

Helga legte ihre Hand auf den Türknauf.

«Wer ist da?»

Ihr Herz schien einen Schlag auszusetzen, ihre Kehle verkrampfte sich vor Entsetzen. *Reiß dich zusammen!* Und als sie die Stimme erkannte, verfluchte sie die Güte ihrer Mutter. Aus Taktgefühl hatte Hildigunnur darum gebeten, auch Platz für Thyri zu schaffen, damit sie bei ihrem toten Mann sitzen konnte.

«Wer ist da?» Jetzt klang es ängstlicher.

«Ich bin es», sagte sie so leise wie möglich zur Tür gewandt. «Helga.»

Stille. Die Tür öffnete sich knarrend, und ein kleiner, warmer Lichtschein quoll heraus. Thyri hatte drinnen eine Kerze angezündet. «Komm rein.»

Ruhig. Mit dem Licht drang auch ein schwacher Geruch zu ihr, so schwach zunächst, dass sie ihn kaum zuordnen konnte, aber er war da – eindeutig. *Ruhig!* Schlachtzeit … abgestandenes Blut … Tod.

Sag etwas, du Schwachkopf!

«Danke», sagte Helga, noch immer mit gesenkter Stimme. Der große Mann auf der Bahre sah aus, als ob er schlafen würde, und sie hatte plötzlich furchtbare Angst, dass sie ihn aufwecken könnte und er wieder so laut werden würde, wie sie ihn erlebt hatte. *Sei nicht dumm*, knurrte die Stimme in ihrem Kopf. Sie suchte nach Worten, überlegte, was sie machen konnte, während sie sich vorsichtig in den engen Raum hineinschob. Thyri streckte einen Arm aus, an Helgas Hüfte vorbei, und schloss die Tür. Ihre Körperwärme, nicht unbedingt unangenehm, aber so nah, verstärkte Helgas Beklommenheit.

Alles hier drinnen ist zu nah.

Die Hütte war ohnehin nicht groß, und Bjorns Körper füllte

sie in ihrer gesamten Länge aus. Auf einer Seite waren ungeordnet Baumaterialien neben einem beschädigten Karren und vielen kindergroßen Säcken gestapelt. Was wohl in diesen Säcken war? Wolle? Schwer zu sagen – *und außerdem unwichtig*, schalt sie sich.

Der Sitzplatz für Thyri war nicht größer als eine halbe Bettstatt, aber Jaki und Einar hatten ihr einen Schemel besorgt, und auf einem Bretterstapel war Platz für eine Kerze.

Es ist wie ein Bau: ein Bau mit einem toten Tier darin. Die Höhle, in die der Bär gekrochen ist, um zu sterben …

Schnell. Sag etwas.

«Also», begann sie und verfluchte sich dafür, wie schwach es klang – was hätte Hildigunnur getan? *Bring sie zum Reden.* «Wie … fühlst du dich?» Das Licht schien matt, aber nicht matt genug, um die Verachtung zu verbergen, die in Thyris Miene aufblitzte. Helga sah, wie sie sich beherrschte und sich um Freundlichkeit bemühte.

«Ich … versuche weiterzuleben.»

«Manchmal ist das alles, was wir tun können.» Sie machte bewusst eine Pause, wie sie es bei ihrer Mutter gehört hatte – hoffte, damit behutsam eine Tür für Thyri zu öffnen, um sie zum Reden zu ermutigen –, aber sie reagierte nicht. Es würde mehr brauchen. «Hast du mit Jorunn gesprochen?»

«Nein.» Die Antwort war kurz und abweisend. Sosehr Helga versuchte, die Tür zu öffnen, dies war ein äußerst deutlicher Versuch, sie wieder zuzuschlagen. Sie spürte einen unerwarteten Anflug von herrlichem, kämpferischem Stolz.

Weißt du nicht, wer ich bin?

Weißt du nicht, woher ich komme?

Ich bin auf Flussfeste aufgewachsen, meine Liebe. So einfach kannst du mich nicht abfertigen.

«Es muss auch für sie schwer gewesen sein, ihren Bruder so zu finden.»

Thyri schnaubte, aber sie widersprach ihr nicht.

Zeit, das Netz auszuwerfen. «Sie schienen froh, einander wiederzusehen.»

«Er mochte Jorunn.» Thyris Stimme hatte einen heiseren Klang.

Helga legte Thyri eine Hand auf den Unterarm und spürte, wie die Frau zusammenzuckte, aber Thyri wich nicht zurück. «Er schien die meisten Menschen zu mögen», sagte Helga.

«Hm. Die meisten, ja.»

«Nur Karl nicht.»

«Ach, ich weiß nicht», erwiderte Thyri, «ich glaube, er mochte ihn vielleicht mehr, als er durchblicken ließ. Karl war ein Bastard, aber man wusste immer, woran man bei ihm war. Sie haben einiges zusammen durchgemacht, und ich denke, Bjorn würde …» Sie verstummte für einen Moment, dann schluckte sie und beendete den Satz: «Ich denke, Bjorn hätte sich unter allen Umständen für seinen Bruder eingesetzt.»

«Oh, auf jeden Fall.» *Nie im Leben.* «Die beiden müssen ein einzigartiges Gespann abgegeben haben, als sie jünger waren.»

«In der Tat», sagte Thyri jetzt wärmer.

Helga sah zu Boden, auch um ihr Lächeln zu verbergen. *Und schon schwimmst du in mein Netz, kleiner Fisch.* «Ich wette, du hättest so einige Geschichten zu erzählen.»

«Oh, das habe ich. Aber du hast sie bestimmt schon alle gehört.»

«Ich? Nein – du kennst doch Unnthor und Hildigunnur, die schauen immer nur nach vorn, sehen zu, dass sie den nächsten Sommer erreichen, die nächste Ernte, die nächste Ablammzeit. Sie machen sich nicht viel aus alten Geschichten.»

«Dann hast du also gar nichts über deine Ziehbrüder gehört, als sie jung waren?»

«Nicht so richtig, nein», sagte Helga. *So fühlt sich also eine Jagd an. Ganz vorsichtig jetzt.* «Es gibt da eine Geschichte, die ich vor kurzem gehört habe.»

«Welche?»

«Darüber, wie Jorunn mit einem hübschen Stallburschen davongelaufen ist?» Sie konnte spüren, wie Thyri sich anspannte, und bemühte sich um einen unbeschwerten Tonfall. «Da muss sie ungefähr mein Alter gehabt haben, schätze ich? Eigenwillig und bereit, in die Welt hinauszuziehen?»

«Das war eine üble Sache», sagte Thyri. «Ich habe den Jungen gesehen, und er war wirklich eine Augenweide. Kein Wunder, dass sie über ihn hergefallen ist. Aber er hatte einen grausamen Blick. Er hätte sie in irgendeinem Fischerdorf mit einem Kind im Bauch zurückgelassen und sich dann die Nächste gesucht – Gerüchten zufolge hatte er so etwas schon zweimal getan, und das war wohl auch der Grund, warum er hier oben in den Tälern war.»

«Sind Bjorn und Karl ihm nachgeritten?»

«Nein», sagte Thyri bestimmt.

Wer war es dann? Sosehr die Frage Helga auch im Kopf herumschwirrte, es gelang ihr doch, sie noch zurückzuhalten. «Weiß denn irgendjemand, was genau passiert ist?»

«Nein», antwortete Thyri, «aber Aslak ist kurz nach Jorunn

verschwunden, und sie sind zusammen zurückgekommen. Ich kann bloß vermuten, dass der Junge weggelaufen ist, zur Küste hinunter vielleicht.»

Ein eiskalter Schauder lief Helga über den Rücken, als sie sich vorstellte, wie Aslak sie aus seinem kantigen Gesicht angrinste wie ein garstiger Mäusefänger. *Weggelaufen. Aber sicher doch. Der Junge wurde im Wald vergraben.* «Stell sich das mal einer vor», sagte sie, und es fiel ihr so schwer zu lächeln, dass sie beinahe ihre Finger zu Hilfe genommen hätte, um die Mundwinkel nach oben zu ziehen. «Aber ich schätze, wenn Bjorn sich zur rechten Zeit geräuspert hätte, hätte er dem Burschen ordentlich Angst eingejagt.»

«Mir ist schon klar, was du denkst», sagte Thyri, «aber Bjorn war gar nicht so. Wenn Karl auch nur annähernd so groß gewesen wäre, wäre er jetzt vielleicht König.»

«Dann hat Bjorn also nur selten mit anderen gekämpft?»

Thyri sah mit tiefer Zuneigung auf den Leichnam hinab. «Das musste er fast nie. Sie brauchten ihn nur kurz anzuschauen, schon wollten sie sich nur noch verdrücken. Und ich hätte ihn ohnehin vom Kämpfen abgehalten.»

«Wie das?»

«Als wir uns kennengelernt haben, war er...» Sie schluckte. «Er stand immer im Mittelpunkt. Die Leute wurden von ihm angezogen, weil er laut und witzig war und man ihn kaum übersehen konnte. Mädchen warfen sich ihm an den Hals, baten ihn, sie hochzuheben, und streichelten seine Arme.»

Aha. Das war es also. Mit der Schärfe in Thyris Stimme hätte man einem Hirsch das Fell abziehen können. Dass diese winzige Frau den riesigen Bjorn herumkommandierte, schien mit einem Mal nicht mehr so unvorstellbar. «Da war eine – Alfhild hieß sie. Ich hatte bereits Anspruch auf Bjorn erhoben, aber sie war sich absolut sicher, er würde mich für sie fallenlassen, nur weil sie reich und hübsch war.»

Was sage ich darauf? Helga entschied sich dafür, vage und mitfühlend zu reagieren: «Oh! Und was ist dann passiert?»

«Sie ist gefallen. Auf einen harten Felsen.» Eine zufriedene Pause. «Und zwar viermal.»

«Dann war Bjorn wohl klug genug, nicht fremdzugehen.»

«Ja, das war er.»

Sonst wäre deinem Mann wohl auch etwas Schreckliches zugestoßen. Helga musterte die andere Frau so unauffällig und aufmerksam wie möglich, doch die scharfen Worte hatten Thyri den Wind aus den Segeln genommen. Sie war in sich zusammengesackt und schob etwas verlegen die Lippen vor.

Eine Gelegenheit. Ergreif sie – ergreif sie!

«Es muss hart sein, die Totenwache ganz allein zu halten», sagte Helga.

«Dank dir ist es schon viel besser.»

«Einsam zu sein ist das eine …» *Was hatte sie Hildigunnur tun sehen? Und wie?* «… etwas anderes ist es, wenn man fast platzen muss.»

Thyri entfuhr ein leises Lachen, und einen Moment lang funkelten ihre Augen im Kerzenlicht. «Da hast du nicht unrecht, Tochter von Flussfeste.»

«Ich kann hier für dich übernehmen, wenn du ein paar Augenblicke brauchst, um … äh … die Natur zu genießen.»

Thyri lächelte verschwörerisch. «Danke», sagte sie, während sie sich eilig erhob.

Drei … zwei … Sobald sich die Tür hinter Thyri geschlossen hatte, machte sich Helga an die Arbeit. «Also gut, großer Junge», murmelte sie, «Zeit, dass du mir ein Geheimnis verrätst.» Die Leiche fühlte sich unangenehm kalt an, wie ein gewaltiges Stück Fleisch, das zum Zerteilen ausgelegt war. Sie schob ihre Arme seitlich unter Bjorns Körper und hob ihn an. «Und damit meine ich nicht die Tatsache, dass du so viel wie ein Ochse wiegst», ächzte sie. Der Körper bewegte sich nur ein winziges Stückchen, dann sank er zurück auf die Bahre. «Komm schon!», zischte sie und versuchte es erneut. Dieses Mal gelang es ihr, den Körper seitlich eine halbe Handbreit hochzuheben, doch ihre Arme schmerzten; sie konnte ihn unmöglich noch weiter anheben und drehen. *Denk nach, Mädchen.* Sie sah sich um und griff nach einem faustgroßen Holzblock. «Letzter Versuch», murmelte sie. Sie wusste jetzt, wie unfassbar schwer er war, und doch schaffte sie es, ihn so weit hochzustemmen, dass sie den Block zwischen Schulterblatt und Bahre klemmen konnte. *Jetzt aber schnell!* Sie nahm die Kerze. Sie zu nah an den Körper zu halten, wagte sie nicht – die Totenwache in Feuer aufgehen zu lassen hätte wahrscheinlich nicht zu ihrer Beliebtheit beigetragen. Sie schielte auf Bjorns Rücken.

Mist.

Er war in eine neue Tunika gekleidet.

Hastig trat Helga auf die linke Seite und fand den Saum seiner Hose. Sie fuhr mit den Fingern an seiner Wirbelsäule entlang, arbeitete sich hoch, bis sie die Wunden ertastete.

Und in diesem Moment wusste sie es. Sie musste sie gar nicht erst sehen.

Die Schnitte konnten unmöglich mit demselben Messer ausgeführt worden sein.

Diese waren grob, die Ränder ausgefranst und das Fleisch herausgerissen. Karls Wunden hingegen waren kleine Schlitze gewesen, schmale ins Fleisch geschnittene Kerben. Das hier waren *Löcher*, die von etwas Breiterem und viel Schwererem gestochen worden waren. Also musste es noch ein anderes Messer geben, und …

Schritte.

Mit großer Anstrengung ließ Helga das gewaltige Gewicht von Bjorns leblosem Körper so sanft und leise hinab, wie es ging. Sie setzte sich, atmete tief durch und versuchte, ihr wie wild pochendes Herz zu beruhigen. Einen Augenblick später öffnete sich die Tür, und Thyri kam herein.

«Vielen, vielen Dank», sagte diese, während sie sich setzte. «Das war wirklich nötig.»

«Gern geschehen.» Helga zügelte ihr Lächeln. *Das reicht. Nicht mehr. Ich habe mir nichts zuschulden kommen lassen.* An ihren Fingerspitzen konnte sie die Kälte des Leichnams noch spüren, und sie stellte sich die müßige Frage, was Thyri wohl denken würde, wenn sie wüsste, dass ihr toter Mann von einer anderen Frau berührt worden war.

«Du bist freundlich.» Thyri machte eine Pause. «Du hast etwas Gutes in dir. Und das ist in dieser Gegend … ungewöhnlich.» Ihre Stimme zitterte leicht. «Also solltest du jetzt gehen, deinen täglichen Aufgaben nachgehen und warten, bis all das hier vorbei ist.» Obwohl sie große Neuigkeiten entdeckt hatte, war Helga gekränkt, dass Thyri sie fortschickte. Sie erhob sich und wandte sich zum Gehen.

Die Berührung an ihrem Arm war so sanft, dass Helga sie fast nicht gespürt hätte. Im flackernden Kerzenlicht wirkte das Gesicht der Älteren beunruhigt. «Pass auf dich auf», flüsterte die Witwe.

Draußen war es kälter, als sie erwartet hatte.

Der Weg zurück zum Langhaus schien eine Ewigkeit zu dauern. *Zwei Mörder.* Wieder und wieder ging ihr der Gedanke durch den Kopf. *Nein, nicht unbedingt zwei Mörder – aber zwei Messer.* Und doch: Die Vorstellung, dass hier zwei Mörder am Werk gewesen waren, ließ sie nicht los: einer wütend und grob, der andere wohlüberlegt und ruhig.

Zwei Mörder.

«Aber warum?» Es fühlte sich gut an, die Frage laut auszusprechen. «Warum? Warum sollte man für die erste Tat Mutters Messer stehlen, wenn man schon ein Messer besitzt?» Sie blieb stehen und betrachtete das Langhaus, das die letzten elf Winter ihr Heim gewesen war. Licht sickerte durch die Türritzen und entwich durch die Rauchabzüge in den dunklen Himmel, gefolgt von Lachsalven und Geplapper. Plötzlich wurde ihr übel, sie machte auf dem Absatz kehrt und schritt in Richtung der neuen Scheune davon. *Irgendwohin – irgendwo, nur nicht hier.*

Aber die Gedanken ließen ihr keine Ruhe. *Wer war der Mörder?*

Sigmar, mit seiner Truppe? Sigmar hätte es gewesen sein können. Es war denkbar, dass er sich hereingeschlichen und Karls Beine aufgeschlitzt hatte. «Das würde passen», murmelte Helga, während sie sich vorsichtig durch das Tor schob und darauf achtete, dass es nicht knarrte. «Das würde passen.» Er sah verschlagen aus, er war davongerannt, und er hatte etwas an sich, das sie vermuten ließ, er könne recht gut mit einem Messer umgehen. Aber warum? Weil Karl ein ziemlicher Mistkerl gewesen war? Dann hätte ihn jeder töten können. Was war mit Bjorn? Hatte er dann auch Bjorn getötet? Und Aslak, sie durfte Aslak nicht vergessen. Wenn da früher etwas zwischen Karl und Runa gelaufen war, erklärte das vielleicht Runas Streit mit seiner Schwester. Hatte Aslak Karl aus Angst oder Eifersucht umgebracht? Und wer hatte dann Bjorn getötet? Thyri? Sigmar? Sigmars Männer? Irgendjemand von den anderen? Waren jetzt doch wieder alle verdächtig? Wer hatte zuletzt mit Bjorn gesprochen – und warum hatte derjenige nichts gesagt?

Helga biss sich auf die Lippe, bis sie den Schmerz nicht länger aushalten konnte. Ihr Kopf war leer – sie konnte nur noch frustriert knurren. Auf halbem Weg den Hügel hinauf drehte sie sich um und blickte hinunter.

Vor ihr erstreckte sich Flussfeste, das Haus und die Nebengebäude, der Zaun und der Fluss, der den Nachthimmel zu ihr zurückspiegelte. *Es sieht so friedlich aus*, dachte sie.

Und langsam, ganz langsam, brannte das Feuer ihrer lodernden Wut nieder, und aus der letzten Glut schmiedete sie einen Vorsatz.

Dann lass uns etwas daran ändern.

KAPITEL 18

GEJAGTE

Gytha beugte sich zu ihrer Mutter hinüber. «Wie lange dauert das hier denn noch?», flüsterte sie. Ihre Stimme war zwischen all den anderen im Langhaus kaum zu vernehmen.

«Bis die letzten zwei Männer eingeschlafen sind», antwortete ihre Mutter. Sie zischte es fast zwischen den Zähnen hindurch, während sie versuchte, weiter zu lächeln. «Komm, gib acht, dass du hübsch aussiehst.» Sie wandte sich erneut dem Gespräch zwischen zwei großen Bauern und einem Schweden zu, das von Hildigunnur geschickt überwacht und gelenkt wurde.

«Was – für diese alten Säcke? Ich denk ja nicht daran.»

Bevor Gytha sich umdrehen konnte, lag die Hand ihrer Mutter wie eine Klaue um ihr Handgelenk und zog daran. Unauffällig rückte Agla ein Stück zurück, sodass die anderen sie nicht mehr hören konnten, und zischte dem Mädchen zu: «Du hast gar keine andere Wahl. Du kannst hier nicht die Prinzessin spielen. Nach allem, was ich für dich getan habe, wirst du mich nicht wie deine Dienerin behandeln.» Sie verdrehte Gytha das Handgelenk und drückte fest zu, während sie ihrer Tochter ins schmerzverzerrte Gesicht blickte. «Und wag es bloß nicht, eine Träne zu vergießen – ich habe meine besten Farben darauf verwandt, deine Augen heute Abend strahlen zu lassen. Dein Vater ist von uns gegangen: Verstehst du, was ich sage? Es gibt niemanden mehr, der für dich droht, und niemanden, der eintreibt, wovon du glaubst, dass man es dir schuldig sei, also lernst du besser schnell, eine Frau zu sein, und zwar gleich jetzt. Die erste Lektion besteht darin, bei langweiligen Unterhaltungen ein hübsches Gesicht zu bewahren. Hast du mich verstanden?»

Als Gytha mit weit aufgerissenen Augen nickte, ließ Agla sie los. «Gut. Geh und hol dir etwas zu trinken.» Sie sah zu, wie das Mädchen sich das Handgelenk rieb. *«Geh.»*

Helga beobachtete, wie Gytha unter dem strengen Blick ihrer Mutter in gebeugter Haltung davoneilte, und bewegte sich langsam auf das Wasserfass zu. Tatsächlich steuerte Gytha geradewegs die Getränke an. *Und jetzt das Netz auswerfen.* Helga wandte sich ab, damit niemand bemerkte, wie sie ihren misstrauischen Blick gegen ihr sanftes, freundliches Gesicht eintauschte. Als sie sich wieder zu Gytha umdrehte, war sie nett und verständnisvoll zu ihr.

«Hallo.» Das Mädchen bemerkte Helga zunächst gar nicht. Perfekt. «Was suchst du hier?»

Dass Gytha leicht ihren Kopf neigte, wies darauf hin, dass sie Helga gehört und vermutlich auch erkannt hatte. Der steife Nacken und die angespannten Schultern verrieten Helga, dass Gytha ihr ein gutes Ziel bieten würde. «Nichts», murmelte Gytha in ihren Wasserkrug.

«Ich erzähle dir mal ein Geheimnis.» Helga beugte sich vor, genau so, wie sie es ihre Mutter hatte tun sehen, wenn sie jemanden für sich gewinnen musste: *Das ist nur für unsere*

Ohren bestimmt. «Der nächste gutaussehende Mann, den ich hier drinnen sehe, wird der erste sein», flüsterte sie.

Gytha entwich ein Laut, halb Lachen, halb Schnauben, und dann lächelte sie leicht. «Danke.»

Helga konnte spüren, wie das Mädchen sich ihr zuwandte, ihren eigenen kleinen Geheimbund mit ihr gründete. «Aber das soll uns nicht daran hindern, einen Ehemann für dich zu finden», sagte sie und verlieh ihrer Stimme einen spöttischen Tonfall. «Wie wär's denn mit dem?» Sie sah zu einem breitschultrigen, dickbäuchigen Bauern hinüber, der in ein Gespräch mit Sigmar vertieft war.

«Eine ausgezeichnete Wahl.» Gytha nahm das Angebot an und ließ sich auf das Spiel ein.

«Thorfinn Hosennässer, vom Hosennässer-Clan.» Sie bemerkte, dass Gytha erneut ein Kichern unterdrückte. «Ein Findelkind der Wildnis, aufgezogen von einer Wildschweinfamilie. Spendet viel Wärme im Winter, kann gut Wurzeln aufspüren.»

Das Mädchen konnte ihr Lachen jetzt kaum noch zurückhalten. «Hör auf», zischte sie, während ihre Augen Helga baten, das Gegenteil zu tun.

«Auch wenn er seinen eigenen Wurzelstumpf in dreißig Sommern nicht gesehen hat.» Ein fester Stoß gegen den Oberarm. Gythas Augen strahlten jetzt vor Vergnügen, und Helga erlaubte sich ebenfalls zu lächeln. *Aber wir lächeln nicht über dasselbe.*

«Also vielleicht doch besser nicht. Die Welt wird sich selbst um ihren Ferkelnachwuchs kümmern müssen. Was ist mit dem da?» Auf der anderen Seite des Raums war Sigmars treuer Diener gerade dabei, etwas mit Unnthor zu besprechen. Beide machten einen äußerst ernsten Eindruck. «Agnar der Stock.»

«Ooh!», sagte Gytha mit gespieltem Interesse. «Erzähl mir mehr!»

«Agnar der Stock ist bekannt für seine stockförmige Gestalt und für die Gestalt seines Stocks.» Sie konnte hören, dass Gytha nach Luft schnappte, und aus dem Augenwinkel sah sie, wie sie die Lippen zusammenpresste, um nicht laut loszulachen.

«Wieso das?», brachte sie nur mit Mühe hervor.

Helga wartete. Sie musste den richtigen Zeitpunkt abpassen. «Anscheinend gabelt sich Agnars Schwanz in der Mitte.»

Perfekt. Gytha spuckte das Wasser, das sie hatte trinken wollen, zurück in ihren Krug. «Was? Wo hast du das überhaupt...»

«Was ihn zu einem begehrten Liebhaber macht, da die Frauen herausgefunden haben, dass sie ein Ende nutzen können, bis er befriedigt ist, und dann das andere, bis sie es ebenfalls sind.»

Gytha kicherte. «Du hast eine ziemlich schräge Phantasie, Schwester!»

Helga grinste sie an. «Und du lächelst jetzt darüber, also geh ich davon aus, dass deine nicht weniger schräg ist.» Es war kaum zu bemerken, aber Gythas Lächeln wurde schwächer, Helga kannte das Gefühl nur zu gut: Eine Wolke schob sich vor die Sonne. Streit mit der Mutter? Gut möglich. Der Fisch war im Netz; jetzt musste sie es nur noch vorsichtig einholen.

«Und damit du es weißt, ich kenne keinen diesen Männer.»

Sie zwinkerte. «Obwohl, der Schwede ... wer weiß? Ich habe gehört, dass sie dort drüben recht *interessant* sind.»

Gytha drückte ihren Rücken durch, hob ihr Kinn an, nur ein kleines bisschen. «Jetzt, da Vater tot ist, werden Mutter und ich an den Hof gehen.»

«Oh, wie toll – du musst wahnsinnig aufgeregt sein!»

«Ich bin sicher, es wird ganz schön.» Ihre Augen glitzerten verdächtig und straften ihre bescheidenen Worte Lügen.

Du kannst es kaum erwarten, was?

«Ich kann mir das gar nicht vorstellen – es muss äußerst hart für deine Mutter sein, Karls gesamten Besitz zu übernehmen.»

«Ja, äh, sie hat gesagt, wir werden zurechtkommen, und dann werden wir ja noch seinen Anteil hier erben.»

So, kleiner Fisch. Dann wollen wir mal sehen, wie du dich auf dem Trockenen hältst.

«Oh», sagte Helga, sah Gytha für einen kurzen Augenblick an und wandte dann den Blick ab.

«Was ist?»

«Ich dachte, du wüsstest es.»

«Ich wüsste was?»

«Anscheinend hat Runa Unnthor erzählt, dass sie und Aslak ziemlich arm sind und dass Karl, weil es ihm doch so gutgeht, zugunsten von Aslak und seiner Familie auf seinen Anteil verzichten soll.»

Augenblicklich fiel Gythas brüchige Fröhlichkeit in sich zusammen. Erst runzelte sie die Stirn, ihre hübsche kleine Nase zuckte wie bei einem Tier, das einen Fressfeind witterte. Dann zitterten ihre Lippen, auch wenn Helga sehen konnte, dass sie all ihren Willen zusammennahm, um es sich nicht anmerken zu lassen. Und schon war es so weit: das scharfe Einatmen, das langsame Ausatmen, das matte Lächeln.

Es war der Zusammenbruch eines Traums.

Und jetzt muss ich …

Helga konnte ihren Gedanken nicht beenden. Gytha war die Tochter ihrer Eltern, eindeutig, und die Wut war entfesselt wie ein Wolfshund auf der Jagd nach Beute. Sie beugte sich zu Helga. «Erzähl mir ganz genau, was sie gesagt hat.»

Der Triumph war so groß, dass Helga sich fast dafür schämte. Einen Moment lang bildete sie sich ein, dass alle anderen sie anschauten und an ihrem Erfolg Anteil nahmen, aber sie schüttelte den Gedanken ab und machte sich daran, den ersten Teil ihres Plans umzusetzen.

Runa balancierte mit den Krügen, zwei in jeder Hand, und wandte sich von dem Getränkefass ab. Ein halber Schritt – dann traf der Ellbogen sie in den Brustkorb, hart genug, um weh zu tun, aber nicht so stark, dass die Krüge zu Boden fielen.

«Oh», sagte Gytha. «Tut mir sehr leid.»

Runa atmete tief ein. «Nicht so schlimm.» Sie zwang sich zu einem Lächeln.

«Ich habe mich umgedreht, weil ich meine Mutter suche; ich hab dich dort einfach nicht gesehen.»

«Ich sagte doch, es ist schon gut. Jetzt tritt zur Seite.»

«Entschuldige – wie war das?»

«Ich habe gesagt, dass du bitte zur Seite treten sollst, um mich durchzulassen. Ich wollte gerade die Getränke an den Tisch bringen.»

«Oh. Dann hättest du also gerne, dass ich zur Seite trete, damit du bekommst, was du willst?»

«Wovon redest du? Ich bringe nur Getränke an den Tisch.»

Gytha lächelte süßlich. «Ist das so hart für dich? Sicher nicht. So wie auch kein Mann jemals hart für dich wird.»

Runas Augen weiteten sich. «Du hagere kleine Hure», zischte sie. «Du bist eindeutig die Brut deiner Mutter.»

Das Klatschen der Ohrfeige hallte durchs Langhaus, es folgte ein Schrei, und Krüge schepperten auf den Fußboden.

Helga war vorsichtig genug gewesen, sich abzuwenden. Sie hörte nur zu, konnte sich nicht mit einem Lächeln im Gesicht erwischen lassen, während alle anderen schockiert waren. Von dem Moment an, da Gytha glaubte, herausgefunden zu haben, dass Aslak und Runa den Hof erben würden, war sie auf einen Kampf aus, genau wie ihr verstorbener Vater. *Dass es nicht wahr ist, hätte wahrscheinlich gar keinen Unterschied gemacht*, dachte Helga. Manche Menschen waren immer dazu bereit, an das Schlimmste zu glauben.

Im Nu hatten sich männliche Stimmen unter das Geschrei gemischt. Helga drehte sich um und sah stämmige Körper auf den verworrenen Haufen von Gliedmaßen zueilen. Anders waren die Kämpfenden nicht zu beschreiben. Helga musste sich zusammenreißen, um nicht zu lachen: eine Schar großer Männer, die hilflos herumstanden und sich nicht recht trauten, die zwei Frauen anzufassen, die da fauchend und zischend am Boden miteinander rangen.

Männer kämpfen wie Bären, hatte ihre Mutter zu ihr gesagt, groß, langsam und schwerfällig. Frauen kämpfen wie

Waldkatzen – wild, schnell und tödlich. Keiner der Männer schien es eilig zu haben, Runa zu zügeln, die Gytha zu Boden gerungen und zumindest einen guten Schlag gelandet hatte.

Jemand stieß Helga beiseite, sie runzelte die Stirn: Eine kräftige Gestalt rauschte an ihr vorbei.

Sigmar.

Der Schwede drängte sich durch die Menge, und er trug etwas in den Händen …

… das Wasserfass.

Zum Glück war es nicht mal mehr halb voll, aber es reichte. Das Wasser ergoss sich über die beiden Frauen, und in dem Moment, da Runa blinzelte und nach Luft schnappte, riss Sigmar sie herum und stieß sie von der am Boden liegenden, kreischenden Gytha. Runas Körper verschwand augenblicklich unter dem großen Schweden, und Helga sah gerade noch eine Hand, die sich in blondes Haar krallte, dann hatte Sigmar die Frau fest im Griff.

Gytha raffte sich hustend und weinend auf. Sie nahm die Haltung einer angriffslustigen Katze ein, bereit, sich erneut auf Runa zu stürzen, aber da wurde sie von hinten gepackt; sie kämpfte dagegen an, doch Hildigunnur stand jetzt dicht neben ihr und murmelte ihr über ihre Schulter hinweg schnell etwas ins Ohr.

Gytha verzog das Gesicht, kraftlos sackte sie in sich zusammen.

«Bringt sie an die frische Luft», blaffte Hildigunnur. «Agla!» Karls Frau gehorchte auf das Kommando wie ein Hund; sie nahm wenige äußerst knappe Befehle entgegen und folgte ihrer Tochter nach draußen.

«Lass sie los!» Aslak drängte sich an den Männern vorbei und schlug Sigmar, der Runa noch immer am Boden festhielt, gegen die Schulter.

Augenblicklich sprang der Schwede auf und wich mit erhobenen Händen zwei Schritte zurück.

Aslak bot Runa seine Hand und zog sie hoch. Sie blinzelte mehrmals und war sichtbar mitgenommen, während sie ihrem Mann etwas zumurmelte. Er nahm sie in den Arm, dann wandten sie sich ohne ein Wort um und verließen das Langhaus.

So weit, so gut. Sich wie Jäger und Beute zugleich zu fühlen kam Helga seltsam vor, doch der Mörder, wer immer es war, konnte seiner selbst jetzt nicht mehr so sicher sein. Keiner wusste, was an diesem Abend noch passieren würde – und das war doch schon etwas.

Zeit für den nächsten Schritt.

Langsam beruhigten sie sich alle, wie eine Vogelschar, die ein Habicht aufgeschreckt hatte, um kurz darauf wieder davonzufliegen. Schon bald hatte Agla ihre Tochter gestellt und hielt das wütende und durchnässte Mädchen am Ellbogen, während Hildigunnur die Gespräche mit einem gut abgepassten, recht derben Witz über nasse Mädchen wieder in Gang gebracht hatte. Nun tranken sie wie immer, sangen die Lieder, die sie immer sangen, und taten, was sie immer taten. Niemand beachtete Helga.

Sie griff unter den Verschlag, wo Hildigunnur das stinkende Zeug aufbewahrte. *Mal sehen, wie gut dein bestes Gebräu ankommt, Mutter.* Das Ziel ihres Plans hockte am anderen Ende der Halle auf einem Fass und sah aus wie von einer Gewitterwolke überschattet. Seit er Runa beruhigt hatte und wieder hereingekommen war, saß er dort, hielt einen Becher umklammert und blickte der Welt grimmig entgegen. Sie gönnte es sich einen Moment, ihn einfach nur anzusehen. Aslaks Gesicht war auf besondere Weise anziehend, selbst wenn er ärgerlich war. Fühlte sie das, was man Verlangen nannte? Fing es damit an? Sie hielt den Gedanken fest und legte ihn in einem Kästchen irgendwo in ihrem Kopf ab. *Das lässt sich später noch ergründen.* Mit einem Krug in der einen Hand und zwei Bechern in der anderen schlängelte sie sich zwischen den Gästen hindurch, ohne den Blick zu bemerken, der ihr folgte.

Aslak blinzelte und verzog das Gesicht, als er das Gebräu schluckte. «Ich meine, was geht ihn das überhaupt an.»

«Genau», gurrte Helga. «Mehr?»

«Nein. Sollte ich wirklich nicht.» Kurze Pause. «Mehr.»

Sie lächelte ihn offenherzig an, während sie den Krug mit dem scheußlichen Gemisch ihrer Mutter anhob und die trübe Flüssigkeit in Aslaks Becher schwappen ließ. «Hier, bitte.»

«Danke.»

Du solltest mir wohl eher nicht danken. «Gern geschehen. Ich denke, das hilft.»

«Wieso sollte ich Hilfe brauchen?» Aslak lallte leicht, immer noch gereizt.

«Ich meine – wir haben ihn ja alle gesehen.»

«Wen?»

«Sigmar.»

Jetzt setzte unverständliches, ärgerliches Gemurmel ein.

«Er hatte seine Hände überall an deiner Frau.»

«Er musste ja …»

«Oh, er hat mehr getan, als er musste. Wir haben es alle gesehen. Wenn schon, dann schuldet er dir eine Entschädigung, um deine Ehre wieder herzustellen. Mehr?»

Aslak antwortete nicht, streckte ihr nur seinen Becher entgegen. Als sie nachgefüllt hatte, leerte er den Becher in einem Zug. «Er ist ein niederträchtiger Feigling», knurrte er.

«Und er ist alt.»

«Ja. *Alt.*» Der junge Mann schob angewidert die Lippen vor.

«Und er hat nicht das Recht, einen Sohn von Unnthor so zu behandeln, schon gar nicht auf Flussfeste. Das ist eine Beleidigung der Ehre deines Vaters.» Helga beobachtete, wie sich die Hand, mit der er den Becher hielt, verkrampfte. *Gut. Jetzt Schwermut.* «Aber ich weiß nicht, was du dagegen tun könntest.»

Der hagere junge Mann stand auf. Wenn er sie noch wahrnahm, so zeigte er es nicht.

«Ich geh und hol uns noch mehr», sagte Helga leise, nur für den Fall, dass er doch noch zuhörte.

Doch er war mit seinen Gedanken schon weiter.

Es gelang ihr, sich möglichst weit von Aslak zu entfernen, indem sie sich rasch zwischen die Gäste im Raum schob. Und dann erhob Aslak auch schon seine Stimme und übertönte das allgemeine Gerede.

«Sigmar Goransson!» Die Männer verstummten, einer nach dem anderen. «Sigmar Goransson, hiermit erkläre ich dich zu einem Feigling und zu einem verweichlichten Weibsstück!»

Das sollte sie zum Schweigen bringen. Helga sah zu, wie Sigmars Männer die Augen aufrissen. Waren sie erschrocken? Belustigt? Verärgert?

Sigmar, der auf der anderen Seite in einer Gruppe bei Hildigunnur und Unnthor stand, drehte sich langsam um. «Wer sagt das?» Es folgte eine kunstvolle Pause, und Aslak wollte gerade etwas erwidern, da sprach Sigmar weiter. «Ich dachte, die Kinder sind schon schlafen gegangen?» Brüllendes Gelächter, und Helga konnte einen kurzen Blick auf das Gesicht ihrer Mutter erhaschen, die hinter Sigmar stand. Sie wirkte etwas gereizt. *Besser hättest du es auch nicht einfädeln können, oder, Mutter?*

«Schöne Worte», antwortete Aslak unbeeindruckt, «aber das ist bereits alles, was alte Männer zu bieten haben.»

Überraschte Ausrufe: eine Herausforderung zum Kampf.

«Oho, der Welpe bellt», erwiderte Sigmar. «Und natürlich hat er recht.» Wenn Aslak nur ein wenig bei Verstand gewesen wäre, dann hätte er sich die Gesichter der Schweden im Raum angesehen. *Es belustigt sie alle wirklich sehr.* «Schöne Worte, schöne Wolle, schöne Weiber.»

Helga beschlichen Schuldgefühle. Sie hatte Aslak angestachelt, ihn in diese Situation gebracht – hatte sie den Schweden unterschätzt?

«Ich werde dich überwältigen und flach auf den Rücken legen wie ein Weib», knurrte Aslak.

«Ach, ist das so, ja?» Sigmars Stimme hatte sich verändert. Er sprach nicht mehr zu den anderen gewandt – sein Blick konzentrierte sich nun auf das jüngste von Hildigunnurs Kindern. Aslak trat vor, und um ihn herum wichen alle zurück, sodass ein freier Raum entstand. Eine winzige Geste nur – Unnthor verlagerte sein Gewicht auf die zwei angehenden Kämpfer zu, dann hielt er inne. Eine winzige Berührung nur – nur einen kurzen Moment –, dann nahm Hildigunnur ihre Hand wieder von seinem Unterarm. Helga runzelte die Stirn. Warum sollte ihre Mutter Unnthor aufhalten und Aslak erlauben, gegen Sigmar anzutreten?

Sie weiß auch nicht, wer der Mörder ist, deshalb schafft sie eine Atmosphäre der Anspannung.

Wir spielen dasselbe Spiel.

Helga wusste nicht, warum sie das ganz und gar nicht beruhigte, doch sie hatte keine Zeit, das zu ergründen. Aslak brüllte und stürzte sich auf den Schweden, der schnell zur Seite trat und Aslak fest auf den Hinterkopf schlug.

«Ich liege noch nicht am Boden», sagte Sigmar.

«Noch nicht», blaffte Aslak zurück. Dieses Mal näherte er sich vorsichtiger, mit weit ausgebreiteten Armen. *Er wird nicht viel Glück gehabt haben, als er früher mit seinen beiden Brüdern gerungen hat, aber er hat sich sicher etwas von ihnen abgeschaut*, überlegte Helga.

Ein schneller Versuch, der nächste Angriff – und ein weiterer blitzschneller Hieb von Sigmar, diesmal auf Aslaks ausgestreckten Arm. Mit schmerzverzerrtem Gesicht zog sich der junge Mann zurück und hielt sich das Handgelenk. *Er hat genau den Punkt getroffen, wo es am meisten weh tut.* Helga konnte sich nur zu gut vorstellen, dass Sigmar sich über den schlafenden Karl gebeugt und ihn mit einer schmalen Klinge aufgeschlitzt hatte.

«Ich liege immer noch nicht am Boden», wiederholte Sigmar, jetzt lauter.

«Halt's Maul, du *Feigling*!» Beim nächsten Angriff ging Aslak noch langsamer auf ihn zu, doch er hielt seine Hände nah am Körper und streckte die Arme nicht aus; er war bereit, mit den Händen nach Sigmar zu schlagen, während seine Füße ihn Stück für Stück näher schoben.

Der Schwede beobachtete ihn nur und lächelte. «Wartest du darauf, dass ich aus Altersschwäche von ganz allein umfalle?»

Noch zwei Schritte, und Aslak ging auf ihn los. Dann fuhr sein Körper auf einmal rückwärts in die Luft – jedoch nicht aus eigener Kraft. Dem dumpfen Krachen, mit dem er auf dem Boden aufschlug, folgten überraschte Ausrufe von der Menge und dann ein Röcheln, als Aslak verzweifelt versuchte, wieder zu Atem zu kommen.

«Vielleicht ist das ja die Art, wie du deine Frau überwältigst», sagte Sigmar unter dem Gelächter und den Buhrufen der Männer. Dann beugte er sich mit einem Funkeln in den Augen zu Aslaks Ohr hinunter. Er flüsterte …

Bauern und Schweden hatten damit aufgehört, einander anzuschreien. Durch Hildigunnurs starken Einsatz herrschte wieder Ordnung, aber die unbeschwerten Unterhaltungen stellten sich nicht wieder ein. Missmutig blickten die Männer über den Rand gefüllter Becher, die bald schon wieder leer waren.

Sigmar saß in der Ecke, mit dem Rücken zur Wand, machte ein finsteres Gesicht und hielt sich einen nassen Lappen an die Wange. «Dieser kleine Scheißkerl.»

«Da bin ich ganz deiner Meinung.» Helga füllte seinen Becher nach.

«Hel soll ihn holen, und die Wölfe sollen sich an seinem Gesicht laben – der kleine Bastard hat mich *gebissen.*»

«Mhm.»

«Überall sonst wäre er nach draußen geschleift worden, damit er seine Lektion lernt.»

«Mhm.»

Sigmar starrte böse zu Unnthor und Hildigunnur hinüber, die ihm gerade den Rücken zuwandten. «Ich hätte es wissen müssen.»

«Was?» *Sorg dafür, dass er weiterredet. Sie lieben den Klang ihrer eigenen Stimme.*

«Dass ich das nicht hätte sagen dürfen.»

«Was hast du denn gesagt?»

Wieder dieses boshafte Funkeln in Sigmars Augen … «Ich meinte zu ihm, Runa habe es sehr genossen, als Karl sie überwältigt hat.»

Schnell, lach darüber. Sie zwang sich zu einem Kichern und verbarg dessen Falschheit hinter ihrer vorgehaltenen Hand. «Das wird ihm nicht gefallen haben.»

«Nein», sagte Sigmar. «Sie sind hier übermäßig stolz. Selbst Jorunn war in dieser Sache nicht völlig meiner Meinung.»

«Also, ich finde, du hast nichts Falsches getan.» *Schön langsam angehen.* «Er hat dich beleidigt, also hast du ihn beleidigt. Unnthor ist sein Name sehr wichtig, also warum sollte es für dich nicht ebenfalls so sein? Das ist doch nur gerecht.»

«Allerdings.»

«Ein Mann sollte das Recht haben, sich zu behaupten.»

Ein Schatten legte sich über Sigmars Gesicht. «Ja», sagte er und blickte über ihre Schulter.

Vermutlich zu Jorunn. Und ab in mein Netz, großer Fisch. «Und ein Mann sollte bekommen, was ihm von Rechts wegen zusteht.»

«Sollte man denken, ja.» Immer noch der suchende Blick.

Er muss denken, dass ich eine Entscheidung treffe. «Es ist nicht richtig.» Sie machte eine Pause. «Mein Vater hortet sein Gold, aber es ist hier, musst du wissen. Zur Entschädigung.»

Damit gewann sie seine Aufmerksamkeit. Sigmar sah sie nun direkt an, und Helga wurde es flau im Magen. Er wirkte kalt, starr und unerbittlich. Sie war plötzlich erleichtert, dass Sigmar sich bisher von seiner besten Seite gezeigt hatte. «Dann hatte sie also recht. Beschaff mir einen Beweis, und du wirst belohnt.»

«Das werde ich», sagte sie. Ihr Lächeln war nur zur Hälfte erzwungen, und sie ergriff mit Vergnügen die Gelegenheit, aufzustehen und zu gehen, vollkommen sicher, dass er ihren Blick erwidern würde, wenn sie sich noch einmal zu ihm umdrehte. *Gerade lange genug, um ihn davon zu überzeugen, dass ich weiß, wo es ist, und dann …*

Die Geräusche und Gerüche des Hauses stürmten auf sie ein, aber sie beachtete sie nicht. Der kalte Nervenkitzel ihres Spiels legte sich prickelnd auf ihre Unterarme.

Auf dem Hof blieb sie stehen und nahm einen tiefen Atemzug. Während sie ausatmete, sah sie zu den weißen Punkten am Himmel hinauf. Nach dem Lärm im Haus nahmen sich die Geräusche der Sommernacht wie ein Flüstern aus und vermischten sich mit dem Pochen ihres Bluts, das sie in ihren Ohren vernahm. Sie legte eine Hand aufs Herz und flüsterte sich selbst zu. «Schhh. Sei mal ruhig. Nur ein paar Augenblicke.» Wo in aller Welt würde sie einen Beweis für einen vergrabenen Schatz finden? Ihr Plan, das wurde ihr jetzt bewusst, war nicht besonders ausgereift.

Bring jemanden dazu, etwas zu tun.

Im Haus stimmte jemand ein Lied an, es wurde plötzlich lauter, dann gleich wieder leiser. Es klang, als hätte jemand eine Tür geöffnet …

Eine starke, raue Hand packte sie am Arm, direkt über dem Ellbogen, und riss daran. Eine andere legte sich wie ein Schraubstock an ihren Nacken und zog sie vorwärts. Die Luft blieb ihr weg, als sie stolperte. Sie geriet in Panik und versuchte, schneller zu gehen, damit sie nicht im Dreck landete. Es dauerte ein paar Herzschläge, bis sie begriff, wer die dunkle Gestalt war.

«He! Lass mich los!»

«Sei still», fauchte Einar sie an und zog sie hinter einen Schuppen. Der Klang seiner Stimme hatte sich verändert, aber sosehr sie sich auch bemühte, sie konnte nicht sagen, woran es lag. Als sie um die Ecke gebogen waren, riss er sie zu sich herum.

Das Mondlicht fiel auf sein Gesicht, auf tränenverschmierte Wangen.

«*Ich* war es, Helga.» Jetzt konnte sie es hören, es war der Kloß in seinem Hals. «*Ich bin es gewesen.* Ich habe Bjorn von hinten erstochen. Ich habe ihn getötet – wie ein Feigling habe ich ihn getötet.»

Sie blickte in die Augen des Jungen, mit dem sie aufgewachsen war, und suchte darin nach der Wahrheit.

Nein, hast du nicht. Du bist stark wie ein Ochse und hättest nichts dem Zufall überlassen.

Sie musste ihr Gewicht verlagern, um nicht umzufallen. «Beruhig dich», murmelte sie und wollte eine Hand auf seinen Unterarm legen, aber Einar zog den Arm ruckartig weg, als ob ihre Hand Feuer wäre.

«Nein», zischte er, «fass mich nicht an. Ich sag's dir doch. Ich habe ihn getötet. Ich habe den großen Bjorn Unnthorsson ermordet, und jetzt müsst ihr mir den Schädel spalten – nicht dem schwachsinnigen Jungen. Ich war es.»

Ihr Herz pochte, sie rang nach Worten. «Einar … warum erzählst du mir das?»

«Weil ich dich den ganzen Abend lang beobachtet habe. Du hast Fragen gestellt, Leute angestachelt – und du hättest es schließlich herausgefunden.»

«Und warum hast du es getan?»

Zögern. Nur kurz, aber er hatte gezögert. «Weil Bjorn … er hätte Karl nicht töten dürfen.»

Und woher weißt du, dass er Karl getötet hat?

Aus irgendeinem Grund stellte sie ihm diese Frage nicht, obwohl sie ihr auf den Lippen lag – doch der Anblick des Jungen, den sie ihren Bruder nannte, hielt sie zurück: Seine Brust hob und senkte sich, Tränen liefen ihm über die Wangen. Und so blieb die Frage unausgesprochen. Mit einem Mal hatte sie das Gefühl, unendlich weit weg zu sein, und alles, was ihr keine Ruhe gelassen hatte, stürmte wieder auf sie ein.

Wer war die andere Person, die mit Bjorn gesprochen hat?

Wer wusste, dass Bjorn Karl getötet hat?

Wen versuchst du zu schützen?

Helga schloss langsam ihre Augen. Als sie sie wieder öffnete, war ihr alles klar. «Du weißt, dass ich es Hildigunnur sagen muss.»

«Ja», sagte Einar.

«Geh nicht wieder ins Haus. Geh in deinen Schuppen. Sie wird es nicht vor all den Gästen regeln wollen.»

Einar nickte.

«Wir werden darüber reden. Es wird sich eine Lösung finden.»

Er nickte noch einmal.

«Jetzt geh», sagte sie und scheuchte ihn los, wie sie es schon hundertmal getan hatte, während sie ihrer Stimme einen unbeschwerteren Tonfall zu geben versuchte. «Du hast es mir gestanden, ich werde es Hildigunnur sagen, und dann werden wir es in Ordnung bringen.»

Als er schniefte und davontrabte, sah sie ein Lächeln über sein Gesicht huschen. Er war wie ein kleiner Junge. Sie schüttelte den Kopf und schmunzelte. Auch wenn die Gefahr größer war als je zuvor, war sie zufrieden. Der Damm war gebrochen.

Nun war es an der Zeit, den Fluss strömen zu lassen.

Es hatte nicht lange gedauert, bis sie sich an den Lärm im Haus gewöhnt hatte. Rotgesichtig und fröhlich sangen sie aus vollem Halse und prosteten sich dabei zu. Sie hatte Jaki gefunden und ihm etwas zugeflüstert, und es war Unnthors Mann hoch anzurechnen, dass er keinerlei Fragen gestellt hatte. Stattdessen hatte er genickt und ihr sogar schelmisch zugelächelt, als ob es um einen Streich ginge. Jetzt musste sie nur noch …

Da.

Helga schlich sich leise an ihrem Vater und zweien seiner Freunde von den Nachbarhöfen vorbei und fand Jorunn. Sie machte auf sich aufmerksam und beugte sich zu ihr.

«Ich weiß, was du getan hast», flüsterte Helga lächelnd. «Ich weiß, warum, und ich weiß, wo Vaters Schatz ist, und ich will meinen Anteil, oder ich werde ihnen alles erzählen, und du kommst hier nicht mehr raus.»

Sie war die Tochter ihrer Mutter, deshalb zeigte Jorunn Unnthorsdottir keinerlei Unsicherheit, als sie das Lächeln erwiderte. Stattdessen neigte sie fast unmerklich den Kopf, nickte und zwinkerte Helga zu. «Wie reizend. Vielleicht könnten wir irgendwo darüber sprechen, wo wir … ungestörter sind?»

Helga zwinkerte zurück. «Natürlich. Folg mir.»

Sie drehte sich um und ging auf den Ausgang zu. Sie war sich bewusst, dass jeder ihrer Schritte aufmerksam verfolgt wurde. Die Tür war hinter ihr noch nicht ganz zugefallen, da trat Jorunn auch schon zielstrebig hinaus. Helga achtete darauf, große Schritte zu machen. *Lass das Miststück ruhig rennen, um mich einzuholen.* Vorbei an einem Gebäude – noch einem – und dann …

Helga schlüpfte in Einars Geräteschuppen. Sie tauchte so plötzlich auf, dass Einar herumwirbelte und schützend seine Arme vor den Körper hob.

«Ich dachte …» Er konnte den Satz nicht beenden. Die Tür wurde aufgerissen, und Jorunn stürmte herein. Einar stockte kurz, dann sprudelte es nur so aus ihm heraus. «Ich hab es ihr gesagt, Jorunn. Ich hab ihr gesagt, dass ich Bjorn getötet habe.»

«Du nutzloses kleines Bübchen», stieß Jorunn hervor. «Sie

weiß, dass du es nicht warst. Genau genommen weiß dieses Biest viel zu viel.» Plötzlich hatte sie das Messer in der Hand – sie hielt es äußerst geschickt, wie Helga bemerkte. Kurzes, kleines Ding, dicke Klinge.

Es wird zu Bjorns Wunden passen. Und das war's. Ich werde auf meinem eigenen Hof ermordet.

«Was?» Einar machte einen Schritt auf sie zu. «Nein, meine Geliebte – das kannst du nicht tun.»

«Meine Geliebte?» Die junge Frau schnitt eine hämische, wutverzerrte Grimasse. «Du denkst, du *liebst* mich? Lass dich doch einfach von dieser miesen kleine Göre hier durchmelken, bis du diese Vorstellung los bist, Junge.»

Einar wurde bleich. «Aber … du hast gesagt …»

«Du hast gesagt», äffte sie ihn nach. «Na, was hab ich denn gesagt?»

«Du hast gesagt, Bjorn hat das Messer an Sigmars Schlafplatz deponiert, um ihn zu belasten, und dass wir es einfach wieder zu Bjorn zurückschmuggeln, und fertig.»

«Und du hast nicht mal für einen Moment die Eier in deiner Hose gefunden», zischte Jorunn. «Hast rumgejammert wie ein kleines Mädchen, dass wir lieber die Alten holen sollen – was wirklich eine ausgezeichnete Idee gewesen wäre.» Ihre Stimme triefte vor Verachtung. «Weil sie sich mit Sicherheit auf die Seite von meinem Mann, dem Schweden, gestellt hätten, gegen ihren eigenen Sohn. Und was hast du dann getan? Hm?» Sie wandte sich jetzt ganz Einar zu, und auch ihr Messer wies schon mehr auf ihn als auf Helga.

Er stand da, vor Angst erstarrt wie ein überraschtes Reh.

«Ganz genau», säuselte Jorunn, während sie sich auf ihn

zubewegte wie eine Schlange kurz vor dem Angriff. «*Rein gar nichts.* Das hast du getan, du großer, starker Junge. Und weil du so verdammt lange gebraucht hast» – sie spuckte ihm die Worte jetzt förmlich entgegen, schleuderte sie wie Steine –, «ist mein reizender Bruder aufgetaucht, und du hast auch dagegen *rein gar nichts* getan. Hast du dich je gefragt, wer Karl getötet hat? Und warum Bjorn das Messer hatte? Er hat meinem Bruder die Adern aufgeschnitten und dann versucht, das Messer Sigmar unterzuschieben, der *niemals* als mein Ehemann vorgesehen war. Deshalb musste sich jemand um ihn kümmern. Und als ich das getan hatte, hattest du keine Ideen, keine einzige, also musste *ich* das Messer an den Schlafplatz seines schwachsinnigen Sohns schmuggeln. Und nach alldem glaubst du, dass ich dich *liebe*?» Sie musterte ihn von oben bis unten, ihre Stimme klang ein wenig mitleidig. «An dir gibt es *nichts* Liebenswertes und ebenso wenig an diesem Ort oder an irgendwem sonst hier.» Sie betrachtete ihre Gefangenen und schien sich zu beruhigen. Sie hatte gewonnen, und sie würde es genießen.

«Wir sind bloß wegen des Schatzes hier, so einfach ist das. Du musst wissen, ich habe da ein Problem. Ich habe überwiegend mit reichen alten Männern zu tun, die die Muße haben, auf König Eiriks Bärenfellen herumzulungern und die auf Leute wie mich herabsehen. Sie enthalten uns die besten Geschäfte ihres Handels vor. Für sie bin ich eine Außenseiterin und werde es immer bleiben. Die einzige Sprache, die sie verstehen, ist die Sprache des Goldes. Ich dachte, ich könnte Karl dazu bringen, in der Angelegenheit etwas nachzuhelfen, indem ich einen alten Seebären dafür bezahlt habe, sich als

Havard Graubart auszugeben, aber das hat nicht geklappt. Ich dachte, ich könnte ein bisschen Mitgefühl aus Mutter herausquetschen, wenn ich mit Eheproblemen ankomme, oder ich könnte Aslaks grässliche Frau für Karl abrichten, aber das hat auch nicht geklappt. Also hör gut zu, was ich jetzt tun werde. Ich werde dieses Biest hier ausweiden», sie zeigte auf Helga, «und dann werde ich heulend zu meiner Mutter rennen und ihr sagen, dass du versucht hast, dich mir gewaltsam aufzuzwingen, dass sie», sie wies erneut auf Helga, die den Atem anhielt, «dich dabei erwischt hat und du sie erstochen hast – schließlich hast du ja auch schon meine armen Brüder ermordet. Karl und Bjorn sind gestorben, damit du deinem Ziel näher kommst. Ich gebe dir einen Vorsprung – bete darum, dass du die Wälder besser kennst als mein Vater. Im schlimmsten Fall werden sie den Schatz zwischen mir und Aslak aufteilen – und dann werde ich unglücklicherweise das Kind verlieren, noch bevor überhaupt klar wird, dass ich vielleicht doch gar keines unter meinem Herzen getragen habe. So, jetzt tritt zurück, oder ich werde dich ebenfalls aufschlitzen.»

«Nein, das wirst du nicht.» Unnthors Stimme erklang hinter der Wand. Sie war ruhig und gefasst, sein Knurren war kaum herauszuhören.

Helga entspannte sich, atmete wieder ruhig durch.

«Aber wenn du jetzt aus der Hütte heraustrittst und das Messer auf den Boden wirfst, dann lasse ich dich vielleicht noch am Leben.»

Jorunn sah aus, als hätte ihr jemand aus dem Nichts einen Schlag versetzt. Sie blinzelte, ihr Mund klappte auf und wieder zu.

Wahrscheinlich versucht sie abzuschätzen, wie viel er wohl gehört hat, dachte Helga. *Aber kann sie sich aus dem hier wirklich noch herausreden?*

«Raus jetzt. *Sofort.*»

Gegen ihren Willen musste Helga grinsen. *Ich schätze, das ist dann wohl ein ‹Nein›.*

Der Platz vorm Schuppen war hell erleuchtet. Die Bauern aus den Tälern wirkten mit einem Mal ganz anders, waren Unnthor viel ähnlicher. Einige hielten Fackeln; alle führten Waffen. Helga dachte daran, was ihre Mutter immer sagte, wenn jemand vorbeikam, um sich etwas zu borgen, ein Schwätzchen zu halten oder um sich einen Rat zu holen: Dieses Tal ist voller alter Freunde. Und jetzt, wo sie sich hinter Unnthor versammelten, zu einem einzigen Zweck vereint, jetzt fiel es nicht schwer, sich vorzustellen, wie sie vor langer Zeit als junge Männer zusammen nach Westen gesegelt waren, um sich in der Welt zu beweisen. Sigmar und seine Männer standen zusammengedrängt neben ihren Pferden – ohne Waffen. Helga blickte sich nach Jaki um. Er lehnte lässig grinsend an einem Fass voller Speere und Äxte, seine Hand lag locker auf einer Keule, die so groß war wie der Schenkelknochen eines Riesen.

«Wir *alle* haben es gehört», sagte Unnthor.

Jorunn öffnete den Mund, aber die gewaltige erhobene Handfläche ihres Vaters gebot ihr Einhalt. «Auf meinem Land ist genug Blut vergossen worden. Ich möchte nicht den Blutpreis von euch beiden eintreiben.» Helga spürte, wie sie innerlich unter dem Blick ihres Vaters den Kopf einzog, sich zusammenkauerte und sich so klein wie möglich machte, aber der Zorn in seinen Augen richtete sich nur gegen Sigmar und Jorunn. «Doch ich werde es tun, wenn ich muss. Mit dem Gold, das ihr sucht – meinem ‹Schatz› –, wird das Wergeld für meine Söhne Karl und Bjorn bezahlt werden. Ihr erkauft euch damit euer Leben – und wir wollen keinen von euch je wiedersehen. Nun steigt auf eure Pferde und reitet davon.»

«Wo sollen wir …?», begann Sigmar, aber Unnthor erhob erneut seine Hand und brachte ihn zum Schweigen.

«Es interessiert mich nicht, wohin ihr geht», sagte der alte Häuptling, «aber wenn ihr jemals wieder einen Fuß in diese Täler setzt, werdet ihr wie Schädlinge gehetzt, an einen Ast gehängt und gehäutet.» Er sprach nicht mit erhobener Stimme, aber jedes einzelne Wort war deutlich zu verstehen. «Und ich werde dafür sorgen, dass es langsam geschieht.»

Kein weiteres Wort war nötig.

Die Männer aus den Tälern standen hinter Unnthor und Hildigunnur wie die Bäume eines dunklen Waldes, während die Schweden auf ihre Pferde stiegen. Mehr als einer von ihnen schielte auf das Fass mit den Waffen, die Jaki ihnen abgenommen hatte, aber sie hüteten sich, um sie zu bitten.

Jorunn und Sigmar ritten schweigend davon.

KAPITEL 19

ABREISE

Nach der langen Nacht kam der schmerzhafte Morgen.

Die Zeit schien beinahe stillzustehen. Jorunns und Sigmars Abreise hatte ein Gefühl der Leere hinterlassen, wie ein Dorn, den man aus dem Fleisch gezogen hatte, und niemand wusste so recht, was er mit sich anfangen sollte. Ab und an zog eine Wolke über den Himmel, ohne sich um die Angelegenheiten der Menschen zu kümmern, die dort unten umherliefen. Die alltäglichen Arbeiten auf dem Hof wurden wieder aufgenommen, aber niemand war mit ganzem Herzen bei der Sache.

Sie bewegen sich, als ob sie schlafwandeln, dachte Helga. *Als wollten sie nicht aufwachen und sich daran erinnern, was geschehen ist.*

Irgendwann vor Mittag hatten Aslak und Runa die Kinder reisefertig gemacht und ihre Sachen gepackt. Die Bewohner von Flussfeste begleiteten sie bis zum Tor.

«Kommt uns wieder besuchen. Bitte.» Hildigunnurs Hand lag sanft, aber bestimmt auf dem Unterarm ihres Sohnes. Hinter ihr ragte Unnthor auf und schaute mitfühlend.

«Das werden wir», sagte Runa, und zu ihrer Überraschung glaubte Helga ihr aufs Wort. Die grimmige Frau hatte sich während ihres Besuchs verändert. Was genau es war, konnte

Helga nicht genau sagen – aber die Veränderung war spürbar, und das allein war entscheidend.

Als das Tor sich hinter Aslak und Runa schloss, kehrten die Männer zu ihren Aufgaben zurück, nur Hildigunnur verweilte und sah zu, wie die kleine Familie in der Ferne immer kleiner wurde. Helga rang mit sich, dann entschied sie, dass es netter war, ein wenig bei Hildigunnur zu bleiben. Dass ihr das zu einer kleinen Pause von ihren Hausarbeiten verhalf, spielte dabei keine Rolle.

«Aslak ist jetzt mein einziger Sohn», sagte Hildigunnur leise.

Es gab nichts, was sie hätte antworten können, also nahm Helga ihre Mutter in den Arm und drückte sie fest.

Sie standen dort zusammen und betrachteten eine Weile die Straße, die von Flussfeste in die Welt hinausführte.

Auch Agla und Gytha waren nun zur Abreise bereit. Die frische Witwe schlang ihre Arme um Hildigunnur, als wollte sie sie erdrücken, schniefte laut und schaffte es sogar, ein paar Tränen zu vergießen.

Pfui. Helga fiel kein passendes Wort für Aglas Verhalten ein, sie fühlte nur, wie sich alles in ihr zusammenzog, gerade so, als hätte sie sich eine Beerenvergiftung zugezogen. Sie hatte bemerkt, wie ähnlich die beiden Frauen geschaut hatten, als Hildigunnur ihnen das Wergeld für Karl übergeben hatte – das Verlangen in ihren Augen, die Gier nach dem Gold –, Mutter und Tochter, die sich trotz des Altersunterschieds doch in Aussehen und Klang glichen: Zwei Frauen, plötzlich ganz auf sich allein gestellt.

Sobald sie jedoch aufgesessen waren, schien Gytha sich zu verändern: Aufrecht und mit zusammengepressten Lippen schaute sie von ihrem Pferd auf ihre Großeltern herab.

Oho, dachte Helga. *Irgendwo da draußen fehlt einem Prinzchen noch seine zukünftige Königin.*

«Auf Wiedersehen, alle miteinander», sagte Agla. «Wir schicken euch Nachrichten, wohin auch immer es uns verschlägt, und wir werden euch sicher wieder besuchen.»

«Seht zu, dass ihr das tut», brummte Unnthor.

Gytha spornte ihr Pferd als Erste an; die Stute reagierte begeistert, so gelangweilt, wie sie nach tagelangem Grasen draußen auf der Weide gewesen sein musste. Und dann galoppierten die zwei Frauen die Straße hinunter.

Helga blickte zu Hildigunnur, die gar nicht erst versuchte, das spöttische Grinsen auf ihrem Gesicht zu verstecken. «‹Wohin auch immer es uns verschlägt› – so sehen sie aus!»

Erst gegen Mittag gelang es Helga, ihren ganzen Mut zusammenzunehmen.

In einem seltenen Moment der Stille hatte Hildigunnur sich einen Platz an der Wand des Langhauses gesucht, wo sie jetzt saß und Leinen sponn, während die Sonnenstrahlen auf ihrer Haut spielten.

Helga trat behutsam näher. «Mutter …»

«Ich weiß.»

«W-was?»

Die alte Frau kniff die Augen zusammen und schirmte sie mit einer Hand gegen die Sonne ab, während sie zu Helga ins Licht aufsah. «Ich habe nachgefragt, und es geht in Ordnung.»

Helga suchte vergeblich nach passenden Worten. Schließlich platzte sie heraus: «Was geht in Ordnung?»

«Du willst uns verlassen. Du *musst* uns verlassen. Du musst herausfinden, wer du bist und wohin du in dieser Welt gehörst.» Hildigunnur sah aus, als wollte sie noch etwas hinzufügen, hielt sich aber zurück. «Du kannst Thyri und Volund bis zu ihrem Hof begleiten. Dort wirst du eine Weile arbeiten und dann weiterziehen – sie werden die Hilfe brauchen, während sie verkaufen und sich verkleinern. Sie sind bereit abzureisen, wenn du es bist. Und guck nicht so wie ein Fisch auf dem Trockenen. Die Leute werden noch denken, ich hätte eine Idiotin aufgezogen.»

Helga fand keine Worte, sie verspürte aber den Drang, ihre Gefühle in einer Geste auszudrücken. Und so fiel sie auf die Knie, schlang die Arme um den Hals ihrer Mutter und drückte sie, so fest sie konnte, an sich.

«Was wird das? Willst du mich erwürgen?», brachte Hildigunnur hustend hervor, aber in ihrer Stimme lag ein Lächeln.

Heiße Tränen flossen über Helgas Wangen, und als sich eine Hand auf ihren Hinterkopf legte, sie streichelte und beruhigte, merkte sie, dass ihre Lippen zitterten wie bei einem Kleinkind. *Dummes Mädchen. Dummes, dummes Mädchen.* Aber es kümmerte sie nicht. Das hier war alles – diese Frau und ihre unerschütterliche Liebe für ihre Familie, die Treue und die Sicherheit, die sie ihr gegeben hatte –, alles, was Flussfeste ihr bedeutet hatte. Und so weinte sie.

«Wir sehen uns wieder, mein Kind», flüsterte ihre Mutter. «Ich weiß es. Es gibt nicht mehr viel, was ich hier noch tun muss, und wenn ich damit fertig bin, werde ich kommen und dich finden, um zu schauen, wie es dir da draußen in der Welt ergeht.»

Helga musste ihre ganze Willenskraft aufbringen, aber schließlich gelang es ihr loszulassen. Sie raffte sich schwerfällig auf. «Danke», schniefte sie mit heiserer Stimme. «Ich muss … was soll ich noch …?»

Hildigunnur winkte ab. «Ich habe deine Sachen gepackt, als du Wasser holen warst. Geh und sprich mit Thyri. Wir sind gleich so weit, dich zu verabschieden.»

Die Straße unter ihren Füßen fühlte sich an, als würde sie sie gar nicht so gut kennen, wie sie immer gedacht hatte.

Es ist anders, wenn man einen Pfad zum letzten Mal beschreitet.

Ihre Gedanken kreisten, während Volund neben ihr hertrottete. Sie konnte inzwischen erkennen, wann er glücklich war, ohne dass er etwas sagen musste, und das hier war jetzt ein solcher Moment. *Haben sich die anderen auch so gefühlt?* Sie dachte über Agla nach, die im vollen Galopp mit Karl angekommen und ohne ihn wieder abgereist war. Wie hatte sie sich gefühlt? Sie dachte über Thyri nach, die auch dann noch schweigsam war, wenn kein Bjorn sie überragte.

Sie dachte über Jorunn nach.

Die Frau hatte ihren Bruder ermordet, nur um an Gold zu kommen, von dem sie gar nicht wissen konnte, ob es überhaupt existierte – was war in ihr vorgegangen? Ob sie wohl Reue verspürte? Helga würde die Antworten auf diese Fragen niemals erfahren, aber sie verspürte eine merkwürdige Befriedigung darüber, dass sie immerhin herausgefunden hatte, was

Bjorn zugestoßen war, und dass damit auch der Mord an Karl gelöst schien.

«Es ist ein langer Marsch», sagte Thyri in nüchternem Tonfall.

«Ich weiß.»

«Ich werde nicht mehr hierher zurückkehren.»

Helga schluckte und spürte einen Kloß im Hals. «Ich ... ich glaube, das werde ich auch nicht mehr.»

«Sie mögen ja sagen, dass mein Bjorn es getan hat», sagte Thyri voller Trotz. *Diese Worte sind nicht für mich bestimmt. Sie spricht sie für sich selbst.* Helga beobachtete die Frau fasziniert. «Und vielleicht hat er das auch – er hat sich zuletzt so komisch verhalten.» Thyri atmete tief ein. «Aber wenn er es getan hat, dann hat jemand ihn dazu angestiftet. Er hätte Karl niemals von sich aus getötet.»

Was soll ich sagen? Um Worte verlegen, drehte Helga sich für einen letzten Blick auf Flussfeste um, den Ort, der länger als ihr halbes Leben ihre Heimat gewesen war. Die Gestalten am Tor waren immer noch sichtbar, aber nur gerade eben: ein massiger Bär von einem Mann und vor ihm eine gertenschlanke Frau.

«Jemand hat ihm aufgetragen, es zu tun.»

Die Frau, die die Ehre ihrer Familie und den Namen ihres Mannes bis zuletzt verteidigte. Die Frau, die ihre Kinder dazu erzog, anständig zu handeln, und die zornig wurde, wenn sie nicht gehorchten. Die Frau, die Probleme schnell und entschieden löste.

Und dann kamen ihr die Worte wieder in den Sinn, die der Wind von den Hügeln flüsterte, die förmlich in das Fundament von Flussfeste selbst gemeißelt waren, einen Ort der Ehre und Würde, das Heim einer Familie, die sich ihren Namen hart erkämpft hatte. Und Helga sah Bjorn, wie er mit gesenktem Haupt vor dem Langhaus stand und den Befehl entgegennahm, seinen Bruder im Schlaf zu töten und den Verdacht auf Sigmar zu lenken, und sie wusste, wer es ihm aufgetragen hatte.

Welcher Junge sagt jemals Nein zu seiner Mutter?

ENDE

DANKSAGUNG

Ohne für diejenigen etwas vorwegzunehmen, die diesen Teil zuerst lesen (und ohne anzudeuten, sie sollten ihre Lesegewohnheiten ändern), kann ich wohl zweifellos sagen, dieses Buch ist ein wenig Aufbruch und Ankunft zugleich – je nach dem Standpunkt des Betrachters.

Ohne die Klugheit meiner unermüdlichen Agentin Geraldine Cooke, Renaissancefrau und alleskönnende Legende, wäre es nicht entdeckt worden, und ohne den Glauben und die harte Arbeit meiner unvergleichlichen Lektorin Jo Fletcher wäre es nicht erschienen. Sie hat geduldig zugesehen, wie ich nach einer Auflösung der Geschichte suchte, *ohne* ein Monster zu erfinden oder weitere fünfzehn Wikinger zu töten, und es dann in Ordnung gebracht, als ich mich verrannt hatte.

Außerdem hätte ohne die Unterstützung von Nick Bain, der mir diesen ganzen Schreibunsinn überhaupt erst beigebracht hat, ohnehin nichts von alldem funktioniert.

Die wunderbaren Menschen der Merchiston Castle School sind ausnahmslos gut mit meinem Schreiben umgegangen. Julia Williams findet hier besondere Erwähnung, weil sie eine brillante Bibliothekarin ist, und Paul Williams, weil er einer der beeindruckendsten und furchteinflößendsten Leser ist, die ich je getroffen habe. Stephanie Binnie hat mich mehr unterstützt, als ich es mir hätte erhoffen können, Gail Cunningham hat immer rechtzeitig ein Gespräch möglich gemacht, und Dr. Naomi Steen war eine stetige Quelle der Ermutigung.

Außerdem möchte ich meinen Schülern für ihre optimistischen und wiederholten Fragen über das Einkommen eines Autors, über Verkaufszahlen und alle weiteren Details meines Lebens danken. Wenn der Fall unweigerlich eintritt, dass ich so viel verdiene wie J. K. Rowling und bei *Live at the Apollo* auftrete, bringe ich Kekse mit.

Wie immer waren meine Familie und meine Freunde entscheidend. Allan und Helen haben für Witz, Weisheit und einen bedauerlichen Mangel an Fruchtkompott gesorgt. Meine lieben Eltern sind ganz anders als Unnthor und Hildigunnur. Ehrlich, das seid ihr nicht – abgesehen von den guten Seiten, die ganz und gar auf euch zurückgehen. Tatsächlich möchte der Autor betonen, dass alle Ähnlichkeiten mit großen Familientreffen in Island rein zufällig sind. Ailsa und Chris (und Anna und Flora), Andrew, Sarah und Steven versorgten mich mit unendlich viel positiver Energie, Hoffnung und herrlichem Essen. Meine lieben Freunde – ihr habt meinen Umzug nach Edinburgh zu einer großartigen Sache gemacht.

Aber nichts von alldem würde etwas bedeuten, wenn meine Frau nicht wäre, meine wichtigste Leserin und meine Gefährtin in jeder Mission, Morag. Sie mag rätselhafte Mordfälle, deshalb habe ich dieses Buch für sie geschrieben.

Ich hoffe, dir gefällt es auch.

MIX
Papier aus verantwortungsvollen Quellen
FSC® C014496

Das für dieses Buch verwendete Papier ist FSC®-zertifiziert.